DES CERCLES DANS LA FORÊT

Titre original : Circles in a Forest
Publié pour la première fois par
Tafelberg Publishers Ltd., Cape Town, Afrique du Sud, juin 1984.

Dalene Matthee

DES CERCLES DANS LA FORÊT

roman

Traduit de l'anglais
par Sabine Boulongne

BALLAND

1.

Parvenu à la lisière de la forêt, peu après le lever du soleil, il trouve sans trop de difficultés la petite masure en bois qu'il cherchait. Il frappe et attend. Un vieux noir ouvre la porte.

« Maître Saul ? » Des milliers de questions se lisent dans son regard.

« Je suis venu emprunter le fusil, Maska.

— Le fusil ? s'étonne le vieil homme, pour quoi faire ?

— Parce que j'ai décidé que Terblans ne tuerait pas l'Ancien. Si quelqu'un doit s'en charger, c'est moi. »

Une lueur d'égarement passe dans les petits yeux noirs du vieux Maska.

« Toi ? Toi le tuer, lui ?

— Oui.

— Non ! » C'est le cri du cœur, un appel à la clémence. Il secoue la tête et tend les mains. « Non, pas toi ! je t'en prie, maître Saul.

— Prête-moi le fusil.

— Mais je n'ai que deux balles ! » Un nouvel espoir vient de naître en lui. « Personne dans la forêt ne te donnera une seule balle de plus. Ils ne t'aideront pas, maître Saul.

— Deux balles suffiront. Est-ce que tu as de la poudre ?

— On dirait que la vie de riche t'a ramolli la cervelle ! s'exclame Maska. On dirait que tu as oublié qui est l'Ancien, que toute la ruse de tous les éléphants... » Il s'interrompt soudain, consterné. Dans sa détresse, il a utilisé le mot tabou ; aussi s'empresse-t-il de rectifier : « ... que toute la ruse de tous les Grands Pieds réunis loge sous ce crâne-là ! Laisse donc Fred Terblans s'en charger et qu'il en soit ainsi.

— Donne-moi le fusil. Fred Terblans ne le tuera pas.

— Maître Saul... » Le vieil homme en est réduit à la supplication. « J'ai porté moi-même les fusils de cet Anglais qui est venu ici autrefois pour faire la chasse aux Grands Pieds. On était pas moins de quatre pour transbahuter tout son attirail. A peine avait-il vidé une arme qu'on lui en tendait une autre. Chargée, prête à tirer... » Saul sait bien que le vieux est en train d'essayer de gagner du temps. « J'avais jamais vu un homme chasser comme ça. On voyait qu'il avait l'habitude... Et puis brusquement, le vent a tourné et on l'avait contre nous. Quand la femelle nous est arrivée dessus, pas le temps de viser, bien ou mal. Il fallait tirer, c'est tout. Sais-tu à quoi ça ressemble, un Grand Pied qui a un quart de livre de plomb dans le poumon ? Non, tu sais pas, toi ! As-tu une idée de l'effet que ça fait dans les oreilles ? Des ravages que la bête provoque tandis qu'elle se noie dans son propre sang ? Non. Mes yeux à moi ont vu ça, maître Saul. Mes oreilles l'ont entendu. Quand elle commence à vomir du sang par la trompe, aveuglée de fureur... L'Anglais nous criait de recharger mais nous, on pouvait pas...

— Parce que vous aviez tous grimpé dans un arbre et que les fusils étaient restés par terre », achève Saul.

Lorsqu'il était enfant. Maska lui avait souvent raconté cette histoire. Après, il faisait toujours d'horribles cauchemars dans lesquels c'était lui qui tentait d'échapper à cette furie ensanglantée, sans jamais y parvenir. A chaque fois, il se réveillait en sursaut, tremblant d'effroi, et se réconfortait en se souvenant que l'Anglais avait finalement réussi à soulager l'animal en lui tirant une balle dans le cœur.

« Et à côté de l'Ancien, cette bête, c'était rien ! ajoute Maska, en guise de mise en garde.

— Prête-moi le fusil.

— Tu ne peux pas faire ça !

— Tu me fais perdre du temps, Maska !

— Ne me demande pas ça, maître Saul. Quand tout le monde dans la forêt te jetait la pierre, j'étais bien le seul à te défendre.

— Merci. Dommage que cela n'ait pas servi à grand-chose, réplique-t-il sarcastique. Je crois que s'ils le pouvaient ils se feraient un plaisir de demander à Terblans de me liquider moi aussi.

— Ce n'est pas le moment de dire des choses pareilles ! Fais demi-tour et remonte dans ton bateau. Il y a trop longtemps que tu es parti d'ici, maître Saul.

— Si tu ne me donnes pas le fusil, j'irai en chercher un au village. Je te le répète pour la dernière fois : Fred Terblans ne tuera pas l'Ancien !

— Si je te le donne, répond le vieux Maska, découragé, promets-moi d'essayer de soutirer quelques balles à Jeremiah Eye.

— Ça ne sera pas nécessaire, réplique Saul impatiemment avant de demander : Par où me conseilles-tu d'aller ? Où est l'Ancien, à ton avis ? »

Avec des gestes mesurés, le vieil homme décroche le sac à poudre et la poche à balles, pendus à un clou derrière la porte.

« On dit qu'il se cache du côté de la rivière Homtini », répond-il au bout d'un moment, d'une voix presque inaudible. Puis il lui tend le fusil et dans son geste, Saul discerne une sorte de défi muet, étrange...

Quelques minutes plus tard, Saul Barnard s'enfonce dans la forêt et il a l'impression d'aller à reculons. Qu'il soit à la poursuite de l'Eléphant-roi pour le tuer lui paraît impossible, mais en même temps, plus inéluctable que n'importe quel autre événement de sa vie.

La veille encore, n'était-il pas à bord du *Pictor ?* Voiles ferlées, le trois-mâts de quatre cent cinquante tonnes était rangé à tribord de la jetée en bois, et lui, accoudé à la rambarde, admirait la lagune... Ce malaise dont il n'arrivait pas à se défaire était-il un présage, l'avertissant que son passé n'en avait pas encore fini avec lui ?

Hier. La fraîcheur de la brise du sud-est était apaisante après l'atmosphère étouffante de la cabine. A l'ouest, là où la mer s'infiltrait dans la trouée entre les deux collines, l'écume blanche venait se briser contre le récif au rythme de la marée déferlant dans la lagune, et de minuscules vagues venaient lécher la coque en bois du navire.

Deux oiseaux de mer d'un blanc immaculé s'abattirent non loin de là, en effleurant la surface de l'eau. Il les suivit des yeux jusqu'à ce qu'ils remontent dans le ciel en décrivant un large cercle au-dessus du grand mât, comme des petites voiles détachées du gréément.

Il avait fait une chaleur accablante toute la journée.

Trois cochons, six chèvres, quelques canards bruyants et autres volailles, parqués ou attachés, attendaient sur la jetée d'être embarqués : les provisions du grand voyage, de la pointe sud de l'Afrique à l'Angleterre. Des hommes aux mains puissantes, aux pieds agiles, roulaient des tonneaux d'eau potable en haut de l'étroite passerelle, arquée sous leur poids. Sur le pont, non loin de l'endroit où il se tenait, un marin jetait des seaux d'eau de mer sur les barils de beurre et de viande salée pour les conserver au frais. On attendait que tout le bois soit chargé avant de descendre le reste dans la cale.

Un coup de fouet retentit du côté du village aux maisonnettes blanchies à la chaux et coiffées de chaume, blotties au bord de l'eau. Encore un chariot lourdement chargé apportant du bois de la forêt. Des traverses de bois jaune. Une impatience rageuse mêlée de haine sourdit en lui. Depuis quatre jours, de l'aube au crépuscule, ils embarquaient du bois sur le navire. Il avait été le premier passager à monter à bord, et chaque jour, l'énervement s'accumulait en lui au même rythme que les madriers dans le ventre du bateau. Il lui tardait de se tenir à la rambarde quand l'embarcation franchirait l'étroite et périlleuse passe entre les collines, vers la haute mer. Cet instant devait être pour lui comme une naissance. Dès que le navire franchirait les limites de la lagune, il serait libre de toutes ses attaches passées : la forêt et ses habitants. Kate. L'Ancien. A l'instant où la proue du *Pictor* fendrait les eaux du large au-delà du récif, toutes voiles dehors, il saurait qu'il en aurait définitivement fini avec tout cela. Derrière lui, vingt-neuf années périraient à jamais dans l'oubli.

« Maître Saul ? »

Cela lui fit l'effet d'un coup dans le dos. Il se retourna brusquement.

« Maska ?

— Bonjour, maître Saul. » Une sorte d'appréhension crispait le visage ridé du vieil homme à la peau sombre. « Je suis venu avec le chariot de maître Jeremiah... », précisa-t-il dans l'étrange dialecte hollandais de la colonie du Cap. « Maître Jeremiah a dit : " On dirait bien que c'est Saul là-haut sur le pont ", alors j'ai demandé au type en bas si je pouvais monter te dire deux mots... Pour savoir si t'étais au courant ?

— Au courant de quoi ? » grogna Saul. Il ne voulait plus entendre parler d'eux.

« De ce qui est arrivé au fils de Jozef. L'aîné, Joram.

— Et que lui est-il arrivé ?

— Encorné. Avant-hier soir. Les Grands Pieds ont déferlé sur l'abri de Jozef, de ce côté-ci de la croisée Jim Reid. »

Il tenta de réprimer l'onde de choc qui le traversait. D'une cabane piétinée par un éléphant, il ne reste jamais grand-chose... Mais il ne voulait pas le savoir. La vie dans la forêt ne le concernait plus, pas même celle de l'enfant de son frère.

« Est-il gravement blessé ?

— Il est mort. On raconte que la défense a pénétré dans

l'estomac pour ressortir dans le dos. Ils l'ont enterré à la Grande Ile cet après-midi. S'il n'y avait pas eu le bois à transporter, j'y serais allé moi aussi. »

Il s'aperçut que les yeux du vieil homme cherchaient quelque chose dans les siens et détourna la tête. Plus jamais on ne verrait un éclair de pitié briller dans son regard. Personne, pas même le vieux Maska. La forêt avait encore exigé une offrande en retour...

« Tu pars sur ce bateau, maître Saul ? demanda Maska d'un ton hésitant.

— Oui.

— Loin ?

— Oui, très loin. » Il maintint son attention de l'autre côté de la lagune, là où les collines déroulaient leurs versants d'un vert sombre jusqu'à la mer. Le flux venait de chasser un vol d'échassiers de la petite baie sablonneuse. Il savait que Maska attendait pour lui dire au revoir, mais il n'osait pas se retourner avant que toute trace d'émotion se soit dissipée.

« Ils disent que c'est l'Ancien qui est coupable. »

Maska venait de lui asséner un deuxième coup. Il pensa d'abord que c'était une ruse du vieil homme et se retourna pour s'en assurer.

« Qu'est-ce que tu as dit ?

— Ils disent que c'est l'Ancien qui est coupable.

— Mais c'est un mensonge !

— Ils étaient au moins dix Grands Pieds, à ce qu'il paraît...

— C'est un mensonge et tu le sais aussi bien que moi ! L'Ancien n'aurait jamais emmené dix autres Grands Pieds avec lui s'il avait voulu le faire. Pas lui.

— Il y avait ses traces, à ce qu'ils disent.

— Il était peut-être passé là plus tôt. Quand dix Grands Pieds piétinent une cabane, il est difficile d'être sûr de quoi que ce soit. Jozef et les autres le savent très bien.

— Je ne fais que te répéter ce que m'a dit Maître Jeremiah, répondit Maska en détournant le regard pour frapper une troisième fois : Fred Terblans va le tuer. Il est en route. »

Ces mots lui tombèrent dessus comme une avalanche de pierres.

« Tuer l'Ancien ?

— Oui. Maître Jeremiah dit qu'il est le seul homme en qui Jozef peut avoir confiance pour ça. Il a envoyé quelqu'un le chercher à Noetzie. Il sera là vendredi. »

Après le dîner, Saul fit quelques parties de poker avec Frank Jefferson, le capitaine du *Pictor.* Cela ne le délivra pas pour autant de l'amertume qui grandissait en lui ni de cette hantise de se sentir inéluctablement attiré vers un brasier contre lequel il s'était battu toute sa vie.

« Tu es bien calme ce soir ? » lui fit remarquer Jefferson. Les deux hommes se connaissaient depuis plusieurs années déjà. A une certaine époque, le *Pictor* était l'un des navires qui accostaient régulièrement à Knysna et chaque fois ils passaient du temps ensemble.

« Tu hésites peut-être à partir ?

— Non. Pas une seconde. »

Au bout de deux autres parties, Jefferson revint à la charge.

« Est-ce que je peux te poser une question personnelle ?

— Bien sûr.

— Il est absolument évident que tu ne luttes plus...

— Je ne lutte plus ? » Cette remarque l'étonna.

« Je ne veux pas dire avec les poings, Saul. Plutôt avec quelque chose qui est en toi. Encore un peu de sherry ?

— Non, merci. Je crois que je comprends ce que tu veux dire. Tu as raison. Je ne me bats plus. Disons que j'ai mené un combat singulier avec moi-même et que j'ai perdu la partie », admit-il, puis il ajouta : « Un combat qui n'a jamais existé contre des choses qui n'avaient aucune réalité.

— Tu donnais toujours l'impression de n'avoir peur de rien. C'est toujours le cas d'ailleurs, sauf que tu as cessé de lutter. Ce qui ne veut pas dire que tu ne suffoques pas de colère.

— C'est à toi de distribuer », trancha Saul, mettant un terme à la conversation. A dix heures, n'y tenant plus, il jeta ses cartes sur la table : « Je suis désolé. Je n'arrive pas à me concentrer.

— Je m'en suis aperçu. »

Sans prendre la peine d'allumer ni de se dévêtir, il s'étendit sur la couchette de sa cabine, hanté par les révélations de Maska : *Fred Terblans vient vendredi pour le tuer.* Cette pensée le tourmentait tant et tant que l'amertume et la rancœur qui l'assaillaient l'obligèrent à remonter sur le pont...

De l'autre côté de la lagune plongée dans l'obscurité, au-delà des monts du Belvédère, la croix d'étoiles suivait sa trajectoire, plongeant la tête la première : Alpha, Beta, Gamma, Delta — c'était lui qui avait appris à Kate les noms des quatre points.

Le souvenir de Kate le fit se détourner de la rambarde pour marcher lentement vers le mât de misaine. A travers le gréement, il discernait la masse du village endormi au pied de la colline, le long de la côte. Un chien se mit à aboyer ; un autre lui répondit.

Kate était un rêve qu'il fallait oublier comme toutes ses chimères ; mais il savait qu'au début elle serait l'un de ses souvenirs les plus douloureux.

Derrière le mât d'artimon, le matelot de quart toussa et cracha dans l'obscurité — quelque part dans la grande forêt dense, l'Ancien lui aussi veillait. Avait-il trouvé abri dans le Kom's Bush ? De l'autre côté de Deep Walls ? Dans l'une des gorges de Gouna ? Savait-il que le sablier du temps était désormais son pire ennemi ? Comprenait-il qu'il avait été choisi pour payer une dette qui n'était pas la sienne ? Jamais il n'aurait renoncé à sa solitude, l'espace d'une nuit, pour faire un mauvais coup avec ses semblables. Jamais ! Il était bien trop intelligent et cela faisait bien trop longtemps qu'il était le Grand Patriarche de la forêt. De nombreuses années auparavant, on avait déjà raconté de la même façon que c'était l'Ancien qui avait piétiné et tué Marais. Pourtant, son corps — ou ce qu'il en restait — avait été trouvé par hasard alors que plus rien ne permettait de prouver que c'était bel et bien l'Ancien le coupable.

Ainsi Jozef faisait venir Fred Terblans pour régler son compte à l'Ancien. Terblans qui, d'un seul coup de feu, avait terrassé un nombre incalculable d'éléphants, simplement pour leur dérober leurs défenses qu'il cachait ensuite sous le bois de son chariot. Lui qui, au lieu de tirer dans le cœur ou dans la tête, préférait frapper de côté, brisant la massive colonne vertébrale entre les omoplates...

Ce fut alors que Saul se jura au plus profond de lui-même de ne pas abandonner l'Ancien à la merci de Fred Terblans. Pas question de laisser cet homme s'emparer de ses défenses pour les vendre au village. Non ! C'est *lui* qui tuerait l'Ancien. Il le lui devait afin de lui épargner l'humiliation de mourir de la main de Terblans.

Ainsi, ses pas le ramenaient une fois de plus sur la terre qu'il s'était juré de ne plus jamais fouler. Déjà, le chant des touracos résonnait à ses oreilles. Il allait retourner dans le monde crépusculaire de la forêt et Fred Terblans devrait d'abord le tuer, lui, avant de braquer son arme sur l'Ancien.

Il restait quatre jours avant vendredi. Et c'est lundi que le *Pictor* levait l'ancre.

Saul Barnard, fils du bûcheron Joram Barnard, a été conçu, mis au monde et élevé dans la forêt. Il a vu le jour de ce côté-ci de la passe de Krisjan, sous un aulne blanc, le septième jour de janvier 1860, parce que sa mère était entrée en couches, sur le chemin de Brand Ridge où elle accompagnait les siens vers un nouveau terrain d'abattage. C'était le deuxième fils de la famille. Son frère Jozef avait deux ans à l'époque, et son père avait dû l'emmener dans les fourrés jusqu'à ce que tout soit fini.

Sa mère savait lire et écrire. Ils avaient une Bible et elle partagea ses connaissances avec Saul et son frère. Le père était donc le seul illettré de la famille. Il disait qu'un homme n'avait pas besoin de savoir lire et écrire pour manier la cognée. Et de même que les éléphants adultes forment leurs petits, il leur enseigna les choses de la forêt. Les arbres. La différence entre un bois jaune d'Outeniqua ordinaire, et le vrai bois jaune. Il leur apprit à reconnaître le poirier blanc, l'aulne sauvage, l'aulne rouge, l'aulne blanc, l'assegai, le bois de fer, le bancoulier, le kamassie... D'après l'écorce ou le feuillage. Au début, il est difficile de distinguer le laurier du Cap du safran, jusqu'à ce que l'on sache identifier les deux petits bourgeons durs à la base de la feuille du laurier du Cap. Ils en vinrent à connaître tous les arbrisseaux des sous-bois ; ceux qui avaient des propriétés soignantes, ceux qui n'en avaient pas ; ceux qui portaient des baies comestibles et les autres.

Son frère Jozef et lui apprirent à distinguer les oiseaux, certains simplement par leurs chants. Tel le kok-kok-kok du grand touraco, appel provocateur qui demeurait mystérieusement irréel jusqu'au jour où, aux aguets depuis des heures, les yeux rivés à la voûte des arbres, on entrevoyait enfin ce grand oiseau vert, dérivant silencieusement parmi les arbres, les plumes écarlates de ses ailes étincelant, l'espace d'un instant, dans les éclaboussures du soleil.

Le touraco de la brousse, différent du grand touraco, est tout aussi beau, mais plus petit, et bien plus bête. En resserrant les lèvres, comme pour siffler, mais en émettant une sorte de « hout-hout-hout », on les berne aisément. Quand les sous-bois n'étaient pas trop denses, si Jozef visait bien avec son lance-pierres, il y avait du touraco pour le dîner. Quelquefois, le hasard voulait que ce soit un pigeon des bois. Les noms des plus petits oiseaux, ils les apprirent au fur et à mesure : cossyphe, coucou solitaire, drongo — noir comme de l'encre, la queue fourchue —, tarier, moqueur, oiseau-souris — toute cette foule jacassante.

Dans la forêt résidaient aussi toutes sortes d'antilopes. Le gnou au corps brun et au collier tacheté. La robe des vieux mâles était beaucoup plus foncée, presque noire. Si l'on en blessait un, il fallait faire très attention, parce qu'ils avaient la fâcheuse habitude de fondre sur vous par-derrière, en s'attaquant de préférence au point le plus vulnérable de votre anatomie. On racontait que c'était pour cette raison que le vieil Anro ne s'était jamais marié...

La plus jolie de toutes les antilopes, le petit gnou bleu des sous-bois, a des pattes si chétives, si lestes qu'il est presque impossible de distinguer ses traces, sauf peut-être si l'un d'entre eux s'est aventuré sur les sables mouvants au bord d'un ruisseau ou sur un sentier sablonneux. Une fois dépecé, il reste à peine l'équivalent d'un gros poulet à manger. Il fallait prendre mille précautions pour leur tendre des pièges. A cause des forestiers.

« Vous allez les exterminer ! disait la rumeur qui commença de circuler un jour dans la forêt. Tout homme pris sur le fait alors qu'il capture un gnou bleu s'expose à de graves ennuis. » Mais les bûcherons ne se laissaient pas intimider si facilement.

Un peu plus tard, les autorités se firent plus menaçantes : « Tout bûcheron dressant un piège à un gnou bleu se verra privé de sa licence ! »

Leur père leur interdit dès lors de poser leurs collets sur les sentiers, même si c'était le meilleur emplacement à des lieues à la ronde. On ne pouvait jamais savoir quel moment le forestier choisirait pour venir fouiner aux alentours de votre aire d'abattage.

C'est ainsi qu'ils apprirent à discerner le minuscule crottin, gros comme des grains d'orge, sur la piste des gnous bleus, de manière à les attraper hors des sentiers battus. Joram Barnard préférait attraper les bêtes par la tête plutôt que par les pieds. Il suffisait de ployer un jeune plant en travers du chemin, de le fixer aussi légèrement que possible et de faire une boucle avec de la ficelle à la pointe de l'arbuste, de manière qu'il reste suspendu à deux mains environ au-dessus du sol. Le petit gnou bleu, passant par là pour brouter, ne manquait pas de se prendre la tête dans la boucle et, avant qu'il ait eu le temps de comprendre ce qui lui arrivait, l'arbuste se redressait brusquement, resserrant ainsi la corde autour du cou fragile. Le forestier pouvait bien venir fureter dans le coin s'il voulait — il ne se rendrait compte de rien puisque l'objet du délit, dissimulé par les branchages, pendait au-dessus de sa tête.

Les grands vous apprenaient aussi autre chose à propos des gnous : ils étaient différents de toutes les autres antilopes car leur fiel à eux se trouvait dans leur tête. Oui. C'est ainsi. Et ce fut à cause du gnou bleu que Saul se rebella pour la première fois...

Mais avant toute chose Jozef et lui découvrirent la grande terreur qui hante la forêt : l'éléphant. Il était encore tout petit — cinq ans à peine — lorsqu'il vit pour la première fois l'énorme boule d'excréments. Joram, le vieil Anro et Jozef l'avaient emmené avec eux ; ils allaient abattre des lauriers du Cap. Jusqu'alors on le chargeait d'un certain nombre de tâches autour de l'abri : porter l'eau, couper le bois, faire le feu, l'entretenir, cuire les patates douces sous la cendre, préparer le café. Mais il était temps que Saul commence à apprendre le travail d'un enfant de la forêt.

L'énorme boule trônait au milieu du sentier.

« Est-ce qu'un seul éléphant a fait tout ça, Pa ? » demanda-t-il, figé sur place. La boule était aussi grosse qu'une tête de jeune bœuf !

« Tais-toi ! lui ordonna son père. Il ne faut jamais prononcer leur nom ! S'ils t'entendent, ils vont croire que tu les appelles. Allons, avance ! »

Le vieil Anro lui avait dit un jour qu'il fallait dix bœufs pour faire un gros éléphant.

« Il va nous piétiner, Pa ! s'écria-t-il en reculant avec précaution.

— Ne fais pas l'idiot, Saul ! On voit bien que ça fait au

moins deux jours qu'un Grand Pied a laissé ça sur son passage. Il est sûrement déjà arrivé du côté du mont Jonker si tu veux le savoir. Allons ! pressons ! »

Il fallait les appeler Grands Pieds ou Grosses Pattes ou Patriarches, mais jamais par leur nom. Seuls les étrangers osaient se risquer à de telles imprudences.

Pour conjurer ce grand péril, Jozef et lui apprirent à se servir de l'arme la plus sûre : le vent. Quand pas un souffle d'air n'agitait les feuillages, il suffisait de fixer son attention sur un fragment de ciel bleu découpé dans la voûte d'ombrage jusqu'à ce qu'un nuage passe. On savait alors par où s'enfuir dès qu'on entendait un craquement suspect.

A l'âge de neuf ans, Saul fut pour la première fois confronté, seul, à sa frayeur. Quelque temps auparavant, sa famille s'était installée dans la Grande Ile — clairière naturelle au cœur de la forêt — où son père leur avait bâti une nouvelle cabane. Sara et Magdalena étaient encore toutes petites et Izak n'allait pas tarder à venir au monde Lorsqu'ils abattaient loin de la maison, ils construisaient toujours un abri où ils dormaient jusqu'à ce qu'ils aient suffisamment de bois coupé pour aller au village. Il leur arrivait souvent de rester sur place trois semaines ou plus. S'ils travaillaient plus près de la Grande Ile, ils se levaient de très bonne heure pour arriver sur les lieux au moment du lever du soleil. Ils s'activaient alors sans relâche jusque tard dans l'après-midi, avant de prendre le chemin du retour, éreintés.

A cette époque-là, ils se trouvaient du côté du Bois Blanc. Ils n'étaient qu'à deux heures de marche à peine de la maison, mais à la fin de la première semaine, son père avait décidé de construire un abri et de demeurer sur place jusqu'à ce que le travail soit fini. Ils n'avaient plus de sucre. Il restait très peu de café et de tabac et les repas étaient de plus en plus frugaux. Le bois devait être coupé, traîné jusqu'à la fosse pour être débité à la bonne longueur, puis transporté au village le plus vite possible.

Saul n'était jamais allé au village et il s'en faisait une idée tout à fait approximative.

A la fin de la troisième semaine, il se mit à pleuvoir. Impossible d'abattre ou de scier du bois quand le temps est si humide. Il ne leur restait plus qu'à attendre patiemment sous l'abri. Le vieil Anro était content qu'il pleuve parce qu'ainsi il avait le temps de se consacrer à la fabrication de ses rayons de roue. Pour six rayons de roue de chariot, au village, on lui donnait une bouteille de Cape Smoke, du brandy, et le vieil homme confectionnait les rayons en assegai les plus parfaits de toute la forêt. Plus tard, Saul en vint souvent à se demander combien de chariots roulaient en grinçant dans cette vaste région, grâce aux talents copieusement arrosés du vieil Anro...

Anro. Il portait un nom d'étranger, comme Saul le découvrit un jour. Il s'appelait en réalité Andrew van Huysteen. Il vivait avec eux et travaillait dans l'équipe de son père depuis toujours, semblait-il, et il était bien rare qu'il rendît visite aux siens.

Il plut cinq jours durant et quand le ciel s'éclaircit enfin, les provisions étaient presque épuisées. Il fallait donc que l'un d'entre eux retournât à la maison en chercher. Jozef ou lui. Seulement Jozef était déjà un solide bûcheron et il n'y avait jamais trop de mains disponibles.

A l'aube du lendemain, son père l'emmena sur le sentier le plus proche.

« Ecoute-moi bien ! Ne prends pas de raccourcis, lui ordonna-t-il. Reste sur ce chemin jusqu'au sentier à chariots, puis va toujours à l'ouest, dans la direction du soleil couchant. Tu arriveras à l'ancien abri et là tu retrouveras l'autre chemin.

— Oui, Pa.

— Fais bien attention aux Grands Pieds !

— Oui, Pa. » Mais dans son for intérieur, il était déjà déterminé à leur montrer avec quelle rapidité il pouvait s'acquitter de sa tâche.

La forêt était encore tout humide après la pluie. Parfois,

il se laissait glisser le long des pentes ; ailleurs, il fallait les escalader en rampant avec peine. Chaque fois que c'était possible, il courait, attentif au moindre craquement de branche suspect. Les Grands Pieds sont toujours plus actifs par temps humide. Il arriva à destination peu avant midi. Sa mère s'attendait à la venue de l'un d'entre eux. Mais elle s'étonna de le voir, lui. Elle savait bien que leurs provisions ne dureraient pas assez par mauvais temps et avait cuit du pain et des patates douces. Une heure plus tard à peine, il était sur la route du retour, un sac plein de vivres en bandoulière.

Il n'entendit rien. Ni le craquement sec d'une brindille ni le moindre bruissement. Rien. Il venait de rejoindre le petit chemin au bout du sentier à chariots lorsque, en levant les yeux, il le vit. L'éléphant. Droit devant lui, le dos tourné. Et le vent soufflait dans la mauvaise direction. La peur s'abattit sur lui comme la foudre. Quand la trompe de l'animal commença à se dresser, humant l'air pour découvrir d'où venait l'odeur humaine, il recula d'un pas mal assuré, tout en sachant qu'il n'avait aucun moyen de s'échapper. Déjà l'énorme masse pivotait lentement en se dandinant, révélant les défenses jaunes, recourbées...

« Si tu es poursuivi par un éléphant, enlève ta veste ou ta chemise et jette-la par terre, lui avait répété le père une bonne centaine de fois. Il croira que c'est toi et commencera par s'acharner sur elle. Avant qu'il ait eu le temps de se rendre compte de son erreur, tu pourras prendre tes jambes à ton cou ou grimper le plus vite possible à l'arbre le plus proche. »

Saul se débarrassa de son sac en toute hâte, choisit un aulne blanc d'un seul coup d'œil et y grimpa sans hésiter. A mi-hauteur, il s'accrocha à une branche, les jambes cramponnées à une autre. Puis il risqua un regard en contrebas. Avec horreur, il découvrit que le gros éléphant n'était pas seul. Il avait avec lui un compagnon plus jeune et tous deux s'affairaient à piétiner le sol là où, quelques instants plus tôt, il avait jeté son sac. Dans sa terreur, il se mit à prier pour qu'ils passent toute leur colère sur les provisions. Qu'ils *l'oublient,* pour l'amour du Ciel ! Mais déjà le plus jeune avait dépisté son odeur et s'acharnait de toutes ses forces contre le tronc, à un rythme régulier, pour essayer de le désarçonner. Peu de temps après, l'autre se joignit à lui.

On dit que, lorsqu'un feu libère des flammes blanches, c'est qu'il dégage un maximum de chaleur. Quand une peur blanche consume l'homme, c'est qu'il est au comble de l'effroi. Tant que l'arbre résisterait, il fallait qu'il tienne bon. Il ne voulait pas mourir. Il ne voulait pas atterrir à leurs pieds pour subir le même sort que les vivres ! Ils se déchaînaient contre le tronc, frappant de leur front puissant ; avant chaque nouvelle attaque, ils trépignaient dans la boue clapotant sous leurs énormes pattes. Chaque fois qu'ils chargeaient, Saul se disait : « Ce coup-ci, ils vont réussir à me faire lâcher prise et je vais mourir. » Chaque fois qu'il rouvrait les yeux, il avait l'impression que la masse colossale et rugueuse de leurs dos ronds se rapprochait de ses pieds...

Ils s'acharnèrent ainsi contre lui jusqu'à la nuit tombante. Puis, aussi brusquement qu'ils étaient apparus, ils abandonnèrent la partie et s'éloignèrent en dodelinant. Il n'arrivait pas à discerner jusqu'où ils s'étaient enfoncés dans les fourrés. Pendant quelque temps, il ne perçut que des bruissements dans le sous-bois. Puis plus rien. Il attendit. Ses bras raidis lui faisaient mal, ses jambes étaient tout éraflées et son pantalon trempé. Il aurait été incapable de dire à quel moment il s'était souillé.

Il attendit qu'il fasse complètement nuit pour grimper prudemment jusqu'à la fourche de l'arbre afin d'avoir une meilleure prise quand ils reviendraient.

Mais ils ne revinrent pas. Au lever du soleil, ce fut son père qui arriva. Pris d'inquiétude pendant la nuit, il s'était lancé à sa recherche avant l'aube.

2.

Aussi loin que ses souvenirs remontaient, l'Ancien avait toujours été l'éléphant le plus redouté de la forêt. Tous les bûcherons parlaient de lui avec le plus grand respect. Jamais ils ne découvraient ses traces sans chercher à savoir immédiatement d'où venait le vent.

Saul avait quatorze ans lorsqu'il vit pour la première fois le Patriarche. De fait, il se passa bien des choses cette année-là...

Deux mois avant son anniversaire, la maladie toucha toute la région : la rougeole, la coqueluche et même, dans certains endroits, la varicelle. Magdalena fut frappée la première. Bientôt, Sara tomba malade à son tour et leur mère ne tarda pas à succomber elle aussi. Jozef, Saul et leur père ainsi que le vieil Anro étaient partis abattre des lauriers du Cap loin de là, de sorte qu'ils n'en surent rien. Tante Martha, la femme de Martiens Botha, qui s'était construit lui aussi une cabane dans la Grande Ile, envoya Maska à leur rencontre. Quand on connaît la forêt et que l'on sait où chercher, ça vaut la peine. Sinon, inutile de se fatiguer !

Au bout du troisième jour, le vieux Maska réussit à les trouver. Il tomba d'abord sur l'équipe de Jeremiah qui le guida jusqu'à eux.

Ils étouffèrent le feu et prirent sur-le-champ le chemin du retour. Il fallait six bonnes heures de marche. Ils atteignirent la grande clairière vers minuit, au moment où les Sept Sœurs apparaissaient dans le ciel.

La maison sentait les herbes. A la lueur de la bougie, le visage de tante Martha semblait étrangement bouffi. Elle interdit à Jozef et à Saul d'entrer dans l'autre pièce.

Les bûcherons ne se construisaient jamais de très belles habitations. Dès que la végétation commençait à s'éclaircir autour d'eux, ils s'en allaient un peu plus loin, dans une autre clairière. La cabane de Joram Barnard n'avait que deux pièces. Dans la première, qui était aussi la cuisine, Jozef et Saul partageaient un lit en bois, tandis que Magdalena, Sara et Izak dormaient dans la chambre du fond avec leurs parents. Quant au vieil Anro, il s'était fait un appentis contre l'une des parois extérieures.

Lorsque leur père sortit enfin de la chambre, ses yeux paraissaient étranges. Comme s'il était aveugle.

« Comment va Ma ? lui demanda Saul avec anxiété.

— Pas très bien.

— Où sont Izak et Magdalena ?

— Chez l'oncle Wiljiam. La maladie n'est pas encore arrivée jusque-là et Magdalena va mieux. »

Tante Martha posa des patates douces bouillies sur la table. Mais Jozef fut le seul à manger.

« Je veux voir Ma », dit Saul. Son père hocha la tête pour lui signifier son assentiment et Martha l'emmena avec elle. Jozef ne leva pas les yeux.

Sa mère n'ouvrit pas les siens. Lorsqu'il posa sa main sur son front, il sentit comme il était froid et moite. Derrière elle, Sara respirait péniblement ; d'étranges râles s'échappaient de sa poitrine. Les sanglots lui montèrent à la gorge comme autant de picotements d'aiguille.

« Pourquoi est-ce que Ma est comme ça ? demanda-t-il à tante Martha.

— La maladie l'a prise à l'intérieur. C'est la rougeole.

— Et Sara ?

— Même chose !

— Dis-lui de tousser, tante Martha ! Ecoute comme elle grince !

— Elle ne m'entendra pas », murmura la vieille femme en cachant de la main ses yeux qui s'emplissaient de larmes.

La peur le chassa dehors, dans la fraîcheur de la nuit... sa mère n'allait sûrement pas mourir. Sara non plus. La petite avait à peine dix ans et elle était si courageuse. Elle s'occupait du potager comme un garçon. Elle aidait sa mère à toutes les tâches quotidiennes tandis que Magdalena n'avait que sept ans et passait le plus clair de son temps à jouer avec Izak. Sara était jolie et débrouillarde. Sa mère lui avait appris à lire et à écrire, et l'enfant était capable de réciter les noms des livres de la Bible d'une traite sans avoir à réfléchir, à retourner en arrière. Pour les noms des douze Apôtres, c'était la même chose. Ainsi que pour les dix commandements. Quelques jours auparavant, quand le pasteur était passé par là, Sara avait refusé de se cacher avec son père et ses deux frères. Elle était restée dans la maison avec sa mère, et elle avait tout récité au pasteur.

Elles n'allaient tout de même pas mourir ?

Derrière lui, son père apparut sur le seuil.

« Saul ?

— Je suis là, Pa.

— Il faut qu'on ramène du bois de feu. Tante Martha veut faire un grand feu. Il commence à faire froid dans la maison. »

Heureusement que c'était l'été. En hiver, l'humidité et le froid imprégnaient les minces planches des parois.

Ils allèrent ensemble jusqu'à la pile de bois. Autour de la Grande Ile, la forêt semblait s'être resserrée comme une épaisse muraille sombre et voûtée. De l'autre côté de la clairière, au pied du versant, une lampe brûlait chez Fred Terblans. La maladie était là-bas aussi.

« Pa, s'écria-t-il brusquement dans l'obscurité, d'une voix tremblante. Ma et Sara sont très malades !

— Ne parle pas comme ça ! » répliqua son père d'un ton sec. Il n'avait guère l'air plus rassuré que lui. « Tu provoques les choses en parlant comme ça ! Il faut dire que Ma et Sara ne vont pas très bien.

— Oui, Pa. Elles ne vont pas très bien, Pa.

— Non. Elles ne vont pas très bien.

— Un jour, l'oncle Anro a dit qu'au village il y avait un docteur. Jozef et moi, on pourrait aller chercher les bœufs, conduire le chariot jusqu'au sentier le plus proche et transporter Ma et Sara jusqu'au village. Si on partait avant l'aube, le soir venu, on serait rendus.

— Non, Saul, le docteur ne peut pas faire plus que tante Martha. La maladie suit son cours et choisit la direction qu'elle veut prendre. »

Ils allumèrent un grand feu. Un peu plus tard dans la nuit, il s'étendit sur le lit auprès de Jozef et s'endormit.

A l'aube, leur père vint les réveiller.

« Les anges ont emporté votre Ma, dit-il simplement, puis il sortit.

— Ce n'est pas vrai ! s'écria Saul, à l'adresse de son frère. Ma dort. C'est tout. Papa s'est trompé. » Mais tante Martha apparut alors à la porte de la chambre pour leur dire qu'ils devaient libérer le lit pour Sara.

Une heure plus tard, les anges revinrent chercher Sara. Saul eut si peur qu'ils viennent le prendre à son tour qu'il s'enfuit dans la forêt où son père fut obligé d'aller le dénicher. Jozef et lui devaient aller à Deep Walls prévenir les parents de leur mère, et Deep Walls était à une journée entière de marche de la Grande Ile.

La famille de sa mère n'était pas originaire de la forêt. Son grand-père, Benjamin Steyn, venait de Grootvaders Bosch, au-delà d'Heidelberg où il était bûcheron lui aussi. Il devait avoir dix-huit ans environ lorsqu'un homme du Cap, très riche et très important, vint à passer par là avec un troupeau de quatre cents moutons. L'homme expliqua qu'il construisait un navire et qu'il cherchait des bûcherons pour Knysna. Le grand-père de Saul décida de le suivre. Il avait fallu plus de cinquante chargements pour finir ce bateau, racontait-il. L'homme s'appelait George Rex et quand les travaux s'achevèrent, trois ans plus tard, son grand-père retourna à Grootvaders Bosch chercher la jeune fille qui lui avait promis de l'attendre. Lorsqu'il arriva, il découvrit qu'en son absence elle s'était mariée ; alors il repartit en emmenant avec lui la sœur de la jeune fille qu'il épousa. C'était grand-mère Anna. Grand-mère Anna aussi savait lire et écrire.

Ce fut sur le chemin de Deep Walls, alors qu'ils allaient prévenir la famille de leur mère, qu'il vit l'Ancien pour la première fois. C'était juste après midi. Jozef et lui s'étaient arrêtés à Skuins Bush pour se reposer. Ils ne parlaient guère et, en attendant que leurs jambes se délassent, ils grignotaient quelques-unes des patates douces que tante Martha leur avait données... Saul n'arrivait toujours pas à croire que sa mère et Sara s'en étaient allées...

Il y eut un mouvement dans les fourrés. Sans doute un touraco, se dit-il, mais à cet instant les broussailles s'agitèrent encore et il regarda plus attentivement. A la vue des deux oreilles géantes battant l'air parmi les branchages, il eut la peur de sa vie. Un éléphant. Il tira Jozef par la manche. Ce dernier l'aperçut à son tour et se raidit. L'animal devait être là depuis leur arrivée et les avait sans doute vus dès le début. Saul savait qu'instinctivement Jozef et lui avaient choisi le même laurier du Cap pour y grimper, mais ni l'un ni l'autre ne broncha ! Ils étaient pétrifiés. Son cœur battait si fort qu'il n'arrivait plus à avaler. Le vent, dans son dos, soufflait dans la direction de l'éléphant. Dès que les fourrés commencèrent à frémir et que l'énorme masse s'avança presque sans bruit, Jozef se leva d'un bond et courut vers l'arbre en hurlant :

« C'est l'Ancien ! »

L'instant d'après, l'animal pénétrait dans la clairière. Puis il s'immobilisa, balançant lentement sa trompe, en avant, en arrière au-dessus des bruyères, comme s'il voulait leur laisser le temps de l'admirer. Là où ses défenses énormes surgissaient de leurs alvéoles, de chaque côté de sa trompe, elles étaient lisses et jaunes comme du beurre.

Un peu plus bas et jusqu'aux extrémités recourbées, elles étaient maculées de taches vert noirâtre, qui s'étaient formées tout au long de ces années passées à déterrer des racines et arracher l'écorce des arbres. Au moins cent livres d'ivoire de part et d'autre. Saul n'arrêtait pas de se dire qu'il devait en mettre à l'abri lui aussi, mais il ne parvenait pas à détacher son regard de l'éléphant géant. Sous ses yeux qui le fixaient, une souillure humide fonçait la peau rugueuse et ridée. On aurait dit qu'il pleurait. L'énorme croupe était barrée d'un profond sillon creusé par le tracé d'une balle, des années auparavant, tandis qu'une autre avait percé l'une de ses oreilles d'un trou parfaitement rond. On disait aussi qu'il avait perdu la moitié d'un pied, soufflé par un projectile alors qu'il n'était encore qu'un éléphanteau, mais Saul ne put vérifier ces dires, les fougères dissimulant les grosses pattes de l'animal.

« Saul ! » D'une voix étouffée par la terreur, Jozef l'appela du haut de son perchoir.

Mais il était toujours incapable du moindre mouvement. Il continua d'avoir l'impression que, si l'Ancien se tenait ainsi devant eux, c'était pour se faire admirer, pour qu'ils voient bien qu'il n'était pas seulement une chimère forgée par l'imagination des bûcherons. Il y avait en lui quelque chose d'inexplicablement noble. Une ineffable dignité. La sueur de l'effroi couvrait le corps de Saul de la tête aux pieds et pourtant une force indicible l'incitait à ne pas avoir peur. Pas maintenant. Brusquement, la trompe de l'animal cessa son mouvement de balancier ; puis il se tourna lentement en se dandinant et disparut bientôt dans la profondeur de la forêt, tout comme s'il n'était jamais venu.

« C'était l'Ancien ! hurla Jozef.

— Et il ne nous a pas attaqués ! furent les premiers

mots que Saul réussit à articuler d'une voix audible. Il aurait pu nous piétiner, mais il ne l'a pas fait ! poursuivit-il tandis que Jozef dégringolait de son arbre. Pourquoi ne nous a-t-il pas attaqués, Jozef ?

— Il ne nous a peut-être pas vus ?

— Bien sûr que si ! J'en suis sûr. Et le vent était contre nous ! Pas de doute. Ils nous a vus.

— Partons d'ici ! » suggéra Jozef. Il était mal à l'aise et jetait continuellement des coups d'œil inquiets dans la direction qu'avait choisie l'Ancien pour disparaître. « Allons viens ! Dépêche-toi !

— Peut-être qu'il sait pour Ma et Sara... », murmura Saul en se demandant pourquoi il disait ça. C'est qu'il n'arrivait pas à comprendre pourquoi l'éléphant était resté ainsi si longtemps...

« Ne dis pas de bêtises ! grommela Jozef. Si cet animal décide de faire demi-tour aujourd'hui, il nous réduira en poussière, je te le dis, moi ! Allez, viens ! »

Il était déjà tard dans l'après-midi lorsqu'ils parvinrent à la route qui descendait sur Deep Walls.

« C'est toi qui vas le leur dire ? demanda Jozef.

— Tu es l'aîné.

— Grandma voudra que ça soit toi, renchérit habilement son frère.

— Bon très bien ! Alors, je parlerai. »

Tout au long de la journée, Jozef avait pleuré en se cachant de lui... Il était comme leur père. Un vrai Barnard ! Du bois de fer sous la peau : dur, fort et bon. Saul avait même l'impression que son père et son frère communiquaient parfois sans prononcer une seule parole : à propos des arbres qu'il fallait abattre, de l'endroit où la chute devait avoir lieu...

Jozef avait toujours été un enfant de la forêt. Il n'avait jamais eu d'autres aspirations.

Leur grand-mère était debout au coin de la maison, comme si elle les attendait. Dès qu'elle les aperçut, elle courut à leur rencontre, les yeux emplis d'effroi.

« Vous apportez de mauvaises nouvelles, dit-elle.

— Les anges sont venus chercher Ma et Sara, balbutia-t-il à toute allure, la gorge serrée, puis sans réfléchir, il ajouta : mais en route, nous sommes tombés sur l'Ancien. »

Ils ne purent prendre le chemin du retour avant le lendemain. Leur grand-père et les trois frères de leur mère étaient allés abattre du côté de Lily Bush et il fallut envoyer Hans Oukas les chercher. Hans était un Outeniqua, comme Maska.

Ils partirent le lendemain dès l'aube. Tous les huit. Jozef et lui, leur grand-père et leur grand-mère, les trois oncles et Sanna. Sanna était l'une des plus étranges personnes qui vivaient alors dans la forêt ; elle aimait bien pénétrer dans les maisons où la mort était venue. Elle avait toujours été assez simple d'esprit. Oncle Wiljiam, le frère aîné de leur mère marchait en tête, suivi des grands-parents, de Jozef et lui, et de leurs deux autres oncles, tandis que Sanna fermait la marche. Comme si les cercueils étaient déjà devant eux. Oncle Wiljiam prit un raccourci à travers la clairière du mont Jonker et faillit les conduire au milieu d'un grand troupeau d'éléphants. Heureusement, la direction du vent était à leur avantage et ils réussirent à les dépasser sans dommage, en grimpant un peu plus haut.

Peu de temps après leur arrivée à la Grande Ile, leur père et le vieil Anro revinrent du village avec les cercueils. L'après-midi même, ils enterrèrent leur mère et Sara tout au bout de la clairière, en contrebas. La plupart des gens de cette partie de la forêt assistèrent à la mise en terre. Saul tenait Magdalena par la main, tandis que Jozef s'occupait d'Izak. La petite voulait absolument savoir où les anges avaient emmené Ma et Sara et ce qu'il y avait dans les boîtes. Jozef avait un morceau de pain dans sa poche, dont il donnait des fragments à Izak chaque fois qu'il se mettait à pleurnicher parce que les grands pleuraient. Izak n'avait alors que cinq ans.

Faute de pasteur, l'oncle Johannes Pels, qui était fabricant de harnais à Portland, célébra l'office. Il parla bien, disant que Maria Barnard allait manquer aux habitants de la Grande Ile ; ils lui apportaient toujours leur Bible pour qu'elle y inscrive les dates de naissance et de décès.

Magdalena et Izak partirent vivre à Deep Walls avec leurs grands-parents. Bien des années plus tard, quand Joram Barnard eut chassé Saul, Izak vint le remplacer dans l'équipe de leur père. Sanna ne retourna pas à Deep Walls. C'était sa manière à elle de vivre. Quand elle trouvait une place libre quelque part, elle s'installait. Grandma Steyn estima qu'ils feraient bien de la garder avec eux ; elle pourrait au moins sarcler le potager et nourrir le cochon.

Plus tard, Saul dut reconnaître au moins une chose en sa faveur : Sanna maniait la pelle aussi bien qu'un homme et jamais les plants de patates douces ne piquèrent du nez tant qu'elle s'en occupa. De temps en temps, Jozef et lui nettoyaient la maison, quand elle devenait trop sale. Sanna dormait dans la première pièce et eux dans la chambre avec leur père.

Plus tard dans l'après-midi, Saul se désaltère à l'eau brune et claire de la rivière Homtini, pour la première fois depuis des années, et y retrouve le goût de la forêt. Ailleurs dans cette immensité de verdure, l'Ancien a dû étancher sa soif dans un autre ruisseau. Mais où ? Pas une trace, pas un bruit ne signale sa présence. Non pas qu'il y ait là de quoi surprendre. On peut chercher en vain un éléphant dans cette forêt pendant des jours entiers, semaine après semaine. Mais quelqu'un peut toujours vous indiquer la direction prise par le troupeau, ou l'endroit où tel ou tel éléphant a été aperçu pour la dernière fois. Il suffit alors de poursuivre ses recherches jusqu'à ce que l'on découvre la piste, en priant certes, pour que la pluie ne vienne pas tout effacer.

A plusieurs reprises pendant la journée, il a eu envie de faire demi-tour, mais chaque fois le visage de Fred Terblans lui est apparu, l'incitant à continuer.

Près de l'endroit où ils avaient un jour abattu un laurier du Cap géant, il décide de trouver un refuge pour la nuit et choisit un creux tapissé de mousses épaisses, entre un poirier blanc et un assegai.

Avec les dernières lueurs du jour, il se dévêt et pénètre dans les eaux fraîches de l'Homtini. C'est un moment d'apaisement dont il avait oublié la douceur. Depuis le matin, tant de choses du passé ont resurgi dans sa mémoire. Cette marche forcée dans la forêt lui sera peut-être salutaire, si son âme peut ainsi se décharger de tout, afin que dans quelques jours, il s'embarque sur le *Pictor,* l'esprit clair.

Jozef et les autres ont-ils appris qu'il était de retour ?La forêt s'arrange toujours pour tout savoir. Quand Jozef et lui étaient enfants, le vieil Anro disait souvent que les gnous racontent tout aux touracos de la brousse, que ceux-ci colportent à leur tour la nouvelle aux grands touracos qui vont alors transmettre le message de branche en branche, d'arbre en arbre, de gorge en gorge et, avant même que vous ayez eu le temps de dire « ouf », les Grands Pieds savent exactement où vous êtes ! Dans le monde des hommes, les nouvelles circulent aussi très vite, à leur manière.

Le lendemain matin, il se réveille tout courbatu d'une nuit passée à même le sol. Il doit d'abord décider de la direction à prendre. Il lui reste à peine trois jours pour trouver l'éléphant. Il faut que tout soit fini avant que Fred Terblans se lance à la recherche de sa victime.

Il commencera par longer la rivière vers le nord. Quand les Grands Pieds vont vers l'ouest, ils traversent en général la rivière à un endroit précis, à environ quatre milles de là, en amont.

Aujourd'hui encore, la chaleur est harassante. De temps à autre, un léger souffle d'air agite la frondaison des arbres, puis c'est de nouveau le calme. Au bout de deux heures de marche, il découvre les traces du passage d'un troupeau, datant de la veille au soir, et oblique vers l'est. Aux alentours de midi, il perçoit le martèlement saccadé d'une hache, plus au sud, et s'en rapproche. Il faut qu'il trouve de quoi manger.

« Mister vient du village ? » Ils ne l'ont pas reconnu. C'est une vieille famille de Deep Walls. Les fils ont beaucoup grandi. Il y a le père, le grand-père et trois garçons. Il se souvient très bien du père.

« J'attends le départ du bateau qu'on est en train de charger, l'oncle.

— En voilà un beau fusil, mister. Ne pourriez-vous pas nous tuer un gnou ?

— Tu ne vois pas qu'avec un fusil pareil, c'est un Grand Pied qu'il cherche le mister, Grandpa ? remarque un des fils.

— Pourquoi se lancerait-il seul à la poursuite d'un Grand Pied, je te le demande ? grommelle un autre.

— J'ai entendu dire qu'un enfant aurait été tué par l'un d'entre eux dimanche soir, dit Saul d'un ton hésitant, comme s'il n'en était pas bien sûr.

— C'était samedi soir, mister, corrige le vieil homme. Une chose terrible ! Le fils aîné de Jozef Barnard, en plus. Douze ans à peine, vous pensez. On les connaissait bien, nous autres. Ma sœur s'est mariée avec un de ses cousins. On dit que le troupeau a foncé droit sur l'abri et on raconte aussi que la défense lui est entrée dans le dos et qu'elle est ressortie par l'estomac. Horrible, horrible ! On n'arrive plus à dormir la nuit. Ils ont emmené l'enfant au village, mais il avait trépassé avant qu'ils y arrivent. Heureusement que vous avez un bon fusil, mister. Cette teigne rôde toujours par ici.

— Qui ça ? demande Saul, feignant l'ignorance.

— L'Ancien, répond un des fils. Ils disent que c'est lui qui a massacré le gamin. Il en a fait des mauvais coups dans cette forêt ! Prenez donc une patate, mister — Charlie, donne une tasse de café au mister... C'est un Grand Pied très dangereux, celui-là, mister. Il faut vous méfier de lui. On attend un homme d'un jour à l'autre. Il vient pour le tuer.

— Par où est-il allé ? L'Ancien, je veux dire ?

— Il paraîtrait qu'il erre du côté de la croisée des Fauvettes, précise le grand-père. Et vous, mister, vous allez où ?

— Du côté de Gouna, affirme-t-il.

— Vous connaissez donc la forêt, mister ?

— Oui, je la connais.

— Je me disais bien que votre tête me rappelait quelque chose, intervient le père en le dévisageant d'un air soupçonneux.

— Mais ça fait longtemps que j'ai quitté la région, s'empresse-t-il de répondre avant de demander : Combien je vous dois pour la nourriture, l'oncle ?

— On partage ce qu'on a, mister, se défend fièrement le vieil homme, et Saul regarde ses mains rugueuses aux doigts noueux comme le tronc d'un vieil arbre.

— Alors je vous remercie beaucoup... »

Comme il s'éloigne, une profonde tristesse l'envahit, contre laquelle il ne peut rien. Nulle part, il n'a rencontré des gens plus nobles que ceux de la forêt. Sincères. Simples. Le cœur pur et tellement contents de leur sort, parce qu'ils sont vraiment bons. Innocents parce qu'ils ne savent pas ce qu'ils font. Mais il chasse de son esprit ses pensées bienveillantes car il connaît aussi leur entêtement et leur aveuglement.

Un peu plus tard, il bifurque dans la direction de la croisée des Fauvettes.

Sara et sa mère étaient mortes en novembre. Au mois de janvier suivant, il a eu quatorze ans. A l'époque, ils coupaient du bois de chariots près de la Grande Croisée ; son travail le maintenait surtout aux alentours de l'abri. Comme ils se trouvaient dans une région assez escarpée, ils avaient dû bâtir leur hutte à un demi-mille du lieu de l'abattage, en contrebas.

« C'est le jour de la naissance de notre Saul aujourd'hui, annonça le père comme le voulait la tradition.

— Félicitations, Saul, lui dit le vieil Anro en se retournant péniblement.

— J'ai quatorze ans, Pa ? demanda-t-il pour être sûr.

— Oui. Et moi aussi je t'en félicite ! Quand un garçon atteint cet âge, ses os commencent à se couvrir de muscles, sa peau se durcit et il peut déjà entrevoir le jour où il tiendra en main sa propre hache. Viens nous aider à tailler les fourrés. On est presque prêts à charrier le bois. »

Ça lui faisait tout drôle d'avoir quatorze ans. Comme s'il était perché sur deux arbres à la fois.

A chaque anniversaire, sa mère s'arrangeait toujours pour qu'il y ait de la viande sur la table. Il se souvint de la fois où malencontreusement, un chat sauvage avait attrapé le dernier poulet. Pendant toute la journée, sa mère s'était débattue avec le piège qu'elle essayait de dresser ; mais ce soir-là, quand son père et les autres étaient revenus, des fumets de faisan rôdaient autour du feu.

Il décida de trouver de la viande. Après le départ des autres, il prépara un grand feu de bois afin qu'il y ait plus tard assez de braises pour les patates douces ; puis il posa à côté, sur une pierre, les timbales en prévision du café de la première pause. Ensuite il prit une hache et un morceau de ficelle et partit chasser. Il voulait du gnou bleu pour sa fête.

Il faisait encore sombre dans les fourrés et il devait examiner le sol de très près s'il voulait repérer les minuscules traces. Au loin, il entendait le martèlement régulier des coups de hache. De temps à autre, il était obligé de tailler les broussailles pour se frayer un chemin. Le passage d'un groupe de sangliers pendant la nuit se révéla à une foule d'indices. Parfois, un touraco cessait de faire *kok-kok-kok* au-dessus de lui dans les arbres, pour entamer un roucoulement aigu, comme le sifflement de gorge d'un serpent, afin d'avertir les autres de la venue d'un danger. C'est ainsi qu'ils préviennent les Grands Pieds de la présence d'un homme, songea-t-il.

Dans une clairière où tous les arbres avaient été abattus des années auparavant, il trouva la piste d'un gnou bleu, mais il n'y avait pas un seul arbuste alentour pour poser un piège. Finalement, il tomba sur des traces plus récentes, et non loin de là il découvrit l'emplacement idéal pour le piège.

« J'ai tendu un piège à un gnou bleu, annonça-t-il quand les autres revinrent se restaurer et fumer, quelques heures plus tard.

— Oui... Il y a bien longtemps que nous n'avons pas mangé de viande », répondit son père, en regardant dans le vague. Depuis la mort de sa mère et de Sara, il lui arrivait souvent d'avoir ce regard absent.

Après la pause, Saul les accompagna pour commencer à déblayer le passage jusqu'au sentier.

« Gerrit Willemse m'a dit qu'il avait aidé à transporter du bois jaune chez Barrington. » Son père s'adressait au vieil Anro. « Il paraît qu'un homme va venir. C'est ce que raconte Barrington. »

Toc-toc-toc. Le vieil Anro mettait parfois du temps à réagir.

« Un homme pour quoi faire ? demanda-t-il enfin.

— Le gouvernement aurait nommé un homme très important pour veiller sur la forêt. Un certain Mr. Harison. Il serait censé venir nous indiquer où il faut abattre et ne pas abattre. On dit aussi qu'il aura plusieurs forestiers sous ses ordres qui passeront leur temps à nous épier. »

Toc-toc-toc.

« A mon avis, Gerrit Willemse a toujours tendance à parler trop vite. Le juge du village aussi devait désigner des forestiers chargés de nous épier pour le compte du gouvernement. Regarde-les ! Ce sont les plus grands voleurs de gibier du coin. » Toc-toc-toc. « Jan Fast et ses deux compagnons aussi étaient censés fouiner par ici. Or, ton beau-père m'a dit que Fast courtisait du côté de Kaffir's Hill et c'est par là-bas qu'il furète.

— Les gens du coin ne se laisseront pas faire, va... Allez, Saul ! Cesse de te bagarrer avec ces broussailles comme une hache émoussée ! Coupe donc ! Et passe à gauche de ce safran, sinon nous serons de nouveau coincés plus haut. » Puis, se retournant vers le vieil Anro : « Gerrit Willemse est convaincu que cet homme qu'envoie le gouvernement va nous en faire voir ! Il n'est pas commode, à ce qu'il paraît. Il parle de préserver tout pour la postérité ou quelque chose comme ça. En plus, on dit qu'il aurait l'intention de dénombrer les Grands Pieds.

— Il a l'air complètement fou. »

Peu après midi, Saul retourna à l'abri mettre les patates douces sous la cendre et préparer le café. Ils venaient tout juste de finir de manger quand des coups de feu retentirent en direction de La Combe Fleurie.

« Cette fois-ci, il l'a eu ! ricana le vieil Anro. Un de moins pour... comment s'appelle-t-il déjà, Joram ? Harrington ?

— Harison. Pourquoi ces forestiers ne vont-ils pas voir si l'homme qui a tiré a un permis ou si ce n'est pas plutôt un pilleur de défenses ?

— On dit que sur le port, au village, les défenses se vendent bien, reprit le vieil Anro. En Angleterre, il paraît qu'ils font des manches de fourchettes et de couteaux avec ! Difficile à croire, tu ne trouves pas !

— Joram Barnard, lui, n'a pas cette chance. Il n'a pas d'argent pour s'acheter des balles, de la poudre et un permis de chasse.

— T'préoccupe pas, Joram, le raisonna le vieil homme.

Un de ces jours, on en aura un, même si tu n'as qu'une licence de bûcheron. Wiljiam va fabriquer des balles lui-même. On lui en demandera quelques-unes et on descendra l'Ancien en personne. J'aimerais bien savoir combien ils payeraient pour des défenses pareilles ! »

Un peu plus tard, Saul alla vérifier son piège. Un petit gnou bleu s'était fait prendre. Il le dépouilla lui-même dès qu'il fut de retour à l'abri. Un peu déchiré autour des flancs, mais malgré tout il était content de lui. Son père disait toujours qu'il n'y a que deux choses pour redonner des forces à un homme fatigué : un morceau de viande et une bonne pipe.

La tête du gnou bleu, il fallait la jeter avec les entrailles car c'était là, dans cette tête, que se trouvait le fiel. On ne mange jamais la tête. Par pure curiosité, il saisit sa petite hache et la fendit en deux. Il voulait voir où était le fiel. Mais cette petite tête ressemblait en tous points à celle de n'importe quelle autre antilope. Il se mit à chercher fiévreusement le sac à fiel ! En vain. Finalement il se leva et alla farfouiller parmi les entrailles. Il découvrit le fiel, là où il était d'habitude... Il retourna se pencher sur la petite tête béante, creusa avec les doigts la douce texture encore tiède de la cervelle, se lécha les doigts, espérant détecter le goût amer du fiel. Mais rien. Ce qu'on lui avait raconté était donc faux. Le fiel n'était pas dans la tête. Un terrible malaise le gagnait lentement...

Un autre coup de feu retentit, du côté de la Combe fleurie. Saul rejoignit les autres en se gardant bien de leur conter sa mésaventure.

« Et tu ne nous as rien dit ? s'exclama Jozef en riant lorsque, en rentrant le soir, il vit la viande qui rôtissait, suspendue au-dessus du feu. Dommage que ton anniversaire n'ait pas été plus tôt ! »

Il attendit que son père et Anro allument une pipe.

« Est-ce que son fiel est vraiment dans sa tête ?

— J'ai vu des chiens lui courir après jusqu'à ce qu'aveuglé, il s'immobilise sans défense, lui assura le vieil

Anro. Ils le poursuivaient jusqu'à ce que le fiel lui coule dans les yeux.

— Oui, mais le fiel dans la tête, tu l'as vu, toi ?

— Pas que je me souvienne... Passe-moi un tison. Ma pipe s'est éteinte. »

Il prit un brandon dans le feu et le lui tendit en répétant sa question :

« Mais est-ce que tu l'as vu vraiment, l'oncle ?

— Arrête de glapir, Saul ! » lui ordonna son père, agacé. Il se tut mais le malaise avait resurgi en lui. Les grands lui mentaient délibérément. A moins qu'ils ne croient eux-mêmes à cette ineptie...

Quelque chose lui dit que l'Ancien n'est pas allé vers la croisée des Fauvettes et qu'il perd du temps. Mais comme tant de fois déjà auparavant, il ne prête pas attention à cette voix qui lui parle de l'intérieur de son être.

Errerait-il aujourd'hui comme un ennemi dans cette forêt si, ce jour-là, il n'avait pas fendu en deux la tête du petit gnou bleu ? Cette poursuite remue en lui des monceaux de souvenirs qu'il aurait voulu enfouis à jamais dans le tréfonds de sa mémoire ! S'il n'avait pas commis cette imprudence le jour de ses quatorze ans, aurait-il pu, aujourd'hui, prendre la main de son frère en lui disant : « Je suis désolé pour ton fils » ? Car en replongeant dans le passé, il voit bien que c'est à cette occasion que la rébellion est née en lui...

Jozef...

Jozef au cœur généreux. Jozef... il se souvenait du jour où il l'avait secouru...

Trois jours après son quatorzième anniversaire, ils avaient commencé à transporter le bois jusqu'au sentier.

Chaque fois qu'ils abattaient sur un versant trop abrupt pour y conduire les bœufs, ils étaient contraints de charrier eux-mêmes les lourds madriers jusqu'à l'endroit où les bœufs pouvaient être attelés. Ce jour-là, ils ne prévoyaient guère de difficultés sauf pour l'énorme tronçon de bois jaune destiné à la fabrication de traverses de chariots. Tout le bois était en général transporté jusqu'au sentier le plus proche, où il était équarri, scié à dimensions selon l'emploi prévu, puis chargé sur un traîneau, tiré par les bœufs jusqu'au chariot.

Lorsqu'il fallait charrier le bois soi-même, on appliquait le même principe qu'avec les bœufs, à cette différence que le bœuf, c'était l'homme. On commençait par amarrer des longes autour du tronçon de bois, puis — exactement comme avec les bêtes — les plus forts s'attelaient à l'arrière contre le chargement : son père et le vieil Anro. Entre eux, deux autres longes étaient disposées, que Jozef et lui devaient se passer sur l'épaule. Dans un premier temps, Saul prenait aussi à sa charge celle de son frère, pendant que celui-ci à l'arrière soulevait le tronçon à l'aide d'un bâton faisant office de levier.

Quand la pente était vraiment très à pic, le vieux Maska venait généralement leur prêter main-forte, mais ce jour-là, il était allé offrir ses services chez Jeremiah Eye. On décida donc que Saul le remplacerait.

« Tu es prêt, Jozef ? cria son père, dès qu'ils furent attelés.

— Oui, Pa.

— Allez ! » Joram avait donné le signal du départ et tous se penchèrent simultanément.

« Les pieds en position ! Tire ! »

Les lanières se tendirent contre l'épaule de Saul et enserrèrent ses mains.

« Tous en même temps ! »

Le tronçon de bois s'ébranla. Ils n'avaient guère de prise dans la terre molle, mais il avait bougé…

« Lève la tête, Jozef ! Aide-le à rouler ! » Les conseils du père leur parvenaient à un rythme saccadé.

L'énorme masse avança, un peu plus haut sur la pente. Saul percevait la force que son père et le vieil Anro déployaient derrière lui, et redoubla d'efforts. Il avait l'impression que tout son sang lui était monté à la tête. Quelque part dans la forêt, un coup de feu retentit.

« Ensemble ! Encore ! Encore une fois ! »

Son père disait toujours que le transport du bois n'était pas une tâche humaine...

« Soulève l'arrière, Jozef ! Laisse-le venir ! »

La terre tendre s'enfonçait sous leurs pieds.

« Encore ! Allez ! Tiens-le ! Soulève ! »

Ils progressaient régulièrement.

« Regarde devant toi, Saul ! hurla son père comme il essayait de jeter un coup d'œil par-dessus son épaule. Tire ! Tous ensemble ! »

Les longes s'enfonçaient dans sa chair. Son pied perdit prise et il atterrit sur les genoux.

« Debout, Saul ! Tiens bon ! Retrouve ton équilibre et garde-le ! Viens prendre ta place devant, Jozef ! »

Le tronçon continuait sa grimpée. Jozef rejoignit Saul et le délivra de la longe de gauche, puis il prit sa place à côté de lui.

« Tous ensemble, maintenant ! Allez tout le monde ! Montrez-lui de quoi vous êtes capables ! Allez ! Montrez-lui ! Sortez-le de là ! »

A côté de Saul, Jozef respirait bruyamment et régulièrement, traînant de surcroît dans sa main gauche le lourd levier. Saul sentait l'odeur de sa transpiration et vit les muscles de son frère bombés sous l'effort.

« Tenez bon ! Tenez bon ! Encore une fois ! » Tout le monde reconnaissait qu'il n'y avait personne pour mener un attelage de bœufs comme Joram Barnard. « Allez, encore ! Encore une fois ! Regarde devant toi, Saul ! »

Le tronçon continuait à monter régulièrement. Etape par étape. Plus haut. Toujours plus haut. Saul aurait tant voulu faire passer la longe sur son autre épaule, par-dessus sa tête, mais c'était impossible. La lourde charge dégringolerait la pente jusqu'en bas. Pas à pas, ils avançaient. Traction par traction. Un peu plus haut chaque fois, lentement, mais toujours plus haut. Ils relâchèrent leur effort, l'espace d'un instant.

Il aperçut soudain le rebord rocheux.

« Il y a un obstacle un peu plus haut », aurait-il voulu crier pour les avertir, mais ce fut un petit filet de voix brisée qui sortit de sa gorge.

« Prends la longe de Jozef ! » hurla son père. Saul avait envie de brailler qu'il ne pouvait pas, mais déjà Jozef l'avait rapprochée de son épaule et il dut l'empoigner avec la sienne.

« Tiens-la bien, l'avertit son père. Soulève-le avec le levier, Jozef ! Fais-le rouler par-dessus le rocher ! Laisse-le faire ! »

Le haut de son corps passa l'obstacle d'abord, puis ses pieds. Les tendons de son cou, ses omoplates, ses reins le brûlaient comme le feu. La douleur était intolérable.

« Soulève, Jozef ! Pousse ! Pousse bien ! »

Derrière lui, le vieil Anro haletait comme un bœuf.

« Regarde devant toi, Saul ! Oblique à droite de l'aulne rouge ! »

Des points lumineux dansaient devant ses yeux. Quelque chose d'amer lui monta à la gorge et il comprit qu'il ne tiendrait jamais jusqu'au bout.

« Sers-toi de tes jambes, Saul ! »

L'aulne rouge lui effleura l'épaule gauche.

« Fais attention, Jozef ! C'est étroit par ici ! »

Un bœuf peut se coucher s'il n'arrive pas à aller plus loin... Pas à pas. Tirer encore et encore... Plus haut... Toujours plus haut. De plus en plus à pic.

« Fais attention où tu mets les pieds, Saul ! Faut que ça passe ! »

Un bœuf peut se coucher.

Plus haut, toujours plus haut. De plus en plus douloureux.

Jozef revint prendre sa place et le libéra d'une longe. Saul ne sentait plus ses mains, comme du bois mort.

« Attention au poirier blanc ! On passe à gauche ! »

Comme ils dépassaient ce nouvel obstacle, Saul eut l'impression que son estomac était en train de se déchirer. Au-delà de l'arbre, à l'endroit où une sorte de cavité crevait le versant, enfin, son père leur cria : « Halte ! »

Brusquement, les longes se détendirent. Courbé en deux, il ne parvenait pas à se redresser. Il se laissa simplement tomber en avant, au ralenti, les mains enfouies dans les mousses du sol, puis il roula sur lui-même et se coucha sur le dos. Sa gorge était en feu, jusque dans sa poitrine, sa tête était lourde comme la pierre.

« On a fait la moitié du chemin, annonça la voix de son père, quelque part en contrebas.

— On dirait que Saul est à bout de course », s'exclama le vieil Anro en riant.

Saul ferma les yeux, doutant, au fond de lui-même, de pouvoir s'en remettre. Ses épaules, ses mains, tout son corps avaient eu leur compte... Un bœuf est un bœuf, mais un être humain n'est rien qu'un être humain !

Quand il rouvrit les yeux, parmi les taches qui obstruaient sa vision, il distingua Jozef, à califourchon sur le tronçon de bois. Il songea que s'il avait rattrapé son frère pour la taille, il n'avait pas encore la même résistance que lui. Un peu plus bas, son père et le vieil Anro étaient assis l'un près de l'autre, la pipe éteinte à la bouche. Joram Barnard était toujours très strict pour ce qui était de fumer. Seulement autour de l'abri, où c'était dégagé, de peur qu'un débris de tabac allumé ne tombe à votre insu et ne provoque autour de vous un incendie de tous les diables.

« Allons-y, les enfants ! » Son père s'était levé et tapotait distraitement sa pipe contre un rocher. « C'est en mangeant trop et en restant couché trop longtemps qu'on devient paresseux. »

Quand les autres s'éloignèrent dans les broussailles pour se soulager, il eut envie de leur crier qu'il n'allait pas pouvoir se lever, qu'ils allaient devoir l'écarter du chemin avant de passer avec le traîneau.

« Debout, Saul ! »

Lentement, il roula sur le ventre et se mit à genoux, les mains contre terre. Derrière lui, son père et le vieil Anro avaient déjà repris leur place et Jozef commençait à enrouler la lanière de cuir autour de ses mains.

Il serra les dents pour ne pas pleurer, se leva péniblement et passa la longe par-dessus son épaule.

Comment Jozef sut-il qu'il n'était plus en mesure de tenir alors qu'ils avaient presque atteint le sommet de la pente, il se le demande encore aujourd'hui, mais il se souvient de l'instant où il sentit qu'imperceptiblement l'épaule de Jozef se rapprochait de la sienne jusqu'à ce qu'il attire à lui la longe de son frère d'un coup sec. Quand il s'effondra un peu à l'écart pour libérer le passage, il leva les yeux et vit le sang qui tachait leurs chemises. Moins que la sienne, pourtant, parce qu'ils avaient la peau plus dure.

A la tombée de la nuit, tout le bois avait été transporté jusqu'au sentier à chariots. De quoi en remplir deux. Du poirier blanc pour les jantes, de l'assegai pour les rayons, du bois de fer pour les traverses, le train avant, le train arrière, l'armon et le timon.

On était vendredi.

Le lendemain matin, Saul fut dans l'impossibilité de se redresser. Il accomplit sa besogne quotidienne dans la pénombre de l'abri, à quatre pattes, et fit du café pour son père et Jozef, non sans peine. Le vieil Anro était parti pour le village avant l'aube. Il fallait plus d'une demi-journée de marche, mais il disait toujours que ça lui était égal puisqu'il avait tant de plaisir à revenir...

Jozef et son père allèrent seuls au sentier pour préparer

le bois. Ils le laissèrent près du feu, sans rien dire. Ils devaient savoir que tous les muscles de son corps le mettaient à la torture.

Vers midi, à l'heure où la chaleur du soleil pénétrait dans la forêt, il parvint enfin à se relever presque complètement.

Ce jour-là, d'autres coups de feu vinrent troubler le silence de la forêt.

En fin d'après-midi, il put aller chercher de l'eau du ruisseau. Un peu plus tard, quand les autres revinrent, Jozef et lui allèrent couper du bois de feu pour le lendemain. Joram Barnard bannissait l'usage d'une hache près de l'abri le jour du Sabbat. Quand ils eurent fini, Saul se risqua pour la première fois à parler à Jozef de ce qu'il ruminait depuis quelque temps.

« Jozef, j'ai fendu en deux la tête du petit gnou bleu l'autre jour.

— Tu ferais mieux d'aller t'asseoir au coin du feu. La fraîcheur de la nuit ravive la raideur du corps. »

Jozef ne l'avait peut-être pas entendu.

« J'ai fendu en deux la tête du petit gnou bleu et le fiel n'y était pas. C'est un mensonge !

— Tu le sais aussi bien que moi ! C'est là qu'il est, répliqua Jozef avec mauvaise humeur. Tout le monde le sait ! Va te réchauffer près du feu ! »

Ils se couchèrent tout de suite après le repas.

3.

Il n'y a pas la moindre trace du passage récent d'un éléphant à la croisée des Fauvettes. Le soleil approche du zénith. Par où aller maintenant ?

Vers l'est. Dans la direction du Knysna.

Si seulement ces pensées turbulentes cessaient de le harceler ! Mais ce sont de vieilles épines profondément implantées qui brusquement se sont infectées. Serait-ce l'effet d'une sorte de purification intérieure ? Non ! Tel n'est pas le motif de son retour. Son seul désir est d'épargner à l'Ancien l'affront de mourir de la main de Fred Terblans puis de remonter à bord du *Pictor.*

Et Kate ?

Si ses autres hantises lui font l'effet d'épines envenimées dans sa chair, Kate est une lourde chaîne rivée à ses chevilles qu'il traîne avec lui partout où il va. Il doit s'en débarrasser pour être libre ! C'est en transportant le bois de chariot au village que tout a commencé.

Une heure après avoir quitté la croisée des Fauvettes, il arrive au bord d'un ruisseau où un grand troupeau d'éléphants est venu boire et s'ébattre plus tôt dans la journée. Douze à quinze bêtes probablement, sans compter plusieurs éléphanteaux. Manifestement, ils ont pris leur temps. Toutes les pointes des bruyères arborescentes alentour ont été grignotées. Et ceux qui ne trouvaient pas ces ramilles à leur goût les ont déterrées pour manger leurs racines.

Autant qu'il puisse en juger, l'Ancien ne se trouve pas parmi eux.

Lui aussi il va falloir qu'il mange...

Le bois de chariot...

Le lendemain au réveil — c'était un dimanche, ils s'aperçurent qu'Anro était de retour. Couché près du feu à demi mort, le front humide de rosée, il ronflait comme une scie.

Son père disait souvent qu'un jour le vieil Anro se ferait piétiner par les Grands Pieds parce qu'il rentrait toujours la nuit du village, sans respect pour la forêt au repos !

Lorsqu'ils abattaient loin de la maison, le dimanche, en général ils paressaient aux abords de l'abri. Avant midi, leur père leur récitait le Psaume 23 de la Bible et dès que sa mémoire lui faisait défaut, Anro prenait la relève.

> « *Devant moi tu apprêtes une table*
> *face à mes adversaires ;*
> *d'une onction tu me parfumes la tête,*
> *ma coupe déborde.*
> *Oui, grâce et bonheur me pressent*
> *tous les jours de ma vie ;*
> *ma demeure est la maison de Yahvé*
> *en la longueur des jours.* »

Ce dimanche-là, une idée curieuse lui était subitement venue à l'esprit, à un moment où il ne s'y attendait pas du tout : la forêt est si incroyablement vaste et dense, comment était-il possible qu'Adam et Eve n'aient pas réussi à trouver une cachette sûre, afin d'échapper à Dieu lorsqu'Il était venu les chercher pour les chasser ? Lui-même connaissait des endroits où il pourrait très bien se terrer sans que personne le découvre jamais... Dieu ne pouvait sûrement pas voir toute la forêt depuis le ciel ! Même le soleil a de la peine à pénétrer dans les sous-bois. Peut-être qu'en volant haut dans les airs, au-dessus de la Grande Ile, de la Petite Ile, de la trouée de Peuter, et des clairières... Mais, qu'il était bête, il n'y avait certainement pas de bûcherons dans la forêt du temps d'Adam et Eve !

« Pa, est-ce que c'est dans cette forêt que vivaient Adam et Eve ? »

Anro et Jozef éclatèrent de rire et il se sentit tout penaud.

« Ils vivaient dans le Jardin d'Eden, Saul, lui répondit son père, en s'esclaffant à son tour.

— Un jardin, pas une forêt », précisa le vieil Anro. Curieusement, il connaissait bien la Bible.

Saul tenait à ce qu'ils ne s'aperçoivent pas de sa confusion ; il aurait juré que sa mère avait parlé d'une forêt.

« Quel jardin ?

— Un jardin, répéta son père. Avec toutes sortes d'arbres, surtout des arbres fruitiers.

— Mais alors, c'était bien une forêt ! C'est bien ce que je disais ! »

Son père s'entêta : « Non, c'était un jardin ! Et au milieu de ce jardin, trônait l'arbre du bien et du mal.

— Et le Seigneur dit à l'homme : Vous pouvez manger du fruit des arbres du jardin », récita le vieil Anro, avec conviction et emphase. « Mais du fruit de l'arbre qui est au milieu du jardin, vous ne mangerez pas, vous n'y toucherez pas, sous peine de mort. »

Ça aussi, sa mère le lui avait dit. Saul savait même quel était l'arbre du bien et du mal ! C'était le santal. Les éléphants eux-mêmes le savaient ! C'était le seul arbre de toute la forêt dont ils ne mangeaient pas les feuilles et dont ils n'arrachaient jamais l'écorce.

Et voilà qu'ils prétendaient que cette forêt n'était pas celle d'Adam et Eve ! Il n'y comprenait plus rien. Le fiel du petit gnou bleu n'est pas dans sa tête. Le santal n'est pas l'arbre du bien et du mal...

Il se leva pour aller mettre de l'eau sur le feu : ils se lavaient le dimanche.

Le lundi matin, ils bâtirent un autre abri près du sentier. Faire l'aller et retour trois fois par jour, à chaque pause, eût été une trop grande perte de temps. Le bois devait être équarri et coupé à dimensions le plus vite possible, car les provisions s'épuisaient. Saul fut contraint de calculer les jours de travail qui lui restaient, pour répartir les portions de nourriture en conséquence. Déjà, les fumeurs ne remplissaient plus leurs pipes qu'à moitié.

Ils venaient juste d'achever la construction de la petite cabane, lorsque des coups de feu déchirèrent le silence. Tellement près, que, dès que les éléphants, furieux, s'élancèrent dans les fourrés, ils surent qu'ils devaient trouver un abri au plus vite.

« Courez ! Vite ! Ils viennent par ici ! » hurla son père. Saul et Jozef choisirent le même poirier sauvage, mais comme Jozef luttait comme un beau diable pour y grimper, Saul se hâta de reprendre sa course. Quand un autre coup de feu retentit, il eut l'impression que la balle allait atterrir à ses pieds. Tout près de lui, un éléphant émit un barrissement puissant mais déjà il avait trouvé refuge dans un autre arbre. Quelques instants plus tard, le troupeau passait sous son perchoir dans un fracas impressionnant. Son père leur cria de rester où ils étaient car un retardataire blessé pouvait encore surgir.

Il était déjà midi passé lorsque, finalement, ils se risquèrent à regagner la terre ferme. Le vieil Anro leur annonça alors qu'au village, il avait appris qu'un dénommé Marais était venu chasser les éléphants dans la forêt.

« On raconte qu'il a l'intention d'en tuer une centaine.

— Pourquoi une centaine ? » demanda Saul. Il ne comprenait vraiment pas.

« Pour les défenses, évidemment, répondit Anro. C'est bien plus facile que de scier du bois.

— Combien de Grands Pieds y a-t-il dans la forêt ?

— Je ne sais pas exactement. Plusieurs centaines, sans doute. Mille peut-être. Tu as entendu ton père dire que le gouvernement avait l'intention de les compter. Hum ! Ils doivent s'imaginer que c'est comme les poulets, qu'il suffit de faire " Petits ! petits ! petits ! " pour les rassembler. Ils n'y connaissent rien aux Grands Pieds, ces gens-là ! »

Saul fut chargé d'aider le vieil homme à couper le bois pour les jantes de chariot. Chaque morceau de bois devait mesurer exactement vingt-sept pouces de long. Anro les équarrissait et Saul s'occupait de les mesurer et de les scier à la bonne longueur.

« Cent Grands Pieds, ça fait beaucoup, l'oncle ! remarqua-t-il, en essayant de s'imaginer cent corps d'éléphants morts empilés.

— Oui. Ce que j'en dis, moi, c'est qu'ils peuvent les tuer tous, jusqu'au dernier, ces teignes, tant qu'ils ne s'en prennent pas à moi ! déclara Anro d'un ton menaçant avant de réclamer le mètre. Une année, poursuivit-il, j'avais planté assez de maïs pour nourrir le monde entier. En ce temps-là je m'étais construit un abri au-delà de la passe du Bois-de-fer et Pieter Barkhuizen — qu'il repose en paix — lui aussi s'était défriché un bon petit lopin de terre... Assure-toi que le mètre est bien enduit de cendre tout du long avant de me le passer ! Sinon, je perds du temps à rechercher les marques que j'ai faites... Pieter avait planté des patates douces et moi du maïs. Je travaillais dans l'équipe de ton grandpa Steyn à l'époque. Quand mes plantations ont commencé à pousser, j'ai eu l'idée de fabriquer sept épouvantails, pour faire peur aux gnous. Même que j'ai dit à ton grandpa que les pauvres bêtes devaient les prendre pour des Barnard... Elles venaient bien jusqu'à la lisière de la forêt, mais à peine elles les apercevaient, elles déguerpissaient... Sers-toi donc de cette scie correctement, Saul ! T'as des mains, c'est pas pour rien ! Cette année-là, il pleuvait à souhait. Quand mes plants m'arrivèrent à la taille, je décidai de déplacer un peu mes épouvantails pour que les gnous les voient mieux.

— Et alors ?

— Alors, les Grands Pieds sont venus. C'était un dimanche soir. Ce qu'ils n'ont pas mangé, ils l'ont piétiné jusqu'à la racine. Le lendemain matin, il ne restait pas un seul pied debout. » Toc-toc-toc. « J'espère que cette bande-là fait partie des cent que Marais est en train de liquider ! »

Le samedi, à midi, tout le bois était prêt. L'heure du départ pour le village approchait et, dans son cœur, Saul oscillait entre la peur et la joie. Il venait d'entrer dans sa quatorzième année et pour la première fois, il allait au village.

Son père les quitta, l'après-midi même, pour aller voir Magdalena et Izak ; sur le chemin du retour, le lundi matin, il devait s'arrêter en route, à Deep Walls où était resté le chariot qui avait besoin d'un bon graissage. De bonne heure, le lundi matin, Saul et Jozef devaient aller chercher les bœufs à l'Ile des Touracos. Quant au vieil Anro, il profiterait de ces quelques jours pour mettre la dernière main aux rayons de roue qu'il vendrait au village.

Dès le mardi après-midi, tout le bois avait été transporté jusqu'à Deep Walls sur le traîneau, tiré par les bœufs. Il ne resterait plus qu'à charger le chariot et atteler les bœufs. A la nuit tombante, Saul partagea le café et les patates douces de manière qu'il y en eût encore un peu pour le lendemain matin, et Anro divisa équitablement les miettes de tabac qui restaient.

« Est-ce que la mer est loin du village ? demanda-t-il à Jozef, dans l'espoir d'avoir mal compris la dernière fois qu'il avait posé la question.

— Oui, confirma Jozef.

— Très loin ?

— A une demi-heure de marche, si tu ne traînes pas en route.

— Tu viendras avec moi ?

— Non. Pa ne voudra pas attendre.

— Si on court, on pourrait facilement rattraper le chariot, suggéra Saul.

— Non. Moi, je reste près du chariot. »

Jozef n'aimait pas aller au village. Personne ne semblait se réjouir d'y aller, sauf le vieil Anro. La mer n'avait pas l'air de leur plaire tellement non plus. Or si Saul était tout excité à l'idée de ce voyage, c'était surtout parce que, lui, il mourait d'envie de voir la mer.

« De l'eau bleue à perte de vue », avait essayé de lui expliquer sa mère quand il était petit. Il lui posait sans arrêt des questions sur la mer. « Aussi plate que la paume de ta main vue de loin, mais si tu t'approches, ce n'est qu'une multitude de vagues bordées d'écume blanche.

— Très blanche ?

— Comme un aulne en fleur ! »

Un jour qu'il était à Deep Walls, il avait entendu la mer. Ils étaient allés rendre visite à la famille de sa mère et soudain, vers le soir, un son étrange avait empli l'air. Une sorte de bourdonnement incessant, comme celui du scarabée du soleil en été, mais plus doux, et le ciel tout entier semblait en répercuter l'écho. La nuit était tombée sans que cette rumeur lancinante s'interrompe, et Saul avait commencé à avoir vraiment très peur.

« C'est la mer, s'était exclamé son grand-père en riant de son désarroi. Quand on entend le déferlement des vagues contre les rochers de Noetzie depuis ici, on peut être sûr qu'il va pleuvoir. »

Le lendemain, ils étaient rentrés chez eux sous la pluie.

Il connaissait bien l'odeur de la mer. A chaque fois que le brouillard, chassé par le vent du sud-est, s'abattait sur la forêt, un curieux parfum salé venait se mêler aux senteurs des sous-bois. Comme si l'épaisse nappe blanche jetait un sort sur le monde qu'elle envahissait, tout semblait alors infiniment calme, clos, douillet et pourtant inquiétant. L'immense silhouette sombre des arbres, pareils à des esprits, disparaissait brusquement devant ses yeux. Quand il essayait de hâter le pas, surgissant de cette masse opaque, les arbres semblaient se précipiter à sa rencontre ; et pourtant, il y avait quelque chose d'agréable dans cette peur qui vous prenait à la gorge. Si l'on était perdu, il était inutile de chercher à retrouver son chemin ! Quand ils étaient petits, leur mère craignait toujours qu'ils s'égarent quand le brouillard engloutissait la forêt... Comme l'enfant des Terblans, que l'on n'avait jamais retrouvé...

Ils attelèrent les bœufs avant l'aube. Son père tenait à être rendu le plus vite possible. Saul n'arrivait pas à décider s'il voulait marcher à l'avant avec Jozef qui menait les bêtes, ou à l'arrière avec Anro, chargé de manier le frein.

« Combien est-ce que tu crois que Marais a tué de Grands Pieds jusqu'à maintenant ? demanda-t-il au vieil homme.

— J' préfère pas le savoir. »

Il courut rejoindre son frère.

« Combien de bœufs faut-il pour faire cent Grands Pieds ?

— Qu'est-ce que tu dis ?

— S'il faut dix bœufs pour faire un Grand Pied, combien de bœufs faut-il pour cent Grands Pieds ?

— Beaucoup, je dirais.

— Oui, mais combien ?

— Je comprends pourquoi l'oncle Anro dit que tu as la tête dans les nuages !

— Pourquoi est-ce qu'il dit ça ?

— Tu veux toujours savoir des choses dont les autres se moquent éperdument. »

Il retourna auprès d'Anro.

« Pourquoi est-ce que tu dis que j'ai la tête dans les nuages, l'oncle ?

— Quoi ?

— C'est Jozef qui me l'a répété.

— Peut-être que je le dis parce que c'est vrai ! En

attendant, tu ferais mieux de t'écarter de cette roue si tu veux arriver entier au village !

— C'est encore loin ?

— A trois heures d'ici, environ. »

Il remonta en tête du chariot.

« Laisse-moi conduire un moment.

— D'accord. Mais fais attention que les bœufs restent bien en ligne », lui recommanda Jozef en lui tendant les rênes...

... Qu'il ne tarda pas à reprendre. Avec les cornes des deux bêtes de tête si proches de son dos, Saul songeait sans arrêt au jour où son père et les autres étaient revenus du village, en ramenant un Jozef très mal en point : un des bœufs de tête, en avançant la patte, lui avait arraché toute la chair du talon, jusqu'à l'os.

« Ça y est ! J'ai trouvé combien de bœufs il faut pour cent Grands Pieds, annonça-t-il à son frère quand il revint prendre la relève. Il en faut mille. Si Marais tue cent Grands Pieds, c'est comme s'il tuait mille bœufs. Ça fait beaucoup, tu te rends compte ? !

— Ne sois pas stupide, Saul. L'homme qui abat mille bœufs ne peut être que fou dans sa tête.

— Mille coups de feu ! Mille balles !

— Mais il ne va pas tirer sur mille bœufs ! s'emporta Jozef. Il ne fait que tuer cent Grands Pieds ! Et Pa dit qu'il espère bien que Marais les aura tous, ces teignes ! »

Jozef était toujours de mauvaise humeur quand arrivait le moment d'aller au village.

Et personne ne lui avait jamais dit que le village n'était pas dans la forêt. *Personne.* Ils s'étaient tous imaginé qu'il le savait. Comment aurait-il pu le savoir ? Il pensait que la forêt allait jusqu'à la mer et que, quelque part, sur le chemin à une bonne demi-heure de marche de la mer, il y avait le village.

Ils sortirent de la forêt à l'est du village. Brusquement, les broussailles si denses s'étaient clairsemées ; il s'était mis à faire de plus en plus clair... Le soleil était si fort ! Et puis tout à coup, plus rien.

Le monde émergea devant lui. Nu. Comme un homme sans chapeau. Sans toit. Il avait failli repartir en courant se mettre à l'abri sous l'ombrage. Tout son être répugnait à se risquer plus avant. Il s'arrêta à l'ombre d'un buisson de safran, au bord du chemin et laissa passer le chariot. La clarté lui faisait mal aux yeux.

« Allez ! Viens, Saul ! » l'appela le vieil Anro en parvenant à sa hauteur.

Il ne voulait pas aller plus loin et il eut envie de leur crier qu'il les attendrait là jusqu'à ce qu'ils reviennent. Mais il hurlait encore les mots dans son esprit qu'il courait déjà pour rattraper le chariot. Les battements de son cœur résonnaient dans ses oreilles.

Il les rejoignit à l'endroit où le chemin bifurquait vers l'ouest, au moment où la grande eau leur apparut.

« C'est ça la mer, l'oncle ?

— Non. C'est le Knysna avant qu'il se jette dans la mer par la trouée entre les collines. »

Le Knysna ? Cette immense mare ? Ce n'était pas possible.

« Le Knysna de la forêt ? Le même ?

— Oui. Ce sont ces eaux que tu vois là-bas. Attends un peu... tu vas voir la brèche par lequel il s'échappe dans la mer. C'est par là aussi que passent les bateaux. Parfois ils chavirent juste au moment où ils pénètrent dans la trouée et coulent jusqu'au fond. »

Il était tout étourdi par ces vastes espaces. Il y avait trop de soleil, trop de lumière et il refusait absolument de croire que la rivière brunâtre de la forêt puisse s'être élargie ainsi, en devenant si plate, si brillante. Comment cela avait-il pu se faire ?

« Tourne plus large ! » cria son père à l'adresse de Jozef. Plus ils allaient vers l'ouest, plus la brèche entre les collines s'élargissait. On aurait dit que quelqu'un avait maladroitement taillé l'espace entre les deux bosses avec une hache mal aiguisée...

Quand ils parvinrent à l'entrée du village, Saul resta prudemment à l'arrière du chariot. Les habitations, d'abord assez écartées les unes des autres, se rapprochaient de plus en plus. Elles étaient carrées, toutes blanches, et surmontées d'un toit de chaume. Certaines se composaient même de deux maisons posées l'une sur l'autre. Elles étaient entourées de jardins luxuriants qui arrivaient jusqu'au bord du chemin et regorgeaient de fleurs qu'il ne connaissait même pas. Et la peur qu'il éprouvait n'avait rien à voir avec celle que lui inspiraient les Grands Pieds. Elle régnait autour de lui. Il était submergé par elle.

Deux chevaux blancs pâturaient devant un petit bâtiment de pierres doté de magnifiques fenêtres colorées. Il ne savait pas alors que c'était une église. Anro le lui expliqua plus tard.

Et les gens ! Quels habits ! Ils croisèrent un homme à cheval. Ses vêtements étaient si propres, si lisses ! Il portait des chaussures qui lui allaient presque jusqu'aux genoux, et Saul se demanda comment il pouvait bien les enfiler.

« Tu viens, Saul ?

— T'as vu cet homme-là, l'oncle ?

— Thomas Rex, annonça solennellement le vieil homme en reniflant. C'est un riche. Un jour j'ai aidé à porter du bois chez lui, pour ses écuries. Il en a des chevaux ! »

Saul pressa le pas pour rejoindre Jozef à l'avant, en longeant le fossé qui bordait la route.

« T'as vu l'homme sur son cheval, Jozef ?

— Non. »

Effectivement, Jozef ne regardait pas autour de lui. Ses yeux étaient rivés par terre, dans la poussière de la route.

Deux dames sortant d'une maison venaient dans leur direction. Elles portaient des robes faites de nombreux tissus qui pendaient jusqu'à terre. Très larges aussi, comme sur le petit bol en porcelaine de sa grandma Steyn.

Leurs cheveux brillant au soleil étaient miraculeusement empilés au sommet de leur tête. Ici et là, il y avait aussi des gens comme eux... Non, pas vraiment comme eux.

Jozef s'engagea dans une rue plus étroite, en direction de l'eau, vers le sud. Au détour du chemin, Saul aperçut soudain deux navires au milieu des flots calmes et étincelants. Pareils à deux arbres privés de leurs feuilles. Etranges réalités de ce monde singulier... Quand il était petit, son père était rentré un jour en toute hâte du village en racontant qu'un navire avait perdu son mât dans la tempête et que le capitaine du bateau lui en avait commandé un nouveau. Il avait fallu soixante pieds de bois de fer ! Maska était venu l'aider car ce n'était pas un bois facile à travailler. Ensuite, ils avaient dû atteler douze bœufs pour le transporter jusqu'au village. Mais après ça, ils avaient été riches pendant longtemps. Son père avait touché deux cents rixdales pour le mât. Il en avait gardé quatre-vingts pour lui, en avait donné soixante-dix à Anro et cinquante à Maska. Ils avaient acheté des choses pour la maison : des vêtements, de la nourriture et un pot en fer-blanc. Le reste, son père l'avait mis de côté pour les jours de disette et pour acheter sa licence de bûcheron l'année suivante.

A présent, Jozef menait les bœufs à travers l'énorme chantier. Partout des tas de bois empilés ! Du bois à perte de vue ! Des montagnes de bois ! A proximité d'un vaste entrepôt, des hommes chargeaient des chariots, tandis que les gens de la forêt déchargeaient leur bois dans le coin le plus reculé du chantier. Parmi eux, Saul remarqua les gens de la route de Veltmas.

Tout à coup, il eut la sensation que sa tête devenait trop lourde pour son corps. Ce doit être la faim, se dit-il. Son dernier repas remontait au petit matin et ils n'avaient pas eu grand-chose à manger.

Et puis il faisait si chaud !

Jozef et lui se hissèrent tout en haut du chargement et commencèrent à détacher les longes. Il y avait toujours deux hommes à terre et deux autres sur le chariot. Tout en déchargeant, ils séparèrent bien les deux lots de bois. Quand ils eurent fini, son père et le vieil Anro s'assirent à l'ombre du chariot en mâchonnant le tuyau de leur pipe vide.

« Et maintenant ? Qu'est-ce qu'on fait ? demanda Saul.

— On attend que Mr. Page vienne avec les livres », lui répondit son père.

Au bout d'un long moment, un homme au visage blême encadré d'une chevelure roussâtre s'approcha d'eux, à travers le chantier. Il était vêtu comme l'homme à cheval, mais ses chaussures ne montaient pas tout à fait aussi haut, et il tenait deux livres à la main. A sa vue, Joram Barnard se leva et enfouit sa pipe dans sa poche.

« Nom ? demanda l'homme d'un ton sec.

— Joram Barnard. » Ils ne s'étaient pas serré la main. « Où est Mr. Page ? s'enquit son père, d'une voix mal assurée.

— Je m'appelle MacDonald, répondit l'homme en feuilletant le plus grand des deux livres. Mr. Page est retourné en Angleterre. Dorénavant, c'est à moi qu'appartient ce chantier. Qu'avez-vous apporté ?

— Du bois de chariot.

— Du bois de chariot ! » Soudain, l'homme sembla très contrarié. « Vous appelez ça du bois de chariot. Mais c'est du matériel de troisième catégorie, mon brave ! »

Saul recula discrètement vers l'arrière du chariot — il ne voulait pas être trop près si son père décidait de frapper l'homme pour le punir de son mensonge. Joram Barnard ne se mettait pas aisément en colère, mais s'il y avait bien une chose qui le poussait rapidement à bout, c'était le mensonge. Le mensonge et les jurons ! Il disait toujours : « Tu peux mentir au négociant, parce que tu le fais pour remplir ton estomac et couvrir ton corps, mais autrement, il faut toujours dire la vérité. » Et cet homme-là était en train de lui raconter que c'était du bois de troisième catégorie en sachant très bien que c'était du bois de première catégorie.

« Vous vous obstinez tous à nous apporter du bois de chariot alors que les bateaux n'attendent que des traverses, braillait-il. Mais qu'est-ce que vous voulez que je fasse de tout ça ?

— Mr. Page nous avait dit de rapporter du bois de chariot. » Son père avait peur et Saul n'arrivait vraiment pas à comprendre pourquoi. Joram Barnard n'avait jamais peur de rien.

« Ça m'est complètement égal ! trancha l'homme. Le gouvernement veut des traverses de bois jaune. Il faut achever la ligne de chemin de fer de Kimberley. Vous n'avez donc pas un gramme de jugeote, vous autres, les gens de la forêt ?

— Je ne comprends plus rien, avoua son père, dépité.

— En plus, je vois, là dans ce livre, que vous nous devez encore un cercueil.

— La mort a frappé notre famille alors qu'on s'y attendait pas, Mr. MacDonald. Il y avait deux cercueils d'inscrits dans le livre. L'autre a déjà été complètement remboursé. »

L'homme secoua la tête, l'air exaspéré, écrivit quelque chose, d'abord dans le grand livre, puis dans le petit, avant de déchirer une page qu'il tendit à son père.

« Saul ! l'appela-t-il tandis que l'homme s'éloignait déjà. Viens me dire ce qui est écrit là. »

Mais il n'y arrivait pas bien :

« Je ne comprends pas les mots, Pa. C'est quelque chose comme " trois pennies ".

— On dirait de l'anglais, intervint Anro, en jetant un coup d'œil par-dessus l'épaule de Saul. Dis comme c'est écrit. Je comprendrai, moi !

— Trois pennies s...u...c...r...e...Trois pennies...c...a...f...é. Moins trois shillings : c...er...cueil.

— *Cercol,* annonça le vieil Anro. Ça, c'est le cercueil. »

Une portion de sucre, une portion de café et cinq

shillings de moins sur le cercueil ! Tant de bois coupé, tant de travail, tant de fatigue, à tailler, à scier, à traîner cet énorme tronçon de bois jaune, tous ces jours de dur labeur, semaine après semaine, tout ça pour une portion de sucre, une portion de café et cinq shillings de moins sur le cercueil. Et son père qui restait là, sans rien dire !

L'homme se retourna et leur cria :

« Retirez votre chariot de là ! J'attends des chargements de bois de traverse.

— Mister ! » Son père parut revenir à la vie et rejoignit l'homme en courant, son chapeau à la main. « Mister, c'est pas possible. On ne peut pas s'en tirer. On tiendra jamais avec simplement du sucre et du café. Il nous faut de la farine pour le pain, mister. Il y a là assez de bois pour deux chariots, mister. D'habitude, on était payés 1 £ 50, rien que pour un.

— Rechargez votre sale bois et virez-le de mon entrepôt, hurla l'homme, dont le cou s'empourprait à vue d'œil. Fichez le camp d'ici, je vous dis ! Et allez vendre votre bois ailleurs. Mais je vous préviens, avant ça, vous allez me rembourser tout ce que vous devez au magasin, jusqu'au dernier cent, parce que ça aussi, ça m'appartient maintenant. »

Saul comprit qu'ils n'avaient aucun moyen de s'en sortir. Ils n'avaient pas d'argent et il savait très bien que MacDonald en était parfaitement conscient.

« Nous vous rapporterons des traverses, mister, promit son père d'un air suppliant. Si seulement vous pouviez nous aider en nous faisant une petite avance en attendant. Pour la farine, un peu plus de sucre et de café... et puis du tabac. S'il vous plaît, mister. Je vous promets qu'on vous rapportera des traverses. »

Ce jour-là, Saul comprit que désormais, il ne serait plus un enfant. Quelque chose se brisa en lui lorsqu'il vit son père, Joram Barnard, si grand, si fort, lui qui maniait la hache comme personne d'autre dans la forêt, lui qui était le seul à pouvoir fendre le plus gros des lauriers du Cap sur toute sa largeur avec une scie de travers, lui qui traînait le bois comme le plus puissant de tous les bœufs, mendier de la nourriture et du tabac comme un chien.

Le soleil est sur le point de se coucher. Saul a remonté les gorges du Knysna et il n'en peut plus. Un jour entier de marche dans la forêt... Toujours pas la moindre trace de l'Ancien...

Il a décidé de prendre refuge pour la nuit derrière une vieille souche de santal, creusée et recouverte d'un lichen un peu rêche. Il a faim. Un souffle d'air frais agite les branches et il serre sa veste contre lui. La veille au soir, il faisait encore si bon. Il sent des toiles d'araignée sur son visage et comme il fait un geste pour les retirer, il tâte ses joues rugueuses que couvre une barbe de deux jours.

Impossible de trouver le sommeil ! Les revenants de la journée ne cessent de le hanter ! Il avait seulement voulu apporter ce bois de chariot au chantier de MacDonald. Il aurait tellement souhaité que tout le reste n'arrive pas. Surtout Kate.

Comment faire pour la haïr ?

Ils avaient regagné la Grand-Rue, juchés sur le chariot. Son père et le vieil Anro étaient allés dans la petite boutique à la façade délabrée, avec le bon d'avance. Jozef était resté devant, avec les bœufs et Saul, sur la plate-forme, attendait lui aussi.

Le monde entier semblait s'être retourné contre lui, comme s'il était tombé dans un buisson d'épines dont il n'arrivait pas à se dégager. Ses pensées ne voulaient pas s'ordonner. Le chariot branlant des gens de la route de Veltmas s'arrêta derrière le leur. Eux aussi avaient leur bon d'avance.

Un peu plus bas dans la rue, il aperçut un petit bâtiment avec un toit pointu, dressé au centre d'un vaste espace verdoyant. Deux mots étaient écrits sur le fronton au-dessus de la porte. Ce n'était pas du hollandais. E...C...O...L...E P...U...B...L...I...Q...U...E. Ecole ? Il s'interrogeait encore lorsque la porte s'ouvrit brusquement, livrant passage à une ribambelle d'enfants. Des enfants du village. Différents des autres. Avec des habits et des chaussures comme il n'en avait jamais vu, et des livres serrés par une bande de cuir avec une boucle. La plupart d'entre eux descendirent la rue dans sa direction et quelques-uns s'arrêtèrent à côté du chariot pour regarder Jozef et les bœufs. Jozef ne leva pas les yeux. Dans son cœur, Saul priait avec ferveur pour qu'ils ne le voient pas assis sur la plate-forme. Mais quatre d'entre eux passèrent du côté du fossé et juste au moment où il s'apprêtait à se coucher à plat ventre pour se dérober à leurs regards, ils l'aperçurent. Il décida alors de sauter à terre, de l'autre côté du chariot et de partir en courant. Mais le pied sur lequel il allait prendre appui pour sauter resta suspendu en l'air au-dessus du rebord parce que, précisément à l'endroit où il devait atterrir, se tenait une petite fille qui le dévisageait de ses grands yeux comme s'il y avait, chez lui, quelque chose de très étrange.

« Est-ce que tu viens de la forêt ? » lui demanda-t-elle. Derrière lui, les autres éclatèrent de rire.

« Ils parlent hollandais », dit l'un d'eux. Et Saul aurait voulu mourir à l'instant même.

« Ils parlent le hollandais de *cuisine,* précisa un autre.

— Est-ce qu'il y a vraiment des éléphants dans la forêt ? » lui demanda alors la petite fille dans un hollandais tout à fait compréhensible. Elle n'avait pas bronché et il y avait dans sa manière d'être une sorte d'obstination. Elle ressemblait à un ange. Sa chevelure était de la couleur du miel quand le soleil s'y reflète et ses yeux aussi sombres que l'écorce d'un vieux bancoulier. Il n'avait jamais vu du tissu aussi fin que celui de sa robe et il se dit que la poussière ne devait pas pouvoir se poser sur un tel être. Il entrevit son propre orteil, sale, qui faisait saillie au bout de sa chaussure déchirée et replia la jambe en toute hâte.

« Allons ! Viens Kate ! » Les autres commençaient à s'impatienter. « Ce sont des sauvages. Des fils de bûcherons.

— As-tu déjà vu un éléphant ? » persista-t-elle, sans détacher son regard du sien. Et puis au bout d'un moment, elle ajouta avec mauvaise humeur : « Tu sais parler ou pas ? »

Il baissa la tête brusquement et attendit qu'elle s'en aille. Quand elle partit enfin en courant pour rejoindre les autres, il les entendit qui riaient et il comprit que c'était de lui qu'ils se moquaient.

Ils pénétrèrent dans la forêt à la nuit tombante. Ce fut comme une épaisse couverture qui l'enveloppa, pour le protéger du froid.

« Pa, est-ce que nous sommes des blancs ? » se risqua-t-il enfin à demander à son père, quand ils eurent allumé le feu.

4.

Le mardi matin, un peu avant le lever du soleil, il découvre enfin la piste de l'Ancien, à environ un mille au nord de l'endroit où il a dormi, sur la rive du Knysna. L'éléphant a traversé la rivière d'ouest en est, il y a quelques heures à peine, puisque sur l'autre berge, les traces sont encore détrempées.

Quelle avance a-t-il sur lui ? Une heure ? Plus peut-être. Brusquement l'angoisse et le doute l'assaillent mais, très vite, il se reprend. Voilà deux jours qu'il marche dans la forêt pour retrouver cette piste : il ne faut pas qu'il se laisse aller maintenant, car il sait qu'aucun sentiment n'empêchera Fred Terblans d'appuyer sur la gâchette au moment où l'Ancien apparaîtra devant lui !

Quelque chose d'autre le tourmente et cette pensée-là, il ne parvient pas à l'écarter de son esprit. Il est à une demi-heure de la Grande Ile. S'il ne décide pas volontairement d'y passer, ses pas l'y conduiront, qu'il le veuille ou non. Pour quoi faire ? se demande-t-il en s'engageant dans le sillage de l'Ancien, dans le sous-bois humide de rosée. Il n'y a guère que des tombes qui l'attendent là-bas : celle de sa mère, de Sara, de son père... Mais il faut qu'il trouve de quoi manger. Peut-être y a-t-il eu de nouveaux arrivants qu'il ne connaît pas dans la clairière. L'idée le poursuit... Maintenant qu'il a repéré les traces de l'Ancien, il pourrait aisément se rendre à la clairière, revenir sur la piste et achever sa mission, bien avant le crépuscule...

Une demi-heure plus tard, il oblique vers le nord.

Maska lui a dit que le vieil Anro vivait à Kaffir's Hill maintenant. Il a quatre-vingts ans bien sonnés et n'abat plus, mais il fabrique toujours ses rayons de roue qu'il porte lui-même au village.

Avaient-ils raison et lui tort ? se demande-t-il brusquement. Etre un esclave, un chien, un rien, un aveugle, n'est-ce pas la meilleure solution, et lui, dans sa sottise, ne se serait-il pas égaré ? Est-ce donc si important, au fond, de savoir où réside le fiel du petit gnou bleu ? Ou suffit-il d'y croire ? Oui, décide-t-il, c'est important. Croire un mensonge, c'est se tromper soi-même. Passer à côté de la vérité parce que le chemin du mensonge est plus aisément praticable, ça ne vaut guère mieux. Qu'il soit coupable d'autre chose, il l'accepte, mais pas de cela !

A l'entrée de la clairière, il s'immobilise, interdit. L'espace d'un instant, le temps semble échapper à la réalité. Soudain, le passé — jadis, hier — et le présent fusionnent sous ses yeux en une vision intemporelle...

La maison est toujours là. Ses murs grisâtres, secs comme du bois mort, son toit affaissé. Derrière la fenêtre, un rideau déchiré pend encore.

De l'autre côté du fossé, au centre de la trouée, il y a de la vie : un filet de fumée se faufile hors d'une cheminée et un porc est attaché à un pieu, dans un coin ombragé. Les fougères ont envahi l'emplacement où la tante Martha et sa famille habitaient autrefois. Seule l'extrémité de la cheminée émerge de la masse ensevelie sous les plantes, comme une pierre tombale...

Tout à coup, il se rend compte qu'il y a quelqu'un dans la vieille cabane. Cela semble impossible mais il est certain d'avoir vu bouger le rideau. Alors il s'approche, frappe et attend. Peut-être est-ce le fait de son imagination ou bien le vent ? Il frappe encore. Cette fois-ci, pas de doute ! Il y a quelqu'un. Il a entendu du bruit. Au moment où il s'apprête à faire le tour de la maison, la porte s'entrouvre en grinçant.

« Bonjour ! dit-il à la personne qu'il ne peut distinguer dans l'entrebâillement.

— B'jour ! » grogne-t-on. Il a déjà entendu cette voix. Est-ce possible ? La porte s'ouvre un peu plus grand. C'est bien elle. La vieille Sanna.

« Mister a dû s'égarer », dit-elle, et ce n'est plus un grognement mais l'aboiement d'un chien de garde.

« J'ai besoin de manger. Je suis de retour dans la forêt depuis quelques jours. » Il voit ses yeux se plisser comme pour mieux voir. Dès qu'elle le reconnaît — cela se lit sur son visage —, elle ouvre la porte en grand.

« Seigneur ! N'es-tu pas... Est-ce que mes yeux me joueraient des tours maintenant ?

— Bonjour, Sanna.

— C'est bien toi, Saul ?

— Oui.

— Doux Jésus ! Entre donc, Saul ! » Mais à l'instant où il passe le seuil, des années et des années de superstition l'incitent encore à la prudence :

« C'est bien toi en chair et en os, ou bien es-tu son fantôme ?

— C'est moi, Sanna. »

Une odeur fétide régne dans la pièce. Il manque un pied au lit, que l'on a remplacé par une bûche trop grosse, de sorte que le lit est plus élevé d'un côté que de l'autre. La table est toujours à sa place, au milieu de la pièce. Mais en mauvais état. Il ne reste plus que deux chaises. Autrefois, il y en avait quatre, en bois de santal, comme la table. C'était son grand-père Steyn qui les avait fabriquées et offertes à sa mère en cadeau de mariage. Les deux sièges n'ont plus de dossier et les lanières brisées pendent lamentablement comme des touffes de poils sur le dos d'un chien galeux.

« Ainsi, c'est vraiment toi, Saul ?

— Oui, Sanna, c'est vraiment moi.

— Tu as tellement changé, dit-elle, l'air ébahi, en reculant d'une démarche incertaine vers l'âtre jonché de cendres froides et grisâtres. Jozef m'a dit que je pouvais rester ici ! reprend-elle comme pour se justifier.

— Je suis content, Sanna. C'est bien que tu vives ici.

— L'Ancien a tué le Joram de Jozef. Il est mort ! débite-t-elle nerveusement.

— Maska me l'a dit.

— Fred Terblans va venir pour l'abattre. » Des mèches de cheveux gris, épars s'échappent de son vieux turban. « Qu'ils lui fendent le crâne en deux, à cet animal — l'aîné du pauvre Jozef c'était.

— Comment va Jozef, Sanna ?

— Je le vois rarement. J' l'ai aperçu aux funérailles lundi. Il est parti vivre à Deep Walls il y a des années et je ne peux plus marcher si loin... Tu es devenu bel homme, Saul ! On dirait pas que tu es de chez nous. Et puis tu as de ces vêtements !

— Est-ce qu'il y a à manger dans la maison, Sanna ?

— Du pain et du lait aigre.

— Je te paie ce que tu peux me donner. »

Le mot « paie » semble redonner vie aux mains de la vieille femme. Elle prend une tasse sur la table et la rince dans le pot d'eau claire. L'assiette en fer-blanc qu'elle va chercher sur l'étagère est couverte de poussière qu'elle souffle avec acharnement. Ses pieds nus sont sales et fendillés. Quel âge peut-elle bien avoir...

« Je ne comprends pas, marmonne-t-elle, comme si elle parlait toute seule. Ils disaient que tu ne reviendrais jamais dans la forêt, et maintenant, tu es là.

— Je suis là pour quelques jours seulement, Sanna, lui explique-t-il avant de lui demander :

— Quel âge as-tu, Sanna ?

— Mon Pa disait toujours que j'étais née la nuit où le premier bateau avait essayé de passer la trouée pour remonter le Knysna. En ce temps-là, mon Pa — qu'il repose en paix — était bûcheron chez le mister de

Melkhoutkraal, mister Rex. Dans la nuit, le bateau s'est cogné aux récifs et il a coulé dans les bas-fonds. Tous les hommes sont allés au secours des noyés. Ton grandpa Steyn a même rapporté un joli bol de porcelaine à ta grandma. »

Si ses souvenirs sont bons, elle doit avoir largement dépassé les soixante-dix ans...

« Est-ce que tu as quelque chose pour écrire, Sanna ? Un crayon, peut-être ?

— Qu'est-ce que tu veux en faire ?

— Je veux écrire ton âge, la date de ta naissance.

— Et comment pourrais-tu bien le savoir ? objecte-t-elle, indignée.

— Si tu me dis que tu es née l'année où un bateau a essayé pour la première fois de franchir l'embouchure du Knysna, c'était en 1817. En février.

— Comment le sais-tu ?

— On le sait. Il faut connaître sa date de naissance, Sanna.

— Je n'ai rien pour écrire. J'ai vécu toutes ces années en ignorant tout ça. Qu'est-ce que ça peut me faire maintenant ?

— Est-ce que tu avais des frères et sœurs, Sanna ? » Tout à coup, il a envie de mieux connaître cette étrange créature.

« On raconte que Ma est morte avant que je sache marcher. On m'a confiée à d'autres gens. »

Lorsqu'elle se retourne pour prendre le pain sur l'étagère branlante, il s'empresse d'essuyer l'assiette avec sa manche. « De quoi vis-tu, Sanna ?

— De nourriture ! De quoi d'autre veux-tu que je vive ? Je plante pour Johan Kapp et sa famille. Ils sont trop bêtes pour le faire et sa femme se promène toujours avec un bébé sur la hanche. Ils habitent de l'autre côté du fossé. Je plante pour moi aussi. De temps à autre, il me donne du lait et parfois un peu de maïs.

— Les Grands Pieds viennent-ils toujours par ici ?

— Non, répond-elle en riant. Depuis la fois où Fred Terblans les a guettés dans le champ de potirons, ils ont peur de revenir. Ils sont comme nous, ils se souviennent. Fred en avait abattu six ce jour-là. J'ai jamais mangé de foie de Grand Pied depuis, je te le dis. On avait pris un peu de graisse jaune qu'on avait cuit avec le foie sur le feu. Martha avait coupé de jolis morceaux bien plats dans l'arrière-train qu'elle avait fait bouillir pendant deux jours entiers — aussi tendres que la moelle, ils étaient, je te le dis ! Mais il faisait trop chaud et au bout du troisième jour, il a fallu commençer à enterrer le reste.

— Et les défenses ? demande-t-il, en dissimulant son dégoût.

— Fred les a fait tailler à la hache pour les emporter je ne sais où. »

Le lait lui pique la langue et il s'oblige à ignorer la poussière. Il a besoin de reprendre des forces, car une dure journée l'attend. Le pain, en revanche, est délicieux. Sanna a toujours été experte dans l'art de faire le pain.

« Es-tu heureuse, Sanna ? » demande-t-il sous l'impulsion du moment. Il veut absolument en savoir plus sur ce qui se passe sous ce bonnet noir.

« Pourquoi pas ?

— Que fais-tu de ton temps ? Tu ne passes tout de même pas ta vie à biner et à planter ?

— Je reste assise ! répond-elle, sur le même ton d'indignation.

— A quoi penses-tu toute la journée ?

— A des choses. Au passé.

— As-tu jamais été au village, Sanna ?

— La fois où on a dû fuir, tu sais bien ! »

Il connaît l'événement auquel elle fait référence, mais il feint l'ignorance : « Quand était-ce ?

— Le jour du grand feu.

— Tu t'en souviens bien, Sanna ? demande-t-il, désireux de la faire parler.

— Comment oublier ! Et puis, j'avais déjà plus de

dents, à cette époque ! Je vivais chez des gens, à Flat Bush, un cousin d'Anro. Tu te souviens de Chris Can, celui qui est mort, piétiné par des Grands Pieds ? C'était aussi un cousin à lui. J'étais bien avec eux, mais ils ont fini par me dire de chercher une autre maison.

— Parle-moi du feu, Sanna », insiste-t-il. Il faut qu'il parte, mais une étrange curiosité l'empêche de se lever.

« Comme le jour du Jugement dernier, c'était, je te le dis, commence-t-elle en serrant ses mains sur sa poitrine sans rondeur. Quand on s'est réveillé ce matin-là, il faisait une chaleur différente et la forêt était bleue de fumée. Peu de temps après, les hommes sont revenus du bois en disant que le monde était en feu et que les flammes arrivaient droit sur nous. On n'avait pas grand-chose, alors on a tout pris. Serré le tout dans des balluchons jetés sur l'épaule, et on a commencé à marcher. Arrivés à Blossom Ridge, on avait l'impression que le feu nous léchait les talons. On voyait même pas les flammes, mais on les entendait et l'air était si chaud que ça faisait mal dedans. Et puis le vent s'est levé. Rageur. Brûlant. Je te le dis. Brûlant ! Et la forêt était sèche cette année-là. Un peu plus loin, on a dû commencer à abandonner nos affaires en chemin. Petit à petit. Pour courir plus vite. J'ai cru que j'allais mourir. Tout ce qui était encore en vie fuyait, les gnous, les antilopes, les cochons sauvages. Ils nous dépassaient à toute allure, comme des enragés. Quand on est arrivés au bord de l'Homtini, on s'est rendu compte que le feu avait atteint le ravin des Sureaux blancs et il était devant nous ! Ce jour-là, j'ai vu la rivière bouillir autour d'un tronc d'arbre jaune ! Il fallait remonter plus haut pour essayer de passer. Les enfants hurlaient. On pouvait pas les porter tous, alors on en traînait plusieurs par les bras. On pouvait pas faire autrement. On savait ce qui nous attendait si on allait pas assez vite. Rôtis, carbonisés. Il y avait des hommes qui pleuraient comme des femmes. A l'Ile de l'Antilope, on a rencontré des gens qui venaient de Kaagie's Bush et ils nous ont dit que le feu s'était étendu dans les montagnes et plus bas jusqu'à la mer, mais entre les deux, la voie était plus ou moins libre. Alors on a continué en direction de la Grande Forêt et à chaque fois qu'on arrivait à un point d'eau, on trempait les enfants et puis on plongeait à notre tour avant de recommencer à courir. A Portland, le feu avait atteint un des affluents du Knysna en brûlant sur son passage tout ce qui appartenait au vieux Barrington. Ses chevaux, ses cochons, et ses poulets couraient en tous sens, frappés de panique. Et puis la nuit est tombée, mais il ne faisait pas noir ! Il faisait rouge ! Les flammes claquaient comme des coups de fouet dans les ravins et les enfants n'en pouvaient plus et nous non plus, et la belle-mère de Bertha Christiaan s'est arrêtée juste de l'autre côté d'une des profondes gorges, et là, dans cette fournaise, les anges sont venus la chercher. » Brusquement, la vieille Sanna se tait, le regard fixé devant elle, comme si une myriade d'images défilait devant ses yeux.

« Et alors, Sanna ?

— Le lendemain, on a encore rencontré des gens qui fuyaient de Marais Bush. Ils nous ont dit qu'au village, ça ne brûlait pas, et qu'on pourrait essayer de passer par Gouna. Alors on est allé jusqu'au village ; cette nuit-là, tout le monde était dans les rues, à regarder l'univers se consumer. Ils nous ont fait de la place dans la prison et ils nous ont laissés rentrer partout. Sauf dans leurs maisons. Ils étaient bons avec nous. Ils nous apportaient de la nourriture et des couvertures et d'autres choses encore et on est resté là, comme ça, pendant deux jours, et puis j'ai pris ma couverture et quelques autres broutilles, et avec ta grandma, je suis retournée à Deep Walls. Les autres m'avaient demandé de m'en aller, tu te rappelles ? »

Soudain, il n'arrive plus à avaler et change délibérément le cours de la conversation. Il veut entendre son explication à elle...

« Sanna, d'après ce qu'on raconte, de nombreuses bêtes sont mortes brûlées dans cet incendie.

— Rôties ! Carbonisées !

— Et les Grands Pieds ? lâche-t-il enfin.

— Eux, ils n'ont pas brûlé ! Tant d'animaux sont morts. Mais pas eux. Ils savent ces choses, tu comprends !

— Qu'est-ce que tu veux dire ?

— Ils savaient où le feu allait se répandre et où il n'irait pas. Dans quels ravins se cacher et ceux qu'il fallait contourner. Les Grands Pieds, ils savent ces choses-là ! Wiljiam — qu'il repose en paix —... lui et toute son équipe les ont suivis et ils racontaient que chaque fois qu'ils étaient certains d'être piégés par les flammes, ils trouvaient une issue... Mais tu devrais te souvenir de ce feu, Saul ? Est-ce que vous ne vous étiez pas cachés dans Gouna, vous autres ?

— Oui. J'avais neuf ans. Pa nous avait attachés tous ensemble avec des lanières et on est resté dans la rivière pendant tout le temps. »

Elle rompt un autre pain devant lui sur la table et chasse les mouches en agitant la main.

« Oui, c'était un grand feu, murmure-t-elle.

— Est-ce que ça t'ennuie si j'emporte ça avec moi pour plus tard, Sanna ?

— Je t'en donnerai deux.

— Si j'avais su que tu vivais encore ici, je t'aurais apporté quelque chose.

— La prochaine fois que tu viens, apporte-moi un morceau de tissu de couleur pour une robe et un peu de café. »

Il se lève, sort deux pièces d'or de sa poche et les pose sur la table.

« Je crains de ne jamais revenir, Sanna. Demande à quelqu'un de te rapporter ce que tu veux du village. »

Comme un animal, elle happe l'argent et le porte à ses yeux pour voir ce que c'est.

« Combien ça fait ? demande-t-elle, hébétée.

— Assez pour du tissu de couleur, du café, des chaussures et quelques autres choses dont tu pourrais avoir besoin.

— Que Dieu te bénisse, Saul Barnard ! » s'écrie-t-elle et l'incrédulité dans ses yeux ressemble à de l'anxiété.

En bordure de la clairière, où sa mère, Sara et son père sont enterrés, il s'attarde un moment. La terre qui recouvre son père est encore bombée. Les fougères ont depuis longtemps envahi les tombes de sa mère et de Sara. Un peu plus loin, les broussailles ont été taillées sur une petite surface pour creuser la fosse de l'enfant de Jozef. Une poignée d'arums fanés pend lamentablement dans une boîte en fer-blanc rouillée posée sur la terre fraîchement retournée.

Peu après midi, il a rejoint la piste de l'Ancien et un sentiment de culpabilité de plus en plus acerbe l'agite, contre lequel il lutte désespérément. Il s'estime coupable à l'égard de toutes les Sanna de la forêt, de tous les Jozef, les Anro, les Maska. Mais de quoi au fond ? proteste une voix en lui, l'incitant bientôt à se ressaisir. C'est eux qui l'ont taxé de traître, tout comme l'Ancien n'est qu'un criminel à leurs yeux ! Saul Barnard ne doit rien à personne et personne n'a de dettes envers lui.

Alors pourquoi est-il revenu ? En imaginant que le *Pictor* ait été sur le point de lever l'ancre au moment où Maska était venu lui annoncer la mort du fils de Jozef et la venue de Fred, sa décision aurait-elle été la même ? C'est une question absurde, se reproche-t-il en tirant sur sa veste, qui est restée accrochée à un buisson d'épines. Ici et là, sur le passage de l'Ancien, les broussailles sont écrasées. Brindilles et feuilles grignotées témoignent aussi de son itinéraire. Il est évident qu'il a pris son temps...

Serait-il revenu quand même ?...

Une heure plus tard, la piste débouche sur un sentier, et un peu plus loin, il tombe sur des excréments de l'Ancien. Sains et encore tièdes. Une chose est sûre : l'Ancien n'a pas encore perdu toutes ses dents ! Il ne connaît pas encore la lente agonie de la faim qui accompagne la vieillesse des éléphants. Et il n'a qu'une faible avance sur lui.

Suppose, l'espace d'un instant, que le *Pictor* ait effectivement été sur le point d'appareiller ? La question recommence à le narguer. Aurait-il tourné le dos à Maska ? A l'Ancien. Depuis le jour où pour la première fois, l'animal s'est présenté à lui, il s'est imaginé que des liens particuliers les rattachaient l'un à l'autre. Quand il est devenu un homme, ce rêve d'enfant s'est estompé, cédant la place à un sentiment de respect, d'admiration sans borne à l'égard du vieux Patriarche de la Forêt. Non ! Cela va au-delà de ces considérations. Il y a entre l'Ancien et lui quelque chose qui échappe à la logique des choses. Une haine, accumulée depuis des générations, existe chez les éléphants. Haine contre l'homme armé d'un fusil, qui projette dans leurs flancs pareils à l'écorce des arbres le plomb brûlant, porteur de l'infection, jusqu'à ce que fous de douleur, ils n'aient plus qu'une seule idée en tête, saccager le monde. Et tandis que la vie les abandonne lentement, ils fuient inexorablement vers les gorges profondes pour aller y mourir dans l'humiliation. Quelquefois, les plaies guérissent. D'autres fois, la balle, moins cruelle, vient frapper là où la mort ne se fait pas attendre.

En dépit de tout, la confiance que lui inspire l'Ancien est inébranlable. Il le respecte, il l'admire, et il n'a pas peur.

Pourtant, avant que la journée ne s'achève, il doit le tuer de sa main. Oui. Il n'a pas le choix. Comment pourrait-il le laisser tomber à genoux devant Fred Terblans ? Oui, reconnaît-il enfin, même si le navire avait été sur le point de lever l'ancre, il serait retourné dans la forêt.

La piste suit le sentier, vers l'est, puis au bout d'une heure environ, elle s'enfonce à nouveau dans les broussailles, jusqu'à la rivière où l'animal a étanché sa soif. Sur l'autre rive, il a glissé en sortant de l'eau et les traces sont toutes fraîches... Sait-il qu'il est poursuivi ? Cela paraît impossible et il s'est encore attardé au bord de la rivière.

Quelque chose d'autre se précise : leur destination. L'Ancien est en route pour la Grande Forêt. Gouna. Et au-delà de Gouna, Kom's Bush, puis la croisée de Jim Reid,

Deep Walls enfin. C'est là que vit Jozef et c'est aussi de là que Fred Terblans se lancera à la poursuite de sa victime...

Le fusil pèse sur son épaule et, de temps en temps, il le change de position. Dans les fourrés, un touraco s'égosille et il est tenté d'imiter son cri pour l'inciter à s'approcher, comme il le faisait dans son enfance... Un sourire plane un bref instant sur ses lèvres, puis son regard retrouve sa dureté.

Après sa première visite au village, ils étaient rentrés se reposer quelques jours à la maison et se préparer pour la prochaine coupe. Les outils d'affûtage les plus lourds et les plus efficaces ne sortaient jamais de la maison. Son père et le vieil Anro aiguisèrent sans relâche jusqu'à ce qu'il ne reste pas un millimètre émoussé sur les lames ou entre les dents des scies, tandis que Jozef et lui se chargèrent de divers raccommodages. A chaque fois qu'ils montraient à Sanna une chemise ou un pantalon déchiré, elle se précipitait sur sa pelle et allait se réfugier dans le potager.

Le dimanche soir, son père leur annonça la nouvelle :

« S'il est encore là, il doit avoir les pieds qui baignent dans les eaux de l'Homtini. Le plus beau laurier du Cap que j'aie jamais vu. Puisque MacDonald et le gouvernement veulent des traverses, ils en auront. Nous partirons demain à l'aube. »

C'était à une journée de marche. Ravin après ravin. Il fallait dévaler la pente, puis grimper péniblement. Encore et encore. Quelquefois, ils prenaient des raccourcis à travers les fourrés les plus denses, et ça durait des heures et des heures...

« Comment allons-nous faire pour sortir le bois d'ici, Pa ? » demanda Saul, qui commença à s'en inquiéter alors qu'ils n'étaient encore qu'à mi-chemin.

Au fond de lui, Saul espérait que l'arbre ne serait plus là.

« Montre-moi un tronçon de bois que Joram Barnard ne

peut pas trouver moyen de transporter hors de cette forêt ! » lui répondit son père.

Vers la fin de la matinée, ils entendirent des coups de feu du côté de la croisée des Fauvettes.

« Raté ! pouffa le vieil Anro. Toujours trente. »

Selon la rumeur, en effet, Marais en était alors à sa trentième victime.

Il était déjà tard lorsqu'ils débouchèrent enfin sur la rive de l'Homtini dans l'espoir d'y trouver un bout de terrain plat pour camper. Les touracos s'étaient déjà réfugiés dans les arbres pour dormir. Sur la forêt régnait cette plage de silence qui sépare les bruits du jour et de la nuit, et pas le moindre bruissement n'agitait les fourrés.

A l'endroit où les eaux brunâtres de l'Homtini avaient creusé un coude au fil des années, là où la rivière se faufile au cœur d'Island's Bush, ils trouvèrent un emplacement pour construire un abri. Mais ils n'avaient plus assez de forces pour s'y mettre et se contentèrent d'aller chercher du bois pour faire du café, avant de se blottir à même le sol, sous la voûte obscure des feuillages et de sombrer dans un sommeil sans rêve.

A l'aube, ils découvrirent le laurier du Cap à cent pas à peine du camp. Image du roi puissant, il trônait au milieu d'une futaie d'aulnes blancs, de safrans des montagnes, de santals, d'assegais et de poiriers sauvages. Comme si Dieu l'avait planté là bien avant les autres. Ses racines géantes s'ancraient dans la terre comme autant de bras. Plus haut, là où plus rien ne l'abritait des rayons du soleil, son écorce grise se détachait en lambeaux desséchés. A travers ses immenses branches, très loin, au-dessus de leurs têtes, une étoile retardataire scintillait dans le ciel bleuté de l'aurore.

La mousse qui pendait de ses branches, pareille à la barbe épaisse et verdâtre d'un vieil homme, ondulait étrangement dans le vent. A l'endroit où il surgissait de terre, dans toute sa puissance, le laurier était aussi large que cinq bœufs attelés de front.

« Par où va-t-on le faire tomber, Pa ?

— On va voir ça... » répondit son père en contournant l'arbre.

Saul fit ses propres calculs : vers le sud, il serait interrompu dans sa chute par le vieux santal. Vers l'est, il anéantirait sur son passage bon nombre d'arbres d'excellente qualité ; au nord, la situation n'était guère meilleure.

« Nous l'abattrons vers le sud-est, annonça son père en refaisant le tour de l'arbre. Qu'en dis-tu, Anro ?

— Je le vois se coucher comme tu le dis, Joram. »

Il convenait d'abord de bâtir l'abri. Son père et le vieil Anro choisirent un emplacement entre un bois de fer et un poirier blanc et Jozef et lui se chargèrent de déblayer les broussailles alentour.

« Coupe aussi ce jeune arbre à beurre, Saul ! aboya son père en le voyant dégager la végétation tout autour. Il est sec. Une étincelle et je te prie de croire que tu regretteras de ne pas avoir suivi mon conseil. »

Vers midi, les premières patates douces étaient déjà sous la cendre et le pot de café chantait sur le feu. L'abri était prêt.

« Eh bien, Joram, s'exclama Anro en se levant après qu'ils furent restés quelque temps assis tranquillement à fumer, il est temps de nous y mettre. »

Comme ils s'approchaient de l'arbre, leurs haches à la main, Saul sentit la panique l'envahir. Jozef et lui observèrent leur père qui calculait, une fois encore, la chute de l'arbre, avant de faire une marque au bas de l'énorme tronc couvert de mousse verdâtre. Puis il prit pied entre les racines enchevêtrées. Lorsqu'il balança son corps pour prendre de l'élan et frapper le premier coup, Saul éprouva un choc en lui, comme une déchirure.

« Je crois qu'il l'a senti, dit-il à haute voix.

— Quoi ? s'exclama Jozef, derrière lui.

— Je crois que l'arbre a ressenti quelque chose.

— T'as perdu la tête ? »

De l'autre côté de l'énorme tronc, en ligne droite par rapport à l'entaille faite par Joram, mais un peu plus haut, la hache du vieil Anro s'abattait déjà. Lentement et au même rythme, les coups commencèrent à se faire écho.

Il fallut sept jours pour en venir à bout. Sept jours étranges ! Saul et Jozef commencèrent par creuser une fosse. Les tronçons seraient trop lourds et ils étaient trop peu nombreux pour les faire rouler. La fosse devait mesurer plus de six pieds de profondeur afin que leur père puisse s'y tenir debout, quand viendrait le moment de scier.

Des nuées de touracos se rassemblaient chaque jour sur les arbres environnants ; parfois même les coups de hache étaient couverts par leurs *kok-kok-kok* incessants.

« Qu'est-ce qu'ils ont donc ? demanda Saul, s'adressant à son frère.

— Il doit y avoir des Grands Pieds dans le coin — je te préviens tout de suite, cet aulne blanc là-bas, il est à moi, s'il faut courir. »

Le lendemain matin, il y avait des traces juste autour de l'abri.

« Joram ! cria Anro d'une voix inquiète. Tu ferais mieux de venir jeter un coup d'œil dehors. J'ai l'impression que j'ai des visions. »

Joram Barnard promena son regard, l'espace d'une seconde, sur les pas profondément marqués dans la terre avant de se redresser pour scruter anxieusement les fourrés dans la pénombre : « C'est l'Ancien ! dit-il simplement.

— C'est bien ce que je pensais ! reconnut le vieil homme en jetant un énorme morceau de bois dans le feu. Regarde un peu avec quelle délicatesse il s'est promené par ici, ce démon ! Pas une seule tasse renversée. Rien !

— Ses excréments sont encore tièdes ! hurla un Jozef terrifié, de derrière l'abri.

— La vermine ! Nous a regardés dormir tranquillement, à se demander s'il allait tous nous piétiner ou pas ! maugréa son père, manifestement anxieux. Pourquoi est-ce que tu as cet air pétrifié, Saul ?

— Il a mangé toutes les peaux de patates, Pa !

— Ils font toujours ça. Mais que celui-ci s'y risque, je n'aime pas ça du tout. Quand un Grand Pied commence à déambuler tout seul et aussi discrètement que ça, il faut se méfier de lui. Si, par hasard, on a construit notre abri sur sa piste habituelle, on ferait mieux d'aller ailleurs. Sinon il va nous massacrer. »

Saul fut secoué d'une succession de frissons incontrôlables. Dire que l'Ancien avait passé à un jet de pierre d'eux sans qu'ils s'aperçoivent de rien ! Peut-être avait-il même glissé sa trompe ridée et rugueuse dans l'abri pour les renifler...

Une demi-heure plus tard, un coup de feu ébranlait la forêt du côté de Brand Ridge.

« Pourvu qu'il ait l'Ancien aujourd'hui », s'exclama le vieil Anro, plein d'espoir.

Au lever du soleil, les touracos réapparurent pour leur coutumier concert de *kok-kok-kok,* de gargouillements et de sifflements interminables, virevoltant fébrilement d'une branche à l'autre, dans leurs parures rouges étincelant au soleil.

Ils allaient s'interrompre pour la pause de midi lorsque brusquement, un chien aboya à proximité. Ce bruit, tellement inattendu, arrêta le geste de chacun entre ciel et terre. Même les touracos se turent, l'espace d'un instant...

Quand l'étranger et son chien surgirent des fourrés, Saul vit s'assombrir le regard de son père.

« Mostert. » L'homme se présenta ainsi en marchant droit sur son père.

« Joram Barnard.

— Combien d'hommes dans votre équipe ? demanda brutalement l'étranger.

— Quatre.

— Bœufs ?

— Douze.

— Licence ?

— Dans le tronc sous l'abri. »

L'homme suça la pointe de son crayon puis il écrivit tout cela avec application dans un livre écorné.

Kok-kok-kok. Les touracos recommencèrent leur raffut et les petits oiseaux y allèrent de leurs gazouillements, tandis que le chien humait l'air avec acharnement.

« Il semble bien qu'on ne vous a jamais vu dans la forêt, mister ? remarqua Joram Barnard en prenant appui sur sa hache.

— On vient de m'envoyer ici, répondit l'homme. Avant j'étais à George, au dépôt de bois.

— Mm... C'est pour ça que mister vient fouiner par ici avec un chien. Les Grands Pieds sont venus ici la nuit dernière, mister. Si mister veut voir à quoi ressemblent leurs traces, il n'a qu'à aller jeter un coup d'œil autour de mon abri... »

Mais l'homme n'était pas d'humeur à se laisser distraire.

« Nous nous occupons de faire un relevé, déclara-t-il, en prenant un air important. Cette forêt va être subdivisée. Les arbres qui pourront être abattus seront marqués et ça veut dire que les jours où vous pouviez encore couper ce que bon vous semblait sont révolus. Le gouvernement a nommé un expert pour ici, Mr. Harison. Samedi, à la Grande Ile, il s'adressera aux bûcherons de cette partie-là de la forêt, pour les informer des nouvelles réglementations.

— Si vous continuez à vous promener dans la forêt avec ce chien, mister, vous *non plus* vous ne serez pas présent à cette réunion, remarqua encore son père, sans se laisser démonter.

— Qu'est-ce que vous dites ?

— Un homme qui erre dans cette forêt avec un chien ne sait pas à quoi il s'expose. Les Grands Pieds détestent les chiens, mister. Les chiens aboient quand ils les voient, et les Grands Pieds n'aiment pas ça du tout. Ils leur font la chasse et les chiens terrifiés se précipitent auprès de leur maître. Alors, les Grands Pieds piétinent le maître sur leur passage, et le chien s'enfuit. Si vous avez un peu de bon sens, vous comprendrez, mister. »

L'homme dansait nerveusement d'un pied sur l'autre.

« Mr. Harison veut que vous soyez tous à la Grande Ile samedi. Est-ce que vous savez où c'est ?

— Samedi, on travaille », l'informa son père effrontément.

Anro surgit soudain de derrière le laurier.

« Et si j'ai fini mes rayons de roue, moi, je vais au village.

— Je vous préviens ! » Brusquement, la voix de l'homme devenait autoritaire. « Mr. Harison n'est pas du genre à se laisser marcher sur les pieds ! Cette forêt sera subdivisée et les arbres répertoriés et sachez qu'à l'avenir, les yeux d'Harison seront sur vous à tout instant ! »

Calmement, Joram Barnard repoussa son chapeau en arrière.

« Mon ami, commença-t-il, il est inutile qu'on se prenne à rebrousse-poil, vous et moi. Pour commencer, Mr. Harison aurait besoin de plus d'yeux qu'il ne pourrait en avoir sur tout le corps pour nous surveiller comme vous dites. Ensuite, je vous l'apprends peut-être, il se trouve que j'ai une licence qui m'autorise à couper du bois. J'ai payé pour ça. La forêt nous appartient et nous coupons où bon nous semble. Allez donc dire ça à votre Mr. Harison et ayez la gentillesse d'emmener votre chien avec vous.

— La forêt appartient au gouvernement, mon vieux.

— Et depuis quand ?

— Mais depuis toujours !

— Alors, le gouvernement n'a qu'à venir la chercher, sa forêt ! »

Cette fois-ci, Mostert perdit son sang-froid.

« Vous jouez avec le feu, mon brave ! La forêt appartient au gouvernement, mais aussi à la reine Victoria ! Et tout ce monde-là est très inquiet parce que vous n'arrêtez pas d'abattre des arbres et qu'année après année vous la massacrez, *votre* forêt !

— La massacrer ? Vous trouvez qu'elle a l'air morte, vous ?

— Ce n'est pas la peine d'essayer de jouer au plus fin avec moi. Le gouvernement a fermement l'intention d'intervenir contre vous ! »

Lentement, son père posa sa hache à terre.

« Je n'aurais jamais cru qu'une chose pouvait appartenir à cent personnes à la fois, l'ami. Allez donc le dire au gouvernement, à Mr. Harison et à la reine Victoria. Dites-leur aussi, de la part de Joram Barnard, qu'ils font l'effet d'un vent qui s'efforcerait de souffler dans deux directions à la fois. Au village, on nous raconte que le gouvernement n'est pas content de nous parce qu'on leur apporte pas assez de bois pour les chemins de fer et maintenant, vous venez nous dire qu'ils se plaignent qu'on en coupe trop ? Un vent qui essaie de souffler dans deux sens à la fois ne fait que soulever de la poussière, mister ! Et si ce chien était à moi, je le porterais le reste du chemin, pour m'éviter des ennuis. »

Après quelques menaces supplémentaires, l'homme s'éloigna en transportant son chien sur ses épaules. Plus tard, ils apprirent que pas un bûcheron ne s'était rendu à la réunion. Il n'y avait que Sanna. Et elle n'avait pas pu leur répéter un mot de ce que l'homme avait dit parce qu'il avait parlé en anglais.

Le troisième jour, Saul oublia les patates douces sous les cendres, et toute l'huile se consuma.

« Comment as-tu pu laisser arriver une chose pareille ? gronda son père. Crois-tu qu'un homme fatigué peut reprendre des forces en mâchonnant des patates carbonisées ?

— Tu m'as envoyé chercher du miel, Pa.

— Je ne t'ai pas dit d'y rester toute la journée !

— J'en ferai cuire d'autres, Pa. »

Son père était de mauvaise humeur.

« Les provisions doivent durer jusqu'à ce qu'on ait fini. On ne peut pas gaspiller la moindre patate douce ! Tu as bien vu par toi-même que l'arbre qu'on est en train d'abattre nous résiste plus qu'on pensait. C'est lui qui est en train de nous achever. Nos haches l'ont à peine entamé !

— Il n'a peut-être pas envie de mourir, Pa. »

Par la suite, il fut incapable de s'expliquer pourquoi il avait dit cela.

« Qu'est-ce que t'as dit ?

— L'oncle Anro pense qu'il doit avoir près de mille ans. Il n'a peut-être pas envie de mourir.

— Depuis quand est-ce que les arbres vivent ?

— Ils grandissent bien... » Il sentait qu'il exaspérait son père mais il n'arrivait pas à se taire. Depuis qu'ils avaient commencé à couper cet arbre, la colère n'avait fait que croître en lui, sans qu'il pût la contenir.

« Il faut bien qu'il soit vivant pour grandir autant », ne put-il s'empêcher d'ajouter.

— Mais qu'est-ce qui se passe dans ta tête ?

— Rien, Pa. Simplement, quelque chose me dit que cet arbre est vivant ! S'il était mort, il n'aurait pas pu grandir et s'il vit, il peut sentir les choses et s'il peut sentir, il doit avoir peur de mourir ! »

Eberlué, son père se tourna vers le vieil Anro.

« Mais qu'est-ce que raconte cet enfant ? T'as entendu, Anro ?

— J'ai entendu, Joram. J'ai l'impression que les os de ton Saul sont en train de se couvrir d'écorce. »

Il était midi. Les touracos restaient muets. Pas un seul coup de feu n'avait retenti de toute la journée. Mais Saul était inquiet. Etait-ce l'Ancien que Marais avait tué la veille ? Il s'était levé de très bonne heure ce matin-là pour voir si les pelures des patates douces qu'il avait empilées exprès sur une pierre plate étaient encore là. Tout avait disparu. Mais il ne trouva rien d'autre alentour que des traces de sangliers.

Brusquement, son père interrompit ses réflexions :

« Bon, très bien, si Saul est en train de s'endurcir, il est sûrement assez solide pour manier la hache comme un homme. »

En un instant, il sentit ses forces l'abandonner, la terreur l'avait saisi à la gorge. Il sut immédiatement ce que son père allait dire et une obstination irrésistible l'incita à devancer son injonction.

« Je refuse de lever une hache contre cet arbre, Pa ! »

Un éclair glacial brilla dans les yeux de son père et y demeura quand il s'adressa au vieil Anro :

« Donne-lui une hache !

— Pa...

— La mienne ! »

Le vieil homme donna un dernier coup d'affiloir à la hache avant de se lever. Jozef, derrière lui, l'imita.

« Je vais le faire, Pa, proposa-t-il avec empressement. L'oncle Anro disait lui-même hier que je coupais bien.

— C'est Saul qui va travailler ! insista son père sans sourciller. Il va prendre ma place, du côté de la chute et Anro poursuivra sa tâche. »

Saul comprit alors qu'il avait provoqué une vilaine affaire.

« Pa, tu nous avais dit, à Jozef et à moi, qu'on devait aller couper des roulons cet après-midi, dit-il, essayant encore de se dérober.

— Tu t'occuperas de ça une fois que tu auras senti la hache d'un homme dans tes mains ! » Son père était blême de colère : « Allons-y !

— Je ne toucherai pas à cet arbre, Pa ! » Il ne parvenait pas à dominer sa terreur ni sa fureur. Il ne comprenait vraiment pas ce qui lui avait pris. Il n'était sûr que d'une chose : il était incapable de frapper cet arbre d'un coup de hache. Jamais !

Comme il n'avait pas bronché, son père revint sur ses pas et s'empara d'une branche d'assegai sur la pile de bois de feu en criant d'un ton menaçant :

« Si tu oses encore me répondre sur ce ton...

— Pa...

— Tant que tu es dans mon équipe, tu feras ce que je te dis de faire !

— Je ne toucherai pas à cet arbre, Pa ! »

La branche d'assegai s'abattit entre ses omoplates. Il tâcha de se protéger avec les mains et se détourna, mais un deuxième coup l'atteignit en plein dos, puis un autre sur les épaules, comme autant de brûlures.

« Quand je te dis de prendre ma hache, c'est que tu dois le faire ! hurla son père en le frappant encore une fois, sur la hanche. Bon, est-ce que tu vas y aller maintenant ?

— Oui, Pa. »

Il marcha vers l'arbre sans lever les yeux, fixant le sol devant lui en soulevant la lourde hache pour que la lame ne traîne pas par terre.

« Pose tes pieds comme il faut ! » lui ordonna son père comme s'il dressait un bœuf insoumis. Derrière l'énorme tronc, Anro avait repris sa place.

Saul enjamba le monticule de copeaux accumulé au pied de l'arbre et trouva son équilibre face à l'entaille. Le bois gris-blanc, à l'intérieur, lui faisait penser à de la chair exsangue.

« Laisse Jozef le faire, Pa ! supplia-t-il, espérant encore être épargné.

— Soulève cette hache ! Allez ! Tape dedans ! »

De l'autre côté, le premier coup venait de s'abattre et le vieil Anro attendait l'écho habituel pour frapper à nouveau...

« Soulève cette hache ! Lance-la bien haut par-dessus ton épaule et utilise tout ton élan. J'ai pas dit qu'il fallait le chatouiller, cet arbre ! »

Saul était au désespoir. Les jointures de ses doigts cramponnées au manche blanchissaient à vue d'œil. La hache resta suspendue une seconde en l'air — il hésitait encore —, puis elle s'abattit brusquement et la lame tranchante comme un couperet alla se loger au fond de l'entaille. Le deuxième coup du vieil Anro survint presque immédiatement. Puis ce fut le tour de Saul. Anro. Saul.

« C'est ça ! entendit-il crier son père. Tout à coup, il sait y faire. C'est ça. Montre-lui de quoi tu es capable. Alors t'as toujours l'impression qu'il le sent ? »

L'odeur du bois entamé flottait dans l'air, les copeaux jaillissaient de l'entaille comme les étincelles blanches d'un feu qui crépite. A chaque nouveau choc, la colère et le désespoir grandissaient en lui...

Le matin du quatrième jour, ils découvrirent les traces d'un troupeau d'éléphants entre le laurier du Cap et l'abri. Ils étaient passés là pendant la nuit, mais l'Ancien ne se trouvait pas parmi eux. Ses empreintes n'y étaient pas.

« Tu es bien calme, lui fit remarquer Jozef, un peu plus tard, avant d'ajouter avec un ricanement : Tu as peut-être encore mal aux bras à cause d'hier ?

— Non.

— Tu viens avec moi ? Je vais voir si un gnou bleu s'est pris au piège.

— Non.

— L'oncle Anro dit que tu te comportes comme un jeune taureau en ce moment. Moi tu me fais plutôt penser à un buisson épineux. Mais enfin qu'est-ce que tu as ? Est-ce que Pa ne s'est pas suffisamment fait comprendre hier ?

— Laisse-moi tranquille.

— Pa t'a dit d'aller chercher du miel, n'oublie pas ! »

Des coups de feu retentirent dans la direction de Brand Ridge.

Il prit un sac et s'en alla chercher du miel. Tard dans l'après-midi, il finit par en trouver au sommet d'un santal, où même un babouin aurait eu de la peine à aller le dénicher...

Il redescendait déjà, quand il entendit une branche craquer quelque part non loin de là dans les sous-bois. Comme une détonation ! Un éléphant ! Au moment où il parvenait à la fourche de l'arbre, il y eut un autre bruit suspect. Tout proche, cette fois-ci. Il se fit un mouvement dans les fourrés en contrebas et l'Ancien surgit lentement parmi la végétation, ses deux défenses massives gracieusement recourbées. Aussi larges qu'un corps d'homme à leur base. Saul poussa un soupir de soulagement : ainsi, Marais ne l'avait pas tué. En passant sous le santal, l'éléphant s'arrêta. Sa trompe se souleva pour humer l'air, puis il disparut dans le sous-bois.

De retour à l'abri, Saul se garda bien de leur dire que l'Ancien était dans les parages.

« On dirait que notre Saul aussi a eu de la chance ! s'exclama son père en soupesant son sac poisseux. Beaucoup de chance, je vois ! Et Jozef nous a ramené un gnou bleu. »

Les choses s'arrangèrent ainsi entre son père et lui.

Le lendemain, vers midi, le laurier du Cap commença à craquer. Non pas à l'endroit où les deux entailles avaient été pratiquées, à la base du tronc, mais comme si tout son corps se déchirait de l'intérieur.

« C'est bien l'arbre le plus résistant que j'ai jamais abattu de ma vie ! » s'exclama Anro en s'effondrant auprès du feu peu avant la tombée de la nuit. On était samedi et un long dimanche *sec* l'attendait car il n'avait pas eu le temps de fabriquer assez de rayons de roue. De l'aube au crépuscule, ils s'étaient acharnés jour après jour sur l'énorme laurier du Cap, et le soir venu, ils n'avaient plus assez de force et il faisait trop sombre pour entreprendre autre chose.

Les craquements de l'arbre étaient perceptibles depuis l'abri. Après plusieurs heures sans sommeil, Saul commença à trouver le temps long. Le vieil Anro et Jozef ronflaient plus ou moins à l'unisson, puis l'arbre craquait, précédant d'un court instant le ronflement de son père. Il aurait voulu courir dehors en se bouchant les oreilles, mais il avait peur que les Grands Pieds reviennent. Le lendemain, du matin au soir, l'arbre craqua comme s'il souffrait. Plus Saul s'efforçait de réprimer son imagination, et plus ces déchirements le transperçaient lui-même de part en part.

« Tu crois qu'il tombera demain, Pa ?

— Oui. »

Mais le sixième jour s'écoula comme les autres. L'arbre continuait à tenir bon avec ce qui restait entre les deux entailles.

« Il veut nous faire crever ! gémit Anro, quand, ce soir-là, ils posèrent leur hache.

— Saul avait peut-être raison, ironisa son père, avec un rire las. Le vieil arbre n'a sans doute pas envie de perdre la vie.

— Attendez un peu, déclara Anro d'un ton décidé, en prenant de l'eau, avant midi, demain, on l'aura eu. »

« Seigneur, Jésus, pria Saul cette nuit-là, sous l'abri, faites qu'il tombe demain. Je vous en supplie. Si c'est un péché de prier pour un arbre, pardonnez-moi. Je vous en prie, Seigneur, faites qu'il tombe ! »

Il faisait très lourd, le lendemain, quand ils se levèrent.

« On va avoir de la pluie, annonça le vieil Anro en rampant hors de l'abri.

— J'étais dehors avec l'aube, dit Jozef. Il y avait des éclairs vers le sud. »

Peu avant midi, comme Anro l'avait prédit, l'arbre commença à lâcher prise lentement.

« Ça y est ! Il descend ! » hurla soudain son père en jetant sa hache pour prendre ses jambes à son cou. Anro l'imita et partit vers le nord.

D'abord, il oscilla lentement. Puis de plus en plus vite, à mesure que le reste de l'attache entre les deux entailles se déchirait. Quand le géant de la forêt s'écroula enfin, il anéantit tout ce qui se trouvait sur son passage. Des nuées d'oiseaux prirent leur envol, dans la confusion la plus totale, un gnou dépassa Jozef et Saul, complètement affolé, et un groupe de sangliers se précipita aveuglément entre leur père et le chicot de l'arbre.

Et puis ce fut à nouveau le silence.

« Merci, mon Dieu », murmura Saul.

Le laurier du Cap était mort.

Anro surgit des broussailles, la chemise détrempée de sueur.

« Vraiment, Joram, personne d'autre que toi ne pouvait le coucher aussi bien que ça !

— Oui... reconnut le bûcheron, non sans fierté. Il s'est bien couché. Le gouvernement va pouvoir avoir toutes les traverses qu'il veut — on peut en tirer au moins trente d'un seul tronçon. »

Au-dessus de leurs têtes, à l'endroit où les branches majestueuses de l'arbre se détachaient contre la toile du ciel, une énorme trouée bleue crevait la voûte des feuillages.

A l'ouest, le premier coup de feu de la journée venait de retentir et quelques instants plus tard, une forte pluie commença à tomber.

5.

Dans les semaines qui suivirent, Saul apprit ce que c'était de manier une scie de travers, à deux, jusqu'à ce qu'on ait l'impression que les bras se déchirent aux articulations des épaules. Ils commencèrent par scier l'arbre en tronçons égaux de sept pieds de long. Ensuite, chaque segment devait être roulé jusqu'à la fosse pour être débité en madriers. A mesure que les jours passaient, ils étaient de moins en moins bavards et le soir, ils s'effondraient près du feu, écrasés de fatigue.

Le mercredi, le vieil Anro annonça tout à coup qu'il fallait absolument qu'il aille au village : « Joram, si je n'y vais pas maintenant, je ne tiendrai pas le coup.

— Combien de rayons de roue te manque-t-il ?

— Un et demi. Je n'en peux plus, Joram. En commençant maintenant, je peux les finir ce soir et partir avant l'aube demain matin.

— Saul ira avec toi, déclara son père à brûle-pourpoint. On n'aura pas assez de tabac ni de café ni de sucre. »

Saul ouvrait déjà la bouche pour protester qu'il n'était pas question qu'il retourne au village quand il vit une lueur dissuasive briller dans les yeux de son père : il ravala ses mots.

« Avec quoi vais-je acheter tout ça ? demanda-t-il, consterné.

— Tu diras à MacDonald que c'est moi qui t'envoie,

qu'on s'apprête à lui apporter un splendide lot de traverses et qu'on lui serait très reconnaissant de bien vouloir nous faire une avance.

— Tu ne crois pas que ce serait mieux si tu y allais toi-même ? Jozef et moi, on peut très bien continuer ici... Qui te dit qu'il me donnera l'avance ?

— Mais je t'explique qu'il faut lui dire que tu es le fils de Joram Barnard ! répliqua son père, irrité. Il suffit qu'il jette un coup d'œil dans ses livres pour voir depuis combien d'années on porte notre bois au chantier. »

Le jeudi matin, Anro le réveilla à l'aube. Le village était à une bonne journée de marche ; il ne fallait pas perdre de temps.

« Demandez refuge à Gouna pour la nuit, suggéra son père. N'errez pas dans le noir, les Grands Pieds vous tueront ! »

Quand il commença à faire sombre, ce soir-là, comme Anro s'engageait dans un énième ravin, Saul lui demanda si Gouna était encore loin. Il n'en pouvait plus ! Toute la journée, le vieil homme les avait menés à un train d'enfer, alors qu'il fallait choisir prudemment chaque pas pour ne pas risquer de glisser ou de débouler la pente. Dès qu'ils s'arrêtaient un peu pour se reposer, Anro ne tenant pas en place le talonnait pour repartir. Et les gorges et les bois par lesquels il l'entraînait ! Saul n'en connaissait même pas l'existence ! Sentiers, chemins, fourrés, broussailles, ils empruntèrent d'étranges raccourcis, de sorte qu'il finit par se demander s'ils s'en sortiraient jamais.

« Réponds-moi, l'oncle ! A quelle distance sommes-nous de Gouna ? On commence à ne plus rien voir !

— Je ne connais personne à Gouna et je n'ai pas l'habitude de demander l'hospitalité à des étrangers.

— Est-ce que par hasard... Il n'est pas question de marcher dans le noir, l'oncle ! Je te préviens !

— C'est la pleine lune. On continue.

— Mais je suis fatigué !

— Je ne veux pas arriver au village dans deux jours. A ce compte-là, j'aurais aussi bien fait de rester où j'étais.

— Mes jambes ne me portent plus, l'oncle ! » Il était furieux contre le vieil homme. « Je te dis que je n'arrive plus à marcher.

— Moi non plus.

— Les Grands Pieds vont nous tuer.

— On a des yeux et des oreilles. Allez ! Viens ! Si tu ne suis pas, je te préviens, je te laisse en plan. On dormira quand on aura suffisamment avancé. »

C'était un véritable cauchemar. A chaque pas, il se préparait à bondir pour aller se réfugier au sommet d'un arbre. Il avait beau écarquiller les yeux, il n'y voyait rien, que le pâle reflet du clair de lune sur les fourrés noirs d'encre et la silhouette trapue d'Anro qui marchait devant lui, semblable à un babouin.

« T'as entendu, l'oncle ?

— Oui. C'est un gnou.

— Si les Grands Pieds nous font la chasse cette nuit, j'espère qu'ils te réduiront en purée !

— Ils sont plus hauts.

— Et comment le sais-tu ?

— Marais était par là-bas toute la semaine.

— Mais il y en a des centaines dans la forêt ! Tu l'as dit toi-même !

— Allons ! Dépêche-toi ! »

Saul ne trouvait qu'une seule consolation dans tout cela : depuis le crépuscule, le vieil homme ne s'écartait plus des sentiers.

Il était sans doute aux environs de minuit lorsqu'une branche craqua derrière eux, attirant aussi l'attention d'Anro, qui se figea sur place, tous les sens en éveil.

« L'oncle ?

— Chut !

— Qu'est-ce que c'est ? » Le vieil homme le tenait solidement par la manche afin qu'il ne puisse pas prendre la fuite.

« Chut ! »

Subitement, les coassements des grenouilles se turent et quand les grenouilles se taisent, c'est sûr que quelque chose ne va pas...

« Tu vois quelque chose ?

— Je crois qu'on les a dépassés dans le noir. Des Grands Pieds ! Allez ! Viens ! »

Ils n'entendaient rien que le bruissement des broussailles à travers lesquelles ils se frayaient péniblement un passage. Bientôt Anro commença à ralentir l'allure.

« Va te coucher derrière un arbre ! Nous n'irons pas plus loin, lui dit-il en s'immobilisant brusquement devant lui. Prends garde de rouler en dormant, sinon tu dégringoleras toute la pente, et je te garantis que ça n'en finit pas...

— Où sommes-nous ?

— A deux heures du village. Mangeons un morceau. Je n'en peux plus ! »

Saul n'en croyait pas ses oreilles.

« Quand est-ce qu'on a passé Gouna ?

— Il y a belle lurette ! Demain matin, nous descendrons au fond du ravin pour remonter de l'autre côté. A l'heure du lever du soleil, nous aurons atteint le sommet de la passe de Garna. »

Saul se recroquevilla derrière un arbre, glissa le sac de provisions sous sa nuque et s'endormit. Ce ne fut que le lendemain matin, quand Anro le secoua pour le réveiller, qu'il prit la mesure des risques que le vieil homme leur avait fait encourir...

Juste en contrebas de l'endroit où ils avaient dormi, s'ouvrait un gouffre à donner le vertige. Il frissonna d'effroi. Certes, pas un Grand Pied n'aurait osé se hasarder par là mais s'il ne s'était pas blotti derrière l'arbre...

« On aurait pu débouler jusqu'au fond, l'oncle !

— Mais on est encore là ! Allez viens ! »

Ils descendirent le versant abrupt en se cramponnant aux arbustes. A peine arrivés en bas, ils recommencèrent à grimper de l'autre côté, à quatre pattes comme des singes...

« Tu vas voir ce que je vais te montrer... lui promit Anro, l'air énigmatique, comme ils approchaient du sommet.

— Quoi donc ? » grommela Saul. Il n'était pas d'humeur à prêter attention aux bavardages du vieil homme.

« Tu vas voir, je te dis ! Pourquoi est-ce que tu halètes comme un vieux bœuf ?

— Bon Dieu, l'oncle, tu me tues !

— Je dirai à ton père que tu jures !

— Pa aussi, il jurerait s'il était à ma place.

— Attends un peu ! Tu vas voir ! »

Vingt minutes plus tard, ils rejoignaient un sentier en haut d'une butte, et s'enfonçaient de nouveau dans la forêt.

« Je ne vois toujours rien.

— Attends qu'on arrive à la passe de Garna !

— Est-ce qu'on ne pourrait pas se reposer un peu !

— Tu souffleras quand on sera arrivés au sommet.

— C'est le *Cape Smoke* qui te donne des ailes comme ça, l'oncle ?

— Ça ne te regarde pas, tu m'entends ? » bougonna le vieil homme, indigné.

Le sentier formait une ample boucle autour de la colline, dans le sous-bois. Déblayé de main d'homme, pour livrer passage aux chariots, il semblait s'agripper au versant du terrifiant précipice.

« Est-ce que Pa a l'intention de faire passer le chariot par ici ? demanda Saul, subitement très inquiet.

— Ça, c'est rien encore ! On a pris un raccourci par le mont de la Tête Blanche. Ton père va être obligé d'emprunter des bœufs, mon garçon ! Avec douze, on y arrivera jamais ! »

Les bois alentour s'éclaircissaient à mesure que le chemin contournait la colline. Il faisait de plus en plus jour...

Cinquante pas plus loin, Saul tomba en arrêt...

« J't'avais bien dit que j'allais te montrer quelque chose ! » s'esclaffa le vieil Anro, derrière lui.

A travers la végétation clairsemée, au loin, les eaux du Knysna étincelaient sous le soleil matinal, dans l'étroit passage entre les collines. Et au-delà de cette vision lumineuse, jusqu'à l'horizon où le ciel s'arc-boutait à la terre, la mer, plate et bleue, s'étendait à perte de vue.

« C'est la mer », murmura-t-il, presque apeuré. Sa fatigue, ses courbatures, tout le reste se dissipa soudain. Il n'arrivait pas à détacher son regard de la merveille qui venait de lui apparaître.

« Je t'avais bien dit que j'allais te montrer quelque chose, répéta le vieil homme. Tu as toujours voulu voir la mer. Eh bien, maintenant, ça y est ! »

Le long de la rive boisée du Knysna, les maisons du village ressemblaient à de petites souches blanches blotties les unes contre les autres. Le soleil perça à nouveau un amoncellement de nuages sombres, baignant le paysage de nuances rouges et ardentes.

Une seule pensée lui vint à l'esprit pour exprimer le sentiment qui faisait battre son cœur : Ça doit être comme ça au paradis.

« Ne parle pas, Saul », lui murmura une voix...

Ce doit être ce que ressent l'oiseau qui survole la forêt. C'est comme ça que le soleil voit la terre, que le regard de Dieu lui-même la saisit.

« Ça suffit maintenant, Saul. Allons-y ! »

Un jour viendra... où il montera sur un grand bateau et s'en ira au large, au-delà de l'étroit passage par lequel le Knysna s'évade en écumant et où il sera libre comme un oiseau !

« Qu'est-ce qu'il y a de l'autre côté de la mer, l'oncle ?

— L'Angleterre, je pense.

— Et au-delà de l'Angleterre ?

— Comment veux-tu que je le sache ? Allons viens !

— Où est le Cap par rapport à ici ?

— A l'ouest, où le soleil se couche. On dit que la mer contourne d'abord un bras de terre.

— Je ne savais pas qu'elle était aussi vaste que ça.

— Ne t'imagine pas qu'elle est toujours aussi docile qu'aujourd'hui ! Attends un peu que le vent de l'est se lève et l'agite un peu. Alors, tu viens ou pas ?

— Non.

— Quoi ? »

« Un jour, il s'en ira de cette forêt où il fait toujours sombre. Un jour, il vivra au soleil, comme les autres gens... »

« Qu'est-ce que tu dis ?

— Je reste ici. Tu peux y aller tout seul au village.

— Qu'est-ce que tu dis ?

— Tu n'as qu'à aller demander à MacDonald l'avance et le reste. Moi, je ne bouge pas d'ici.

— Si je t'attrape... Comment oses-tu rester planté là comme une mule ? Le diable se serait-il emparé de toi ?

— Je ne viendrai pas.

— On dirait bien que ton père ne t'a pas corrigé assez fort ! Je te préviens que si je m'y mets moi aussi, tu vas le regretter ! Si tu es venu jusqu'ici, tu iras jusqu'au village, même si je dois t'y traîner ! »

Saul comprit qu'il ne pouvait pas le faire attendre plus longtemps et commença à marcher en silence. Il se sentait pris dans un piège, ligoté, et ne songeait plus qu'à rompre ces liens qui le contraignaient. Comme lorsque son père l'avait forcé à se servir de sa hache, le désespoir et l'entêtement montaient en lui, tirant sur ce carcan qui l'oppressait.

En descendant la Grand-Rue poussiéreuse et tranquille, il s'efforça de marcher de manière que ses orteils ne dépassent pas du bout de ses chaussures.

« Tu boites maintenant ? lui demanda Anro, toujours aussi furieux contre lui.

— Non. »

Quand il ne put crisper ses pieds plus longtemps, il

imita l'attitude qu'avait adoptée Jozef : il fixa le sol devant lui, sans lever les yeux.

Le chantier de MacDonald était envahi de traverses de bois jaune. On était en train de décharger deux chariots de la forêt, pleins à ras bord eux aussi.

Figé près du portail, il tentait de rassembler le courage nécessaire pour traverser le chantier jusqu'à l'entrepôt.

« Il ne va pas te manger ! l'encouragea le vieil homme, en le poussant vers l'entrée. Et n'oublie pas de lui demander du tabac.

— Viens avec moi, l'oncle, je t'en prie.

— As-tu perdu la tête ? L'homme parle anglais et je ne comprends pas un mot de ce qu'il raconte. Allez ! Vas-y ! »

Le chemin jusqu'à l'entrepôt lui parut interminable. A mesure qu'il approchait, son cœur battait de plus en plus fort. Derrière un chariot vide, près de la porte, il décida de se mettre quelques instants à couvert pour réfléchir à ce qu'il allait dire.

« Toi, là-bas, qu'est-ce que tu veux ? » demanda brutalement une voix derrière lui, en hollandais. Il fit volte-face. C'était MacDonald.

« Je suis le fils de Joram Barnard, l'oncle. On n'a presque plus rien à manger, l'oncle...

— *Mr. MacDonald !* On n'est pas dans la jungle ici et ce n'est pas à un bûcheron que tu t'adresses ! Comment s'appelle ton père ? »

Pas seulement brutal ! Franchement grossier !

« Joram Barnard, mister. On vous a apporté du bois de chariot la dernière fois. C'est nous qui vous devons encore pour le cercueil, débita-t-il d'une voix chevrotante, oubliant le discours qu'il avait préparé. Alors, vous nous avez ordonné d'aller faire des traverses. C'est ce qu'on fait, mister, et mon Pa m'a dit de vous dire qu'on vous en apporterait tout un lot avant la fin du mois.

— Joram Barnard, dis-tu ?

— Oui, mister. Pa demande... si mister pouvait juste

nous aider jusque-là, en nous faisant une petite avance. Pa dit... »

Mais il fut incapable de continuer. Derrière MacDonald, sur le chemin qui menait à la grande maison blanche, au-delà de l'entrepôt, deux petites filles approchaient ; et la plus grande était celle qui ressemblait à un ange et qui lui avait parlé dans la Grand-Rue...

Si seulement il avait un chapeau pour dissimuler son visage !

« Bonjour, Papa ! cria-t-elle, au moment où elle passait la barrière, en faisant un signe de la main à MacDonald.

— Rentre à la maison, Kate ! Emmène Mary et ne bougez pas avant que je revienne ! » la gronda MacDonald en pénétrant dans l'entrepôt. Mais ignorant son ordre, les deux petites filles marchèrent droit sur le pauvre Saul.

« Salut ! lui dit celle qu'on appelait Kate, en se plantant effrontément devant lui. C'est toi que j'ai vu dans un chariot, l'autre jour, non ? »

Si seulement il avait un chapeau !

« Je me demandais quand est-ce que vous alliez revenir... Tu as déjà vu un éléphant ? »

Il avait l'impression d'étouffer. Si seulement il pouvait se faufiler sous le chariot pour resurgir entre les roues arrière et partir en courant... Mais il fallait absolument qu'il ait le bon d'avance ! Pourquoi MacDonald ne revenait-il pas les chasser ? Pourquoi est-ce qu'elles le dévisageaient ainsi ? Si seulement la terre s'ouvrait sous ses pieds !

« On a pique-niqué dans la forêt dimanche dernier, mais Pa n'a pas voulu qu'on aille trop loin dans les fourrés, alors on a pas pu les voir, les éléphants. »

Ses mots résonnaient différemment à ses oreilles. Ils étaient si beaux. Comme autant de petits papillons blancs s'échappant de ses lèvres pour aller se percher ici et là. Il gardait obstinément les yeux au sol, en priant pour que MacDonald se dépêche !

« Je voudrais tellement voir un éléphant ! persista-t-elle. Tu en vois souvent, toi ? »

Il hocha la tête, rapidement.

« Des gros ?

— Oui », murmura-t-il. Elle s'en irait peut-être s'il lui disait ce qu'elle voulait savoir…

« Gros comment ?

— Très gros, répondit-il, sans lever la tête.

— Mon papa, il a plein de défenses d'éléphants. On les charge sur les grands navires, mais il dit qu'on ne tue pas les éléphants pour leur prendre leurs défenses. Il suffit de les attraper et de les leur arracher.

— C'est pas vrai du tout ! s'exclama-t-il, oubliant sa détresse, en la regardant droit dans les yeux. Depuis quand est-ce qu'un éléphant se laisse attraper et reste immobile pendant qu'on lui arrache les dents ? C'est comme l'histoire du fiel du petit gnou bleu, on dirait !

— Je te demande pardon ?

— Rien.

— Quel âge as-tu ? demanda-t-elle encore.

— Quatorze ans. » Pourquoi voulait-elle savoir ça ?

« J'ai dix ans. Je m'appelle Kate et voici ma petite sœur Mary. Comment t'appelles-tu ?

— Saul.

— On habitait au Cap avant de venir ici. On allait à l'école là-bas aussi. Maintenant, on va à l'école ici. Et toi, tu vas où ? »

Il n'eut pas à lui répondre car à cet instant, MacDonald surgit opportunément de l'entrepôt.

« Kate ! cria-t-il en anglais dès qu'il les vit. Je t'avais pourtant dit de ne pas adresser la parole à ces gens-là. Ce sont des sauvages !

— Mais il est gentil, Papa !

— Rentre immédiatement à la maison ! »

Saul saisissait assez bien l'anglais pour savoir que MacDonald les houspillait à cause de lui. Il avait compris aussi que le négociant l'avait traité de *sauvage* et ce mot-là, il n'ignorait pas ce qu'il voulait dire...

Dès qu'elles se furent enfuies, MacDonald se tourna vers lui et ouvrit le grand livre qu'il avait rapporté.

« Je vois que vous me devez encore beaucoup, et tu dis que vous voulez de nouveau acheter ?

— On travaille du bois lourd, mister, dit-il, les yeux rivés devant lui.

— Qu'est-ce qu'il veut déjà, ton père ?

— Du café, du sucre, de la farine... et un peu de tabac aussi, s'il vous plaît. »

MacDonald rédigea un bon d'avance, puis il le dévisagea quelques instants d'un air songeur en gardant le papier dans sa main.

« Quel âge as-tu ? demanda-t-il.

— Quatorze ans, mister. » Pourquoi est-ce que brusquement tout le monde voulait savoir son âge ?

« Mmm ! Tu es bien grand. Tu es sûr que tu n'aurais pas seize ans plutôt ? Je ne suis pas certain que vous sachiez vraiment très bien, vous autres.

— J'ai quatorze ans.

— Je cherche un jeune garçon fort, pour m'aider ici au chantier. Logé, nourri et deux shillings par semaine.

— Est-ce que ça veut dire que mister veut que je vienne travailler ici ? »

Il croyait avoir mal entendu.

« Oui. Mais je ne veux pas de toi, si tu es stupide !

— J'en parlerai à mon Pa. »

Une semaine plus tard, ils commencèrent à transporter les traverses de bois jaune. Son père emprunta quatre bœufs à Deep Walls, de sorte qu'ils avaient seize bêtes en tout pour traîner le bois jusqu'au chariot, de l'autre côté de la croisée des Fauvettes. Ce n'était pas facile. La plupart du temps, ils devaient disposer des roulons sous le traîneau pour passer les ravins, et sur plus de la moitié du chemin, il fallut déblayer un chemin à travers les broussailles.

Chaque jour, ils espéraient qu'il allait pleuvoir. Le bois lourd se transportait plus aisément quand le sol était humide. Mais le temps sec persistait. Une nuit, seulement, il tomba une petite bruine qui ne perça même pas le feuillage. Et pendant tout ce temps-là, Saul songeait au chemin qu'il leur restait encore à parcourir, aux obstacles qui les attendaient...

Il n'avait pas parlé à son père du travail que MacDonald lui avait proposé. Quand la grande fatigue s'emparait d'un homme, mieux valait ne pas l'importuner.

Il fallut une semaine entière pour transporter le bois jusqu'au chariot. Le dimanche suivant, ils passèrent la journée à traîner comme des épaves autour de l'abri. Le lendemain, dès l'aube ils commencèrent à charger les cinquante traverses sur le chariot.

Le mardi, en fin de journée, quand ils arrêtèrent les bœufs au sommet du mont de la Tête Blanche, juste avant le premier versant à pic, pour qu'ils se reposent un peu, Saul s'arrangea pour être à l'arrière, près du frein avec le vieil Anro. Lorsque le chariot entamerait sa descente, il n'y aurait plus de place pour passer, ni d'un côté ni de l'autre, et il ne connaissait que trop bien la précision avec laquelle Joram Barnard assenait son fouet, entre les omoplates, si l'on commettait l'erreur de gêner le passage.

Il ressentit une étrange sensation dans l'estomac quand le fouet claqua au-dessus des bœufs et que le vieil Anro relâcha le frein.

« Eh ! Allez-y, beautés ! » cria son père et le son de sa voix alla se répercuter contre les roches bleues en contrebas. Lentement, le chariot s'ébranla en grinçant.

« Regroupe bien les bœufs quand nous commencerons à descendre, Jozef ! »

Seize bœufs, un meneur, un garde-frein, un conducteur, œuvrant tous à l'unisson pour guider le chariot lourdement chargé. Son père parlait aux bœufs comme à des hommes. Pas un seul instant, Anro ne lâcha le manche du frein : serrage, relâchement, serrage, relâchement.

Serrage jusqu'à ce que les roues arrière dérapent dans la poussière comme des jambes raides, jusqu'à ce que les amarres du chargement semblent sur le point de craquer.

« J'avais pourtant dit à ton père de laisser le bois sur le traîneau jusqu'ici, remarqua le vieil homme, en gardant un œil à la fois sur le frein et sur le bois. Mais un Barnard a toujours des entêtements bizarres !

— Pa dit qu'on va y arriver.

— Oui. Jacob Whip aussi le croyait. Les squelettes de ses bœufs et les débris de son chariot sont toujours quelque part en bas. C'est un gouffre, ça, pas un sentier à chariot ! »

Tout le voyage fut un cauchemar. Les bœufs épuisés, les hommes éreintés, le chariot prêt à rendre l'âme. La roue arrière gauche qui menaçait sans cesse de se désaxer et de débouler la pente.

« Brunot ! Avoine ! Flancplat ! Oreilles de porc ! » On aurait dit une incantation quand son père appelait les bœufs par leur nom, tandis que les coups de fouet claquaient comme des détonations au-dessus de leur dos. Pas une seule fois dans sa vie, Saul n'avait rencontré un homme sachant mener un attelage comme Joram Barnard ! Jamais un bœuf ne se blessait quand Joram Barnard était aux commandes : « Ramène-le, Tacheté ! Aide-le, Leblanc ! » A l'attelage arrière, il parlait d'une voix différente, comme s'il s'adressait à des hommes. « Tenez encore un peu ! Vous pourrez bientôt vous reposer, mes beautés ! » Jamais il ne les fouettait sauvagement, comme tant d'autres bûcherons, et en leur parlant, il les faisait passer par les ravins les plus profonds.

Le mercredi suivant, en fin d'après-midi, ils déchargèrent les traverses sur le chantier de MacDonald. Quand ils eurent fini, ils se laissèrent tomber sur l'herbe près du chariot, comme des loques, en attendant que MacDonald vienne avec les livres.

« Pa... la dernière fois que je suis venu, pour l'avance,

Mr. MacDonald m'a demandé si je ne voulais pas travailler pour lui. »

Son père ne répondit pas, mais il se mit à tirer plus fort sur le tuyau de sa pipe vide. Il ne leur restait de nouveau plus de nourriture ni de tabac.

« Il m'a dit que je serais nourri et logé et qu'il me donnerait deux shillings par semaine.

— On travaille à notre propre compte, nous autres !

— Je pensais que peut-être...

— Nous travaillons pour nous-mêmes et notre vie nous appartient ! déclara fièrement son père, et ses mots firent du bien à Saul, sans qu'il pût s'expliquer pourquoi. On ne travaille pas pour MacDonald.

— Bien, Pa. »

Derrière eux, le vieil Anro s'était redressé péniblement sur son séant et fignolait un dernier rayon. Quand MacDonald apparut enfin, le soleil était sur le point de se coucher.

« Quel nom ?

— Joram Barnard. »

Les pages du grand livre tourbillonnèrent entre ses doigts.

« Mmmm... votre dette est de taille, je vois là, sur mes livres. Qu'est-ce que vous m'avez apporté cette fois-ci ?

— Des traverses.

— Des traverses ? Mais le monde déborde de traverses. Regardez un peu à quoi ressemble mon chantier avec toute cette saleté !

— Mister MacDonald... » La voix de son père était ferme. « C'est vous qui nous avez dit que vous vouliez des traverses. Nous sommes fatigués, mister...

— Ça c'est typique ! l'interrompit MacDonald. Pas un gramme de cervelle ! Si quelqu'un dit “ traverses ”, ça vous reste collé dans la tête, et vous nous rapportez des traverses jusqu'à la fin des temps ! Votre pile, c'est laquelle ?

— Celle qui est près du chariot, répondit calmement son père.

— Je ne vous avais pas demandé d'apporter une *montagne* de traverses ! Et regardez comme il est de mauvaise qualité ! C'est du bois de feu, ma parole ?

— Non, mister MacDonald, ce sont des traverses de bois jaune de toute première qualité. »

Le rire du négociant retentit comme un aboiement de chien.

« Je vous montrerai un jour ce que c'est que du bois jaune de première qualité. Que diable voulez-vous que je fasse avec tout ça ?

— Si mister n'est pas sûr de la qualité de ces traverses, nous attendrons demain matin, quand la lumière sera meilleure, comme ça il verra mieux. C'est du bois magnifique, mister, et nous l'avons très bien apprêté. »

Mr. MacDonald commença alors à se fâcher.

« Ne faites pas le malin avec moi, Barnard ! Je n'ai pas de temps à perdre avec vos histoires. Le gouvernement veut du bois de santal, les navires attendent des chargements de santal, le monde entier veut du santal et mon chantier est envahi de traverses de bois jaune. Et moi, je passe ma vie à vous donner des avances ! »

Jozef s'accroupit derrière le chariot et se mit à frapper nerveusement le sol avec un bâton. Le vieil Anro entreprit de lier ses rayons de roue en petits fagots... Fou de colère, Saul serrait les poings en se mordillant les joues. MacDonald les tenait à sa merci. Le livre dans lequel leur dette était inscrite, noir sur blanc, était comme un fouet grâce auquel il les maintenait à genoux devant lui, en les trompant éternellement, à sa guise et en toute quiétude.

« Je suis obligé de me saigner aux quatre veines pour vous donner des avances ! » poursuivit MacDonald. Dans la grande maison perchée en haut de la colline, les premières lueurs jaunes des lampes illuminaient les fenêtres. « Je devrais vous dire de remporter tout ce bois dans la forêt et de le brûler ! Mais il faut au moins que j'essaie de récupérer une partie de ce que vous me devez... Je vais déduire dix shillings de votre dette et vous donner encore une avance pour que vous puissiez acheter du café, du sucre et de la farine. Mais ne m'en demandez pas plus !

— Il faut que nous ayons aussi un peu de tabac, Mr. MacDonald, implora ouvertement son père, sans oser mentionner la paire de chaussures qu'il avait promise à Jozef.

— Prenez aussi du tabac, mais il s'ajoute à votre dette. Si ça continue, vous serez endettés jusqu'à la fin de votre vie, vous autres, les Barnard ! »

Il faisait déjà sombre quand ils quittèrent le village. A la croisée du Bouc, ils dételèrent les bœufs pour la nuit ; Anro devait les y rejoindre.

« Comment fait-on pour prêter serment, Jozef ? demanda Saul quand ils furent un peu à l'écart.

— On prend une Bible.

— Est-ce qu'il faut qu'elle soit ouverte ?

— Je pense, oui. Qui veut prêter serment ?

— Moi.

— Pour quoi faire ?

— Oh ! Pour rien.

— Pa dit que c'est un péché de jurer sur la Bible. Le jour où les anges viendront te chercher, ils t'emmèneront directement en enfer. »

Saul ne craignait pas les anges. Il n'avait qu'une hâte : rentrer à la maison chercher la Bible.

6.

Il suit la piste de l'Ancien comme seul un enfant de la forêt peut le faire. Toute la journée du jeudi. Aux dernières heures du jour, rien n'indique encore que l'éléphant se soit attardé pour manger ; juste une brindille arrachée, un arbrisseau piétiné ici ou là... Comme s'il avait désormais une destination précise. Il se passe quelque chose d'étrange. Depuis midi, l'animal progresse à une allure soutenue, comme les éléphants le font parfois pour de mystérieuses raisons, sans rompre la cadence. Saul se dit qu'à un rythme normal, il l'aurait déjà rattrapé...

Mais l'Ancien ne serait-il pas en train de lui jouer un de ces tours dont les éléphants ont le secret ? N'aurait-il pas l'intention de décrire un cercle afin de revenir sur ses propres traces ? On rapporte que c'est de cette manière qu'il a tué Marais. Certes, des tas de rumeurs circulent sur la mort de Marais. On dit aussi qu'il s'était réservé l'Ancien pour faire de lui son centième trophée, qu'il s'en était vanté pendant toute la chasse... Personne ne saura jamais la vérité, sauf que Marais n'était sans doute pas loin de sa centième victime...

Une heure plus tard, la piste s'oriente plein est, au-delà de Gouna et de Kom's Bush. Le cercle est brisé... A plusieurs reprises depuis le matin, Saul a entendu des coups de hache, mais il n'a pas osé s'approcher. Si l'enfant de Jozef a trouvé la mort à la croisée de Jim Reid, il a tout lieu de croire que l'équipe de son frère est dans les parages. Il n'est pas question qu'il voie Jozef. Il sera déjà loin, au grand large, quand son frère apprendra que c'est lui qui a tué l'Ancien.

Il se passe vraiment quelque chose d'étrange, c'est de plus en plus évident. L'éléphant a traversé plusieurs étendues d'eau, sans s'arrêter pour boire, comme s'il était trop pressé. Parfois, Saul a même l'impression que des milliers d'yeux le suivent en chemin.

Soudain, les traces obliquent vers le nord, en direction du mont Jonker. L'éléphant a-t-il délibérément repris sa marche circulaire ? Dans une heure, il fera nuit...

Il n'aurait jamais dû perdre du temps à la Grande Ile, ce matin ! L'homme qui revient sur sa propre piste est un sot.

Toujours plein nord. Court-il grand risque en dormant dans les sous-bois ? Passer plusieurs heures dans un arbre quand on est à bout de forces, ce n'est pas une mince affaire. Pourtant, il ne saurait être trop prudent. Devant lui s'élève la masse sombre du mont Jonker. L'Ancien va bien être obligé de tourner à un moment donné ! Vers l'est ou vers l'ouest ? Que faire ?

« Sous-estimer un Grand Pied, c'est se surestimer soi-même. » La règle d'or de la forêt lui revient à l'esprit et dans les dernières lueurs du jour, il cherche refuge dans un arbre. Il a choisi un arbre à beurre déraciné dont la chute a été interrompue par la frondaison d'un oréodaphnée et il a retiré ses chaussures ; sinon, il n'y arrivera jamais... Doit-il laisser le fusil à terre aussi ? Non, il vaut mieux pas. Seulement les chaussures.

Il s'élève le long de l'arbre à demi mort et sent la rugosité de la mousse sèche sous ses pieds nus ; lorsque la pente devient trop forte, il se met prudemment à califourchon sur le tronc avant de poursuivre son ascension en glissant jusqu'à l'enfourchure où les branches des deux arbres commencent à s'enchevêtrer.

Lorsque le fusil qu'il porte en bandoulière se prend dans les branchages, d'un geste d'épaule, il le fait passer dans sa main droite. Quelques secondes plus tard, son genou heurte une branche transversale et il perd l'équilibre. Instinctivement, il s'agrippe aux premières branches, et l'arme lui échappe, disparaissant dans les fourrés. Furieux contre lui-même, Saul laisse aller la tête en arrière et jure en silence.

Redescendre chercher le fusil ? Non. Il fait déjà trop sombre. Il recommence à grimper lentement jusqu'à ce qu'il trouve un point d'appui pour son dos... La nuit va être longue. S'il s'endort, ce devra être d'un sommeil léger ; il ne veut pas risquer de subir le même sort que le fusil. Il espère que l'arme a atterri en douceur car il a promis à Maska de la lui rapporter en bon état.

« C'est la seule chose qui me reste de ton père. »

Il brise quelques ramilles qui le gênent autour du visage. Le bruissement des ailes d'un hibou interrompt un instant le silence. Les premières lucioles brillent dans les taillis. Lorsqu'elles se regroupent, c'est signe de pluie, disent les vieux. Demain, c'est la pleine lune ; il pleut souvent aux alentours de la pleine lune dans la forêt...

L'Ancien.

Aucun sentiment n'arrêtera le doigt qui doit appuyer sur la gâchette. Il agira calmement et sans hésitation. Son avance sur Fred Terblans devrait lui donner toute la journée du lendemain pour trouver l'éléphant. Si, comme il l'espère, il a achevé sa mission vers la fin de l'après-midi, il passera une nuit de plus dans la forêt ; samedi matin, il ira rendre le fusil à Maska et lui donnera de l'argent pour qu'il aille enterrer les défenses. Que Fred Terblans découvre le cadavre de l'Ancien, peu importe ! Mais pas les défenses.

Le vieux Maska a toujours eu un faible pour ce Quarter-pounder, ce vieux fusil boer destiné à la chasse aux éléphants. « Maître Joram, si les anges viennent vous chercher avant moi, faites en sorte que le fusil me tombe entre les mains. Pour mes vieux jours, quand la raideur des jambes ne voudra plus s'en aller et que je ne pourrai plus courir. Pour que je puisse tirer un coup de feu en l'air s'il m'arrive quelque chose... »

En réalité, ce que le vieux Maska répétait depuis des années, c'était que le fusil lui revenait de droit, après Joram Barnard, parce qu'ils l'avaient récupéré ensemble...

Saul n'avait que sept ans lorsque le prince Alfred d'Angleterre était venu dans la forêt pour tuer un éléphant. Souvent, les jours de pluie, quand ils restaient enfermés dans la cabane, son père et Anro leur avaient raconté l'histoire de cette chasse, à lui et à Jozef :

Les gens du village ne connaissaient pas suffisamment bien la forêt pour servir de guide au prince, alors ils envoyèrent chercher les bûcherons. Joram Barnard passait pour un homme qui connaissait la forêt comme la paume de sa main, et Maska n'avait pas son pareil pour suivre les traces du plus intelligent des Grands Pieds dans la brousse la plus dense.

Anro les accompagna parce qu'il mourait d'envie de voir le fils de la Couronne d'Angleterre en chair et en os. « Le propre sang de la reine Victoria ! avait-il coutume d'ajouter avec solennité. Et je l'ai accueilli moi-même. »

Tous les notables du village prirent part à la chasse ainsi que la plupart des fermiers de la région. Dans leurs plus beaux habits ! Quarante hommes en plus du prince, armés de tout ce qui était susceptible de faire un trou dans un éléphant. De quelque profondeur que ce soit. Des fusils à large crosse, à crosse étroite, des armes qui se chargent par la bouche ou par la culasse. Comme à la guerre. Maska, le vieil Anro et son père étaient les seuls à ne pas être armés bien qu'ils ouvraient la marche.

Il leur fallut quatre heures, le premier jour, pour les conduire tous, à travers la forêt, du sentier des chariots de Deep Walls jusqu'au mont Maria. Maska suivait la piste d'un troupeau qui était passé par là pendant la nuit, et lorsqu'ils émergèrent enfin au sommet de l'arête montagneuse, ils découvrirent seize éléphants dans la vallée broussailleuse et ensoleillée, en contrebas. Le patriarche du troupeau, un peu à l'écart comme il se doit. Et son père entendit les hommes le réserver au fusil de Sa Majesté.

« Mais c'est le Patriarche ! s'était alors écrié Joram pour tenter de les en dissuader. On ne tue jamais le patriarche du troupeau, sinon les autres saccagent tout sur leur passage, et ça peut durer très longtemps ! »

Mais le chef de l'expédition, celui qui demeurait toujours auprès du prince, lui intima l'ordre de se taire. Le bûcheron rétorqua que c'était facile pour lui — le chef — de parler ainsi, que ce n'était pas eux qui resteraient dans la forêt avec tous ces Grands Pieds rendus fous par la colère ! A nouveau, l'homme lui ordonna de cesser ses bavardages. « Et les chiens ? » s'enquit-il alors. Il ne faut pas qu'ils descendent là-dedans. » Mais un Anglais entêté, c'est comme un cheval, et un cheval rue comme tous les chevaux. Voilà ce que son père disait. Les chiens étaient censés être des chiens de chasse, importés et dressés pour rapporter le gibier. Joram expliqua alors au chef de l'expédition qu'ils n'étaient pas partis à la chasse à l'antilope, que si les chiens les accompagnaient, il allait y avoir du grabuge ! Peine perdue ! Il n'était pas question que les chiens restent en plan. Alors Maska et lui choisirent l'itinéraire en fonction du vent, et les voilà repartis, suivis de tout le groupe. Très lentement et avec mille précautions, parce que le prince était juste derrière eux. Les autres dispersés un peu partout autour. Parce qu'ils n'étaient pas armés, il avait été convenu que Maska et lui devaient se coucher à plat ventre dès que les autres commenceraient à tirer.

Mais dès que les éléphants furent à portée de fusil, les fichus chiens dressés se précipitèrent sur le troupeau, semant la panique. Et ce fut la guerre. Quarante fusils ouvrirent le feu et deux chiens s'effondrèrent, tués sur le coup. Et sans l'intervention du Dieu tout-puissant, qui est partout, c'est sûr, le prince, lui non plus, n'aurait pas survécu. Les éléphants, inutile de le dire, disparurent dans l'épaisseur des fourrés. Mais dans une petite clairière ils virent deux éléphantes qui protégeaient de leurs flancs un de leurs petits. Et l'on n'entendit plus que le bruit des fusils que l'on rechargeait. Le prince visa et tira ; d'autres l'imitèrent. Certains se contentaient de charger leur arme et de la passer au prince. Pendant tout ce temps-là, les deux éléphantes arpentaient la clairière pour s'interposer entre les balles et l'éléphanteau. Lorsque le petit fut à l'abri dans les taillis, le père de Saul se redressa et alla dire au chef de l'expédition ce qu'il pensait de leurs méthodes : même l'éléphanteau avait réussi à s'échapper. Et les éléphantes ? Elles devaient être blessées, la peau truffée de plomb. Mais le prince était trop fatigué pour suivre la piste des femelles blessées et aucun des autres ne voulait manquer la soirée donnée en leur honneur. Le lendemain, trois des hommes se lancèrent sur les traces ensanglantées qu'ils suivirent quelque temps avant d'abandonner la partie.

Ce matin-là, le vieil Anro prit le chemin du retour ; il n'était pas, déclara-t-il sans ambage, disposé à se laisser tuer pour rien. Par qui que ce soit. Pas même un prince ! C'est à ce moment-là que le chef de l'expédition donna le Quarterpounder au vieux Maska et au père de Saul pour les dissuader de s'en aller aussi. Ou plutôt qu'il le prêta. Dès qu'il fut à l'abri des regards indiscrets, Joram dissimula le fusil sous le premier buisson de safran venu en recommandant au vieux Maska de marquer l'endroit. Cela faisait tellement longtemps qu'il voulait un fusil.

Plus tard, ce jour-là, le prince tua son éléphant de l'autre côté de Deep Walls.

Lorsqu'il fut mort pour de bon, les hommes applaudirent ; ils soulevèrent le prince et le hissèrent sur la carcasse de l'animal, parce qu'il était grand et que le prince, lui, ne l'était pas encore. A peine seize ans. Pendant qu'ils faisaient tout ce ramdam, on entendait la compagne du mort, toute proche, dans la forêt, et déjà, ils rechargeaient leurs fusils.

Or ce fut un autre mâle, avec de magnifiques défenses, qui les chargea. Quand il fut bel et bien mort, ils s'aperçurent que son corps était criblé de vieilles cicatrices laissées par des balles. Dès que les cris et les applaudissements reprirent, Joram et le vieux Maska s'éclipsèrent discrètement. Ils allèrent chercher le fusil et prirent aussitôt le chemin du retour.

« Me voilà perché dans un arbre et le Quarterpounder est là, dans les broussailles », songe Saul avec amertume. Quelque part dans la forêt, cette nuit, Jozef pleure son fils... La vie les a poussés sur des chemins si différents, l'un et l'autre, qu'aujourd'hui il ne peut même pas aller vers son frère et lui tendre la main en lui disant : « Je suis désolé de ce qui est arrivé ! » Non ! De même que son doigt appuiera sur la gâchette sans trembler, de même, il ne peut se laisser aller à la moindre émotion en pensant à Jozef.

Déjà, lorsqu'ils étaient tout enfants, leurs modes de pensée divergeaient totalement : pour Jozef, le fiel du petit gnou bleu résidera toujours dans sa tête, et lui, Saul, sera toujours un traître à ses yeux.

Un jour, il avait essayé de dire à son frère ce qui lui pesait sur le cœur :

« Jozef, la forêt agonise. Elle est écorchée partout, comme autant de gigantesques marques de petite vérole qui ne guériront pas !

— Tu ne vas pas recommencer à me raconter tes histoires à la Harison ?

— Mais ouvre donc les yeux ! Ne vois-tu pas que nous sommes en train de la massacrer et qu'Elle aussi nous tue ?

— Toi et Harison, vous radotez comme de vieilles

femmes ! Nous sommes des centaines contre vous et vous n'avez aucune chance de nous faire déguerpir ! »

Saul bouge un peu dans la fourche de l'arbre pour trouver une branche où appuyer sa tête. La faim le tenaille. Il a fini le pain que lui a donné Sanna très tôt ce matin... Il a promis à Frank Jefferson d'être de retour sur le *Pictor* jeudi au plus tard. Et Kate...

Peut-il prendre le risque de la revoir une dernière fois ? Juste une fois. Non, tout est fini entre eux et doit être oublié à jamais.

Quatre ans après que le père de Kate lui eut dit qu'il cherchait un jeune et solide garçon pour l'aider au chantier, il alla effectivement travailler chez MacDonald. Quatre ans aussi après la nuit où il jura sur la Bible à la Grande Ile qu'un jour, les orteils de Saul Barnard ne pointeraient plus au bout de ses chaussures, qu'un jour il marcherait la tête haute.

Entre-temps, il avait continué à faire partie de l'équipe de son père et il avait appris des tas de choses intéressantes. Ainsi, si vous apportez du bois pour construire des chariots, les négociants réclament du bois jaune pour fabriquer des traverses. Faites-leur alors des traverses de bois jaune et ils exigeront qu'elles soient dorénavant en laurier du Cap. Et il suffit que vous vous donniez la peine d'abattre un laurier du Cap, pour qu'ils veuillent du bois pour construire des chariots.

Même si vous étiez prêt à mettre votre tête à couper que vous n'aviez apporté que du bois de première catégorie, ils décrétaient toujours qu'une partie du chargement était du bois de deuxième catégorie, et que le reste était inutilisable.

Après chaque déchargement, c'était aussitôt le retour à la forêt pour couper et scier et couper et scier... Qu'il pleuve ou qu'il vente. Maladie ? Deuil ? Couper. Scier. Transporter. Et retour au village. Cinq shillings de moins à rembourser. Mais il fallait bien manger, alors on demandait humblement un bon d'avance, et sur le registre des dettes, on rajoutait dix shillings. Plus la farine et le sucre. Ainsi que le premier versement pour la licence de bûcheron. Jamais un sou en poche. Quant à cette dette que vous étiez supposé rembourser, vous n'en connaissiez jamais le montant. Une seule chose était sûre : votre survie même dépendait de l'avance que l'on voulait bien vous accorder, encore et encore. Les patates, heureusement, vous les faisiez pousser vous-même et le gibier, vous l'attrapiez vous-même, en tendant des pièges. Quand ce n'étaient pas les forestiers qui vous mettaient la main au collet !

Il lui fallut quatre ans pour comprendre que la vie est un cercle vicieux. Le bûcheron massacre la forêt, le négociant assassine le bûcheron. Année après année. Qu'importent les interdictions d'Harison ? Demain, ils recommenceront à abattre parce que le gouvernement — qui paie Harison pour qu'il sauve la forêt — exige du bois pour les lignes de chemin de fer, pour les nouvelles installations portuaires, et pour les mines. Du bois pour les tables et les chaises, les armoires et les lits ! Du bois ! Du bois ! Du bois !

Intermédiaires entre les centaines de bûcherons sans défense dans la forêt et les navires qui attendaient près de la jetée du village, les négociants s'enrichissaient sans effort.

« Papa, que faisait ton père pour gagner sa vie ? demanda-t-il un jour.

— Il était bûcheron. Tu dois bien le savoir.

— Et son père à lui ?

— A cette époque-là, ils abattaient les arbres de la région est, là où le Piesang se jette dans la mer. C'est là qu'on chargeait les navires.

— Et son père ?

— Vas-tu remonter ainsi jusqu'à Adam ?

— As-tu toujours voulu être bûcheron ?

— C'est dans le sang. Nous ne savons rien faire d'autre — comme tous les gens de la forêt.

— Combien de temps crois-tu que la forêt peut durer, Papa ?

— Tu ne vas pas recommencer avec cette histoire, Saul ! Je t'ai déjà dit de ne pas prêter attention aux sermons de cet Harison !

— Il dit que nous sommes en train d'arracher le cœur de la forêt, Pa ! lança-t-il alors, incapable de se contenir.

— Son cœur à lui, où est-il ?

— Il dit que si on continue comme ça, dans cent ans d'ici, il n'y aura plus que de la brousse. Peut-être même avant !

— Il faudrait que nous abattions des arbres comme des fous !

— Mais c'est exactement ce que nous faisons, Pa !

— Il faut bien vivre... » Son père devint soudain étrangement calme... « Jadis, les choses étaient plus faciles, reprit-il. Le bois valait plus cher. On nous donnait une demi-couronne pour un madrier de laurier de trente-cinq mètres, un shilling six pour du bois de santal, neuf pence pour de l'assegai ou du kamassie.

— Qui achetait ?

— Le gros marchand de Melkhoutkraal surtout. George Rex.

— Il payait en argent ? En vrai ?

— L'argent était aussi rare qu'aujourd'hui. On nous payait en nourriture comme maintenant. »

C'était *ça* qui chiffonnait le plus Saul.

« Mais il y a quelque chose d'injuste là-dedans, Pa ! explosa-t-il.

— Tout ça, c'est dans ta tête, Saul ! répondit son père, que la colère avait gagné. Tu écoutes les sornettes que raconte Harison et puis tu viens me les déverser dans les oreilles ! Combien de fois faudra-t-il encore que je te dise que c'est à nous qu'appartient la forêt ? Nous couperons où nous jugerons bon de le faire. Ce sont nos mains que nous écorchons jusqu'à l'os. Pas celles du gouvernement, ni celles d'Harison ni celles de la reine Victoria ! »

C'était un jour de pluie. De minuscules rigoles commençaient à former un barrage devant l'entrée de la cabane, et les longues volutes de fumée grise qui s'élevaient du feu couvant sous la cendre leur picotaient les yeux. Jozef était parti à Deep Walls voir Gesina, la fille de Stoffel Barkhuizen, et Anro errait quelque part sous la pluie.

Ce jour-là, Saul brûlait de parler de toutes ces choses qui s'étaient accumulées en lui.

« Pa, je ne veux pas que tu te fâches, mais dis-moi juste ce qu'il adviendra de nous quand la forêt sera morte ?

— Je vais essayer de ne pas me fâcher, Saul, mais je ne peux rien te promettre. Vois-tu, je n'arrive pas à comprendre comment fonctionne ton esprit. Depuis que Harison et ses espions ont commencé à hanter la forêt, tu es comme une abeille qui cherche à piquer. Tu écoutes un babouin comme Harison qui nous conseille de capturer les Grands Pieds, de les dompter et les dresser comme des bœufs ! Tu trouves qu'il a l'air bien dans sa tête pour raconter des choses pareilles ?

— Il dit qu'il y a un pays qui s'appelle l'Inde, où les Grands Pieds aident à traîner le bois.

— C'est que là-bas, ils ne sont pas bien non plus dans leurs têtes. Crois-tu que nos Grands Pieds à nous se laisseraient faire ?

— Non. Ils auront tous été tués bien avant, de toute façon !

— Tu me pousses à bout, Saul ! »

Anro pénétra à ce moment-là dans la cabane, courbé en deux.

« On dirait que ton Saul est dans une de ses humeurs de cochon ! ricana le vieil indiscret, en se retranchant dans un coin sec de la petite pièce.

— Jusqu'à ce que je lui ramollisse la cervelle, oui ! »

Mais Saul ne pouvait réprimer son inquiétude :

« Harison estime qu'il ne reste plus que cinq cents Grands Pieds.

— Si Marais n'avait pas fini par se faire tuer, il n'y en aurait peut-être plus que deux cents », lança Anro d'un ton railleur, puis il ajouta : « Je voudrais bien savoir qui a sévi du côté de Gouna toute la semaine dernière. Mr. Harison va être obligé de refaire ses comptes !

— Ça doit être Fred Terblans ! suggéra Saul. Les défenses l'intéressent plus que le bois ces temps-ci, paraît-il.

— Non, ce n'est pas lui, répondit le vieil homme. Fred sévit à Deep Walls en ce moment.

— Tu sais ce qu'on est, Pa ? » reprit Saul, l'air songeur. L'idée venait de surgir dans son esprit et il l'avait énoncée sans réfléchir. « On est des vers qui grignotent la pomme depuis son cœur. »

Ce fut la dernière rossée que son père lui donna. Un an plus tard, il le chassait.

Si l'Ancien avait marché en rond pour revenir sur ses traces, il serait déjà repassé par là depuis longtemps, songe Saul, vers le milieu de la nuit, en se frottant la nuque. Une consolation pourtant ! Quelle que soit la direction choisie par l'animal, il ne pourra pas maintenir cette cadence toute la nuit, il faudra bien qu'il se repose lui aussi.

Et puis son père le chassa.

Ils abattaient des lauriers à l'époque. Depuis des semaines et des semaines. Le Cap voulait du laurier, les navires attendaient du laurier. Tout le monde voulait du laurier !

Le problème, c'est que l'on n'arrivait plus à en trouver

suffisamment en un seul endroit ; une semaine, on découvrait un bon arbre du côté de la Combe fleurie et la semaine suivante, à un mille de là, près de la Croisée des Vallons. Parfois, on abattait un arbre magnifique, pour s'apercevoir aussitôt qu'il était fendu en son centre ou présentait quelqu'autre défaut, et il fallait repartir. Beaucoup d'arbres mouraient ainsi pour rien ; si vous osiez apporter au négociant du bois de deuxième catégorie, même du laurier, il vous disait que c'était du bois de feu et le prenait sans payer.

A la fin de la cinquième semaine, ils disposaient d'un bon lot de laurier. Bien dégrossi et débité en madriers de 6 mètres de long, 30 centimètres de large et 7 centimètres d'épaisseur. Un bois magnifique !

Tout comme il croyait dans son enfance que le santal était l'arbre du bien et du mal, il en était venu à la conclusion, en grandissant, que le roi des arbres de la forêt se dissimulait sous l'écorce du laurier du Cap, avec cette couleur brune des ruisseaux du bush, ce merveilleux grain, fruit de milliers de jours de soleil et de pluie. Lorsque l'écorce est jeune, elle s'orne de tendres mousses roses, mauves et grises. Puis l'arbre commence à se nouer et s'épaissir, fier de sa couronne de feuilles vert sombre qui culmine à cent cinquante, cent soixante-dix mètres. Sa floraison donne de minuscules fleurs blanches et de petits fruits violets qui tombent dans le sous-bois — quand ils sont mûrs, où les oiseaux et les gnous viennent les humer à l'envi. Rares sont ceux qui pourront prendre racine dans la pénombre fraîche et humide. Mais les survivants se déployeront de toutes leurs branches, pour n'être plus que la proie des haches...

Des cargaisons entières de laurier du Cap furent volées à la forêt pour être transportées dans toutes les directions où souffle le vent ; car aucun autre pays ne connaissait ce beau bois.

Le jeudi de la sixième semaine, ils arrivèrent au village avec leur chargement. Lorsque Saul et Jozef voulurent grimper sur le chariot pour délier les lanières de cuir, Joram Barnard les en empêcha.

« Laissez cela ! Aujourd'hui, Mr. MacDonald va d'abord venir nous parler. »

Il y avait bien longtemps que le bûcheron attendait cet instant. Ils allèrent tous s'asseoir à l'ombre du chariot.

Ce ne fut pas MacDonald qui vint ce jour-là, mais l'un de ses contremaîtres, Mr. Pearston, un homme de haute taille, corpulent et rougeaud.

« Pourquoi ne déchargez-vous pas ?

— Nous attendons Mr. MacDonald, répondit Joram Barnard sans sourciller ou faire mine de se lever.

— Mettez-vous au travail ! Mr. MacDonald est occupé.

— Nous ne déchargerons pas avant qu'il vienne nous donner son prix », insista le père tout en curant sa pipe avec application à l'aide d'une brindille. Mais Saul s'aperçut que ses mains tremblaient...

« Nous déciderons de cela dès que vous aurez fini, rétorqua Pearston d'un ton sec avant de s'éloigner.

— Et maintenant, qu'est-ce qu'on fait, Pa ? s'enquit Jozef, d'une voix tremblante.

— Rien. On attend. »

Saul sentit une vague d'espoir naître en lui. Pour la première fois, son père semblait prêt à se battre pour que justice soit faite ! Que MacDonald essaie de dire aujourd'hui que c'est du bois de deuxième catégorie, songea-t-il, qu'il essaie un peu de les posséder, et il trouvera Saul au côté de son père. Il y a belle lurette qu'ils auraient dû durcir ainsi leur attitude !

Ils attendirent. Des heures...

Le troisième quart de la journée était déjà entamé lorsqu'ils virent enfin MacDonald s'approcher. Il était écarlate.

« Retirez votre sale chariot de là ! Vous n'êtes pas ici pour pique-niquer !

— J'ai apporté du laurier, mister MacDonald, dit alors

son père en se levant. Du bois magnifique. Il n'en reste pas beaucoup du comme ça, mister MacDonald.

— Pourquoi n'avez-vous pas déchargé alors ? Ou bien est-ce que vous êtes tellement culottés maintenant que vous voudriez que ce soit moi qui le fasse ?

— Non, mister MacDonald. C'est simplement que je voudrais d'abord savoir le prix. »

La rage était dans les yeux de MacDonald. L'espace d'un instant, il parut sur le point de faire volte-face pour s'en aller, mais soudain, son expression changea, et un sourire provocateur retroussa les coins de ses lèvres... Il tenait le registre derrière son dos.

« Votre dette, Barnard, s'élève à 7 livres 10 shillings, commença-t-il en ouvrant le livre.

— D'où ça sort ? demanda Joram Barnard, immédiatement alarmé.

— N'essayez pas de discutailler, Barnard, chaque penny est écrit ici, noir sur blanc. » Il avait l'air de s'amuser en disant cela.

« Saul ! l'appela son père d'une voix métamorphosée par la terreur. Va lire ce qui est écrit dans ce livre... Montrez-lui, mister MacDonald, il sait lire, vous savez. »

Tout en haut de la grande page bleuâtre, le nom de JORAM BARNARD était écrit à l'encre en majuscules épaisses. Et puis, en dessous, comme les perles d'un collier, les avances : Avance, avance, avance, avance, avance, avance. Jusque tout en bas de la page et puis ça recommençait en haut de la feuille suivante. Certains chiffres grattés, d'autres récrits par-dessus.

« Qu'est-ce qui est marqué ? » lui demanda son père, anxieux. Saul aurait bien voulu se retourner et répondre d'une voix forte pour que MacDonald ne voie pas qu'il avait peur !

« Juste " avances ", Pa ! » murmura-t-il.

La voix de MacDonald résonna comme un coup de tonnerre quand il referma le livre violemment.

« Vous croyez qu'il vous suffit de ramper hors de votre

sale brousse pour venir faire les malins ici au chantier ! Vous vous imaginez que vous pouvez nous tenir tête. Mais attendez un peu d'avoir le ventre creux et plus de tabac pour vos pipes, et il ne vous faudra pas longtemps avant de vous ruer ici pour nous redemander une avance ! »

Complètement abattu, Joram Barnard n'avait pas bronché et quand il parla, il y avait du désespoir dans sa voix :

« Comment se fait-il que nous soyons toujours endettés, mister MacDonald ? Nous ne savons plus ni combien nous devons ni pourquoi. On n'arrête pas de vous apporter du bois et le prix ne cesse pas de baisser et nous avons besoin d'habits et de chaussures aussi. Cette fois-ci, je ne peux pas décharger ce bois pour rien, mister MacDonald. Il est magnifique. C'est du laurier. On a cherché longtemps pour en trouver.

— Je veux bien faire baisser votre dû de cinq livres contre ce bois. Vous n'en obtiendrez rien d'autre.

— Je veux sept livres dix shillings, mister. Ce chargement doit éponger toute ma dette aujourd'hui pour que j'aie de nouveau les mains propres.

— Vous déchargez contre cinq livres ou bien je vous traîne devant le juge pour ce que vous me devez encore. Et croyez-moi, quand il en aura fini avec vous, il vous faudra vendre presque tous vos bœufs si vous voulez avoir les mains propres, comme vous dites ! Je vous donne dix minutes pour décider et cinq pour retirer votre chariot de là. »

Ils déchargèrent le bois.

Il faisait déjà sombre lorsqu'ils dételèrent les bœufs pour la nuit à la Croisée du Bouc.

« Tu n'aurais pas dû obéir, Pa ! » s'écria Saul, incapable de se taire plus longtemps, la rage qui couvait en lui menaçant de l'étouffer. « Ne vois-tu pas qu'il maintient notre dette pour avoir le bois gratuitement ? Il te piétine comme les autres parce qu'il sait que tu as peur de lui. Tu n'aurais pas dû décharger !

— Je n'avais pas le choix.

— Mais si, Pa ! C'est MacDonald qui n'aurait pas eu le choix parce que sans notre bois, il ne peut rien faire. Tu ne comprends donc pas ça, Pa ?

— J'aurais perdu mes bœufs en plus.

— Pa... » La consternation lui nouait la gorge. « Es-tu aveugle ? Mister MacDonald n'a qu'un seul ennemi : Mr. Smith, l'autre négociant en bois du village. Et inversement. Ils ont recours aux mêmes ruses : faire en sorte que les bûcherons aient toujours des dettes, les “ *payer* ” en effaçant quelques chiffres sur le registre et si la fois suivante, il nous vient à l'idée de porter notre bois à l'autre négociant, il suffira d'entamer une nouvelle page et nous serons coincés de nouveau pour les années à venir. On est à leur merci, Pa ! Regarde où nous en sommes, alors qu'ils deviennent gras et riches et qu'ils vivent dans de grandes maisons blanches. Que sommes-nous, Pa ? Nous massacrons la forêt pour les nourrir *eux* et en fin de compte nous périrons avec elle !

— Voulais-tu que je passe devant le juge demain ? Qu'on m'inflige cet affront ? C'est ça que tu voulais ?

— Je ne sais pas, Pa... Je ne sais plus. » Dans sa rage désespérée, il donna un coup de pied dans un bout de bois qui atterrit dans le feu en un jaillissement d'étincelles. « Tout ce que je sais, c'est que ça ne peut plus durer ! Un jour, ça va mal tourner. Ils iront trop loin. »

Son père s'accroupit auprès du feu.

« Les temps sont durs partout. Jeremiah Eye m'a raconté que des hommes de Deep Walls sont partis à pied vers la région où l'on trouve paraît-il des diamants. On dit qu'ils vont devoir marcher des mois.

— Pour Mr. MacDonald, ça n'a pas l'air d'aller trop mal, Pa ! »

Jozef les rejoignit.

« Nous devons faire comme Fred Terblans et Jeremiah Eye, il faut tuer quelques Grands Pieds. Gesina dit — son père dit — que MacDonald paie six pence la livre pour les défenses. Il suffit de les cacher sous le bois dans le chariot et de décharger du côté lagune de l'entrepôt. Pour qu'Harison ne risque pas de les découvrir.

— Nous devrons nous procurer des balles et de la poudre, répondit le père, sans grand enthousiasme.

— En d'autres termes — Saul sentit quelque chose se rompre en lui — les Grands Pieds doivent payer ce que les marchands dérobent aux bûcherons ? On les tue, on leur scie leurs défenses qu'on passe en contrebande à MacDonald pour six pence la livre ! Qui se charge de les peser ? Qui lit ce qui est inscrit sur la balance ? Non, Jozef, c'est encore une autre façon de vous voler ! Rien de plus.

— Bien évidemment, tu vas prendre le parti de l'Ancien et des autres ! lâcha Jozef.

— Ils étaient les premiers dans la forêt ! » Dans sa détresse, Saul se raccrocha au premier argument qui lui passa par la tête. « Ils n'ont pas d'autre endroit où aller. »

Jozef le foudroya du regard.

« J'imagine que tu vas aussi nous dire que la forêt leur appartient !

— Tu es aussi aveugle que les autres, Jozef ! Qu'est-ce que tu passeras en contrebande sous ton bois quand tous les Grands Pieds auront été exterminés ? »

Jozef se releva lentement.

« Tu te battrais volontiers pour eux mais pas pour nous, est-ce que je me trompe ? Pour chaque arbre que l'on abat, tu voudrais des funérailles. Tout ce que dit Harison te monte à la tête. Pourquoi ne pas te mettre à son service et devenir un de ses stupides espions ? Lui raconter que nous abattons des arbres là où nous ne sommes pas censés le faire. Et tant que tu y es, pourquoi ne pas lui dire aussi où sont tendus nos pièges ?

— As-tu perdu l'esprit, Jozef ? » Soudain, il eut la sensation d'être au bord de l'abîme, prêt à sauter, les yeux bandés. « Tu crois tout ce qu'affirment les imbéciles, tu marches avec eux, sur une voie qui ne mène nulle part et tu ne t'en rends même pas compte ! Mais je te préviens, moi je ne marche plus sur cette voie-là ! »

En face de lui, de l'autre côté du feu, son père se leva à son tour en prenant son temps. Les flammes jetaient des reflets ondulants sur son visage et sous ses épais sourcils, ses yeux brillaient d'une lueur féroce.

« Qu'est-ce que tu as dit ? »

Saul savait pertinemment qu'il ne pouvait plus reculer.

« J'en ai assez de ne pas savoir où l'on va.

— Tu mets ma patience à l'épreuve depuis longtemps, Saul ! Cela fait des mois et des mois que tu ressasses toutes ces choses que des étrangers t'ont mises dans la tête. Je me contiens parce que je ne veux pas être responsable de ce qui t'arrivera si je lève la main sur toi ! Ce qui nous sépare à présent, je l'ai vu venir comme un orage, mais j'avais espéré que ça passerait sans que les nuages se déchirent au-dessus de nos têtes... Cela fait trop longtemps que tu mets ma patience à l'épreuve, Saul !

— C'est parce que ça fait trop longtemps que les choses s'accumulent en moi, Pa ! Des choses que je ne comprends pas toujours moi-même, mais que je ne peux plus taire non plus. Je ne veux pas user de ma hache jusqu'à ce que je sois creux comme du bois mort. Je ne veux pas être vieux un jour, comme toi, Pa, et devoir aller supplier MacDonald à genoux de me donner du café et du sucre !

— Joram Barnard ne se met à genoux devant personne ! » La haute silhouette de son père se découpait à présent sur le fond de ténebres de la forêt.

« Pa rampe devant MacDonald !

— Où puis-je vendre mon bois autrement ? Il faut vivre !

— Nous devons quitter la forêt, Pa ! répondit-il. Sinon nous coulerons comme tout ce qui nous entoure.

— Si la forêt n'est plus assez bien pour toi, Saul, tu peux faire ton balluchon dès que nous serons rentrés et t'en aller avec ta hache où bon te semblera.

— Tu me chasses, Pa ?

— Si c'est comme ça que tu l'entends, cela m'importe peu. Je n'ai pas besoin, dans mon équipe, d'un homme dont il faut chaque jour aiguiser les esprits et qui se promène sans arrêt toutes griffes dehors. Lorsqu'une hache ne coupe plus et que l'on ne peut plus l'affûter, il faut s'en débarrasser. »

Derrière Jozef, dans la lueur du feu, le vieil Anro apparut brusquement, comme quelqu'un qui n'est pas très sûr du sol qu'il foule. Sous son bras, il tenait pourtant fermement la bouteille de *Cape Smoke.*

« Vous êtes là comme des ennemis prêts à vous sauter à la gorge, marmonna-t-il. Et vous ne vous êtes même pas aperçus que l'Ancien a failli me marcher dessus il y a une minute à peine ! »

Il devait être plus de minuit lorsqu'il s'est assoupi ; la fatiguc a eu raison de lui. Mais une partie de son être a dû monter la garde car le bruit l'a sorti immédiatement de sa torpeur... Ce n'était ni le craquement d'une branche ni le glapissement d'un gnou, et il essaie de se souvenir... Ça recommence ! Chaque muscle de son corps est en alerte. Ce ne peut être qu'une chose : le vrombissement sourd des énormes intestins d'un éléphant. Un grondement qu'ils peuvent interrompre, lorsqu'ils ne veulent pas qu'on les entende... Quelque part dans l'obscurité, un éléphant s'est immobilisé. Si seulement, les rumeurs de la forêt pouvaient cesser, ne serait-ce qu'un instant, pour qu'il puisse repérer la position de l'animal et savoir s'il est seul ou s'ils sont plusieurs. Tout cela ne lui dit rien qui vaille !

Et puis le grondement est suspendu à nouveau.

L'éléphant est-il parti ? Serait-ce l'Ancien ? Ou bien même tout un troupeau ? S'ils n'ont pas mangé, ils peuvent s'être tous regroupés sous son arbre sans qu'il s'en soit aperçu. L'odeur qu'il a laissée derrière lui en grimpant a sans doute été effacée par la brise. *Ses chaussures !* L'odeur humaine s'y accroche. Même chose pour le fusil... Il faut attendre.

7.

Il dormait au fond de l'entrepôt. N'importe où, entre le bois et l'ivoire. Comme un rat. Il était le seul des six employés du chantier à passer la nuit sur place : les autres venaient du village ou bien ils habitaient suffisamment près pour arriver à temps le matin en partant avant l'aube. Une fois par jour, Tanda, le domestique noir, très soigné dans son uniforme bleu et blanc, lui apportait à manger. Les restes du repas des MacDonald, dans la grande maison blanche au-dessus de l'entrepôt. Parfois simplement du pain rassis. Du thé. La nourriture n'était pas mauvaise, mais il n'y en avait jamais tout à fait assez...

Ce fut une période difficile pour Saul. Surtout au début. Malgré lui, il avait la nostalgie de la forêt. Durant des semaines et des semaines, il continua de s'interroger à chaque instant sur ce qu'il s'y passait : où travaillait l'équipe de son père ? Izak l'avait-il remplacé ? Avaient-ils réussi à se procurer des balles ? Chaque fois que son regard se posait sur la montagne, il essayait de deviner dans quel ravin ils avaient construit leur abri, où les éléphants se cachaient.

Et pendant tout ce temps-là, la honte d'être un paria le suivait partout comme une ombre. Les habitants de la forêt étaient des gens généreux ; ils étaient dépendants les uns des autres et se soutenaient mutuellement. Aurait-il dû demander à son père de lui donner encore une chance ? Il savait pertinemment que c'était ce que ce dernier attendait. Mais c'eût été retarder l'inévitable, car il n'aurait pas pu contenir éternellement son amertume. Elle aurait resurgi à un moment ou à un autre. Il avait fallu qu'il s'éloigne. Une force irrésistible l'y avait poussé. Il avait même songé à prendre le chemin des gisements de diamants — de l'autre côté des montagnes, près de la Longue Combe. Il avait tout envisagé. Mais en définitive, sa destinée était tracée : ses mains étaient habituées au travail du bois. Que savait-il faire d'autre ?

« Et maintenant, tout d'un coup, tu veux travailler ? Qui te dit que j'ai besoin de quelqu'un ? s'était exclamé MacDonald, en le voyant.

— Je suis venu parce que vous m'aviez dit un jour que...

— Et tu t'imagines que je t'ai attendu pendant tout ce temps ? Avez-vous donc aussi peu de jugeote qu'on le dit ?

— Je m'excuse, mister. Je m'en vais alors... » Dans son esprit, il était déjà sur la route des diamants.

Mais, au dernier moment, MacDonald le retint.

« On va faire un essai. Et je vais te surveiller de près. Si au bout d'une semaine, je m'aperçois que tes genoux commencent à s'amollir, tu n'auras qu'à retourner dans ta brousse. »

Tout le bois apporté par les bûcherons devait être chargé à l'entrepôt sur les chariots de MacDonald, puis transporté ainsi sur un demi-mille, jusqu'à la jetée en bas de la rue où on le déchargeait. Pour quelle raison les bûcherons n'allaient-ils pas directement sur le quai au lieu de devoir décharger sur le chantier ? Mystère. Quand les choses se compliquaient, quand deux navires attendaient leur chargement en même temps, par exemple, il arrivait pourtant que MacDonald demande à un bûcheron de prêter son chariot pour un jour ou deux...

Le travail était pénible. A la fin de la première semaine, il devait marcher prudemment pour empêcher ses genoux de ployer sous la charge. Chaque matin, il se jurait de prendre la fuite avant la nuit, et tous les soirs, il se promettait de déguerpir avant l'aube.

Une très grande confusion régnait en lui. Il était comme un arbre perdant ses feuilles. Pendant la journée l'immense espace vide tout autour de lui l'emplissait d'une étrange angoisse. Et pareil à une taupe hors de sa galerie, il cherchait à couvrir son corps.

Vers la fin de la troisième semaine, toutefois, il commença à s'expliquer certaines choses. Tant qu'on s'activait, MacDonald, Pearston ou l'autre contremaître, Jones, vous laissaient tranquille. S'il se dépêchait de charger sur le chantier, il arrivait ainsi plus vite sur le quai et pouvait alors se reposer un peu, en laissant son regard errer sur la lagune, jusqu'à l'endroit où la mer jetait son écume blanche par-delà la barre de sable, entre les collines. Le sentiment de paix et de plénitude qui naissait alors en lui lui faisait oublier la forêt l'espace d'un instant.

Un jour, comme ils s'affairaient à charrier une cargaison jusqu'à la jetée, en levant les yeux, il vit, à l'entrée de la lagune, un gigantesque oiseau effleurant la surface de l'eau, ses ailes blanches frissonnantes dans le vent, son plumage éclaboussé par l'écume. C'était un bateau qui s'approchait d'eux, en silence et sans hâte.

« C'est la première fois que tu vois un bateau ? s'esclaffa Esau, le jeune métis hottentot qui travaillait avec lui. Les yeux vont te sortir de la tête, mon vieux ! »

Le vent bombait la plus grande des voiles tandis que la plupart des petites étaient repliées en de longs faisceaux blancs.

« Je n'ai jamais rien vu d'aussi beau, dit-il à voix haute.

— Vous, les gens de la brousse, vous ne connaissez rien », lança Esau, pour crâner. Puis il le mit en garde : « Attention ! Master Jones nous regarde ! Attrape le timon là, et soulève. »

Mais il ne parvenait pas à détacher ses yeux de cette vision. A mesure que le deux-mâts remontait le Knysna, une sorte d'exaltation croissait en lui. Comme lorsqu'on se sent heureux sans savoir pourquoi.

Il fallut que Jones, juste derrière lui, lui crie de se remuer un peu pour qu'enfin, il s'arrachât à sa contemplation. S'il avait eu une Bible ce soir-là, il aurait fait un autre serment. Il aurait juré qu'un jour Saul Barnard prendrait la mer sur un pareil navire.

Tout le bois empilé sur le môle devait aller dans le ventre du bateau ; de l'aube jusqu'à la tombée de la nuit, ils le hissèrent en haut de la passerelle abrupte jusqu'à ce qu'ils aient l'impression que des chiens leur mordillaient les mollets. « Le capitaine veut lever l'ancre le plus vite possible ! » disait-on partout.

Le quatrième jour après l'entrée du bateau dans le port, comme ils retournaient au chantier chercher une cargaison, il aperçut le chariot de son père.

Ce moment, il le redoutait depuis le début. Il avait quitté la Grande Ile sans dire au revoir à personne. Quand il vit le chariot, sa première réaction fut de fuir, d'aller se cacher derrière l'entrepôt, parmi les hautes herbes et les arums, jusqu'à ce qu'ils s'en aillent. Mais on le surveillait.

Il alla demander à MacDonald en personne s'il l'autorisait à saluer les siens. Le lendemain, c'était le dernier jour du mois et les autres lui avaient dit que la paie tombait toujours à ce moment-là. Aussi tenait-il à être en bons termes avec MacDonald... Les autres disaient aussi que si l'on parvenait à se faire remarquer par un capitaine de navire pour son ardeur au travail, ce dernier ne vous demandait que trois livres pour vous emmener au Cap. Il avait l'intention d'épargner le moindre penny.

« Juste une minute ! l'avertit MacDonald. Ce n'est pas un lieu de réunion de famille ici ! »

Son père était juché sur le chargement, Izak à ses côtés. Jozef et le vieil Anro se tenaient auprès du chariot. Ils ne le virent pas s'approcher.

« Bonjour, Pa. » Le bûcheron se redressa brusquement.

« Je suis juste venu vous saluer. Bonjour oncle Anro. Bonjour Jozef. Bonjour Izak. »

Ils le dévisagèrent, interloqués.

« Saul ? » La voix de son père lui parut étrange. Comme s'il était pressé. « Je... nous ne nous attendions pas à te trouver là.

— J'ai cru que j'avais des visions ! » renchérit Anro. Lui avait l'air plutôt content de le voir.

« Bonjour Saul, dit Jozef.

— Bonjour Saul. » C'était Izak. Il avait beaucoup grandi.

« Je me suis dit que j'allais venir vous dire un petit bonjour... répéta-t-il. Je travaille ici maintenant. »

Mais ils continuaient à le regarder fixement comme un étranger. Le chariot était rempli de bois de traverses et il eut l'impression que Jozef et le vieil Anro tentaient de s'interposer pour lui en dissimuler le contenu... C'est alors qu'il vit les défenses jaune pâle qui dépassaient sous le bois, et son estomac chavira.

« Je suppose que tu as des choses à faire, lâcha Jozef en le défiant ouvertement du regard.

— Oui... » Soudain, il comprit que c'était de la honte et non pas de l'indifférence qu'il lisait dans leurs yeux.

« Je vois que vous aussi vous chassez l'éléphant.

— Tout le monde chasse l'éléphant, rétorqua Jozef avec mépris.

— Oui, tout le monde », reconnut-il, et il s'éloigna, écœuré.

Le lendemain, il attendit MacDonald à l'angle de l'entrepôt. Longtemps. Tous les autres avaient été payés dans la journée. Mais pas lui.

« Je ne te dois pas un sou ! lui rétorqua le marchand d'un ton sec. C'est *vous* les Barnard qui m'en devez ! Je t'offre le gîte et le couvert et tu viens me réclamer de l'argent en plus ? J'ai déduit sept shillings de la dette de ton père, moins un pour le temps que tu m'as fait perdre quand tu regardais le bateau depuis le quai. Tu crois peut-être que je suis aveugle, Barnard, mais ce n'est pas le cas, et la prochaine fois, ce n'est pas un mais deux shillings que je déduirai de tes gages. »

Piégé.

La nuit lui semble longue. Il y a une demi-heure environ, le hibou est revenu de la chasse et il est passé si près de lui que l'air brassé par ses battements d'ailes lui a effleuré le visage.

Les rumeurs de la nuit ont commencé à décliner.

Il y a un petit moment déjà, alors qu'il venait de se persuader que l'éléphant était parti, une branche a craqué...

C'est l'heure — un peu avant le lever du jour — où en temps normal, on s'extrait de l'abri pour faire du feu et préparer le premier café de la journée. L'heure aussi où la forêt est au plus fort de son mystère.

La forêt ne livre jamais ses secrets. On peut y naître, y passer chaque jour de sa vie, y dormir toutes les nuits, abattre Ses arbres, tuer Ses créatures, la brûler, l'assassiner. Elle mourra sans s'être révélée.

Pourtant, il a parfois le sentiment qu'entre l'homme et la forêt, il n'y a qu'un voile léger, pareil à une toile d'araignée. Comme une brume invisible qui n'entraverait pas votre vue si seulement vous pouviez écarquiller suffisamment les yeux. Mais l'instant d'après, il comprend que ce n'est qu'un rêve. La forêt, c'est comme quelqu'un que l'on entend parler mais dont on ne connaît pas la langue. Vous l'écoutez, vous le voyez, vous le touchez, vous remarquez bien les signes qu'il fait, mais vous ne saisissez pas un mot de son discours.

C'est pire que cela.

Pour l'étranger, vous pouvez toujours faire appel à un interprète ou apprendre sa langue. Pour la forêt, il ne peut y avoir d'interprète. Parce que l'homme n'est pas vraiment une créature mystérieuse. Observez-le un peu, travaillez sur son chantier quelque temps et...

Il resta chez MacDonald pendant deux ans. A son arrivée, il avait dix-huit ans. Kate n'en avait que quatorze.

Et de même que la forêt l'avait affermi physiquement, ces deux années à l'entrepôt l'aguerrirent moralement.

L'hiver s'était abattu sur l'entrepôt. Le froid et l'humidité s'insinuaient dans son corps comme de la rouille, de sorte que le matin, il mettait un temps fou à se désengourdir.

Un dimanche après-midi, il s'était assis au soleil derrière le hangar pour se réchauffer un peu.

« Bonjour, Charles Dickens ! » Brusquement, elle avait surgi au coin du bâtiment. Le ruban de velours bleu foncé qui empêchait ses longs cheveux longs et brillants de lui tomber sur le visage était de la même couleur que sa robe. Elle se tenait là, comme une enfant coupable et curieuse, qui sait parfaitement qu'elle vient de pénétrer dans une zone interdite. Lorsqu'elle s'approcha, il vit la lueur espiègle qui brillait dans ses grands yeux noirs.

« Je t'ai dit bonjour, Charles Dickens !

— Je m'appelle Saul Barnard », répondit-il sèchement en détournant le regard.

MacDonald avait fait élever une barrière entre la maison et l'entrepôt, au-delà de laquelle ses employés osaient à peine jeter un coup d'œil. Cette démarcation était valable aussi pour sa fille Kate. A maintes reprises, Saul avait dû la renvoyer sur son territoire. A chaque fois, elle recommençait et il avait appris à faire semblant de ne pas la voir.

« Les enfants à l'école sont jaloux parce qu'on a notre Charles Dickens à nous, lui annonça-t-elle, une pointe de malice dans la voix.

— N'oublie pas de dire à ton père que tu es venue de toi-même. Je ne veux pas avoir d'embêtements.

— Charles Dickens devait travailler au fond d'une cave glaciale et toute noire. Pendant qu'il collait des étiquettes sur des bouteilles, des rats, des chauves-souris et des araignées lui grimpaient dessus. S'il n'allait pas assez vite, on lui tirait les oreilles et il était privé de nourriture. » (On avait l'impression que tant de cruauté la ravissait.)

Il ne voulait vraiment pas avoir d'ennuis.

« Si ton père te trouve ici, il m'écorchera tout vif !

— Mes parents et Mary sont partis au Belvédère pour la journée. Ma grande sœur va à l'école au Cap. J'ai caché toutes mes chaussures pour pouvoir rester à la maison.

— Pourquoi t'as fait ça ? » lui demanda-t-il. Pourtant, il était déterminé à ne pas engager la conversation avec elle.

« Je déteste traverser la lagune en bateau. J'ai toujours peur qu'on coule. »

Elle vint s'asseoir en face de lui et se mit à faire glisser des brins d'herbe entre ses doigts.

« De toute façon, je finis toujours sur une chaise, les bras croisés dans le dos quand je vais au Belvédère. Je fais toujours ce qu'il faut pas.

— Qui c'est, Charles Dickens ?

— Il a écrit les plus beaux livres ! En ce moment, à l'école, on étudie *Oliver Twist.*

— Est-ce qu'il vit au village ? »

Elle arracha une poignée d'herbe et la lui lança au visage.

« Mais non, idiot ! s'écria-t-elle, en éclatant de rire. Il vivait loin d'ici, de l'autre côté de la mer, et de toute façon, il est mort. Quand il avait douze ans, ils ont mis son père en prison parce qu'il avait des dettes et Charles a dû travailler pour les rembourser. »

Immédiatement, il prit la mouche. Elle croyait donc que lui aussi travaillait pour rembourser la dette de son père, et c'était pour ça qu'elle était venue lui raconter cette histoire stupide !

De surcroît, elle s'obstinait :

« Il était très malheureux dans cette cave. Il aurait

tellement voulu aller à l'école... Es-tu malheureux ici au chantier ? demanda-t-elle, pleine d'espoir.

— Ecoute, je ne suis pas Charles j'sais plus qui. De toute façon, dès qu'on aura chargé le bois sur le bateau, je m'en vais.

— Tu t'en vas où ? » Elle avait l'air déçue.

« Je croyais qu'il y avait une dame qui veillait sur toi ? s'enquit-il pour éviter de lui répondre.

— Oui, mais elle s'est endormie, et j'ai décidé d'en profiter pour venir voir si tu étais là.

— Ton père t'interdit de venir ici !

— Je vais lui dire que tu as l'intention de t'en aller.

— Dis-lui ! Je ne suis pas là pour rembourser les dettes des autres.

— On a reçu toute une caisse de livres d'Angleterre pour Noël. Si tu restes, je te prêterai *David Copperfield.*

— Je ne sais lire que le hollandais. »

Un minuscule pli apparut entre ses sourcils.

« Alors, je t'apprendrai à lire en anglais. C'est facile.

— Je ne veux pas lire en anglais. Il faut que tu t'en ailles maintenant.

— J'aimerais bien que tu puisses venir avec moi à la maison.

— Tu veux que je me fasse tuer par ton père ? »

Elle se leva et secoua les brins d'herbe de sa robe. Il vit que son corps n'était plus celui d'une enfant et détourna le regard.

« Si Nan dort encore, je t'apporte le livre tout de suite. »

Mais elle ne revint pas ce jour-là. Le lundi, quand le domestique lui apporta son repas, il extirpa le livre de dessous sa veste et le lui donna.

« C'est miss Kate qui te l'envoie. »

Il le cacha sous une pile de sacs au fond de l'entrepôt. Cette nuit-là, à la lumière d'un bout de chandelle, il découvrit qu'il ne comprenait pas un mot de ce qui était écrit. Pourtant, instinctivement, il sut qu'il devait persévérer comme avec son travail chez MacDonald...

Car c'était grâce au chantier qu'il avait la possibilité d'explorer le monde extérieur à la forêt. Chaque jour, il apprenait des choses nouvelles. Il découvrait peu à peu l'ampleur de ce cercle-là. Au bout de quelques semaines, il connaissait suffisamment la langue de MacDonald pour saisir ce que Pearston, Jones et lui se disaient entre eux. Mais il tut la chose comme il avait caché le livre de Kate.

Il comprit la technique d'achat de MacDonald.

« Un chargement magnifique vient d'arriver ! » venait-il fanfaronner dans l'entrepôt... Inscrit comme du bois de troisième catégorie dans le registre.

« Le capitaine Brodin dit qu'en Angleterre, l'ivoire se vend à sept shillings la livre maintenant. Il faut talonner les bûcherons pour qu'ils nous rapportent plus de défenses ! »

Six pence la livre pour celui qui se charge de tuer l'éléphant. L'homme qui pèse sait que celui qui chasse ne peut pas lire ce qui est écrit sur la balance...

« Harison était mon hôte hier soir. Il m'a instamment demandé de collaborer à l'effort de sauvegarde de la forêt. Ha ! ha ! Je l'ai assuré de notre soutien, bien évidemment — en attendant, nous avons intérêt à embarquer l'ivoire avant qu'il vienne fouiner par ici. »

Encore une journée de dur labeur jusqu'à la nuit pour dissimuler les défenses dans des sacs à charbon, à bord du navire.

« Il est temps de remettre les bûcherons à leur place. On refusera les trois prochains chargements. J'ai parlé à Mark Smith qui les renverra lui aussi. On l'a bien aidé la semaine dernière, vous vous souvenez ? On va tout de même pas se laisser faire par ces vauriens ! Trois chariots de moins ! Et demain ils viendront nous demander humblement s'ils peuvent décharger. »

Un jour, un des vieux chariots effondrés venus de la route de Veltmas pénétra sur le chantier en grinçant péniblement sous un énorme tronc de laurier du Cap. Ils avaient dû aller très loin pour abattre. Avant même que les bœufs ne s'immobilisent, le prix avait été fixé à l'entrepôt :

« Ce n'est pas tous les jours que l'on nous apporte un bois de pareille qualité, s'exclama MacDonald en se frottant les mains. Qu'en pensez-vous, Pearston, si je leur en donnais quinze livres ?

— Ne les gâtez pas trop. Disons dix !

— Et pourquoi pas neuf ? suggéra le marchand en riant.

— Une bonne affaire ! » le félicita Pearston.

Jour après jour, pendant des semaines, des mois, deux ans, il assista, impuissant, à ces escroqueries.

Comment Kate se débrouilla-t-elle pour venir à l'entrepôt presque tous les dimanches, pendant ces deux années, il l'ignorait. Il comprit plus tard à quel point cela tenait du miracle, lorsqu'il se rendit compte de ce qu'ils devaient à Jane Stewart, la meilleure amie de Kate et sa confidente.

Un dimanche, il paressait encore au soleil derrière l'entrepôt, lorsqu'il aperçut Kate qui se débattait avec la barrière du côté de la lagune. Il se leva d'un bond pour aller à sa rescousse.

« D'où sors-tu ?

— Je suis en visite chez Jane pour l'après-midi, répondit-elle en éclatant de rire. Tire sur le barbelé ! Je vais déchirer ma robe. »

Derrière l'entrepôt, ils ne couraient aucun danger. Personne ne pouvait les voir depuis la maison. D'un côté, les piles de bois étaient très hautes et, de l'autre, il y avait d'épais taillis, et au-delà des taillis, l'étable des Stewart. Et devant eux, les marais s'étendaient à perte de vue, jusqu'à la lagune.

« Kate, si ton père te trouve ici...

— Tu dis ça chaque fois, grommela-t-elle. Tu as donc envie qu'il me surprenne ?

— Je n'ai pas dit ça.

— Tu n'es peut-être pas content de me voir ? lui demanda-t-elle avec son petit air effronté. T'es content de me voir ou pas, Saul ?

— Oui, je suis content, Kate.

— Pourquoi ?

— C'est désert ici le dimanche. »

Ce qu'il ne lui avoua pas, c'est qu'il peinait six jours par semaine, rien que pour attendre sa visite le septième jour. Quand il pleuvait et qu'elle ne pouvait pas venir, ou quand elle ne pouvait s'échapper de la grande maison, il devait travailler et patienter encore six jours. Et chaque dimanche, il lui semblait attendre un papillon : il n'était jamais sûr que le papillon viendrait, et s'il venait, il avait toujours peur que quelque chose l'effraie et qu'il s'envole trop vite.

Il ne lui demanda jamais pourquoi elle venait. Lorsqu'elle était là, c'était comme si les autres jours — charger le bois encore et encore, le transporter jusqu'à la jetée, le décharger, le hisser en haut de la passerelle, le descendre dans la cale — n'avaient jamais existé. Comme s'il ne s'était écoulé qu'un court instant depuis la dernière fois qu'elle s'était assise là. Il savait bien qu'un jour ou l'autre son père ou quelqu'un d'autre la prendrait sur le fait et, chaque fois, il craignait que ce jour soit arrivé.

Aucun pont ne reliait leurs mondes respectifs ; mais par la ruse, elle avait trouvé moyen de le rejoindre dans le sien. Et grâce à elle, il pouvait observer l'univers dans lequel elle vivait.

« Tu as vu la dame qui a débarqué du *Morning Star* mercredi ? lui demanda-t-elle ce dimanche-là.

— Oui. Je l'ai aidée à mettre ses bagages sur le chariot. Est-ce qu'elle est venue pour ouvrir un magasin ?

— Non, c'est miss Hunter, notre professeur de danse. Elle va aussi nous apprendre à marcher et à nous asseoir comme il faut.

— Vous êtes vraiment de drôles de gens ! pouffa-t-il. Je pensais que tu savais marcher et t'asseoir correctement.

— Moi aussi, je le croyais ! Mais ma mère m'a dit que je devais apprendre à le faire comme une dame. Miss Hunter va aussi nous donner des leçons de peinture. De l'aquarelle.

— Et la danse ?

— Aujourd'hui, c'était le premier cours. On est quatorze filles et quinze garçons. Mais je crois que les cours de peinture, ça m'amusera plus.

— Décidément, vous êtes bizarres.

— T'en es où de *David Copperfield ?*

— Il vient d'arriver chez sa tante Trotwood.

— Ça te plaît ?

— J'comprends pas tout. »

Kate lui avait appris à lire en anglais. Après la troisième leçon, elle lui avait posé une question plutôt étrange.

« Pourquoi es-tu intelligent, Saul ?

— Suis-je supposé être stupide ?

— Mais on dit que vous autres, vous êtes tous bêtes.

— Qui ça ?

— Les gens de la forêt.

— Qui est-ce qui raconte ça ?

— Oh ! mais... » Elle haussa les épaules. « Tout le monde...

— Qui nous connaît assez pour le dire ?

— Il n'y a même jamais eu d'école dans la forêt ! Tu me l'as avoué toi-même.

— Ça ne prouve pas qu'on est bête, Kate MacDonald !

— Pourquoi ne construisez-vous pas une école, alors ?

— Qui viendrait faire la classe et où veux-tu qu'on la construise ton école ? Où que ce soit, la moitié des enfants arriveraient après le coucher du soleil.

— Vous pouvez en construire plusieurs.

— Où trouverait-on l'argent ? N'importe comment, d'ici à ce qu'elles soient bâties, il n'y aura presque plus de forêt. En attendant, les gens du village vont faire tout ce qu'ils peuvent pour que nous ne devenions pas trop malins.

— Pourquoi tu dis ça ?

— C'est toi qui es bête maintenant ? Qui est-ce qui couperait le bois ?

— Je ne t'aime pas quand tu te fâches.

— Je me fâche quand ils affirment que les gens de la forêt ne sont pas intelligents, Kate. C'est faux. Je ne dis pas qu'ils sont tous aussi malins, mais beaucoup sont intelligents. Ils sont seulement aveugles quelquefois, et puis ils ont peur.

— Des éléphants ? plaisanta-t-elle.

— Non, c'est une peur différente. Ils sont terrifiés par tout ce qu'il y a hors de la forêt. Ce monde-ci. Le tien. Dans la forêt, ils se sentent en sécurité parce qu'ils y sont à l'abri de ton monde à toi. J'en sais quelque chose, moi... Et il faut bien qu'ils vivent. Et pour vivre, ils doivent abattre, encore et encore. Au fond de leurs cœurs, ils savent qu'ils sont en train de massacrer la forêt mais ils le nient parce qu'ils n'ont nulle part où aller !

— Je t'en prie, Saul, ne te mets pas en colère comme ça !

— Je me mettrai en colère si j'ai envie !

— Parle-moi de l'Ancien, lui dit-elle alors pour détourner son attention.

— Je t'ai déjà tout raconté.

— C'est pas vrai. Tu dis ça pour compliquer les choses.

— Nous sommes piégés, Kate ! s'écria-t-il, sentant cette peur qu'il connaissait si bien s'emparer de lui. Ne comprends-tu pas ? »

Elle s'amusait nerveusement à tordre les rubans de sa robe et lui demanda sans relever la tête : « Pourquoi es-tu venu travailler ici ?

— Parce que mon père m'a chassé et j'ai cru que je pourrais m'en aller d'ici si j'arrivais à gagner un peu d'argent — j'avais seulement besoin de trois livres pour m'enfuir à bord d'un bateau.

— Et maintenant ?

— Maintenant, je ne sais plus. Une seule chose est sûre : je suis à nouveau pris au piège.

— Où est-ce que tu voudrais aller ? » s'enquit-elle. Chaque fois qu'il parlait de son départ, elle s'impatientait.

« Là où je serais traité en être humain. » Il avait dit cela sans amertume.

« Mais bien sûr que tu es un être humain !

— Non, Kate. On n'est un être humain que si l'on a suffisamment d'argent. Et en plus, il faut être anglais. J'ai déjà réfléchi à ça des centaines de fois et chaque fois j'en arrive à la même conclusion. »

Dans sa furie, elle arracha une poignée d'herbe.

« Ce n'est pas parce qu'on s'embarque sur un navire qu'on devient brusquement riche et anglais !

— Je sais. C'est peut-être pour ça que je suis en colère. Je travaille pour ton père comme un esclave, un esclave blanc. Le seul moyen qu'il a de me garder ainsi à son service, c'est de ne pas me donner un sou et de m'empêcher d'apprendre à parler autre chose que le hollandais *de cuisine.*

— Mais tu lis déjà tellement bien l'anglais !

— Ce n'est pas suffisant, Kate ! Si je ne m'en vais pas quelque part, je finirai par faire quelque chose... d'irrémédiable.

— Tu détestes mon père, n'est-ce pas ? demanda-t-elle, à moitié rassurée.

— Oui Kate. Je le hais. »

Elle se leva et s'en alla à pas lents. Pareille à un papillon aux ailes meurtries. Il ne la rappela pas. Ce n'était pas possible. Il resta assis là, et à mesure qu'elle s'éloignait, il avait la sensation de se vider de cette force qui lui avait permis jusque-là de peiner six jours par semaine...

Jamais il ne la toucha pendant ces deux années. Ni avec son corps, ni avec ses mains. Elle lui était interdite, comme la grande maison blanche de l'autre côté de l'entrepôt. Comme le gaillard arrière des bateaux qui jetaient l'ancre au port, ce lieu sacré réservé au capitaine et à ses amis. Elle était proscrite comme la Bibliothèque Municipale...

Un dimanche que Kate n'avait pas pu venir, il avait décidé d'aller explorer le village. Il l'avait déjà fait auparavant et tout ce qu'il avait vu s'était gravé dans sa mémoire. Un jour, il avait remarqué le bâtiment en pierres en haut de la Grand-Rue, et lorsqu'il avait demandé à Kate ce qu'on y faisait, elle lui avait expliqué que c'était l'endroit où l'on pouvait emprunter des livres.

La porte était ouverte. Il lut l'écriteau avec soin :

« Ouvert tous les jours de la semaine y compris le dimanche de 9 heures à 22 heures. » Deux femmes élégantes sortirent à ce moment-là. Elles ouvrirent leurs ombrelles en dentelles et descendirent le perron avec grâce. Juste derrière elles, il y avait un monsieur qui portait des livres sous son bras. Il suivit les dames dans la quiétude de cet après-midi écrasant de chaleur.

Saul attendit qu'ils soient parvenus au bas de la rue pour pénétrer dans le bâtiment... C'était une longue salle sombre ; il y régnait une odeur mêlée de cuir, de livres et de bois. Tout au long des murs, des livres étaient rangés sur des étagères élevées. Il n'y avait pas tellement de livres, songea-t-il. Il pensait qu'il y en aurait davantage... Il s'aventura un peu plus avant dans la pièce. Les grandes lattes en bois jaune du parquet craquaient sous ses pieds. On se serait cru dans un cimetière. Juste au moment où il commençait à se demander s'il y avait quelqu'un, un homme surgit de nulle part. Il était grand, mince, avec des petites lunettes rondes. Son visage était blême, au-dessus du col haut et dur de sa chemise. Sur son gilet, une chaîne en argent formait une demi-lune en travers de son estomac. Il ressemblait aux personnages dans le livre de Kate, et Saul le dévisagea ouvertement.

« Oui ? » Ses yeux bleus larmoyants étaient glacials derrière les petits verres ronds. Sa bouche disparaissait sous une épaisse moustache.

« Qui êtes-vous ? lui demanda-t-il en anglais.

— Saul Barnard. »

Curieusement, l'homme ne lui inspirait aucune crainte. Ce fut sa façon de parler qui l'incita à persévérer.

« Que voulez-vous ?

— Je regarde », répondit-il en hollandais *de cuisine.* Il aurait mordu l'homme que sa réaction n'aurait pas été différente.

« *Je vous prie de m'excuser ?*

— Je ne fais que regarder », se reprit-il en anglais . C'était les premiers mots qu'il prononçait dans cette langue.

« Depuis combien de temps êtes-vous là ? »

Il croit peut-être que je lui ai volé un de ses livres, songea-t-il, avant de répondre :

« Pas longtemps.

— D'où sortez-vous ?

— Je travaille pour Mr. MacDonald.

— Vous avez plutôt l'air d'un bûcheron à mon avis !

— Oui, monsieur.

— Eh bien ! Ne restez pas là. Sortez ! Vous n'avez rien à faire ici. » Exactement comme dans les livres de Kate...

« Pourquoi, monsieur ?

— Pour l'amour du Ciel ! Comment osez-vous me poser une question aussi impertinente ?

— Et si je paie ?

— Pour quoi faire ?

— Pour *livres.* »

Il se rendait compte que sa dernière phrase était incorrecte. Il savait aussi qu'il n'avait pas un sou en poche, mais quelque chose chez cet homme le poussait à s'obstiner.

« Sortez d'ici avant que je vous jette dehors !

— Je paierai.

— Vous ne toucherez pas à un seul de ces livres avec vos mains sales. Ça suffit maintenant ! Dehors ! »

Le lundi matin, MacDonald le convoqua dans son bureau.

« Est-il vrai que tu as été à la Bibliothèque hier ? » Il avait l'air menaçant.

« Oui.

— Et de quel droit, je te prie ?

— Je croyais que c'était ouvert à tout le monde.

— Il me semble que tu commences à te croire tout permis dans le village. Tu en prends un peu trop à ton aise, mon petit ! Si j'apprends que tu as encore causé des ennuis, je te renvoie dans la brousse, à tes patates douces. Et que tu en crèves ! C'est clair ?

— Oui, mister MacDonald. »

Il n'avait pas le choix. Il était bien obligé de capituler. Chez MacDonald, il y avait les dimanches avec Kate. La forêt, c'était le passé. Il ne pouvait pas y retourner.

Le premier Noël qui suivit ses débuts chez MacDonald, il retourna malgré tout dans la forêt. Le marchand de bois lui avait accordé deux jours de congé.

Il quitta le village avant l'aube. Au lever du soleil, il était déjà de l'autre côté de la Croisée du Bouc, sur le raccourci qui menait chez lui. Plus la forêt se resserrait autour de lui, plus il se sentait léger. Il avait envie de tendre les mains et de toucher les arbres les plus proches, de s'asseoir pour sentir la fraîcheur moite de la mousse. Il inspirait l'air à pleins poumons, comme pour s'en emplir. Il était chez lui ! Enfin à l'abri, après être resté si longtemps à découvert. Même les oiseaux semblaient joyeux. Dans son esprit, Kate l'accompagnait et marchait à ses côtés. Elle était tellement présente qu'il lui indiquait le nom des arbres et des oiseaux. Il parcourait parfois des kilomètres avant de revenir à la réalité et de reprendre son voyage solitaire.

Il se lava dans l'eau fraîche et brunâtre du Gouna, regrettant que ses habits ne soient pas propres et neufs. A la mi-journée, il dépassa un grand troupeau d'éléphants à la Croisée des Vallons ; ils avaient l'air paisibles et satisfaits et il ne put s'empêcher de se demander où l'Ancien festoierait pour la Noël.

A plusieurs reprises, il se demanda si son père et les autres seraient à la maison. Peut-être étaient-ils partis à Deep Walls pour la journée ? La dernière fois qu'ils étaient venus apporter du bois, il les avait manqués. Il travaillait à la jetée et c'est Esau qui l'avait prévenu. La seule chose qu'il avait remarquée après leur départ, c'est qu'il n'y avait pas de défenses avec leur bois...

Le soleil allait se coucher lorsqu'il arriva à la Grande Ile. Son père et Jozef étaient assis derrière la maison. Ils ne le virent pas approcher, jusqu'à ce que son ombre se reflète devant eux, sur la terre battue.

« Bonjour Pa. Salut Jozef. » Ils se levèrent lentement. « Je suis parti avant l'aube... » Il y avait quelque chose qui n'allait pas... « Je me suis dit que c'était une bonne idée de rentrer... puisque c'était Noël ! »

L'accueil était glacial. Il n'arrivait pas à comprendre pourquoi ! A plusieurs reprises, chez MacDonald, ils étaient venus le trouver à l'entrepôt, sans faire preuve d'agressivité à son égard. Simplement, ils s'arrangeaient pour qu'il ne s'approche pas trop du chariot...

Sanna fit le tour de la maison pour venir l'accueillir.

« Ton Saul est un homme maintenant, Joram, s'exclama-t-elle en riant. Il a bien une tête de plus que toi... Nous as-tu rapporté de jolies choses du village ?

— Il faut de l'argent, Sanna, se défendit-il, regrettant soudain de ne rien avoir à leur donner. Je suis désolé. Je n'ai rien.

— Tu as mangé ? demanda son père, visiblement hésitant quant à l'attitude qu'il devait adopter.

— Je n'ai pas faim, Pa. » Jozef le regardait fixement avec une hostilité manifeste. « Vous n'avez pas l'air très contents de me voir. Qu'est-ce qu'il y a ?

— Si j'étais toi, je n'oserais même pas demander ! » explosa Jozef.

Son père vint s'interposer entre eux.

« Respecte le jour de la naissance du Seigneur, Jozef... Sanna, donne-lui quelque chose à manger. »

Ils entrèrent tous dans la cabane. La femme de Jozef était assise dans la première pièce et Saul la salua timidement, sans lever les yeux.

« Oncle Jeremiah m'a dit que tu t'étais marié, Jozef. Félicitations. »

Personne ne pipa mot. Tout le monde regardait ses pieds et Sanna s'affairait à raviver le feu.

« Où est le vieil Anro ?

— Soûl ! » répondit Jozef. Il portait des chaussures dépareillées.

Dehors, de l'autre côté des taillis, des enfants jouaient en poussant des cris. Un scarabée bourdonnait furieusement contre la fenêtre. Un nuage de fumée planait dans la petite pièce.

Sur la table, il y avait une assiette couverte d'un chiffon. Quand Sanna fit le geste de le soulever, le père l'interrompit d'un ton sec :

« Laisse ça tranquille !

— C'est pour manger avec son café, Joram. Il n'y a plus de pain, répliqua-t-elle, interloquée.

— Non !

— Qu'est-ce que c'est ? » demanda Saul. Personne ne répondit. Jozef contourna la table et se posta devant la porte.

« Laisse-le en manger, Pa ! explosa-t-il. Qu'il s'étouffe avec !

— Respecte le jour du Seigneur, Jozef !

— Il nous a respecté, lui ?

— De quoi parles-tu ? Mais enfin qu'est-ce qui se passe ici ?

— Comme si tu ne savais pas ! l'accusa Jozef avec fureur. Si tu es venu aujourd'hui pour nous espionner au profit d'Harison, tu tombes à pic.

— Je ne comprends pas de quoi tu veux parler !

— Ah, non ! » C'était un défi. Jozef s'avança brusquement et souleva le chiffon qui couvrait la grande assiette.

Saul reconnut immédiatement les morceaux de viande frits et noirâtres : du foie d'éléphant. L'odeur fétide qui se dégageait du plat lui souleva le cœur.

« Je n'en veux pas, lança-t-il avec amertume.

— Maintenant, tu peux aller dire à Harison que nous avons recommencé à tuer des éléphants ! » pesta Jozef en frappant la table du poing. Il était hors de lui. « Dépêche-toi d'aller le lui rapporter pour que Pa retourne au tribunal et vende encore un bœuf pour payer son amende !

— Je ne comprends toujours pas de quoi tu veux parler », insista Saul, abasourdi.

« Qui d'autre que toi aurait pu rapporter à Harison avec autant de précision lesquels d'entre nous livrent la marchandise à MacDonald, leurs noms, l'endroit où ils habitent dans la forêt ? Qui d'autre pouvait lui dire lesquels d'entre nous cachent des défenses sous leur bois ? C'est toi ! Je te dis que c'est toi !

— C'est pas vrai !

— Alors comment se fait-il que Pa, oncle Jeremiah, et oncle Wiljiam aient été les seuls, de ce côté-ci de la forêt, à être convoqués devant le juge ? le nargua-t-il. Pourquoi pas les autres ? Moi, je vais te le dire. Parce que c'était à Smith et non pas à MacDonald qu'ils livraient leur bois et leurs défenses !

— Ça ne sert à rien, geignit le père, découragé. Tous ces ergotages ne me ramèneront pas mon bœuf. Rien ne lui rendra la vie. »

Saul repoussa sa chaise et se leva d'un bond.

« Je refuse de me laisser accuser de choses que j'ignore. Et je ne resterai pas un instant de plus sous ce toit. » De rage, il tremblait de la tête aux pieds.

« Il fait déjà nuit, dit son père, essayant de l'empêcher de partir. Tu vas te faire piétiner par un troupeau de Grands Pieds.

— Je dormirai quelque part dans la forêt jusqu'au matin.

— Dans ce cas, autant dormir ici.

— Non, Pa.

— Laisse-le s'en aller, Pa ! cria Jozef en donnant un violent coup de pied dans le montant du lit. Qu'il aille au diable ! »

Cette nuit-là, il dormit non loin de Grande Ile, ou plutôt, il veilla, car il ne ferma pas l'œil. Ce furent de longues heures de rébellion mêlée de rancœur, de désespoir et d'attendrissement sur soi-même. Depuis le jour où il avait osé fendre la tête du gnou pour voir par lui-même où était le fiel, les gens de la forêt l'avaient taxé de rebelle. Lorsqu'il avait refusé de porter sa hache sur le laurier, ils avaient été plus loin en le traitant d'agitateur. Quand enfin il leur avait déclaré tout net qu'il ne voulait plus suivre le même chemin qu'eux, ils n'avaient pas hésité à le qualifier de traître. Bon sang ! La vie était trop injuste avec lui. S'il regardait derrière lui, il était piégé. S'il se tournait vers l'avenir, il n'avait aucune issue. Au village, on lui avait quasiment collé une étiquette sur le front : « Il vient de la brousse ; il est sauvage et stupide. » Si ça continuait ainsi, il n'y aurait bientôt plus de place sur son corps pour d'autres étiquettes.

8.

Il travaillait chez MacDonald depuis près de deux ans lorsqu'un dimanche Kate vint lui rapporter les bruits qui circulaient sur l'or :

« Tu savais, toi, qu'il y avait de l'or dans la forêt ?

— De l'or ? s'exclama-t-il en riant, persuadé qu'il s'agissait encore d'une de ces histoires qu'elle inventait toujours.

— Oui. De l'or. Tu le savais ?

— Qui est-ce qui te l'a dit ?

— C'est Mr. Osborne. Il est venu dîner à la maison hier soir.

— Qui c'est Mr. Osborne ? »

C'était une journée magnifique. On aurait presque eu envie de dire une journée verte. Tout était vert, jusqu'à la lagune. Seuls les arums éclaboussaient le paysage ici et là de leur blancheur. Il n'avait pas cessé de pleuvoir pendant toute la nuit et il avait prié très fort pour qu'il fasse beau le lendemain, de peur qu'elle ne vienne pas...

« Mr. Osborne construit des routes pour le gouvernement. Il sait tout sur l'or. En Californie, il s'en occupait déjà.

— Raconte-moi le reste de ton histoire, lui demanda-t-il d'un ton pressant.

— Ce n'est pas une histoire, Saul ! Tu crois que j'invente, hein ?

— Je pense que tu veux me taquiner.

— Parole d'honneur ! Mr. Osborne dit que l'on construira bientôt le plus grand port de tout le pays sur le Knysna, que notre petit village sera un jour plus grand que le Cap, et je t'assure que le Cap, c'est déjà immense ! Il dit aussi que la ville s'étendra jusqu'à l'autre extrémité de la lagune, aussi loin que le Belvédère. »

Saul luttait pour ne pas se laisser berner par les paroles de Kate. Ça ne pouvait pas être vrai.

« Qu'est-ce qu'il a dit encore ? s'enquit-il néanmoins.

— Il raconte que quelqu'un a trouvé de l'or dans la forêt et le lui a apporté. Il assure que c'est de l'or *pur*.

— Où ça dans la forêt ?

— Je ne sais pas. Mr. Osborne pense qu'il doit y en avoir plein.

— Kate, est-ce encore une de tes légendes comme celle des gnomes qui voyagent à califourchon sur le dos des éléphants ?

— Je te jure que non, Saul. »

Un sentiment d'angoisse fébrile naquit en lui. Et si c'était vrai ? Non ! Aussi sûr que Dieu existait, il irait creuser la terre de ses mains nues ! Ils n'auraient qu'à lui montrer où il fallait chercher. Tous, ils iraient creuser la terre de leurs mains nues ! Si c'était vrai, il s'agissait bien là du miracle qu'ils attendaient tous. Cela pouvait signifier la fin de tant de problèmes !

« Saul ? » Kate avait l'air inquiète. « On dirait que tu es parti très, très loin — peut-être que c'est même pas vrai. »

Ce lundi-là, le vieux Wiljiam fut le premier à apporter son chargement de bois. Saul attendit que le champ soit libre et s'approcha de lui.

« Bonjour, oncle Wiljiam !

— Si tu viens fouiner par ici pour trouver des défenses, tu n'as qu'à t'en retourner. Je n'ai que du bois, répliqua le vieil homme d'un ton sec en guise de salutation.

— Je ne suis pas un espion, l'oncle, je suis venu te dire

bonjour et te demander si tu avais entendu parler d'une histoire d'or ?

— Si tu travailles pour le compte des Anglais, ne tourne pas autour de mon chariot. Je ne te dois rien, Saul Barnard. »

C'était sans réplique. Découragé, Saul fit volte-face et retourna à l'entrepôt.

Pourtant, les rumeurs sur l'or continuèrent à circuler. Semaine après semaine, bribe par bribe, un mot par ici, un mot par là, la lumière se fit bientôt sur toute cette histoire. En allant ramasser des cailloux pour ses deux autruches apprivoisées, le vieux Hooper de Ruiotevlei avait trouvé une drôle de petite pierre parmi les sables de la rivière. Il était allé la montrer à Osborne et celui-ci l'avait emportée avec lui pour demander son avis à l'apothicaire du village. Il s'agissait bien d'une pépite d'or pur. MacDonald, Pearston et Jones parlaient comme si l'or était déjà dans leurs poches ! Barkley, l'autre apothicaire du village, était plus souvent à l'entrepôt à comploter avec MacDonald que dans sa boutique. Saul tâchait de se convaincre que quelqu'un allait intervenir pour que justice soit faite ! Il fallait à tout prix que les bûcherons soient les premiers à tirer profit de cette découverte.

Un après-midi, il fit une nouvelle tentative auprès des hommes venus livrer leur bois.

« Bonjour oncle Jeremiah ! Dis-moi, avez-vous entendu parler de cette histoire d'or ?

— Non, lui répondit le bûcheron avec froideur. Mais j'ai entendu parler d'un mouchard qui nous épie pour le compte d'Harison.

— On parle d'or dans la forêt, oncle ! insista-t-il, ignorant cette pique. Si c'est vrai, vous devez vous rassembler pour défendre vos droits ! Ne vous laissez pas faire par ces étrangers. Ils vont tout vous prendre.

— Tu parles dans le vide, Saul.

— On a trouvé de l'or dans la forêt, l'oncle !

— Qui ça ?

— Un homme du gouvernement : Mr. Osborne.

— Je croyais qu'il construisait des routes ?

— C'est vrai, mais il sait des choses sur l'or aussi. Ils disent qu'il s'y connaît.

— J'ai rien entendu. Rien vú non plus. J'ai passé ma vie dans la forêt et j'ai jamais trouvé un gramme d'or.

— Je vous dis qu'il faut défendre vos droits, l'oncle. C'est tout ce que j'étais venu vous dire.

— Cesse de jeter des regards furtifs sous mon bois. Il n'y a rien à voir. »

Et bientôt, les rumeurs se turent. Comme une bourrasque s'apaise.

« Mr. Osborne a été muté », lui annonça Kate un dimanche, en passant, dans la conversation. Elle était d'humeur chagrine ce jour-là. « Et j'espère bien qu'il ne reviendra jamais ! ajouta-t-elle, boudeuse. A la maison, on ne parlait que d'or, d'or, d'or, du matin au soir et du soir au matin. Et quand je venais ici, tu ne pouvais pas parler d'autre chose... Tu ne me demandais même plus si je travaillais bien à l'école.

— Tu travailles bien à l'école, Kate ?

— Non !

— Comment ça se fait ?

— C'est comme ça.

— Comment c'est comme ça ? » répéta-t-il, taquin. La nouvelle du départ d'Osborne ne lui disait rien de bon.

« Les autres sont tellement bêtes, dit-elle en maugréant. Mr. Gordon nous avait promis de nous emmener dans la forêt pour la leçon de choses, mais le lendemain, la moitié de la classe est revenue en disant que leur mère estimait que c'était trop dangereux. Ce qui veut dire que je n'arriverai jamais à aller dans la forêt.

— Ne t'inquiète pas. Un jour, quand tu seras grande, je t'y emmènerai.

— Mais je suis déjà grande.

— Pas assez, Kate. » Parfois, il craignait de la voir grandir trop vite...

Trois mois plus tard, alors qu'il avait réussi à se convaincre pour de bon que l'or était un rêve qui ne deviendrait jamais réalité, MacDonald l'envoya chercher au port.

C'était un lundi. Dans le bureau de MacDonald, il y avait un étranger qui s'entretenait avec lui.

« Voici Mr. Patterson, l'informa le négociant. Il vient d'outre-mer et ne comprend pas un mot de hollandais. Il souhaite se rendre dans la forêt pendant quelques jours, pour étudier le comportement des touracos et il a besoin de quelqu'un pour l'accompagner. »

Saul savait pertinemment que MacDonald mentait. Au bout de deux années sur le chantier, il reconnaissait le mensonge dans la voix du marchand.

« Mr. Patterson est mon invité et je lui ai proposé que tu ailles avec lui, puisque tu connais la forêt. Il dispose d'une carte de la région que Mr. Harison lui a fournie. Il te suffira de le conduire aux endroits qu'il t'indiquera. Le soir, tu planteras la tente et tu lui prépareras à manger.

— Le meilleur endroit pour les touracos, c'est Kom's Bush.

— C'est Mr. Patterson qui décidera, rétorqua MacDonald d'un ton sec. Ta mission consiste simplement à le conduire où il voudra et à le ramener sain et sauf. Je vais vous faire préparer des vivres pour deux semaines. S'il veut rester plus longtemps, tu reviendras chercher d'autres provisions. Si jamais tu oses le laisser tout seul pour aller voir les bûcherons, je te préviens que tu auras affaire à moi. Même avec Mr. Patterson, tu demeures à mon service, ne l'oublie pas. Compris ?

— Oui.

— Il est probable que vous prendrez d'abord la direction de l'Homtini. Après ça, il voudra sans doute remonter jusqu'à Millwood, tout en s'attardant un peu aux abords des rivières, pour gratter un peu. Il collectionne les pierres rares aussi. »

Balivernes.

« Il n'y a pas de pierres rares par là-haut, répliqua Saul, faisant l'idiot.

— Qu'en sais-tu ? Tu n'y connais rien aux pierres ! » MacDonald semblait contrarié. « Je te demande de l'accompagner parce que tu connais la forêt, mais tes opinions, on s'en fiche. Et si en chemin, vous rencontrez des curieux qui veulent savoir ce que vous faites, dis-leur que Mr. Patterson est un spécialiste des oiseaux et qu'il étudie les touracos. Un point, c'est tout.

— Bien.

— Et maintenant, va finir ton travail. Vous partez demain. »

Saul était déjà sur le seuil de la porte lorsque MacDonald le rappela.

« Je voudrais te demander encore quelque chose... Ma fille était-elle avec toi à l'entrepôt hier après-midi ? »

La question était si inattendue qu'il faillit en perdre le souffle.

« A l'entrepôt, répéta-t-il pour gagner du temps et reprendre ses esprits.

— Oui, à l'entrepôt.

— Je ne sais pas, Mr. MacDonald, dit-il en prenant un air niais. C'est de la petite ou de la grande que vous voulez parler ?

— La plus grande. Kate. Quelqu'un l'a vu escalader la barrière.

— Moi, je ne l'ai pas vue, Mr. MacDonald.

— Je te préviens, Barnard, si je m'aperçois que tu m'as menti, tu le regretteras jusqu'à la fin de ta vie... »

Le lendemain matin, de bonne heure, il quitta le village en compagnie de Patterson. Petit, trapu, l'homme — qui n'avait pas ouvert la bouche depuis le départ — portait un chapeau coupé dans le même tissu épais que sa veste et son pantalon. Ses chaussures bleues et blanches allaient souffrir, étant donné les endroits où il voulait aller, songea-t-il. Que ce ne soit pas pour étudier les touracos, ça, Saul en avait déjà acquis la certitude. Sinon, pourquoi aurait-il emporté une pioche, une pelle, un fusil et ce drôle de plat qui ressemblait à une poêle ? Il cherchait autre chose. De l'or ? Non, il n'allait pas laisser l'espoir renaître en lui pour que demain tout s'écroule encore...

Saul portait la tente et les outils, Patterson le fusil et les provisions.

Pour l'heure, Saul ne se préoccupait guère des motivations de Patterson. Il était fou d'inquiétude pour Kate. Elle avait passé tout l'après-midi du dimanche avec lui. Presque jusqu'à cinq heures. Comme elle lui avait dit que son père et les autres étaient partis passer la journée au Belvédère, ils avaient paressé sur l'herbe derrière l'entrepôt sans se soucier de quoi que ce soit. Quelqu'un avait dû les voir. Tanda ? Cet esclave ne lui avait jamais inspiré confiance... Si Kate ne pouvait plus venir le dimanche, que lui resterait-il ? Il se doutait bien que tout cela aurait une fin un jour ou l'autre mais il espérait toujours que ce serait le plus tard possible. Kate risquait-elle des ennuis elle aussi ?

« Comment tu t'appelles déjà ? lui demanda Patterson.

— Saul Barnard, répondit-il brutalement.

— Est-ce qu'on pourrait aller un peu plus lentement ?

— Je ne comprends pas l'anglais ! » cria-t-il par-dessus son épaule en riant sous cape. S'il n'avait pas été aussi inquiet pour Kate, il aurait pu envisager avec joie ces deux semaines à venir — deux semaines dans la forêt, avec cet Anglais en quête de quelque chose qui n'était sûrement pas des touracos.

« Qu'est-ce que tu as dit ? » Arrivé presque à sa hauteur, l'homme le poussa brusquement par-derrière.

« Je ne comprends pas l'anglais, répéta Saul, en anglais.

— Oh ! mon Dieu ! Je t'en prie ! Arrête-toi. Je... je ne me sens pas bien du tout ! »

Quand Saul se retourna, il fut choqué par la mine de Patterson : l'homme était blanc comme un linge.

« Etes-vous malade, mister ? lui demanda-t-il en anglais, renonçant à son projet de l'ennuyer en refusant de parler sa langue.

— Je suffoque ! expliqua Patterson, presque suppliant. Il faut que nous rentrions », ajouta-t-il, le regard hagard.

MacDonald l'avait-il envoyé dans la forêt avec un fou ?

« Est-ce que vous souffrez d'asthme, mister ? » s'enquit-il. C'était la seule explication qui lui avait traversé l'esprit.

« Non. Mais j'étouffe ! Cet endroit m'angoisse.

— C'est la première fois que vous pénétrez dans une forêt ?

— Oui.

— D'où venez-vous ?

— Je suis australien, répondit-il en retirant son chapeau pour essuyer la sueur qui couvrait son visage. J'ai l'impression que les arbres se resserrent de plus en plus autour de moi. Pas toi ?

— Non. Je marche peut-être un peu trop vite pour vous. On va se reposer un peu. » L'étranger était là, à s'éventer avec son chapeau ; il avait l'air plutôt mal en point... Ce serait dommage de rebrousser chemin, se dit Saul. Mais il posa malgré tout la question :

« Voulez-vous qu'on rentre ?

— Je ne sais pas quoi faire. Sommes-nous encore loin de l'Homtini ?

— Oui, très loin. Nous n'avons même pas fait la moitié du chemin », ajouta-t-il sans préciser que le reste du parcours serait beaucoup moins aisé. « Avez-vous déjà eu ce genre de malaise ?

— Jamais. Je te dis que c'est cette horrible forêt. Il n'y a pas assez d'air pour respirer.

— Ça doit être votre imagination, mister. J'ai grandi dans cette forêt et il y a toujours eu assez d'air pour tout. Au fait, pourquoi êtes-vous venu ici ? demanda-t-il, lançant son premier hameçon.

— Ça ira peut-être mieux si tu me fais un peu de thé, suggéra Patterson, ignorant la perche qui lui était tendue.

— Je ne peux pas allumer de feu ici. C'est trop dangereux. Trop sec. Si vous pouvez tenir le coup un ou deux milles, nous atteindrons le bush et là je pourrai faire du feu.

— Un mille entier ?

— Ce n'est pas si loin. »

Il eut de la peine à le mener jusque-là.

« Nous ferions peut-être bien de faire demi-tour, proposa-t-il, mal à l'aise. Si ça devait être comme ça pendant deux semaines... »

Patterson avait l'air tout aussi découragé.

« Je ne sais pas, Barnard. Mr. MacDonald a pris à ses frais mon voyage depuis l'Australie et me paie pour faire ce travail — si seulement ce n'était pas dans cette horrible jungle !

— C'est un peu plus dégagé par ici !

— Tu appelles ça dégagé ? Et toute cette végétation autour de nous ? En plus, tu dis que nous devons retourner là-dedans ?

— Oui. »

Saul était déterminé à lui tendre une autre perche.

« Le problème, évidemment, c'est que si Mr. MacDonald vous a engagé pour chercher de l'or et que nous rentrons maintenant, il va se mettre dans une colère noire et vous pouvez être sûr qu'il nous renverra dans la forêt sans perdre une seconde. C'est un homme terrible, Mr. MacDonald.

— Il ne m'avait pas prévenu que je devrais travailler dans des conditions pareilles ! » répondit Patterson, mordant à l'hameçon.

C'était donc bien ça ! Il était venu chercher de l'or ! L'espace d'un instant, cette certitude acquise le laissa interdit, puis il comprit qu'il porterait l'étranger sur son dos jusqu'au Homtini, s'il le fallait, mais qu'il n'était plus question de faire demi-tour.

En allant bon train, l'Homtini est à huit heures de marche. Il lui fallut trois jours entiers pour y conduire John Patterson. Trois jours d'efforts incessants. Mais il apprit bien des choses pendant ce temps. Il apprit que la peur délie la langue, que, dans certaines circonstances, l'homme peut devenir docile comme un chien et vous manger dans la main dès lors que vous lui promettez de ne pas le laisser seul. Il découvrit aussi que Patterson avait été chercheur d'or en Australie, que l'or trouvé là-bas s'était révélé n'être qu'une bagatelle, et que Patterson avait été plus que ravi d'apprendre, de la bouche du capitaine d'un navire, que quelqu'un cherchait un orpailleur dans la pointe sud de l'Afrique.

Il lui arrivait d'éprouver de la compassion envers l'Australien. C'était la première fois de sa vie qu'il rencontrait un homme qui craignait la forêt autant que la mort elle-même. Quelquefois, surtout quand ils devaient traverser un ravin profond, envahi d'une végétation touffue, l'homme suffoquait d'angoisse et il était forcé de brandir la menace des éléphants ou de l'obscurité pour qu'il reprenne sa marche.

C'est le deuxième jour qu'ils frôlèrent de plus près le retour au village. Ils étaient parvenus de l'autre côté de la Combe de Draai. Ce matin-là, Patterson avait plutôt bien tenu le coup, de sorte que lorsqu'ils rejoignirent le sentier, Saul décida d'accélérer un peu l'allure. Sur les chemins, l'atmosphère était un peu moins étouffante. Pour lui faire oublier ses misères, Saul raconta à Patterson quelques anecdotes sur sa jeunesse, l'abattage et le transport du bois. Il lui montrait l'endroit où ils avaient dû réparer un chariot qui s'effondrait sous la charge, lorsqu'une branche craqua un peu plus loin. Saul comprit tout de suite que c'était un éléphant et que le vent soufflait dans la mauvaise direction. Dès qu'il s'immobilisa, Patterson soupçonna qu'il se passait quelque chose...

« Qu'est-ce que c'était que ça ?

— Chut !

— Mais qu'est-ce que c'est ? »

Par expérience, Saul opta pour un aulne blanc. Lorsqu'une deuxième branche craqua, il poussa Patterson vers l'arbre en lui criant de grimper. Dans sa confusion, Patterson dérapa plusieurs fois le long de l'écorce, mais au troisième craquement, il prit pied et grimpa !

Saul n'eut pas le temps d'attendre de voir si Patterson s'était perché suffisamment haut. Il dut prendre ses jambes à son cou pour sauver sa peau. Il se souvenait d'un endroit à un demi-mille de là, où il avait trouvé du miel un jour. S'il y arrivait, il était sûr d'en réchapper. Aucun éléphant ne s'aventurerait dans un pareil ravin. De surcroît, sa fuite détournerait l'attention de l'animal loin de Patterson. A présent, il priait pour que le sac qu'il portait sur le dos ne reste pas accroché aux branchages, tandis qu'il se frayait un passage dans les sous-bois touffus. Si vous tombez lorsqu'un éléphant est à vos trousses, c'est la fin. Quand la paroi bleuâtre des falaises fut en vue, il se retourna... Un étrange silence s'était abattu sur la forêt. Son poursuivant avait-il deviné son plan et décidé de se cacher dans les bois entre les falaises et Patterson, dans l'espoir qu'il retournerait sur ses pas à un moment ou à un autre ? Le vent était toujours contre lui. L'animal devait savoir où il se trouvait... Peut-être étaient-ils plusieurs... Pourquoi ne chargeaient-ils pas ? Combien de temps Patterson resterait-il dans l'arbre ? L'homme qui se hasarderait quelque part entre l'aulne blanc et les falaises était un homme mort. De sorte que Saul n'avait pas le choix : il devait poursuivre sa route vers l'ouest, en longeant le bord du ravin, puis prendre la direction du sud, en plongeant à nouveau dans la forêt, avant de bifurquer vers l'est pour rejoindre Patterson.

Il lui fallut presque une heure pour couvrir l'ample demi-cercle qui le ramena sur le sentier. Patterson donnait l'illusion d'un immense nid d'oiseau en désordre entre les branches.

« Restez où vous êtes ! » hurla Saul dès qu'il vit que Patterson faisait mine de descendre de son perchoir. Ce silence ne lui disait rien qui vaille...

Quelque part, un touraco se mit à siffler. Saul choisit une imposante souche de laurier du Cap, qui avait dû être coupé bien des années auparavant car les rejets étaient déjà des branches gigantesques ; il repéra la plus sûre au cas où il faudrait grimper, puis il s'avança prudemment vers l'endroit où le Grand Pied avait surgi des épais fourrés. Il trouva les traces sans difficulté : ils étaient deux et l'un d'entre eux était l'Ancien, cela ne faisait aucun doute. Cette fois-ci, ce ne fut pas le craquement d'une branche mais le cri de détresse de Patterson qui lui fit faire volte-face en sursaut.

A quarante pas, peut-être cinquante, au-delà de l'aulne blanc à l'endroit précis où Saul avait émergé des broussailles quelques instants plus tôt, deux éléphants venaient de faire irruption et descendaient lentement le sentier comme si de rien n'était. L'Ancien devant et le jeune mâle derrière lui, à une distance respectueuse...

Lorsque Saul le tira finalement de son perchoir, Patterson avait l'air à demi mort.

« On rentre et tout de suite ! hoqueta-t-il. Je ne ferai pas un pas de plus dans cette forêt. »

Saul alluma un feu et écouta, sans un mot, les menaces proférées par l'Australien. C'était lui qui déciderait s'ils devaient rebrousser chemin ou non. Pas Patterson.

« Tu entends ce que je te dis ? On rentre. Laisse tomber ton foutu feu. On y va !

— Ce n'est pas la peine de hurler ! Allez vous étendre un peu contre le sac de la tente. Vous vous fatiguez pour rien.

— Je ne tiendrai pas une minute de plus. »

Un groupe de touracos s'agitaient dans les branchages au-dessus d'eux ; de temps à autre, ils poussaient un *kok* puissant comme pour manifester leur mécontentement.

« Dans ce cas, je rentrerai tout seul ! » l'avertit Patterson. Saul le laissa tempêter sans piper mot puis il se leva pour aller chercher du pain et de la viande séchée dans le sac de vivres.

Il n'était pas question de faire demi-tour. La veille au soir, Patterson et lui avaient eu une conversation tout à fait intéressante. L'Australien avait exigé un feu le plus près possible de l'entrée de la tente. De surcroît, il lui avait fait promettre de monter la garde toute la nuit. Mais comme il n'arrivait pas à dormir, il était revenu lui tenir compagnie. Saul avait non seulement acquis la certitude que la peur délie la langue ; il avait aussi découvert qu'en matière d'or, Patterson savait de quoi il parlait.

« Je croyais qu'Osborne avait effectué toutes les prospections nécessaires, avait avancé Saul, pour l'inciter à en dire plus long.

— Je connais très bien Osborne et j'ai été étonné que le gouvernement l'ait changé de poste juste après qu'il leur ait fait part de sa découverte. C'est bizarre. D'après Mr. MacDonald, Osborne était certain qu'il y avait de l'or sur la rive, le long de l'Homtini, ainsi que dans des ruisseaux du côté d'un endroit appelé Millwood. Tu sais où c'est ?

— Oui. Nous n'y allions pas très souvent, mais je sais où c'est. »

Vers minuit, il avait appris qu'en cas de découverte d'un filon, MacDonald ferait immédiatement venir le matériel d'extraction nécessaire et qu'il avait promis à Patterson une part dans la société d'exploitation.

« En supposant qu'il y ait de l'or dans la forêt et que vous puissiez l'extraire, à qui le vendriez-vous ? » lui avait demandé Saul. C'était l'une des nombreuses choses qu'il tenait absolument à savoir.

« Des acheteurs d'or, on en trouve toujours, Barnard. Mais il vaut mieux s'adresser à une banque si l'on veut être sûr de ne pas se faire avoir.

— Quel prix demanderiez-vous ?

— Pas moins de trois livres et cinq shillings l'once.

— Une once d'or, c'est combien ? »

Patterson rassembla un petit tas de cailloux et de brindilles qu'il prit dans le creux de sa main.

« A peu près comme ça. »

Saul se sentit étrangement troublé.

« Quel genre d'instruments faut-il pour chercher de l'or ? demanda-t-il encore en feignant l'indifférence.

— Ça dépend. Si c'est de l'or alluvial, on n'a pas besoin de grand-chose : une pioche, une pelle, une batée. Bien sûr, si on dispose d'un sluice, c'est mieux.

— Qu'est-ce que c'est un sluice ?

— Fais-moi du thé. Tu poses trop de questions. MacDonald m'avait dit de ne pas faire attention à toi. Il m'avait assuré aussi que tu ne parlais pas un mot d'anglais et que tu étais plutôt du genre simple d'esprit... J'ai bien l'impression qu'il s'est un peu trompé ! »

Le lendemain matin, Patterson semblait avoir presque récupéré. Et puis les deux éléphants étaient apparus bêtement, chamboulant tout !

L'Ancien se faisait-il vieux ? Ses sens s'affaiblissaient-ils ? Etait-ce la raison pour laquelle le jeune mâle déambulait sur ses talons ? Lorsqu'un éléphant commence à décliner, un jeune le suit comme son ombre, devenant sa deuxième paire d'yeux et d'oreilles ; il demeurera avec lui presque jusqu'à la fin. La seule autre raison pour laquelle un jeune éléphant accompagne ainsi un vieux mâle, c'est pour apprendre du Patriarche les lois ancestrales de la forêt. Saul ne pouvait s'empêcher de se demander si l'Ancien lui enseignait également toutes les façons possibles de déjouer les menées de l'ennemi humain...

Perdu dans sa réflexion, il en avait oublié Patterson. Lorsqu'il redressa la tête, il se trouva nez à nez avec le canon d'un Enfield. Au-dessus du fusil, les yeux de Patterson étaient hagards de fureur et d'angoisse.

« Nous rentrons, Barnard ! »

Saul se raidit quelques secondes puis il se pencha

lentement pour mettre les feuilles de thé dans l'eau avec une indifférence feinte et calculée.

« Tu as entendu ce que j'ai dit ? Nous rentrons !

— Non, Patterson ! répliqua-t-il sans élever la voix.

— Dans ce cas, je vais te tuer !

— Ce serait une erreur de votre part. » Un scarabée entama un long sifflement strident. Saul versa le thé dans les deux tasses sans la moindre hâte.

« Buvez ceci. Ça vous calmera, dit-il en tendant une tasse à Patterson.

— Je n'en veux pas », cria-t-il, en brandissant son arme avec détermination. « Je refuse de continuer. Je ne ferai pas un pas de plus dans cet enfer ! Range tout ça !

— Il n'est pas question de rentrer, Patterson.

— MacDonald avait donc raison, s'exclama l'Australien, en haletant. Il m'avait prévenu que tu risquais de t'enhardir. Il avait raison de me conseiller de te garder à l'œil et de te remettre à ta place de temps à autre. »

Saul se releva lentement.

« Vous ne pouvez pas me remettre à ma place, Mr. Patterson. Je *suis* à ma place. La forêt est mon domaine. Je ne l'accepte peut-être pas toujours très bien, mais c'est comme ça. »

Il n'était pas effrayé le moins du monde par le fusil que Patterson avait dû redresser petit à petit pour le tenir en joue.

« Hors de cette forêt, MacDonald me tient à sa merci parce que je suis son esclave, mais il n'est pas ici et je ne rentrerai pas tant que vous n'aurez pas trouvé d'or, Mr. Patterson. Je veux savoir où il est ; je veux voir à quoi ça ressemble. Je veux en toucher pour voir quelle impression ça fait !

— Je te préviens, Barnard ! Je vais te descendre ! »

Une vilaine écume blanchâtre avait surgi aux commissures de ses lèvres.

« Si je rebrousse chemin avec vous aujourd'hui, Patterson, je tourne le dos à la seule issue qui me reste. »

Les mots lui venaient à l'esprit avec une étonnante netteté, l'incitant à affronter le fusil de Patterson sans la moindre crainte, comme si quelque chose en lui se consolidait après des années d'égarement.

« S'il y a de l'or dans cette forêt, c'est la délivrance des bûcherons. Voilà pourquoi vous allez me montrer où il est avant que nous partions d'ici. Il faudra aussi que vous m'expliquiez comment faire pour le récupérer.

— Tu me paieras ça, Barnard ! Je te tuerai comme un chien !

— Tuez-moi et je vous garantis que vous ne sortirez pas vivant d'ici.

— Si tu crois que tu vas t'en tirer comme ça avec MacDonald ! » Déjà, le courage de Patterson donnait des signes de fléchissement.

« Je m'en inquiéterai plus tard. Pour le moment, baissez votre arme. »

Patterson n'était pas si bête. Il rabattit son fusil lentement.

Saul reprit :

« Je vous propose d'assurer votre sécurité tant que nous serons dans cette forêt, de vous préserver des éléphants, de planter votre tente tous les soirs et de monter la garde toutes les nuits, de préparer vos repas et enfin de vous ramener sain et sauf au village, dans deux semaines. Tout ce que je vous demande en retour c'est de me laisser regarder ce que vous faites.

— Et si je n'arrivais pas à continuer ? » Sa voix trahissait le regain de panique qui s'était emparé de lui.

« Dans ce cas-là, Patterson, je vous porterais. Vous comprenez, nous les gens de la forêt, « ne pas y arriver », nous ne savons pas ce que cela veut dire. Ici, il faut toujours continuer, bien au-delà de ce qu'on croit possible. Faites-moi confiance : j'en sais quelque chose. Posez ce fusil et buvez votre thé. »

Il lui fallut trois jours de patience extrême pour le mener jusqu'aux rives de l'Homtini. Quelquefois il était calme ; à d'autres moments, lorsque la peur reprenait possession de lui, il perdait à nouveau le contrôle de lui-même.

« De quoi avez-vous peur ? lui demanda Saul.

— La forêt m'oppresse. J'étouffe. Parfois j'ai l'impression d'être pris au piège de cette terrible jungle. Cet enfer primitif n'en finira donc jamais ? Es-tu sûr que nous ne sommes pas perdus ?

— Je sais exactement où nous sommes. Croyez-moi ! »

L'après-midi du troisième jour, ils entendirent résonner au loin les coups de hache d'un groupe de bûcherons. Patterson mourait d'envie de prendre la direction d'où venait le bruit et Saul épuisa des trésors d'arguments pour l'en dissuader.

« Ce sont des bûcherons. Ils ont peur des étrangers, et puis de toute façon, ils ne comprendront pas ce que vous leur direz. Ils ne parlent pas un mot d'anglais.

— Tu mens ! Tu as déjà essayé de me faire croire que toi non plus, tu ne parlais pas anglais !

— Je voulais jouer un tour à MacDonald ! Je vous jure que ces gens-là ne vous comprendraient pas. Moi j'ai appris l'anglais à l'entrepôt. »

Il parvint à dépasser les bûcherons sans encombre. Chaque fois qu'ils abandonnaient la forêt pour le bush, il laissait Patterson se reposer. Quelquefois, il échappait à sa torpeur et se remettait à respirer normalement.

Le soir du troisième jour, ils gravirent une hauteur surplombant l'Homtini. Le lendemain matin, au réveil, Saul découvrit une énorme boule d'excréments derrière la tente. Il y avait des traces d'éléphant partout : celles de l'Ancien et de son compagnon.

Il frissonna. Les deux éléphants les suivaient-ils ? Ou bien était-ce le fait du hasard ? Il se servit de la pelle de Patterson pour jeter l'énorme boule dans les broussailles puis il effaça les traces.

Deux jours s'écoulèrent encore. Il lui semblait que Patterson commençait à dominer sa peur — pourtant, jusqu'à la fin, il n'aurait qu'une seule idée en tête : quitter la forêt. Lorsque pour la première fois, l'Australien jeta une pelletée de pierraille dans la batée et se mit en devoir de la laver, Saul fut pris d'un sentiment d'angoisse fiévreuse. Il aurait volontiers arraché la batée des mains de Patterson pour laver lui-même le gravier. Des heures entières, il le regarda travailler, bouillant d'impatience quand il était fatigué et voulait se reposer.

« Vous ne tiendrez jamais le coup dans cette forêt, Patterson ! lui disait-il sans détour. Vous vous épuisez trop vite. Vous êtes trop mou !

— Nous pouvons plier bagage et rentrer... » répondait invariablement Patterson, brandissant la seule arme dont il disposait vraiment.

Après avoir observé Patterson à l'œuvre pendant deux jours, Saul profita d'une pause pour le remplacer, et dès le troisième jour, il fut en mesure de faire tournoyer le récipient presque aussi habilement que l'Australien lui-même.

Ce dernier ne pouvait s'empêcher de rire en le voyant exercer son nouveau talent.

« Si MacDonald te voyait, il ne me payerait que la moitié de ce qu'il me doit !

— Il n'a pas besoin de savoir ! »

Souvent, Patterson devait refréner son élan :

« Pas si vite, Barnard ! Mets plus d'eau dans la batée et fais-la tourner plus régulièrement... Voilà, c'est mieux ! »

Désormais, ils se relayaient sans relâche. Pelletée après pelletée, sans le moindre signe d'autre chose que du gravier, du sable et des cailloux.

« Nous devrions aller plus en amont, suggéra Saul sortant de l'eau froide, trempé jusqu'aux os, à la tombée de la nuit.

— Non. On est encore trop près de la surface pour être sûrs qu'il n'y a rien par ici », répondit Patterson. Il avait l'air presque rétabli. « Il ne faut pas avoir peur de creuser, Barnard ! L'eau a mis des années pour séparer l'or du sable dans les coudes des fleuves et des ruisseaux, et des années encore pour l'enfouir à nouveau. »

C'était la pleine lune. Le feu flambait haut, se découpant sur les eaux calmes et paresseuses de l'Homtini... Il songeait à Kate. Savait-elle où il était ? Avait-elle eu des ennuis ? De quel droit pensait-il à elle ainsi ? Mais il ne pouvait pas s'en empêcher. Il se ressaisit enfin et alla secouer les couvertures de Patterson. Kate était une enfant volontaire qui grandissait vite. Elle aurait tôt fait de comprendre qu'il n'était pas convenable pour elle de côtoyer un des *boys* de son père !

« Tu es bien tranquille, ce soir ! remarqua Patterson.

— Comment ça fonctionne un sluice ?

— Mieux qu'une batée. On peut laver beaucoup plus de gravier à la fois.

— Comment fait-on pour en fabriquer un ?

— C'est très simple, vraiment. Il faut un long morceau de bois creusé aux deux extrémités dont l'intérieur est tendu d'une solide toile ajourée retenue par des pierres.

— De quelle longueur, le morceau de bois ?

— Dix pieds environ.

— Et ensuite ?

— Tu le mets dans un coude de la rivière pour qu'un flot régulier envoie du gravier sur l'extrémité supérieure. L'eau le fait descendre, à travers le tissu et comme l'or est plus lourd que la pierraille, il adhère aux bords de la toile.

— Dommage qu'on n'en ait pas un. »

Quelque chose d'autre commençait à l'inquiéter : le ravitaillement. Patterson se plaignait sans arrêt que les portions étaient trop petites. Mais il devait faire durer les vivres le plus longtemps possible. Dès qu'ils n'auraient plus rien à manger, il faudrait rentrer. Jamais Patterson n'accepterait de rester seul pendant qu'il irait chercher d'autres provisions. Il n'oserait pas non plus l'emmener avec lui... La seule solution, c'était donc de puiser aussi parcimonieusement que possible dans les réserves. Même si cela signifiait que seul Patterson mangerait...

« Comment veux-tu que je trouve un filon dans cette jungle ? protesta Patterson, le lendemain. Et puis d'abord, ça m'est égal maintenant. Je ne vois vraiment pas comment ils pourraient se mettre à creuser dans ce pays de sauvages ? Comment veux-tu qu'ils trimbalent leurs énormes machines jusqu'ici ? Ce ne sont pas des joujoux pour enfants, je te le dis, moi.

— Avec un bon attelage de bœufs et un chariot, on peut tout faire dans la forêt, lui assura Saul, en commençant à laver une pleine pelletée de gravier. Ce qui m'inquiète, c'est que vous me dites que si l'on trouve vraiment de l'or dans la forêt, les gens vont débarquer ici en masse.

— Comme des mouches !

— Il faut empêcher ça.

— Et comment vas-tu t'y prendre ?

— Je ne sais pas. Mais il ne faut pas que ça arrive. S'il y a de l'or, c'est aux gens de la forêt qu'il appartient. Je sais bien que c'est bête ce que je dis, mais c'est comme ça que je le sens.

— Tu es sot, Barnard. Tu ne sais rien. S'il y a de l'or ici, il est à tout le monde. Au monde entier ! Je les ai vus se ruer sur l'or en Californie. A Bendigo, en Australie, ça a été la même chose. Chaque matin, il en venait de nouveaux. L'or est une drôle de chose, Barnard... »

Il était étendu sur la rive au soleil et semblait avoir oublié tous ses tracas.

« ... Une fois que tu l'as vu briller dans ta batée, il te possède et ne te lâche plus. Le seul endroit où ça ne m'arrivera pas, c'est ici, dans cette foutue forêt. Tu dis que Millwood est plus haut, et tout aussi dense ?

— Oui. C'est une très belle forêt. On n'y a presque rien coupé parce que c'est trop loin du village et trop difficile d'accès. »

9.

Le lundi matin, ils trouvèrent de l'or dans la batée de Patterson. Dès que Saul le prit dans le creux de sa main, le temps parut suspendre son cours... Les petites miettes jaunes, denses, brillaient entre les lignes de sa paume comme autant de grains de soleil d'or. Irréels, envoûtants, irrésistibles. Il avait envie de refermer son poing sur eux pour les cacher, comme le fruit dissimule ses graines, la mer ses trésors de perles, la forêt ses secrets...

Le soir venu, ils avaient accumulé plus d'une once d'or. Saul avait le sentiment de plonger de plus en plus profondément dans une lagune sans fond.

« Combien vous donnera-t-on pour ça ?

— Au moins trois livres dix shillings. »

Saul fit un calcul rapide : « Savez-vous qu'il faut que je travaille plus de quinze semaines pour que MacDonald déduise cette somme-là de la dette sur le registre ?

— Attention ! l'avertit Patterson. On peut creuser parfois pendant plus de quinze semaines sans rien trouver du tout. Pour le moment, nous prospectons où bon nous semble, mais lorsque le Comité d'Exploitation fera de cet endroit un gisement officiel, il faudra acquérir une concession pour avoir le droit de creuser et de s'approprier l'or.

— Il y en a beaucoup par ici à votre avis ?

— Comment veux-tu que je le sache !

— Avec votre expérience, vous devez bien avoir une idée. Que vous dit votre intuition ?

— Je ne me hasarderais pas à la moindre estimation !

— Mais on en a trouvé quand même !

— Barnard, un vieux dicton de chercheurs d'or assure qu'en creusant assez longtemps et assez profond, on trouve de l'or n'importe où. Ça ne dit pas combien. Tant que tu n'as pas découvert un filon, tu n'as pas trouvé d'or. Et tant que tu n'as pas vu la veine d'or briller de tes propres yeux, ne te vante pas d'avoir mis au jour une mine. Alors rassure-toi en te disant qu'aucun gouvernement ne songera à créer un Comité d'Exploitation officiel pour quelques misérables grains d'or.

— Vous rendez-vous compte que si un bûcheron découvrait chaque jour quelques-uns de ces misérables grains d'or, il serait riche ? Plus jamais de sa vie, il n'aurait à lever sa hache. »

Il y eut un craquement derrière eux. Patterson se redressa d'un bond.

« Ne vous inquiétez pas, le rassura Saul, ce n'est qu'un gnou.

— Oui, reprit Patterson au bout d'un moment, si les rêves pouvaient devenir réalité, le tien serait peut-être le plus beau.

— Que voulez-vous dire ?

— Si les bûcherons pouvaient ratisser les ruisseaux à la batée sans que personne n'intervienne.

— Si personne ne parle, c'est possible.

— Tu es bien naïf, Barnard. Tu ne sais donc pas que les hommes passent leur vie à se marcher les uns sur les autres ?

— Vous vous trompez, Mr. Patterson. Je vois ça tous les jours. Les bûcherons de cette forêt se font non seulement marcher mais piétiner dessus par les négociants en bois comme MacDonald.

— Dans ce cas, il ne faut pas perdre de temps... »

A certains moments, Patterson se montrait vraiment sous un jour favorable.

« Que voulez-vous dire ?

— Récupérez autant d'or que vous le pouvez avant que les mouches n'arrivent », expliqua Patterson, le regard perdu dans les flammes. Autour d'eux, la forêt vibrait des rumeurs de la nuit. « Si je voulais risquer ma réputation en jouant aux devinettes, poursuivit-il, je dirais que c'est dans les ruisseaux que l'on a le plus de chances d'en trouver par ici. D'après ce que je peux voir dans cette jungle, on dirait qu'au-delà des rivières, les formations sont trop disloquées et trop accidentées pour pouvoir renfermer un bon filon. Si or il y a, c'est dans les cours d'eau qu'on le trouvera », acheva-t-il, l'air songeur.

Le lendemain matin, Patterson avait retrouvé son humeur morose et grincheuse.

« Tu peux compter sur moi pour qu'on t'arrête dès notre retour au village ! » menaça-t-il.

Ils remontaient l'Homtini en direction de Millwood. Parfois, la végétation était si dense qu'ils avaient beaucoup de peine à se frayer un chemin jusqu'à la rive, pour laver quelques poignées de sable à la batée.

L'après-midi, l'Australien ayant un peu plus d'entrain, ils plantèrent la tente à l'orée de la forêt de Millwood. A la tombée de la nuit, ils avaient déjà trouvé plus d'une once d'or !

« Et nous n'avons fait que gratter la surface, Barnard ! » Patterson était à nouveau tout émoustillé. « N'oublie pas qu'il ne faut jamais t'arrêter tant que la pelle ne heurte pas la couche rocheuse. Creuse aux coudes de la rivière et en profondeur. »

Le jour suivant, ils s'enfoncèrent dans la forêt et prospectèrent dans les ruisseaux. De temps à autre, Patterson lui ordonnait de déblayer un terrain en pente de ses broussailles et de creuser un trou de plusieurs pieds.

« Que cherchez-vous ? voulut-il savoir quand Patterson se pencha pour examiner les petits tunnels.

— Rien. »

Tous ces efforts avaient eu raison des forces de l'Australien. Le soir venu, il s'effondra, épuisé.

« Ne vous inquiétez pas ! lui dit Saul pour lui remonter le moral. Vous dormirez mieux !

— Tes yeux ne peuvent plus rien me dérober, Barnard, soupira Patterson en s'affaissant péniblement près du feu. Tu m'as observé comme une chouette pendant tout ce temps, et je te jure que je n'ai plus rien à t'apprendre ! Rentrons maintenant !

— Que cherchiez-vous tout à l'heure ? Qu'avez-vous trouvé ?

— Rien. S'il y a des filons d'or, ils ne doivent pas valoir grand-chose. L'exploitation minière, ça coûte cher : il faut des bocards pour broyer le minerai, et de l'eau aussi. De la main-d'œuvre. Il faut être nombreux pour creuser des galeries et il faut des outils, des brouettes. Comment transporter le minerai jusqu'aux broyeurs ?... Continue à chercher dans les ruisseaux et récupère tout ce que tu peux avant que la ruée ne commence.

— Je les ai entendus dire que c'est seulement en découvrant un filon que l'on devient riche.

— Si tu trouves un gros filon et que tu as de l'argent pour en assurer l'exploitation ! Mais toi, tu n'as rien, Barnard, pas même une bonne veste.

— Ecoutez, Patterson, je ne connais rien à l'or, mais je me demande quand même d'où vient l'or des rivières.

— Il a été érodé depuis des millénaires et emporté dans le flot des crues avant de se prendre aux pièges des méandres de la rivière.

— Je vous croirai quand nous serons remontés plus haut dans la forêt de Millwood et que vous aurez examiné de près le terrain.

— Barnard... » commença Patterson. Il n'avait pas l'air bien. « Demande à Osborne ou à qui tu veux de te trouver un filon ! Quant à moi, la seule chose qui m'intéresse, c'est de sortir d'ici ! Je te le répète : il se peut que l'on découvre un filon, mais pour l'exploiter, ils seront obligés de creuser une galerie jusqu'au niveau de la rivière, ce qui veut dire qu'ils ne sont pas sortis de l'auberge ! »

Il fallait absolument qu'il arrive à le convaincre de grimper plus haut dans la forêt de Millwood, au moins jusqu'à Ratel Bush et Stripe Bush. Il leur restait de quoi manger pendant deux jours s'il s'abstenait lui-même... Puisqu'ils étaient sûrs maintenant qu'il y avait de l'or dans les ruisseaux, ils pouvaient rentrer, mais pas avant de savoir ce qu'il en était pour Millwood.

Il fut ravi quand Patterson résolut de se coucher tôt. Il voulait être seul pour réfléchir...

A supposer qu'il y ait un filon plus haut, si c'était Patterson qui le découvrait, MacDonald se l'accaparerait. En revanche, si Patterson ne trouvait rien, le négociant finirait peut-être par se désintéresser de la question... Par ailleurs, en imaginant que cette histoire de filon soit un mythe, que tout l'or se trouve bel et bien dans les cours d'eau, il aurait quand même besoin d'argent pour creuser. Il faudrait des outils. Les outils, ça coûte cher. Il aurait besoin d'un sluice. L'augette, il pouvait bien la construire tout seul, mais elle devait être garnie d'une toile et la toile aussi coûte cher. L'hiver approchait. Il lui faudrait des vêtements chauds. Il n'avait qu'une chose à faire : se rendre à la Grande Ile et parler à son père et à Jozef. Il fallait absolument qu'ils planifient tout ça ensemble.

Il s'endormit près du feu. A l'aube, avant même d'ouvrir les yeux, il sut ce qui était arrivé. Les senteurs de la mer flottaient dans l'air et le silence était pesant. Le brouillard !

Lorsqu'il ouvrit les yeux, son regard se heurta à un épais mur blanc. Derrière lui, dans la tente, Patterson s'agita puis retrouva son calme. Saul tendit la main pour vérifier que les dernières braises sous la cendre étaient encore chaudes. Elles l'étaient assez en tout cas pour relancer le feu. Il fallait que le thé soit prêt avant que Patterson n'apparaisse. Il alla en rampant chercher du petit bois, ramassa un fagot de brindilles qu'il disposa sans bruit sur les braises encore ardentes. Le mieux était que Patterson émerge de sa tente le plus tard possible. Si la forêt à elle seule lui donnait une sensation d'oppression, Dieu seul sait l'impression qu'elle lui ferait, plongée dans cet épais brouillard. Quant à sortir d'ici, c'était une autre histoire. Cette partie de la forêt était celle qu'il connaissait le moins bien. Par temps clair, il aurait su quel chemin prendre, mais avec une brume pareille, ça n'allait pas être facile... Des années auparavant, il se souvenait d'être venu par ici avec les autres pour couper du bois jaune. Le vieux Malka avait été le seul à retrouver les sentiers. Ils avaient dû tailler les broussailles afin de dégager un passage pour les chariots. Son père avait même dit que c'était bien la dernière fois qu'il mettait ainsi ses bœufs à l'épreuve.

Saul savait pertinemment que si le brouillard ne se levait pas, il était dans un salc pétrin ! Une fois, l'un des hommes de Harison avait ainsi erré dans Kom's Bush pendant cinq jours entiers ; le sixième jour, à demi mort, il était tombé sur un groupe de bûcherons près de Deep Walls. Il n'avait fait que décrire des cercles pendant tout ce temps.

Deux heures plus tard, il progressait péniblement, avec un Patterson terrorisé sur les talons. Plein sud. Droit sur le village. Il n'avait pas le choix. Dès que Patterson avait mis le nez dehors, le brouillard l'avait pris à la gorge et il était devenu fou. Il était resté à quatre pattes, les yeux hagards, suppliant Dieu de venir à son secours. Lorsque Saul avait tenté de l'aider à se redresser, il s'était emparé de ses chevilles en hurlant :

« Aide-moi ! Je t'en conjure, aide-moi ! Je vais mourir d'asphyxie.

— Restez calme, Patterson ! C'est juste une petite brume. Dès que le soleil se lèvera, elle se dissipera.

— Emmène-moi loin d'ici, Barnard, je t'en supplie ! Emmène-moi loin d'ici avant que je meure ! »

Il commença à s'inquiéter sérieusement lorsqu'il lui tendit une tasse de thé et que Patterson renversa tout le liquide brûlant sur ses jambes sans broncher. Il n'avait apparemment rien senti. Un homme effrayé, c'est une chose. Un homme rendu fou par la peur, c'en est une autre. Quand l'Australien se mit à ramper dans les cendres ardentes pour venir se pendre à ses jambes, il résolut de le sortir de là le plus rapidement possible.

« Relevez-vous, Patterson ! Vous vous salissez !

— Aide-moi ! Aide-moi ! »

C'est alors que l'idée naquit dans son esprit à son insu, et sans qu'il ait eu le temps de se sentir coupable.

« Patterson, commença-t-il en se penchant pour l'aider à se relever. Regardez-moi, Patterson. Nous pouvons tout emballer et rentrer... Vous entendez ce que je vous dis ?

— Aide-moi, Barnard !

— Je veux bien vous ramener au village, en échange de votre batée, lâcha-t-il en le secouant par les épaules. Vous m'entendez ? Je range tout si vous me donnez votre batée !

— Prends tout ce que j'ai, mais sors-moi d'ici !

— Je veux juste la batée, Patterson ! »

Par temps clair, Millwood était à près d'une journée de marche du village, un peu moins si l'on connaissait les raccourcis.

Saul attacha le fardeau le plus léger sur le dos de Patterson et chargea le reste sur ses épaules. Il noua une des extrémités de la corde autour de sa taille et tendit l'autre bout à Patterson.

« Ne la lâchez surtout pas ! Il faut que vous restiez près de moi et je ne peux pas passer mon temps à me retourner pour voir si vous êtes encore là... Vous m'entendez ? Il faut que nous marchions le plus vite possible et vous ne devez pas lâcher la corde. C'est compris ?

— C'est loin ? » Le brouillard avait déposé de minuscules gouttelettes sur la barbe et les cheveux de l'Australien, lui donnant un air sinistre.

« Non, pas trop. »

Il n'était sûr que d'une chose : la futaie de bois de feu

était au sud. C'est donc dans cette direction-là qu'il partit, à travers l'épaisse muraille blanche...

Très vite, on perd la notion du temps et de l'espace. Le brouillard semble vous envelopper et l'instant d'après, vous avez la sensation qu'il est en vous. Vous pensez marcher droit sur un bouquet d'arbres et soudain ce sont eux qui viennent sur vous. Partout autour de vous, les oiseaux ont l'air de chanter, la tête enfouie sous leurs ailes.

Pas une seule fois, la corde entre Patterson et lui ne se détendit. Parfois, il était littéralement obligé de le traîner à travers les broussailles. Par la suite, il se rendit compte que le pauvre homme ne prenait même plus la peine d'écarter les branchages sur son passage. Il se contentait de foncer dedans la tête la première, comme un aveugle, les yeux grands ouverts.

« Il faut que vous teniez la corde d'une main en repoussant les branches de l'autre ! lui conseilla-t-il. Regardez comme votre visage est déjà tout écorché !

— C'est encore loin ? » était tout ce qu'il arrivait à tirer de lui.

La manière dont ils arrivèrent jusque-là resterait pour lui un mystère jusqu'à la fin de sa vie. Tout ce qu'il savait, c'est qu'il entendit soudain le faible murmure d'un harmonica. Le salut ! De ce côté-ci de Deep Walls, il n'y avait qu'un seul homme qui possédât un de ces instruments. C'était Martiens Botha.

« J'entends quelqu'un, Patterson !

— C'est encore loin ? »

Martiens se trouvait à la Croisée des Fauvettes. Lorsqu'il vit qui surgissait du brouillard, le vieil homme ne se montra guère aimable. Le reste de son équipe, ses deux fils et ses trois gendres n'adressèrent même pas la parole à Saul.

« Il paraît que tu nous espionnes pour le compte d'Harison maintenant ! » Le vieux Martiens Botha n'avait jamais été du genre à mâcher ses mots.

« Je n'épie personne. Je suis avec un homme malade et j'ai besoin d'aide. »

Le vieil homme appela un de ses fils :

« Arend, aide l'homme à s'étendre et donne-lui du thé. Que lui est-il arrivé ? demanda-t-il à Saul.

— C'est la forêt et le brouillard qui lui ont fait cet effet-là, oncle. Il dit que la forêt l'oppresse et l'étrangle... Et puis le brouillard s'est levé en plus.

— Hum... j'ai déjà vu ça avant. Chez des étrangers. Mais toi, comment se fait-il que tu sois de retour dans la forêt ?

— MacDonald m'y a envoyé avec cet homme.

— Lui aussi, c'est un espion ?

— Non, c'est un chercheur d'or. Je suppose que vous avez entendu parler de l'or ?

— Oui, c'est une abomination, je te le dis. La semaine dernière, quatre hommes étranges sont passés par ici, avec des pioches, des pelles et des tas d'outils. Je les ai arrêtés pour leur demander où ils allaient. Mais ils se sont contentés de nous regarder avec des yeux ronds comme si nous étions des esprits. Et puis celui qui avait la peau toute tachetée comme une poule de la brousse a dit quelque chose et tous les autres ont éclaté de rire. Alors j'ai dit à Arend d'aller se cacher dans les broussailles sans qu'ils s'en aperçoivent. Mouille-lui le cou aussi, Arend. On dirait qu'il reprend des couleurs. Bref ! Nous ne pouvions pas nous comprendre, mais il était clair qu'ils cherchaient de l'or et qu'ils ne savaient pas vraiment par où commencer. Quand, finalement, ils s'en sont allés, Arend était déjà loin. Il a attendu le bon moment pour souffler dans sa corne de bœuf. Tu sais comment il fait ! Tellement bien qu'on aurait juré que c'était l'Ancien lui-même ! Nous les avons entendus détaler en poussant des hurlements. C'est comme ça que par la suite, on s'est récupéré une belle pioche et une pelle. »

Ce tour, Arend le jouait depuis longtemps. Nombre de forestiers et d'étrangers avaient pris la fuite ou s'étaient réfugiés au sommet d'un arbre en entendant les barrissements de sa trompette.

« Auriez-vous une idée de l'endroit où Pa et les autres pourraient se trouver en ce moment ? demanda Saul.

— Non. Tout ce que je sais, c'est qu'ils avaient une cargaison de bois de chariot la semaine dernière.

— Si tu les vois, dis-leur que je viendrai bientôt à la Grande Ile. Dis-leur que je dois leur parler d'urgence.

— Je leur dirai, promit Martiens, puis, se tournant vers Arend : Est-ce que ça a l'air d'aller mieux ?

— Difficile à dire, Pa.

— Depuis l'aube, je le traîne dans la forêt, l'oncle.

— Et ce n'est pas fini ! murmura en ricanant un des gendres de Martiens.

— J'espérais que l'un d'entre vous m'aiderait à le ramener jusqu'au village », ajouta Saul sans se laisser démonter.

Ils étaient assis à une certaine distance les uns des autres. Pas un ne leva la tête ou ne prononça une parole.

Le vieux Martiens rompit finalement le silence :

« Nous n'avons pas l'habitude d'aider les traîtres, Saul Barnard », lâcha-t-il en crachant de côté.

Pourtant, dans son cœur, Saul savait qu'ils lui prêteraient main forte. L'entraide était une des lois du code de la forêt, sans laquelle les bûcherons et les leurs n'avaient aucune chance de survivre. Si vous alliez à l'encontre de ce code, ils vous punissaient à leur façon, mais jamais ils ne vous laisseraient dans la mélasse ! Pas facilement, en tout cas !

« Ce n'est pas moi qui ai parlé des défenses à Harison, l'oncle. Je le jure. Je crois que c'était Jones, l'un des contremaîtres de MacDonald. Je ne peux pas le prouver, mais je sais qu'il s'entend bien avec Harison et pas toujours si bien avec MacDonald et Pearston.

— Et cet homme-là ? Qui est-il ?

— Je vous l'ai dit, l'oncle. Il est chercheur d'or.

— Tu marches avec des étrangers, Saul Barnard. On dit même que tu parles leur langue.

— Je suis bien obligé, l'oncle. Sinon, je ne comprendrais pas ce qu'ils disent. »

Le vieux Martiens se leva et s'approcha de Patterson : « Hum... voilà ce que c'est de s'aventurer dans un monde qui n'est pas le vôtre... Arend, Stoffel... vous feriez mieux d'aller couper quelques jeunes branches pour construire un brancard. A pied, il n'y arrivera jamais. »

Arend les accompagna au village.

Plus ils s'en approchaient, plus le brouillard s'épaississait. Il faisait déjà presque nuit lorsqu'ils s'arrêtèrent un moment à la passe de Garna pour se reposer. Patterson fit mine de se lever.

« Restez couché ! Nous sommes presque arrivés », lui ordonna Saul. Il attendit qu'Arend disparaisse dans les fourrés pour aller cacher la batée de Patterson sous un buisson de bruyère, dont il marqua l'emplacement. Il donna le reste de la viande séchée à Arend, et suggéra de repartir tout de suite.

« Et où crois-tu que je vais dormir cette nuit si nous continuons notre route maintenant ? objecta Arend. Nous pouvons très bien rester ici jusqu'au matin. Il n'est pas question que je rentre seul dans le brouillard et en pleine nuit. A coup sûr les Grands Pieds me tomberont dessus.

— Tu peux dormir avec moi dans l'entrepôt.

— Je refuse de passer la nuit là-dedans.

— Ne sois pas si têtu, Arend ! C'est ça qui vous perd tous ! Vous êtes bien trop entêtés.

— Vous, vous, vous ? Qui es-tu donc, toi ? Depuis quand est-ce qu'un touraco se pose sur deux arbres à la fois ? Et d'abord, pourquoi travailles-tu pour MacDonald ?

— Pour qui crois-tu que tu travailles, toi ? lui demanda Saul, en repoussant Patterson sur sa couche de branchages.

— Nous lui vendons peut-être notre bois, mais nous ne lui appartenons pas.

— C'est ce que tu crois !

— Pourquoi n'as-tu pas essayé d'arranger les choses avec ton Pa ?

— Parce que ce n'était pas possible.

— L'équipe de ton Pa manque de mains... La femme de Jozef a eu un fils la semaine dernière, ajouta-t-il de mauvaise grâce.

— Je suis content pour lui.

— Ils vont l'appeler Joram.

— Pa sera fier... Mais je ne peux m'empêcher de me demander où le garçon trouvera encore des arbres à couper quand son temps sera venu, ajouta-t-il, dans l'intention délibérée de provoquer Arend. A la vitesse à laquelle vous y allez maintenant, il ne restera plus rien pour la génération à venir.

— Tu rampes derrière Harison depuis le début ! s'exclama Arend en se levant pour reprendre sa place aux pieds de Patterson. Allons-y ! »

Saul n'avait pas bronché. Il était toujours assis.

« Tu n'es qu'un sot, Arend ! Quand cette forêt sera morte, vous serez comme des fourmis dont le nid s'est effondré. La seule différence, c'est qu'elles peuvent se construire une autre fourmilière tandis que vous, vous ne pouvez pas vous fabriquer une autre forêt. As-tu jamais compté le nombre de haches qui la saccagent ? As-tu jamais songé au nombre de garçons qui deviendront bûcherons en grandissant ? »

Dépité, Arend renchérit :

« C'est pour Harison que tu les comptes, je suppose ! »

Il était déjà tard lorsqu'ils arrivèrent au village. Le brouillard se levait mais de longues traînées bleu-gris de brume flottaient encore sur les maisons endormies.

Patterson reprenait vie tout à coup...

« Laisse-moi me mettre debout, Barnard !

— Arrêtez de gigoter, Patterson ! »

Patterson leva un menton indigné :

« *Mr.* Patterson. Un peu de respect, veux-tu !

— Lorsque vous étiez certain de mourir étouffé, ça vous aurait été bien égal que je vous appelle Mr. Singe. Arrêtez de gigoter ou nous vous ramenons tout de suite dans la forêt.

— Qu'est-ce qu'il dit ? demanda Arend, derrière lui.

— Il veut se lever. Il ne faut pas le laisser faire. Je tiens à le livrer tel quel à la porte de MacDonald. »

Il ne se souciait guère de ce que la porte de MacDonald fût rigoureusement interdite à tous ceux qu'il considérait comme inférieurs à lui-même — une étrange audace s'était emparée de lui...

Dans le ciel au-dessus d'eux le disque transparent de la lune perçait la brume. Un chat traversa la rue pavée et disparut dans les fourrés. Derrière les dernières maisons du village, sur le versant nord, un paon poussait des cris lamentables comme si on l'étranglait...

Ils étaient parvenus à cent mètres à peine de la grande maison blanche lorsque, brusquement, Arend tomba à genoux, en hurlant de douleur. Saul tenta de rétablir l'équilibre mais Arend avait lâché prise et Patterson glissa de côté et alla rouler dans la poussière.

« Qu'est-ce qui se passe ? » cria Saul. Arend était assis au milieu de la rue et se tenait le pied. « Qu'est-ce que c'est ? Un serpent ?

— Non. J'ai marché sur un foutu fer à cheval ! Les pointes des clous ont traversé ma chaussure et se sont plantées dans mon pied. Saloperie ! »

Quand Saul se pencha sur Arend, ce dernier avait déjà retiré sa chaussure et un sang noir et brillant ruisselait entre ses doigts.

« Vous avez fait exprès de me lâcher ! protesta Patterson, outragé, en se relevant péniblement. Vous croyez que je ne comprends pas ce que vous dites, mais je sais très bien...

— Taisez-vous ! » lui ordonna Saul en aidant Arend à se lever.

Arend mourut huit jours plus tard.

Empoisonnement du sang.

Le chariot de Jeremiah Eye apporta la nouvelle au chantier et à Saul.

Ce fut comme le dernier coup de hache porté à l'arbre avant qu'il n'entame sa chute.

« Seigneur ! » De tout son être, Saul en appelait au Ciel. Jeremiah Eye lui tourna le dos et retourna à son chariot. Les reproches que sa bouche taisait se lisaient dans ses yeux. Une brise fraîche, venue de la lagune, faisait frissonner les bûcherons, malgré l'ardeur des rayons du soleil d'automne. Leurs chemises en lambeaux battaient au vent autour de leur torse... Derrière Saul, un des chariots de MacDonald grinçait sous le poids d'un chargement de bois jaune... Sous le choc il n'avait pas bougé. Une fureur invincible, comme un épais nuage sombre, grandissait en lui.

Cette nuit-là, Arend avait dormi avec lui dans l'entrepôt. Ils avaient parlé longtemps et, à l'aube, le pied d'Arend était très enflé et il s'était plaint de douleurs lancinantes.

« Tu ne peux pas rentrer dans cet état-là, lui avait dit Saul. Je vais aller demander chez MacDonald quelque chose pour mettre sur ta blessure. »

Il avait frappé à la porte de derrière. Tanda lui avait ouvert et était allé chercher MacDonald.

Quand ce dernier avait appris qu'Arend avait dormi à l'entrepôt, il était entré dans une colère noire :

« Qui t'a donné la permission ? Et s'il y avait eu le feu, qui aurait été responsable ? De quel droit l'as-tu amené sur mes terres ?

— Il m'a aidé à porter Mr. Patterson.

— Je me fiche pas mal de ce qu'il a fait ou de ce qu'il est ! Mon entrepôt n'est pas un dortoir pour toutes ces créatures rampantes de la brousse ! Je te conseille de t'arranger pour qu'il soit parti avant que je descende ! »

Quelqu'un envoya Tanda lui apporter un emplâtre. D'abord, il crut que c'était Kate, mais par la suite, Tanda lui avoua que c'était Emma, la cuisinière de MacDonald. Elle lui avait fait jurer de ne pas le répéter.

Il avait ouvert la chaussure d'Arend avec un couteau, disposé l'emplâtre à l'intérieur, puis la lui avait remise au pied avant de lier le tout avec une corde. Quand MacDonald était arrivé, Arend était déjà parti.

Saul n'avait toujours pas bronché. Il avait la sensation que tous ces événements repassaient sous ses yeux une deuxième fois... Derrière lui, Jones lui cria quelque chose mais il ne prit même pas la peine de se retourner...

Le premier dimanche qui suivit son retour, Jane Stewart, l'amie de Kate, s'approcha de la barrière et l'appela.

« Kate voudrait que tu ailles l'attendre derrière l'école, lui chuchota-t-elle à l'oreille. Elle viendra dès qu'elle pourra. Elle dit qu'il faut absolument qu'elle te voie. »

Il attendit longtemps derrière le bâtiment désert.

Kate arriva enfin, elle était toute pâle.

« Ils vont m'envoyer au Cap, lui dit-elle, d'un air pitoyable. Je dois aller à l'école là-bas...

— Ils vont t'envoyer... ?

— Dès que le *Venice* arrivera. La mère de Jane m'a vue escalader la barrière près de l'entrepôt et elle l'a dit à ma mère.

— C'est à cause de ça ?

— Oui, et parce que j'ai désobéi, admit-elle calmement. Je fais toujours ce qu'il ne faut pas. Mais je ne veux pas partir. Saul, il faut que tu m'emmènes dans la forêt et que tu me caches jusqu'à ce qu'ils regrettent leur décision et jusqu'à ce que le bateau soit parti. S'il te plaît... »

Il avait la bouche sèche.

« Kate, attends un peu... écoute...

— Je ne veux pas partir, Saul.

— Je ne peux pas t'emmener dans la forêt. Ton père me tuerait !

— Il n'a pas besoin de le savoir !

— Kate ! Tu ne te rends pas compte de ce que tu me demandes ! J'ai déjà assez de problèmes comme ça ! Patterson lui a dit que je lui avais volé la batée et ton père m'a menacé de me traîner devant le juge si on ne la retrouvait pas !

— Il faut que tu m'aides, Saul !

— J'aimerais bien... mais je ne peux pas, Kate. Ce n'est pas possible. »

Que pouvait-il dire ? Elle ne pleurait pas. Elle était là devant lui, à le supplier comme une enfant terrifiée et pour la première fois, il dut faire un effort sur lui-même pour ne pas la toucher.

« Kate... tu n'aurais pas pu continuer éternellement à venir à l'entrepôt... Tu grandis et... Je m'en vais aussi. Je retourne dans la forêt.

— Tu disais que tu n'y retournerais jamais.

— C'était avant l'or, Kate. Et puis je suis inquiet. Il y a des étrangers qui traînent au village. Ils vont dans la forêt.

— Emmène-moi avec toi, Saul, le supplia-t-elle encore.

— Arrête, Kate. Tu sais que je ne peux pas faire ça.

— Seulement jusqu'à ce qu'ils regrettent et qu'ils me laissent rester.

— Quel âge as-tu, Kate ?

— J'ai presque quinze ans.

— Peut-être... peut-être que ce sera bien au Cap. » Ce n'était pas ce qu'il avait eu envie de dire.

« Si tu ne veux pas m'emmener avec toi, j'irai toute seule ! s'écria-t-elle soudain, avec cet entêtement qu'il lui connaissait bien. J'irai toute seule dans la forêt !

— Tu te perdras et les éléphants te tueront !

— Ça m'est égal ! C'est vous qui le regretterez !

— Ne parle pas si fort, Kate ! Quelqu'un pourrait passer dans la rue et nous entendre.

— Ça m'est égal ! Si j'ai envie de crier, je crierai ! Je

déteste le Cap. Je déteste mon père et ma mère, et toi aussi je te déteste ! hurla-t-elle, puis elle partit en courant à travers l'étendue d'herbe derrière l'école.

— Kate ! »

Elle ne se retourna même pas. Il alla s'asseoir sur les marches du bâtiment dans l'espoir qu'elle reviendrait. En vain. A mesure que le soleil déclinait dans le ciel, un sentiment de désolation extrême l'envahissait. Comme si plus rien n'avait d'importance, comme s'il ne vivait que parce qu'il était en vie, parce qu'il le *fallait.*

La nuit était tombée lorsqu'il se résigna finalement à rentrer à l'entrepôt. Mais il fut incapable de dormir. Il se releva et alla s'asseoir à l'angle de la remise, d'où il pouvait observer les lumières qui s'éteignaient une à une dans la grande maison blanche. Il travaillerait pour MacDonald jusqu'au départ de Kate, décida-t-il. Puis il s'en irait.

Quelques jours après, Jeremiah Eye lui avait appris la mort d'Arend. Il n'avait toujours pas bronché lorsque, du coin de l'œil, il aperçut MacDonald qui sortait de l'entrepôt, son livre de comptes à la main et se dirigeait vers les chariots, à travers l'étendue de terre noire et poussiéreuse du chantier...

Il agit sans hâte... Se pencha, ramassa une motte de terre et la lança en direction de MacDonald qui la reçut entre les épaules, ce qui fit qu'elle explosa en des milliers de miettes de poussière sur son dos. Il ne détourna même pas le regard quand MacDonald fit volte-face en titubant...

« Quel est l'enfant de... ? » hurla le négociant, en le regardant droit dans les yeux.

Il ne répondit rien, pivota sur ses talons et pénétra dans l'entrepôt. Il empaqueta ses quelques biens dans sa veste et enfila ses chaussures.

Lorsqu'il se retourna, MacDonald, Pearston et Jones s'étaient interposés entre lui et la porte, comme trois sentinelles insolentes. Peut-être était-ce l'instinct qui les avait avertis que Saul était désormais sans crainte et sans faiblesse et qui les avait empêchés d'aller plus avant ? C'était *lui* qui devait s'approcher d'eux. Il mesurait une tête de plus que le plus grand d'entre eux. Il était fort et aguerri par des années de dur labeur, et dans ses yeux le message était clair : « Osez poser la main sur moi et je vous ensevelirai sous les décombres de cet entrepôt. »

MacDonald parla le premier :

« Où penses-tu aller ainsi ? Je te demande où tu as l'intention d'aller comme ça ?

— J'irai où bon me semble. »

Puis ce fut le tour de Pearston :

« Ne fais pas ton petit malin avec *nous,* Barnard ! »

MacDonald s'empourprait à vue d'œil.

« Tu ne bougeras pas d'ici avant que l'on ait retrouvé la batée de Patterson. Tu ne t'en iras pas tant que la dette des Barnard n'aura pas été payée !

— Je ne vous dois rien et Patterson m'a donné sa batée.

— Tu vas me la rendre ou je te fais arrêter.

— Elle est à moi. Patterson me l'a donnée.

— Où est-elle ?

— Là où je l'ai cachée.

— Qu'est-ce que tu vas en faire ?

— Me faire cuire des œufs avec.

— N'essaie pas de faire de l'humour avec moi, mon garçon ! s'écria-t-il en agitant des poings menaçants. Je vais t'apprendre à tenir ta place. Depuis le premier jour où tu as débarqué ici, tu fais des histoires et j'en ai plus que marre ! Pose tes affaires et va travailler !

— Je ne travaille plus ici !

— Tu travailleras ici tant que la dette de ton père n'aura pas été payée jusqu'au dernier centime !

— Autant dire jusqu'à la fin de ma vie, Mr. MacDonald. Mais le reste de ma vie ne vous appartient pas. C'est à moi qu'il appartient. »

MacDonald était hors de lui.

« A qui crois-tu que tu t'adresses ?

— Au plus grand voleur à deux pattes que je connaisse. »

Pearston avança d'un pas : « Comment oses-tu parler ainsi à Mr. MacDonald, sale insolent ! Espèce de singe !

— Sale porc ! » C'était Jones qui y allait de son insulte. « Tu n'es pas dans la brousse ici ! »

Tout ce qu'ils disaient n'avait plus d'importance. Il lui semblait tout à coup que le temps s'était arrêté... Une seule chose comptait : abandonner le chantier et ne plus jamais revenir.

Il passa entre MacDonald et Pearston, laissant entre leurs mains quelques morceaux de sa chemise qu'ils avaient saisie pour essayer de le retenir.

10.

Il descend de l'arbre à beurre par étapes. Il est tout ankylosé et il doit laisser à son corps le temps de se redresser en douceur...

La nuit a été longue. Il aurait juré que les grondements avaient retenti à nouveau, juste avant le lever du soleil. Venant du même endroit. Mais il y a plus d'une heure de cela ; il est temps d'agir à présent. Et vite. Dès qu'il aura le fusil chargé entre les mains, tout ira déjà beaucoup mieux.

Comme il pose pied à terre, chaque fibre de son corps est en éveil, au cas où il faudrait fuir ou grimper à nouveau. Sans perdre de vue les broussailles, il enfile ses chaussures. Puis il marche à reculons dans la direction du fusil, lentement, en tâtonnant jusqu'à ce qu'il rencontre le canon glacial d'un noir mat qui émerge d'un buisson. Alors seulement ses mouvements s'accélèrent. Il ouvre la pochette de poudre, y prend une poignée de gros grains noirs qu'il soupèse avant de les introduire dans le canon. Au moment où il tire la baguette, quelque chose bouge dans les fourrés — il interrompt son geste —, puis c'est à nouveau le calme. Dès qu'il commence à tasser la charge au fond, sa respiration redevient à peu près normale. Il arme le fusil et remet l'amorce en place...

Doit-il s'aventurer dans le fourré où l'éléphant a dû passer une partie de la nuit ? Il avance avec prudence, le fusil dans ses mains la rassure... Pas un seul touraco ne se manifeste. De tout petits oiseaux pépient dans le sous-bois

Dans l'obscurité, la distance et les bruits sont trompeurs. Il aurait juré que c'était ici que l'éléphant s'était attardé et pourtant il n'y a pas une feuille piétinée. D'anciennes marques sur l'écorce d'un aulne rouge, où l'un d'eux a dû se frotter un jour, mais pas une trace récente.

Il perd du temps.

Quelques instants après, il retrouve la piste de l'Ancien. Celle de la veille. Une heure plus tard, il se prend au piège d'un enchevêtrement de lianes si dense qu'il se demande si l'éléphant n'a pas fait exprès de passer par là pour accroître son avance, sachant qu'un homme serait obligé de se débattre comme un beau diable pour s'extirper de cet endroit. Ces animaux sont intelligents. La question qui le préoccupe depuis tant d'années est de savoir à quel point. Surtout en ce qui concerne l'Ancien.

La piste continue droit au nord, dans la direction du mont Jonker. L'Ancien sera bien obligé de bifurquer à un moment ou à un autre. Une demi-heure plus tard, les traces commencent à obliquer vers l'ouest. Progressivement. Puis droit à l'ouest. Est-il sur la route du retour, vers Knysna ? Par ici non plus, il ne s'est pas attardé pour manger. Ni pour boire.

Pour chaque animal, le seuil du danger diffère. Dès lors que ce seuil est franchi par l'ennemi, l'éléphant opte soit pour la fuite, soit pour l'attaque. Avec l'Ancien, quel est ce seuil ? Cinquante pas ? Saul est absolument déterminé à lui tirer dessus à quarante pas au maximum. En plein dans la cervelle ! Il faut que tout soit fini avant que l'animal ait le temps de sentir quoi que ce soit... Quelle avance peut-il bien avoir sur lui ? Bientôt, il se heurtera au ravin des Aulnes Blancs. Lorsqu'il était encore jeune et fort, l'Ancien descendait dans le ravin quand les lauriers perdaient leurs minuscules baies dont il se régalait. Mais plus maintenant ! Pas à son âge et avec un poids pareil. Et puis il n'y a plus guère de lauriers dans le ravin.

Juste avant la gorge, la piste dévie à nouveau. « J'avais raison, se dit Saul, il n'arrive plus à descendre. » Mais une nouvelle fois, les traces obliquent vers le sud. Droit au sud à présent... L'animal n'aurait-il fait que tourner en rond pendant tout ce temps-là ?

Une heure plus tard, la piste repart vers l'est. Saul désamorce son arme et s'asseoit, le dos appuyé contre un arbre. Il faut qu'il réfléchisse. Jusque-là, rien n'indique que l'éléphant se soit reposé pendant la nuit. Une seule chose est certaine : ils marchent en rond, l'un et l'autre...

Il a faim mais il doit se convaincre du contraire ! Il se passe la main sur le visage et songe à l'apparence qu'il doit avoir, pas rasé, ses vêtements saccagés... D'ici à ce qu'il monte à bord du *Pictor,* ça sera bien pire. S'il a le temps, il ira chez James Stewart, le frère de Jane, pour prendre un bain et se raser. Bizarrement, la maison des Stewart est l'une de celles où il se sent encore le bienvenu..

Il ne faut pas qu'il divague ainsi ! A partir de maintenant, c'est l'Ancien et lui, en lutte l'un contre l'autre. La confrontation de deux frères. Mais, non, quelles sornettes ! C'est l'homme contre la bête. L'homme face à l'homme. Son fusil contre celui de Fred. Lui contre Jozef. Savent-ils qu'il est de retour dans la forêt ? Par où Fred Terblans commencera-t-il ses recherches aujourd'hui ? Il se redresse et remet l'amorce en place.

A un jet de pierre de l'arbre qui lui a servi de refuge pour la nuit, il découvre l'endroit où, complétant sa ronde, l'Ancien est revenu sur ses pas ! Est-il possible que l'éléphant soit en train de planifier sa fuite ? Sait-il que c'est lui, Saul Barnard, qui le traque ?

Sans la moindre difficulté, Saul identifie la piste fraîche que l'Ancien a laissée un peu avant l'aube. Elle s'oriente vers l'est, puis se détourne vers le nord. Une heure plus tard, nouveau changement : elle oblique à l'ouest. Puis vers l'est encore. Retour au point de départ de l'autre côté du l'arbre à beurre. L'éléphant a décrit un autre cercle ! Un peu plus large que le premier, mais qui se termine exactement au même endroit. Cherche-t-il à épuiser les forces de son poursuivant parce qu'il sait qu'un homme à l'estomac creux se fatigue vite ? A un moment donné, l'animal finira bien par le rattraper... Peut-être ferait-il mieux de s'asseoir tranquillement et d'attendre qu'il achève sa troisième ronde ? Peut-être est-ce précisément ce qu'il espère... Est-ce donc ainsi qu'il s'est débarrassé de ses poursuivants pendant tant et tant d'années ?

« Oublie la fatigue et la faim et continue ton chemin », se dit-il, et déjà il a repris sa marche.

Cette fois-ci, la piste bifurque à l'ouest plus rapidement et se maintient dans cette direction. Au-delà de la Croisée Profonde, elle rejoint un sentier à chariots et il met plus de deux heures à comprendre que le troisième cercle ne sera pas complété. De surcroît, l'Ancien doit être sûr d'avoir réussi à semer l'ennemi puisqu'il est évident qu'il s'est remis à manger, en prenant son temps...

Vers l'ouest. Toujours vers l'ouest. Dans le bois des Ruisseaux, pourtant, les traces dérivent vers le nord, à travers le bush, où il s'est attardé pour paître parmi les fougères arborescentes. En se rabattant un peu vers le nord, il est parvenu au sommet de la forêt de Gouna.

Avant d'arriver au ruisseau des Aulnes blancs, Saul s'aperçoit que pour la première fois, il commence à rattraper son retard sur l'éléphant. Dans une zone de végétation très dense, un jeune hêtre brisé est couché en travers du sentier ; de petites mottes de terre humide se détachent encore des racines arrachées. Près du ruisseau, l'animal s'est roulé dans la boue après avoir bu. Apparemment, sans se presser, il a traversé l'étroit cours d'eau. Puis il est revenu sur ses pas pour s'ébattre à nouveau. Dans la boue, ses empreintes sont si nettes que l'on distingue même les plis sous les pieds.

L'après-midi est déjà bien avancé. Saul maudit son corps qui commence à se rebeller contre les instructions que lui donne son esprit. Il faut à tout prix qu'il trouve l'éléphant avant la tombée de la nuit ! Il doit atteindre ce seuil où plus aucune sensation ne gouverne son corps, pour pouvoir continuer, continuer, comme si quelqu'un d'extérieur à lui prenait les commandes ! Il s'est engagé à commettre ce « meurtre », et son corps le secondera jusqu'à ce qu'il se soit acquitté de sa mission.

Parvenu au ruisseau des Aulnes rouges, il entend, à une courte distance devant lui, des branches craquer si violemment, si brusquement, qu'en un instant il a épaulé son fusil. Il se passe quelque chose d'anormal. Les bruits qui lui parviennent sont loin d'être ceux que fait un éléphant en train de paître. A quelle distance de lui se trouve-t-il ? Cent pas ? Et puis brusquement, il semble que tous les touracos soient devenus fous. Les battements de son cœur résonnent dans ses oreilles tandis qu'il progresse lentement, en remettant l'amorce en place. A mesure qu'il avance, les broussailles se referment autour de lui comme une épaisse muraille... Cent pas ? Que se passe-t-il ? Le comportement des touracos prouve qu'ils voient quelque chose...

Brusquement, il s'immobilise, pétrifié. Devant lui, la tempête s'est déchaînée. C'est l'enfer. Il sait qu'aucun éléphant ne massacrerait ainsi la forêt pour rien ! L'Ancien aurait-il rencontré sur son chemin une éléphante en chaleur, en compagnie d'un autre mâle ?

Lorsque le vacarme cesse enfin, il attend encore un peu, jusqu'à ce que le *kok-kok-kok* d'un touraco retentisse à nouveau non loin de là, puis il reprend prudemment sa marche. A moins de cent pas, il pénètre dans la zone dévastée. Dans un périmètre de trente, peut-être quarante mètres, tout a été anéanti, arraché, piétiné, lacéré, brisé, bousculé, déraciné. Des arbres qui ont résisté à la violence de l'attaque, branches et rameaux pendent lamentablement comme autant de bras arrachés ou de lambeaux de chair.

De l'autre côté de la clairière, il découvre une veste

d'homme en pièces... Quelqu'un s'en serait-il défait rapidement afin de détourner l'attention de l'animal ? Ou bien va-t-il trouver non loin de là, dans les broussailles, un corps mutilé ?

A qui appartient cette veste ?

Un seul nom lui vient à l'esprit : Fred Terblans. Si l'Ancien a commis un meurtre aujourd'hui, dans la forêt, les preuves contre lui seront accablantes.

Mais il ne trouve rien d'autre que la veste. Quel qu'il soit, son propriétaire a réussi à fuir. Et si Saul tient à rattraper l'éléphant avant la tombée de la nuit, il est temps de repartir.

Aussitôt que son esprit recommence à fonctionner rationnellement, Saul se rend compte que l'homme qui l'a précédé ne peut être Fred Terblans. Fred ne se serait jamais lancé seul à la poursuite de l'Ancien, il dispose de traqueurs et d'autres aides. Alors qui ?... Jozef ? Où allait-il ? A la Grande Ile ? Car, une nouvelle fois, il n'est qu'à une heure à peine de la Grande Ile — quand y est-il passé pour la dernière fois ? Hier matin. Il a l'impression que ça fait des semaines. Pas question de faire le détour pour se ravitailler. Même si la faim lui donne le tournis, il doit se forcer à maintenir son allure. Pas de repos avant d'avoir appuyé sur la gâchette.

Il récupéra la batée de Patterson sous le buisson d'aloès et poursuivit sa route à l'aveuglette dans la forêt jusqu'à la tombée de la nuit, jusqu'à ce que, petit à petit, il sentît renaître en lui la vie, — à mesure que l'espoir et la volonté lui revenaient.

Il dormit à l'abri d'un profond ravin. Lorsqu'il s'éveilla le lendemain matin, il se souvint de *David Copperfield,* le livre de Kate. Il était resté sous la pile de sacs au fond de l'entrepôt. Esau n'aura qu'à le garder s'il le trouve, décida-t-il, en s'extirpant de dessous un taillis trempé de rosée.

Transi de froid, il se redressa lentement. Une étrange sensation de soulagement l'envahit ; il prit une profonde inspiration, ses poumons se remplirent d'air frais et il se sentit soudain plus léger.

Quand le soleil apparut à l'horizon, Saul avait déjà traversé le premier ravin, son balluchon sur l'épaule et sa batée à la main.

Kate.

Elle vivait dans un rêve. Elle choisissait des gens dans les pages de ses romans et faisait d'eux des êtres en chair et en os. Elle avait agi ainsi avec lui. Dans un an ou deux, quand elle sera grande, ces personnages s'estomperont et elle ricanera comme les autres, derrière ses mains gantées de dentelle sur le passage des chariots de la forêt. Mais Saul Barnard ne sera pas là pour le voir. Parole !

Le lendemain, il trouva son père et les autres, entre le Knysna et l'Homtini, au nord de la passe de Krisjan.

« Sanna m'a dit que vous étiez par ici.

— Oui. Nous rentrons à la maison ce soir. »

Jozef et Izak travaillaient dans la fosse. Entre eux, la scie allait et venait inlassablement. Seul le vieil Anro s'approcha de lui et lui tendit la main.

« J'ai quitté MacDonald, Pa. »

L'odeur du bois flottait dans l'air. Son père leva les yeux vers lui sans rien dire.

« Je suis de retour dans la forêt. »

Dans la fosse, la scie ronronnait toujours entre Jozef et Izak.

Le visage de son père témoignait d'une grande lassitude :

« Arend Botha, le fils de Martiens, a été enterré à Deep Walls hier. Son âme s'en est allée, grommela-t-il d'un ton morne.

— C'est ce qu'on m'a dit, Pa.

— Est-ce vrai qu'il t'a aidé à porter un étranger ? »

Soudain, il comprit qu'en cet instant, devant son père, il faisait figure d'accusé !

« C'est la vérité, Pa ! Dans le noir, il a marché sur un fer à cheval, répondit-il, en essayant d'étouffer la vague de colère qui montait en lui. Tu ne vas tout de même pas me considérer comme responsable ?

— Qui était l'homme ?

— Un chercheur d'or, Pa.

— C'est ce qu'on m'a dit. »

Dans la fosse, les deux hommes s'étaient immobilisés brusquement, comme pour écouter...

« J'ai déjà suffisamment de peine pour Arend, Pa ! Ne me mets pas en plus le fardeau de sa mort sur les épaules !

— Comment veux-tu que nous regardions Martiens Botha et les siens en face maintenant ?

— Il n'y a rien de changé, Pa ! Si Arend avait été à ma place, je l'aurais aidé, comme il l'a fait, à porter l'homme jusqu'au village. A supposer que ce soit moi qui aie marché sur le fer à cheval, vous n'auriez pas pu blâmer Arend. Mais ici, dans la forêt, quand un homme s'est fait remarquer, il devient responsable de tout ce qui ne va pas ! »

Il était midi. Les autres les rejoignirent et ils mangèrent en silence. Mais le vieil Anro ne put réprimer sa curiosité très longtemps.

« Ainsi, tu es de retour dans la forêt ? demanda-t-il.

— Oui, l'oncle.

— Et cette chose, à tes pieds, qu'est-ce que c'est ?

— C'est une batée. Ça sert à laver l'or », répondit-il en les observant attentivement. Mais ils ne levèrent même pas la tête. « Je suis sûr que vous avez entendu dire qu'on avait trouvé de l'or dans la forêt ? » Jozef bourra sa pipe, ainsi que son père et Anro. Izak s'affairait près du feu... « C'est dans les rivières et les ruisseaux qu'on en trouve.

— Hum... c'est vrai qu'on raconte ce genre d'histoire, remarqua Joram sans enthousiasme.

— Ce ne sont pas des histoires, Pa ! C'est la vérité et c'est pour cela que je suis ici. C'est notre grande chance !... » Il avait envie de leur enfoncer cela dans la tête à coups de marteau. « Il faut s'y mettre tout de suite pour en récupérer le maximum avant que d'autres viennent tout piller. Ils paient trois livres pour quelques miettes d'or qui ne couvrent même pas la paume de la main ! » Pas un seul n'avait levé le nez. « Vous n'entendez pas ce que je vous dis ? Vous êtes sourds ? »

Jozef se redressa pour allumer sa pipe.

« On nous a déjà raconté toutes ces histoires, se contenta-t-il de dire comme s'il parlait d'une averse.

— Ce ne sont pas des histoires, Jozef ! J'ai vu l'or de mes propres yeux. J'en ai tenu dans ma main ! »

Son père pointa son regard sur lui :

« Tu dis que c'est pour cela que tu es revenu dans la forêt ?

— Oui, Pa. Mais je ne veux pas récupérer tout cet or rien que pour moi. Il faut que nous y allions ensemble.

— Je ne comprends pas ce que tu racontes, Saul !

— C'est pourtant si simple, Pa ! C'est toi qui disais toujours que la forêt nous appartient. Maintenant, je dis que l'or *aussi* nous appartient ! Il faut en profiter avant que des étrangers ne viennent creuser des galeries partout et vendre nos rivières.

— Ils sont déjà là, bougonna Anro. Passent à côté de nous comme des rois.

— Ce ne sont que les premiers, l'oncle, et ils ne sont pas malins ! Ils ne savent pas où chercher. C'est nous qui devons creuser avant que la ruée ne commence.

— Alors comme ça tu aides le diable à s'immiscer dans la forêt, lança brusquement Jozef d'un ton accusateur.

— Non ! Je ne veux qu'une chose : vous ouvrir les yeux pour que vous échappiez au piège du négociant ! J'ai passé deux semaines dans la forêt avec le prospecteur... J'ai vu l'or... Je sais comment faire pour le trouver...

— C'était l'homme qu'Arend a dû t'aider à porter ? »

Un merle gris, aux ailes rouges, sortit audacieusement des broussailles pour venir becqueter une peau de patate. Au loin, dans les fourrés, un moqueur ricana.

« Saul... » commença Joram Barnard. Il s'était mis à nettoyer sa pipe, et ses mains tremblaient de colère. « Je ne sais pas comment tu en es arrivé à être aussi difficile. Je t'ai élevé comme les autres, mais tu es toujours aussi borné. Que s'est-il passé ? Pourquoi es-tu ainsi ? »

Izak était debout près du feu. Saul vit soudain combien il avait grandi. Lorsqu'il se retourna, il crut lire dans ses yeux une sorte d'appel. Comme une supplication.

« Quel âge as-tu maintenant, Izak ?

— Treize ans.

— Est-ce que tu sais lire ?

— Non. »

Jozef se précipita pour s'interposer entre eux : « Laisse cet enfant tranquille ! » lui ordonna-t-il. Puis il poussa Izak dans la direction de la fosse et lui emboîta le pas. Le vieil Anro se leva pour aller aiguiser les haches.

« Pa, Pa, aujourd'hui, tu *dois* m'écouter !

— Non, Saul, aujourd'hui, c'est toi qui vas m'écouter. Tu t'interposes entre la tombe de ta mère et moi. Tu étais l'enfant de son cœur et c'est pour cette raison qu'aujourd'hui je suis prêt à te tendre la main. J'accepterai de te reprendre dans mon équipe et d'effacer le passé. Oublie toutes ces choses qui te ramollissent la cervelle, abandonne cette histoire d'or. Laisse tous ces étrangers venir s'embourber et découvrir par eux-mêmes leur erreur. Nous sommes des bûcherons. Nos haches nous appartiennent et nous sommes nos propres maîtres !

— Votre sort est entre les mains des marchands, Pa !

— Ils n'en ont plus pour longtemps. Un homme est venu récemment de Graff Reiner, de l'autre côté des montagnes dans la direction de Longue Combe. Il dit qu'il est prêt à faire venir ses chariots jusqu'à Deep Walls. Il suffit que nous apportions notre bois là-bas. Il achète.

— Pour de l'argent ou pour du café et du sucre ?

— L'argent, ça sert à acheter de toute façon. En fin de compte, c'est la même chose. Et l'homme dit aussi qu'il nous donnera du tabac d'Heidelberg, pas comme le foin de

MacDonald... Le problème, c'est qu'il faut qu'on commence par payer notre dette auprès de MacDonald.

— Sacré nom de Dieu ! » La détresse menaçait de l'étouffer.

« Je t'interdis de blasphémer dans mon foyer. Je ne le tolérerai pas et tu le sais !

— Je suis désolé, Pa ! C'est simplement que je n'arrive pas à comprendre comment tu peux être aveugle à ce point ! Tu ne te débarrasseras jamais de ta dette à l'égard de MacDonald. Tu ferais mieux de vendre les bœufs, d'acheter des outils et de commencer à creuser. »

Il aurait parlé à une pierre que c'eût été la même chose.

« Abandonne cette histoire d'or, Saul !

— Il n'en est pas question. Il faut que nous en récupérions autant que possible. Nous devons nous serrer les coudes, tous tant que nous sommes ! Nous, Jeremiah Eye et ceux de son équipe, l'oncle Wiljiam et les siens, Martiens Botha et sa famille... Une chance nous est donnée de savoir ce que c'est que d'avoir de l'argent dans les poches, Pa ! C'est le seul moyen pour nous de sortir de cette forêt !

— Ta cervelle ne tourne donc plus rond du tout ? s'exclama le père, sérieusement inquiet. Voilà que tu me conseilles de vendre mes bœufs maintenant ?

— Plus tard, tu pourras en acheter d'autres, ainsi qu'un petit terrain. Les capitaines des navires offrent un bon prix pour de la viande et des légumes ; il y a de plus en plus de bateaux dans le port de Knysna, Pa. Je les ai vus de mes propres yeux...

— Saul... » C'était à la fois une imploration et une mise en garde... « A Deep Walls, il y a des hommes qui reviennent des gisements de diamants dans le haut du pays. Ils ont mal aux pieds et ont perdu toutes leurs illusions. Va les voir et demande-leur ce qui se passe quand on commence à remuer la terre à la recherche de ces choses qui brillent. Sodome et Gomorrhe nous tomberont du Ciel le jour où nous en serons là. Et toi tu viens me dire de vendre mes bœufs et d'aller m'incliner devant Belzébuth !

— Pourquoi des étrangers nous prendraient-ils notre or, Pa ? Pourquoi ne pas nous en servir pour payer le prix de notre liberté ?

— Parce que nous sommes des bûcherons ! Pas des chercheurs d'or. »

Jusqu'au matin, il tenta de le convaincre. A chaque fois que le ton montait, il se faisait violence pour ne pas se lever et partir.

A l'aube, Sanna lui prépara quelques provisions et il quitta la Grande Ile, en prenant la direction de la forêt de Millwood vers le nord.

A nouveau, cet étrange sentiment de soulagement s'empara de lui. Deux ans auparavant, il avait déjà quitté les siens ainsi, son balluchon sur l'épaule... Mais c'était différent ! La dernière fois il s'en était allé, en rampant, chez MacDonald, pour avoir un gîte et recevoir un salaire dont il n'avait jamais touché un seul centime. Cette fois-ci, il marchait la tête haute. Il ne rampait plus, et il savait exactement où il se rendait : à Millwood. Vaillamment, il écartait les broussailles qui se refermaient derrière lui. Pas une seule fois, il ne se retourna. A partir de maintenant, Saul Barnard était un homme libre ! La forêt était son domaine, son toit, ses murs, son territoire. Il voulait le crier au monde entier : Saul Barnard marche seul ! La tête haute ! Il voulait le hurler pour que l'écho le répercutât jusqu'au chantier de MacDonald.

Kate était-elle déjà partie ?

Il avait envie de lui crier à elle aussi : Saul Barnard marche seul ! A défaut d'une pelle et d'une pioche, il avait des mains pour creuser — la batée, c'est à la lâcheté d'un autre qu'il la devait. Il ne l'avait pas volée !

Penser à Arend le rendait malade. Les salauds ! Enrichis sur le dos des autres et tellement pingres qu'ils n'étaient pas fichus de ferrer convenablement leurs chevaux ou de combler les trous sur la Grand-Rue. Tout ça pour sillonner la ville, le nez en l'air, dans des voitures découvertes tirées par des bêtes bien grasses guidées par des laquais aux boutons de cuivre clinquants ! Les salauds !

Il atteignit les hauteurs de Millwood à la nuit tombante. A l'intersection de l'Homtini et d'une petite rivière, il choisit un endroit sous une falaise en surplomb et déblaya un peu de bois flottant desséché. Cela ferait un bon abri pour commencer. Aux dernières lueurs du jour, il s'assit dans le sable, au seuil de sa caverne miniature. Il vit les premières étoiles briller faiblement à travers la voûte de la forêt. Le vieil Anro lui avait dit un jour que Millwood était le plus bel endroit de la Grande Forêt.

Il ne fit pas de feu et mangea un peu de la nourriture que Sanna lui avait donnée...

La brise de montagne qui s'engouffrait dans la petite vallée boisée était déjà fraîche, annonçant les premiers signes de l'hiver. Il songea aux âpretés de la saison à venir, la pluie, le froid, à la rudesse du travail qui l'attendait, lorsqu'il aurait le dos brisé à force de manier la pelle et la pioche, à la faim. Mais rien ne pouvait ébranler cet étrange sentiment d'allégresse qui l'embrasait. Il se sentait maître de la forêt de Millwood ! Maître de tous ses ruisseaux et de toutes ses créatures !

Quand il commença à faire trop froid, il se glissa dans son abri, sous la falaise, et rabattit une partie du bois sec devant l'ouverture, pour bloquer le vent.

Le lendemain, il partit en reconnaissance et choisit une assez vaste étendue dont il décida de faire son territoire, et qu'il patrouillerait chaque jour. Qu'un étranger — avec ou sans batée — osât s'y aventurer, il aurait affaire à lui. Patterson avait bien dit que, tant qu'un décret d'exploitation n'avait pas été passé, tant que l'endroit n'avait pas été proclamé *gisement officiel,* la forêt était ouverte à tous ceux qui avaient les moyens de creuser. Fort bien ! Les moyens, il les avait. Ses mains nues. Sur cette distance de trois milles qu'il s'attribuait arbitrairement, personne ne l'arrêterait. Il dormirait sous la falaise jusqu'aux premières pluies. Il mangerait frugalement jusqu'à ce qu'il ait assez d'or pour le vendre...

A la mi-journée, il fit son premier feu et prépara son premier café dans la vieille timbale que Sanna lui avait donnée. Il mangea la moitié du pain et une patate douce. En prenant son temps, délibérément. Comme s'il voulait laisser grandir en lui son émoi, en retardant le moment où il prendrait la batée et marcherait jusqu'à l'eau...

Dès l'après-midi du lendemain, ses mains étaient écorchées, en sang, inutilisables. Plus question de déblayer les graviers mains nues. Mais déjà, sur sa veste étendue sur la rive, quelques grains d'or un peu ternes réfléchissaient faiblement les rayons du soleil. A chaque instant, il avait envie de poser la batée pour aller vérifier que ce n'était pas une illusion ! Un mirage ! Il n'y en avait pas encore assez pour le porter au village, mais tout de même, c'était quelque chose ! Le problème, c'était ses mains ! Il finit par lacérer le dos de sa chemise avec les dents, pour en faire des bandelettes qu'il enroula autour de ses mains — seulement le dos de la chemise. Le devant devait rester intact pour le moment où il se rendrait au village.

Le soir, une petite bruine se mit à tomber. L'humidité et le froid mordaient ses doigts meurtris. Il savait qu'il ne ferait qu'aggraver les choses en retournant trop vite dans l'eau pour continuer à creuser. Par ailleurs, si les pluies persistaient, il lui faudrait trouver un autre abri. Il connaissait la réaction des cours d'eau de la forêt quand il avait plu dans les montagnes. Ils devenaient mauvais, dès qu'ils étaient en crue.

Lorsqu'il se réveilla le lendemain matin, une pluie fine tombait toujours, mais son repaire était sec. Il s'en extirpa, s'étira, remit la batée et le reste de ses biens sous abri et bloqua l'entrée avec du bois. Il avait l'intention de patrouiller son territoire et d'aller chercher des lianes pour envelopper ses mains.

Au bout d'un jour encore, il dut se rendre à l'évidence ; il était vain de s'impatienter : ses mains mettraient du temps à guérir. Pour passer le temps, il décida d'explorer la forêt, chaque jour un peu plus loin.

Dès la fin de la semaine, il connaissait toutes les espèces de son territoire ainsi que leur emplacement exact : il y avait du bois jaune, un bon nombre de très beaux oréodaphnées, des safrans des montagnes, de l'assegai, du bois de fer, des bancouliers rouges, des bancouliers ordinaires — de la couleur des yeux de Kate —, des aulnes blancs, des aulnes rouges, des sureaux sauvages, du kamassie, des lauriers du Cap, des poiriers rouges, des poiriers épineux, des poiriers durs. Aucun bûcheron ne s'était jamais aventuré jusqu'ici pour abattre. Il remarqua au passage tous les arbres sur lesquels il pouvait grimper si nécessaire. Avec un bâton, il évalua la profondeur des mares pour s'apercevoir qu'aucune d'entre elles ne dépasserait la hauteur de son épaule s'il y pénétrait. Dans un large coude de la rivière, où les sables avaient été emportés par les eaux, il découvrit l'endroit où les antilopes venaient s'abreuver. Il y avait une multitude d'empreintes de pattes d'antilopes et de gnous bleus, ainsi que les minuscules traces d'une gazelle des rochers.

Le huitième jour, il s'aventura jusqu'au profond ravin au sud de la Pointe de Noll, puis jusqu'au bout de Stripe Bush où il eut la surprise de découvrir une tente. Monstruosité grisâtre, elle lui apparut brusquement dans le silence paisible de la forêt au centre d'un espace défriché. A l'est, des tronçons d'arbres et des branchages avaient été entassés en forme de croissant et devant l'entrée de la tente, il y avait une haute pile de bois de feu pour faire barrière au démon venant du sud...

A l'ouest, enfin, il trouva un chemin mal débroussaillé, qu'il suivit presque jusqu'à la rivière avant d'entendre des voix. Il s'engagea dans les fourrés et s'approcha à pas de loup. Ils étaient cinq. Trois d'entre eux pataugeaient dans l'eau jusqu'aux genoux, la batée à la main. Les deux autres, élégamment vêtus, étaient assis sur des rochers.

L'un d'entre eux tournait le dos à ses compagnons pour surveiller l'autre rive.

Dans un arbre au-dessus de lui, un touraco interrompit son *kok-kok-kok* pour entamer un roucoulement d'avertissement... Les prospecteurs n'en poursuivirent pas moins leur activité fébrile. Longtemps, il resta là à les observer. Des étrangers, sans aucun doute, mais pas le genre habituel. Du type de Patterson avec le même accent. Manifestement expérimentés. Les trois qui s'affairaient dans l'eau avaient des gestes habiles et lestes : *schloup, schloup, schloup,* faisant tournoyer la batée régulièrement, encore et encore, modifiant leur prise sans rompre le rythme, rejetant l'eau pour la remplacer par une autre — qu'ils évacuaient à son tour avant de répandre finalement le gravier stérile sur la rive. Des chercheurs d'or de longue date, sans aucun doute. Leurs outils étaient usés et ils savaient s'y prendre ! A l'endroit qu'ils avaient choisi pour prospecter, la rivière formait un coude assez large ; en pleine courbe, ils avaient eu l'idée de construire un barrage pour dériver le cours de l'eau, afin que du côté le plus profond où ils travaillaient, ils n'eussent de l'eau que jusqu'aux chevilles.

Depuis combien de temps étaient-ils là ?

Ça ne date pas d'hier en tout cas, se dit-il. A en juger d'après le tas d'alluvions rejetées sur la rive... Ont-ils trouvé beaucoup d'or ?

Pour la première fois depuis des jours, l'état de ses mains l'exaspéra...

Soudain, quelque part dans la forêt, une branche se brisa avec un bruit sec. Les cinq hommes tressaillirent et se mirent à scruter les feuillages d'un air anxieux.

De toute évidence, ils ont les nerfs à fleur de peau, songea Saul. A moins qu'ils n'attendent quelqu'un... Quand le plus éloigné se retourna, il vit qu'il tenait un fusil imposant.

Dès qu'il fut de retour à son abri, Saul retira ses bandages improvisés pour exposer ses mains aux rayons du soleil. Combien de ces hommes y avait-il déjà dans la forêt ? Une sourde angoisse commençait à le miner. De quoi avaient-ils peur ? Sûrement pas des éléphants, pas avec un fusil pareil !

Le lendemain, c'était dimanche. Après s'être soigneusement bandé les mains, il partit en direction de l'Homtini. Il marcha des milles et des milles, puis longea la rivière un long moment avant de rentrer, par un chemin détourné, sans dénicher le moindre indice de la présence d'autres chercheurs. Pourtant peu après midi, un coup de feu avait retenti au loin. Il savait bien que les gens de la forêt ne tireraient jamais un coup de feu le jour du Sabbat !

Lorsqu'il s'assit au pied de la falaise, le soir venu, il se rendit compte qu'en réalité, il avait passé la journée à chercher Kate...

Le lundi matin, il recommença à travailler. Il désagrégeait les sables à l'aide d'un bâton avant d'en ramasser avec la batée pour procéder au lavage. Ses bandages le gênaient.

C'était un travail lent et pénible et, régulièrement, il devait libérer ses mains pour les laisser sécher un peu au soleil. Cependant, la journée fut fructueuse : il avait récupéré quelques grains d'or supplémentaires et il dut se raisonner pour se convaincre d'être patient ! Il eût été insensé de se presser avec des mains dans un état pareil. Plus il accumulait d'or, et plus il pourrait acheter de choses... Il fallait absolument qu'il se procure une pelle et une pioche ainsi que des clous et de la toile ajourée. Pour se fabriquer un sluice. Sur les trois milles de son territoire, il y avait de nombreux endroits où un tel outil s'imposait... Il aurait aussi besoin d'une couverture, les nuits devenaient froides... Non, le sluice d'abord. C'est ce qui importait le plus.

Le mardi matin, de bonne heure, il retourna à Stripe Bush pour vérifier que les chercheurs s'y trouvaient encore. Trois d'entre eux étaient au bord de la rivière : deux des hommes s'activaient sans relâche tandis que le troisième montait la garde, le fusil à la main. Les deux autres, près de la tente, s'employaient avec peine à faire un feu. Il les observa un moment puis s'éloigna discrètement, sans faire craquer la moindre brindille... Il voulait juste vérifier.

L'après-midi même, il trouva une superbe pépite. Aussi large que l'ongle de son pouce et noueuse comme une minuscule patate douce. Fébrilement, il persévéra au même endroit, en maudissant pour la millième fois le fait qu'il ne disposait pas d'une pelle ! Il faisait déjà presque nuit lorsque finalement, il découvrit deux autres pépites plus petites. Il s'empressa alors d'aller soupeser l'ensemble de sa richesse.

Rêvait-il ? Au moins deux onces. Etait-ce possible ? Se pouvait-il que ce soit si facile ? Fiévreusement, il arracha un morceau de la doublure de sa veste pour y serrer son trésor.

Cette nuit-là, il fut incapable de trouver le sommeil. Son corps las voulait prendre du repos mais ses pensées le tinrent en éveil. Vers minuit, n'y tenant plus, il se releva et jeta une poignée de petit bois sur les braises mourantes. Il ne lui restait plus rien à manger. Bizarre, se dit-il, comme à l'époque où il travaillait encore dans l'équipe de son père... Souvent, les provisions s'épuisaient juste le jour où ils avaient assez de bois pour le porter au village... A cette pensée, une profonde amertume resurgit en lui. S'il allait leur montrer l'or, le croiraient-ils enfin ? Leurs yeux s'ouvriraient-ils ? Poseraient-ils leur hache pour laisser à la forêt le temps de panser ses blessures ? De dissimuler ses cicatrices sous un duvet de fougères ? Il aurait voulu pouvoir crier assez fort pour qu'ils l'entendent : « Venez m'aider à chasser tous ces étrangers et prenons ce qui nous appartient. »

Il savait bien que c'était un rêve idiot. Autant dire à la lune : « Tourne-toi et montre-moi ton autre face. » Les Anglais avaient peut-être raison, au fond. Peut-être les Afrikaans étaient-ils idiots de naissance et lui, Saul Barnard, un cas particulier ?... Non, ce n'était pas vrai. Le va-et-vient de la hache, le grincement de la scie s'étaient ancrés trop profondément en eux, génération après génération, voilà tout. Ce dur labeur leur était devenu aussi naturel que la respiration.

Mais qu'en serait-il pour leurs enfants ? Pour Izak ? Et pourquoi devait-il se sentir coupable à l'égard des enfants ? Ils ne s'encombraient pas de sentiments pareils, *eux ;* chaque garçon qui naissait était une paire de mains supplémentaires pour manier la hache ; chaque fille, une aide de plus pour ratisser et repiquer les plants de patates douces.

Il avait le sentiment d'être comme une marmite dont on remue le contenu pour que chaque ingrédient puisse remonter à un moment ou à un autre à la surface. Quand il eut froid aux reins, il rajouta du bois sur le feu et se glissa dans son abri.

Où allait-il vendre son or ? Patterson lui avait dit que le mieux, si l'on ne voulait pas se faire escroquer, c'était d'aller dans une banque. Mais il n'y en avait pas au village. Jones n'avait-il pas dit un jour à Pearston que Barkley s'y connaissait en achat d'or ?... Mr. Barkley alors ? Oui, il irait chez Mr. Barkley.

Le *Venice* était au port. Sur le chantier de MacDonald, on déchargeait deux chariots ; un troisième attendait que l'on vînt avec le registre. Comme c'était étrange de se retrouver là ! Comme si le Saul, qui l'autre jour encore était un employé, et celui qui passait aujourd'hui, un petit sac d'or dans ses poches, étaient deux personnes totalement différentes. A présent, cela lui était complètement égal de rencontrer MacDonald, Pearston ou Jones. De fait, il leur aurait marché dessus sans sourciller !

Quand il entra, Barkley leva à peine les yeux puis se remit à concasser quelque chose dans un mortier, avec un pilon.

« 'Jour, mister.

— Que me voulez-vous ? demanda Barkley sans s'interrompre.

— Vous achetez de l'or ? »

Cette fois-ci, Barkley le gratifia d'un long regard pardessus ses lunettes. Seuls, ses yeux avaient bougé.

« Qu'est-ce que vous dites ?

— Est-ce que vous achetez de l'or ?

— Peut-être... Ne seriez-vous pas par hasard un des employés au chantier de MacDonald ? » Il avait l'air méfiant.

« Non. Je voulais simplement savoir si vous achetiez de l'or.

— D'où le sortez-vous ?

— Je ne vous ai pas dit que j'en avais.

— Ne me faites pas perdre mon temps, alors ! »

L'un des boys de la maison des Stewart entra à ce moment-là et tendit un mot à Barkley. Saul attendit patiemment que Barkley pesât un peu de fine poudre blanche sur sa petite balance en cuivre, avant de la mettre dans un flacon qu'il donna à l'homme.

Quand il fut parti, Barkley dévisagea à nouveau Saul par-dessus ses lunettes.

« Vous êtes sûr que vous ne travaillez pas pour MacDonald ? demanda-t-il.

— Oui. Pourriez-vous me dire où se trouve la banque la plus proche ?

— Je suis certain d'avoir déjà vu votre tête quelque part. Etes-vous bûcheron ?

— Je suis de la forêt, oui.

— Ça se voit tout de suite ! Parlez franchement maintenant. Vous avez de l'or ou vous n'en avez pas ?

— Quel est votre prix ? (A George, il y avait peut-être une banque, mais on disait que c'était à deux jours de marche. Deux jours entiers.)

— Il faut d'abord que je le voie et que je le pèse », annonça Barkley. Il prenait de drôles de précautions.

« Combien pour une once ?

— Ecoutez ! Si ce sont les chercheurs d'or qui vous ont envoyé, vous pouvez aller leur dire que ce n'est pas en faisant venir un babouin qu'ils sauront mon prix. S'ils ont quelque chose à vendre, ils n'ont qu'à venir eux-mêmes ! acheva-t-il en se remettant à tourner son pilon furieusement.

— Quels chercheurs d'or ? demanda Saul, incapable de dissimuler son inquiétude.

— Vous me prenez pour un idiot, mon garçon ! Osborne gratte quelques grains d'or, Patterson en fait de même, pas le moindre signe d'un filon, et déjà des prospecteurs débarquent en masse ! Si vous voulez un bon conseil, reprenez votre hache et ne vous mêlez pas à ces gens-là !

— Combien pour une once d'or ? »

Cette fois-ci, Barkley déchaussa ses lunettes : « Je vous pose la question pour la dernière fois. Vous avez de l'or ou pas ?

— Je déciderai quand je saurai quel est votre prix. » Barkley parut réfléchir à toute vitesse.

« Deux livres l'once, dit-il rapidement en remettant ses lunettes.

— Où est la banque la plus proche ? »

Un chariot lourdement chargé passa en grinçant dans la rue. Les doigts de Barkley tambourinaient sur le comptoir. Il dévisagea Saul comme si c'était la première fois qu'il le remarquait vraiment.

« Deux livres dix shillings, annonça-t-il, presque sur un ton de défi.

— Je ne vous le vendrai pas pour moins de trois livres.

— Ce sont les chercheurs d'or qui vous envoient ?

— Je ne connais pas ces gens-là.

— Très bien. Dans ce cas... » Le regard de Barkley exprimait plus que de la méfiance. De la provocation... « Je vous en donnerai trois livres l'once. »

Sans ajouter un seul mot, Saul sortit l'or de sa poche et délia la lanière fermant le petit morceau de tissu. Ses doigts étaient tout engourdis tant il était tendu et aussi parce que ses écorchures lui faisaient encore mal... Lorsqu'il leva les yeux, la bouche de Barkley était grande ouverte.

« Où avez-vous trouvé ça ?

— Pesez-le.

— Ce n'est pas vous mais moi qui donne les ordres ici ! Je pourrais très bien vous emmener tout de suite chez le juge, de l'autre côté de la rue et vous faire enfermer pour *ça* !

— Au nom de quelle loi ? » rétorqua Saul. Si les choses tournaient mal il se jetterait sur son or et détalerait...

« Aux termes du Décret d'Exploitation !

— Aucun territoire n'a été proclamé *gisement officiel* par ici, que je sache, Mr. Barkley.

— Comment se fait-il que vous connaissiez mon nom ? »

Il fallait réfléchir vite : « J'ai entendu parler de vous.

— Ce sont donc bien les chercheurs qui vous ont dit de venir !

— Je travaille seul.

— Comment vous appelez-vous ? Je dois inscrire dans un registre ce que j'achète et à qui. »

Brusquement, Saul sentit une vague de colère monter en lui.

« Mettez donc « babouin de la jungle » dans votre registre », répondit-il en tendant la main pour reprendre son bien.

En un éclair, Barkley se métamorphosa, faisant volte-face comme une poche retournée, soudain aimable, mielleux même.

« Attendez ! Pas si vite. Nous devons tous être prudents à ce stade, jeune homme ! Le *Venice* a jeté l'ancre dans le port hier... ajouta-t-il, d'un ton qu'il voulait confidentiel... Tout un lot de chercheurs venus d'Australie et de Californie ont débarqué. Voyez-vous, je trouve cela tout à fait irresponsable. Aucune prospection n'a véritablement eu lieu. Nous ne pouvons en aucun cas autoriser des étrangers à venir creuser où bon leur semble. Nous devons récupérer l'or nous-mêmes. C'est à nous qu'il appartient de constituer des sociétés d'exploitation. D'investir notre argent — car il faut beaucoup d'argent pour prospecter et creuser comme il convient. Vous connaissez bien la forêt, n'est-ce pas ?

— Assez bien. » Ce Barkley poli lui inspirait encore moins confiance.

« Que diriez-vous d'une tasse de thé ?

— Je suis pressé.

— Bien sûr... » Les mains de Barkley, tout son corps s'étaient brusquement animés d'un tremblement nerveux... « Je suis sûr que vous ne verriez aucun inconvénient à ce que j'aille rapidement chercher un de mes amis pour qu'il jette un coup d'œil à cet or ? C'est un homme extrêmement intéressé par la prospection et qui voudrait investir.

— Je n'ai pas le temps d'attendre, répondit Saul en faisant mine une deuxième fois de reprendre son trésor.

— Attendez ! Nous allons commencer par le peser. » Sur l'étagère derrière lui, Barkley prit une petite balance qu'il posa sur le comptoir. Est-ce qu'il y en a encore à l'endroit où vous l'avez trouvé ? » Les mots s'échappaient de sa bouche comme une coulée de miel.

« Peut-être.

— Ecoutez, je vais vous faire une suggestion...

— Je vous écouterai quand vous aurez pesé cet or et que vous m'aurez donné l'argent. »

Sa patience était à bout. La tension en lui devenait par trop insupportable. S'il fallait qu'il passe par tout cela à chaque fois qu'il voulait vendre de l'or, il trouverait un autre moyen.

Barkley hésita un instant avant de prendre l'or pour le mettre sur le plateau de la balance. Il ne prit même pas la peine de retirer le morceau de doublure dans lequel il était emballé.

« Le bout de tissu n'est pas à vendre, lança Saul en l'enlevant lui-même.

— Exactement deux livres ! » annonça Barkley à la hâte en déversant le contenu du plateau dans sa main.

Dès que les pièces apparurent sur le comptoir, Saul dut se retenir pour ne pas se jeter dessus et partir en courant, au lieu de les compter lentement, en prétendant savoir ce qu'il faisait. Douze pièces avec la tête d'une dame d'un côté. Impossible de demander à Barkley si le tout faisait bien six livres. Il pouvait seulement espérer que chacune des douze pièces valait bien dix shillings...

« A présent, nous pouvons parler ! déclara Barkley en se frottant les mains.

— Un autre jour, Mr. Barkley. Aujourd'hui, je suis pressé », répondit-il précipitamment. Et il partit en courant.

Vers les montagnes, le ciel était menaçant. Les efforts qu'il avait dû faire pour vendre son or l'avaient épuisé. Pas à moins de trois livres cinq shillings l'once, lui avait dit Patterson, mais même si Barkley s'était arrêté à deux livres, il s'en serait contenté. Il aurait vendu le tout pour quatre livres. Maintenant, il en avait six ! Il n'arrivait pas encore à y croire. Six livres ! Cela signifiait qu'il aurait son sluice, de la nourriture, un abri, une couverture. Cela signifiait que Saul Barnard était un être humain ! Qu'il avait de l'argent !

Il passa devant la boutique de MacDonald sans s'arrêter. Il allait chez Smith.

« Où est votre bon d'avance ? aboya l'homme derrière le comptoir en tendant la main.

— J'ai de l'argent. » Ces mots lui paraissaient irréels.

« D'où sort-il ?

— Ça ne vous regarde pas.

— A qui croyez-vous vous adresser ?

— Je voudrais voir vos haches, vos scies, vos pelles et vos pioches. J'ai aussi besoin de tôle ondulée.

— Non mais regardez-le ! railla l'homme. Encore un

qui a eu la fortune de tomber sur quelques éléphants morts dans la forêt, on dirait ! Il paraît que c'est comme ça que vous arrivez à vendre des défenses sans qu'Harison puisse intervenir. C'est pas vrai ?

— Je voudrais une chemise, un pantalon et des chaussures.

— Eh bien voyons ! La peste se serait donc abattue sur les éléphants de la forêt ?

— Je suis pressé. »

Quand il en vint au tissu de corduroy, l'homme fut immédiatement sur ses gardes.

« Vous prospectez ?

— Donnez-m'en dix aunes, s'il vous plaît.

— J'ai entendu dire que c'était tellement peu prometteur que le gouvernement n'avait même pas voulu écouter Osborne ! Et puis hier, trois chercheurs sont revenus de la forêt en disant qu'ils partaient pour les gisements de diamants. Qu'est-ce qui se passe là-bas ?

— Je ne sais pas, répondit Saul en simulant l'indifférence. J'ai entendu dire que le *Venice* venait d'arriver, avec à son bord tout un tas de nouveaux prospecteurs.

— Il y en a même qui sont venus avec leurs femmes ! Du reste, ils n'ont pas plus l'air de chercheurs que moi. Descendent à l'hôtel, comme des seigneurs. Des gens comme il faut, je vous l'affirme.

— Mesurez bien ! J'ai dit dix aunes. »

Il ne quittait pas des yeux les mains de l'homme. On racontait que Smith lui avait appris à tricher. Il avait de qui tenir...

« J'ai entendu dire que c'était MacDonald et Barkley qui avaient fait venir les nouveaux arrivants.

— Je ne vois pas pourquoi, puisque les prospections n'ont presque rien donné ?

— C'est tout à fait le point de vue de Smith. Ils ont colporté l'histoire d'Osborne partout en demandant à tous les capitaines de bateau de prévenir les gens, aux quatre coins du monde, qu'il y avait de l'or ici et qu'il fallait qu'ils viennent creuser. Quand un message pareil commence à circuler, plus question de revenir en arrière. C'est trop tard. Lorsque MacDonald et les autres ont fini par comprendre qu'en fait d'or, il n'y avait que des broutilles, ils étaient déjà tous en route. Je suis bien d'accord avec Mr. Smith. Au moins avec l'ivoire, on sait à quoi s'en tenir. Ces gens de la forêt ont de la jugeote. Que peut bien faire Harison si un éléphant meurt subitement de sa belle mort ? Je vous le demande.

— Rien, j'imagine. Mais si c'était les négociants en bois qui mouraient de leur belle mort, il pourrait faire pas mal de choses !

— Qu'est-ce que vous dites ?

— Rien. Il me faut des provisions aussi. »

Il roula tous ses petits paquets dans la tôle ondulée et attacha l'ensemble sur son dos. Pour sortir du village, il prit un chemin détourné. Il était presque arrivé à la limite de la forêt, lorsque soudain, il aperçut Jane Stewart, l'air craintif comme à l'accoutumée, à demi dissimulée derrière un cognassier.

« Jane ? » l'interpella-t-il en traversant la rue à la hâte. Il était inutile de poser des questions : Kate surgit à son tour de derrière la haie.

« Bonjour, Saul.

— Kate ? » Il croyait rêver. « Je pensais que tu étais déjà partie.

— Nous embarquons sur le *Venice*... Ils te cherchent, Saul ! » l'avertit-elle, d'un ton anxieux.

Il franchit l'ouverture taillée dans la haie et déposa son fardeau à terre en le faisant glisser. Il était tellement sûr que Kate était déjà partie. Mais elle se tenait là, devant lui, et il avait l'impression qu'elle avait pleuré.

« Mon père a envoyé Tanda et Esau t'attendre à la hauteur de la futaie de mopanis. Mr. Jones était chargé de te surveiller pour voir de quel côté tu quitterais le village. Tu vas avoir des ennuis, Saul ! »

Dans les yeux de Kate brillait une lueur qu'il n'y avait

jamais vue auparavant. Quelque chose qui ressemblait à de la peine.

« Qu'est-ce qui ne va pas, Kate ?

— Je ne sais pas. Mr. Barkley est venu voir mon père au chantier. C'est comme ça que j'ai appris que tu étais revenu. Et puis Jane et moi, on s'est cachées derrière l'église pour voir où tu allais.

— Je ne te parle pas de ça, Kate. Ce que je veux savoir c'est ce qui t'arrive à toi ?

— Je voudrais être morte. » Elle avait dit cela simplement comme si elle le pensait vraiment. « Tu as laissé *David Copperfield* à l'entrepôt. »

Sacré nom !

« Kate, je suis désolé ! Vraiment ! J'avais déjà quitté le village quand je m'en suis aperçu. Si j'avais pu, je serais revenu le chercher, je t'assure.

— Tu aurais pu tout de même. » C'était une accusation directe.

« Je ne pouvais pas. J'étais trop en colère. » Un chariot vide passa dans la rue. « C'est ton père qui l'a retrouvé ?

— Non, c'est Esau, et il me l'a rendu.

— Je suis désolé, Kate.

— Vite, Kate ! » C'était Jane. Elle faisait le guet.

Brusquement, il eut envie de retrouver la Kate de jadis juste une dernière fois avant de s'en aller, pas celle qui se tenait devant lui maintenant, hagarde et accusatrice ! Pourtant ses yeux avaient toujours la couleur de l'écorce de bancoulier... Une mèche de cheveux lui balaya le visage, la bouche, cette bouche qui n'était plus celle d'une enfant, si pleine, si belle...

« Je suis désolé, répéta-t-il. Qu'est-ce que tu veux que je dise d'autre maintenant ? Il est trop tard.

— Tu as changé, Saul.

— Pourquoi dis-tu ça ?

— Je le vois dans tes yeux.

— Dépêche-toi, Kate. »

Soudain, l'impatience qu'il perçut dans la voix de Jane le gagna.

« Quand part le bateau ?

— Dimanche.

— Qui t'accompagne ?

— La mère de Jane. Jane vient aussi.

— Combien de temps vas-tu rester là-bas ?

— Je ne sais pas. Pourquoi as-tu changé à ce point, Saul ?

— Je ne comprends vraiment pas pourquoi tu dis ça ! Voilà deux semaines à peine que je suis de retour dans la forêt. Je n'ai sûrement pas changé tant que ça ?

— Mais si, je t'assure.

— Dans un an ou deux, toi aussi tu seras différente, Kate. Tu verras.

— Où vis-tu dans la forêt ?

— Dans les hauteurs, du côté de Millwood.

— Seul ?

— Oui. » Elle était étrangement calme. « Je suis content de te revoir, Kate. Je croyais vraiment que tu étais partie.

— Pourquoi es-tu content de me voir ? » Ce fut comme une pâle lueur de la Kate d'antan qui réapparut.

« Eh bien... euh... Au moins on peut se dire au revoir.

— C'est tout ? demanda-t-elle, d'un ton sec, avec une sorte d'amertume.

— Quoi d'autre ? Je ne peux pas aller avec toi. Tu ne peux pas aller avec moi. Nous ne pouvons même pas faire dix pas ensemble jusqu'au bout de la rue ! (Il ne comprenait vraiment pas pourquoi il était tellement en colère tout d'un coup.) Toi, Kate, on t'envoie au Cap pour apprendre à boire du thé, à cancaner chez tes voisines et à vivre paisiblement sans jamais avoir à te salir les mains. (Il n'arrivait plus à s'arrêter.) Là-bas, on va t'apprendre aussi à t'asseoir comme il faut sur des chaises faites d'un bois que l'on a escroqué aux bûcherons ! Tu vas au Cap et moi je retourne dans la forêt. Tu vois, Kate, je n'appartiens plus à personne d'autre qu'à moi-même.

— Est-ce que ça t'intéresse de savoir quelle punition on m'a donnée pour le livre que tu as laissé dans la remise ? »

Quelque chose dans ses yeux l'avertit qu'elle allait frapper un dernier coup et que la hache laisserait une entaille profonde.

« Dis-le-moi. »

Elle lui jeta les mots au visage un par un : « J'ai dû écrire cinq cents fois la phrase : " Tous les bûcherons sont sauvages et sales ainsi que leurs enfants ". »

Longtemps après, cette phrase resta comme une brûlure marquée au fer rouge sur son corps...

Sans un mot, il se retourna pour prendre ses affaires et les hisser sur son dos. Lorsqu'il fit volte-face, elle n'avait pas bougé, l'air contrit, comme une enfant coupable.

Au-delà du village, à l'ouest de la lagune, la route formait un coude avant de s'engager sous la voûte d'un petit bois de mopanis. Il soupçonnait Esau et Tanda de l'y attendre. Au pied du premier arbre, il déposa son chargement pour avoir les mains libres puis, pénétra sans hésiter, dans la pénombre du bois.

Ils étaient là, de part et d'autre de l'étroit sentier à quarante pas à peine de la lisière.

« L'un d'entre vous va devoir souffrir le premier, leur annonça-t-il en s'arrêtant au milieu du chemin, un peu avant d'arriver à leur hauteur. A vous de décider lequel !

— Tu es mal barré, Saul ! l'avertit Esau en hollandais avec son drôle d'accent. *Baas* MacDonald te cherche.

— C'est ce qu'on m'a dit. Mais il ne m'aura pas si facilement ! »

Tanda surgit de derrière son arbre.

« Donne-nous du tabac et nous lui dirons que nous ne t'avons pas trouvé, suggéra-t-il sournoisement.

— Je n'en ai pas, et même si j'en avais, je ne vous en donnerais pas. »

Manifestement, Tanda n'avait pas envie de laisser passer une si belle occasion de se battre.

« Tu ne nous fais pas peur. On est deux contre un !

— Vous ne valez même pas un homme à vous deux. Et je vous conseille de vous dépêcher de vous y mettre parce que je suis pressé !

— Vas-y, Esau, attaque-le !

— On a travaillé ensemble au chantier... » Esau avait l'air d'hésiter.

« T'as entendu ce qu'a dit le maître. On doit pas rentrer sans lui.

— Vas-y toi !

— Attends un peu ! Tout à l'heure, tu étais si grande gueule quand tu disais que c'était toi qui le frapperais le premier !

— On travaillait ensemble à l'entrepôt...

— Bon, écoutez ! intervint Saul, qui commençait à s'impatienter. Je n'ai pas le temps d'attendre que vous finissiez vos ergotages. Allez dire à MacDonald que vous ne m'avez pas trouvé et arrangez-vous pour sauver votre peau ! »

Quand il pivota sur ses talons pour aller chercher son attirail, il savait que Tanda commettrait une imprudence, et il attendit le dernier moment pour se retourner brusquement et lui décocher un bon coup qui le fit virevolter en toupie avant de s'écrouler comme une masse. « Et maintenant, tu peux aussi aller expliquer à MacDonald d'où te vient cet œil au beurre noir ! »

Il passa la nuit dans un ravin profond au-delà de la Passe de Garna. Le lendemain matin, à Gouna, il acheta un sac de papates douces. Le vieil homme fut tellement heureux du shilling qu'il lui donna qu'il insista pour qu'un de ses fils aide Saul à porter tous ses paquets.

« Ce n'est pas nécessaire, l'oncle. Merci. Ça ira.

— Mais n'es-tu pas un des fils de Joram Barnard ?

— Si, l'oncle. » Comment aurait-il pu se douter à ce moment-là, qu'avant le crépuscule, il aurait à le nier...

Comme il poursuivait son chemin dans la forêt, sans cesse il devait se reprendre pour empêcher le fil de ses pensées de s'accrocher au passé. Il était complètement déconcerté mais il savait que tout rentrerait dans l'ordre dès qu'il serait de retour à Millwood. Mais avant cela, il y avait la Grande Ile. Il fallait qu'il y retourne encore une fois...

Ils le reçurent comme des bêtes traquées.

« Ne dis plus jamais à personne que tu es le fils de Joram Barnard ! lui ordonna son père en balbutiant.

— Mais qu'est-ce que tu racontes ?

— J'ai envoyé Malka à Millwood pour qu'il essaie de te trouver et qu'il te le dise.

— Qu'il me dise quoi ? » Même Jozef et le vieil Anro avaient l'air terrorisés.

« Te dire de nier si l'on te demande si tu es le fils de Joram Barnard ! Je n'ai pas envie de perdre ma licence en plus ! »

... C'était l'une des rumeurs les plus ingénieuses que l'on eût jamais fait circuler dans la forêt : tout bûcheron ou membre de son équipe délaissant sa hache pour la prospection se verrait immédiatement privé de sa licence ainsi que tous les siens. L'or était la propriété du gouvernement. Dès que l'on aurait la preuve d'un filon, l'Etat enverrait des hommes sur place pour faire le nécessaire.

Il n'aurait rien pu dire pour les convaincre du contraire. La panique s'était emparée d'eux. Quand un homme a peur à ce point, c'est comme s'il vivait dans une maison sans toit : chaque pierre qui fend l'air lui tombe sur la tête. Il ne lui reste qu'une seule solution : se baisser pour l'esquiver. S'ils sont plusieurs dans la maison, la même peur au ventre, ils plongent tous ensemble.

Le reste du trajet, jusqu'à Millwood, fut comme une ultime rupture avec le passé et tout ce qu'il laissait derrière lui. Il ne pouvait plus vendre d'or au village. C'était certain. Tout était fini entre lui et son père, ses frères, ainsi que tous les autres poltrons de la forêt. Désormais, Joram Barnard n'avait plus de fils du nom de Saul. Le cordon ombilical était rompu. Saul Barnard poursuivait seul son chemin.

Kate.

« Tous les bûcherons sont sauvages et sales ainsi que leurs enfants. »

Deux yeux couleur d'écorce de bancoulier tentèrent de le rattraper et il s'entendit crier : « Eloignez-vous de moi ! »

Tous les bûcherons sont sauvages et sales, ainsi que leurs enfants !

11.

Les semaines qui suivirent virent l'éclosion d'une nouvelle vie.

Il travaillait dur. De l'aube jusqu'au déclin du jour. Le soir, son corps était rompu de fatigue. Les journées étaient pourtant trop courtes et il avait été forcé de les diviser en deux : le matin, il construisait son abri et fabriquait un sluice, et l'après-midi il continuait la prospection.

Pour son abri, il avait choisi un emplacement juste au-dessus de la falaise, où la pente n'était pas trop raide. Il avait débroussaillé un périmètre suffisant pour ne pas risquer de mettre le feu à la forêt. Comme il lui avait fallu abattre un poirier sauvage afin de dégager l'espace nécessaire, il avait débité le bois en madriers qui servirent pour le corps du sluice. Au lieu d'ouvrir un chemin jusqu'à la rive, il changeait d'itinéraire tous les jours, laissant ainsi le moins possible de traces de son passage. Un intrus venu fureter dans ce coin de la forêt aurait dû s'acharner longtemps pour dénicher sa tanière.

Ce fut une époque heureuse pour Saul. Il était libre. La paix s'installe au cœur de l'homme qui s'assoit auprès de son feu et peut faire cuire dans la cendre ses propres patates douces... Quelque chose en lui s'ouvre imperceptiblement... Ses yeux voient des choses qu'il n'avait même pas remarquées la veille : la mousse, aussi fine que des fils de la Vierge, les pointes de mauve sur les plumes de l'échenilleur gris, la même nuance de ton dans la mousse de l'écorce du safran... Et puis, un jour, assis devant son abri, il s'aperçoit que les feuilles mortes ne tombent pas tout droit de la voûte de la forêt, mais qu'elles tourbillonnent jusqu'à terre, en un long vol paresseux, comme des ailes d'oiseaux sans corps.

Au bout de quelques semaines, ses réflexions s'approfondirent... Il n'avait jamais fini de lire *David Copperfield ;* il avait peiné tant de fois sur les premières pages que certaines phrases étaient restées gravées à jamais dans sa mémoire : « Puisque je dois être le héros de ce livre, je dirai tout d'abord que je suis né — du moins me l'a-t-on affirmé... » Pouvait-on énoncer cela en hollandais *de cuisine ? Om te begin my lewe met die begin van my lewe...* Non. *Om by die begin van my lewe te begin, moet ek begin toe ek gebore is.* Quelqu'un écrirait-il un jour un livre en hollandais de cuisine ? Pourquoi faut-il que la Bible soit écrite en bel hollandais, que certains élus parlent l'anglais et les autres le hollandais de cuisine ? La réponse lui parut évidente et le fit rire : quel tohu-bohu si tous les oiseaux de la forêt avaient le même chant ? Ce serait un bel embrouillamini ! Abusées, les femelles touracos échoueraient dans le nid des coucous solitaires tandis que le moqueur prendrait pour compagne une pigeonne des bois...

« Tous les bûcherons sont sauvages et sales ainsi que leurs enfants. » *Die houtkappers is wild en vuil en hulle kinders ook* — en hollandais de cuisine, ça sonne mieux.

Quelquefois, ces pensées l'accompagnaient pendant qu'il lavait le gravier à la batée. Dieu. Qui était-Il ? Jamais il n'aurait osé pénétrer dans l'enceinte de la petite église de pierres du village pour essayer de voir s'il était là. Cette église appartenait aux Anglais, à MacDonald et aux gens du village. Le grand homme de Melkhoutkraal, George Rex, leur avait fait don du terrain pour y construire ce lieu de culte. La mère de Kate descendait de ce fils de Roi. On disait que George Rex était un enfant du samedi !... Qui était Dieu ? A quoi ressemblait-il ? Il ne savait pas. Mais il sentait bien que quelque chose veillait sur la forêt. C'était presque perceptible. Pourtant, dès qu'on essayait de l'appréhender, avec l'esprit, ça s'évaporait. Il suffisait de reprendre tranquillement sa marche pour que cela revînt. Mais quoi ?... Une pépite d'or dans la batée, et ce Quelque chose était là de nouveau. Noble. Pur. Dissocié des sables souillés. Si on la prenait dans le creux de la main, cela devenait tangible. Dès qu'on commençait à l'évaluer dans sa tête, à estimer sa valeur en argent, ça redevenait de l'or.

Parfois, il avait de la chance ; d'autres jours, il revenait bredouille. Il n'arrivait pas à trouver une cachette sûre pour son or et cela lui rappelait une histoire que Kate lui avait racontée un dimanche à l'entrepôt. Elle la tenait de miss Hunter, la dame qui leur apprenait à s'asseoir, à marcher et à peindre :

Après la création du Monde et celle de l'Homme destiné à y vivre, les sept Archanges se réunirent pour s'entretenir d'une question de la plus haute importance. (Ce jour-là, Kate portait une robe de la même couleur que les plumes de gorge d'un tarier.) Il s'agissait de savoir où cacher le pouvoir de Dieu, de crainte que l'homme, le découvrant trop tôt, en fît mauvais usage. Le premier d'entre eux proposa la lune. « Oui, sur la lune », approuvèrent les autres. Mais le Septième Archange s'y opposa : « Non, dit-il, l'homme est intelligent. Un jour, il trouvera le moyen d'aller sur la lune. Il nous faut trouver un endroit plus sûr. — Au fond de la mer, là où elle est la plus insondable », suggéra un deuxième. A nouveau, le Septième Archange les en dissuada : « L'homme est intelligent, répéta-t-il, un jour il trouvera le moyen de descendre au plus profond de la mer. — Accrochons-le à l'étoile du matin alors », conseilla le troisième. Comme deux fois déjà auparavant, le Septième Archange intervint : « Un jour l'homme trouvera le moyen d'aller jusqu'à l'étoile du matin. — Alors dis-nous où il faut le cacher ? » lui demandèrent les autres. Et le Septième Archange de répondre : « Nous le cacherons dans le dernier endroit où il ira le chercher — à l'intérieur de lui-même ! »

C'était le jour où il avait dit à Kate qu'elle était adorable.

« Est-ce que ça veut dire que je suis jolie ? lui avait-elle demandé, toute contente.

— Oui. Et dis à miss Hunter qu'elle aussi je la trouve adorable. Pour raconter des histoires aussi belles, il faut qu'elle soit adorable. »

Au début, il cacha son or dans dix endroits différents. Pour passer, en fin de compte, sa nuit à s'agiter d'angoisse sur sa couche. Il ne pouvait pas le garder dans l'abri. Comment être sûr que quelqu'un ne découvrirait pas sa tanière un jour, par hasard ? Il décida alors de l'enterrer, mais à chaque fois qu'il fallait recreuser pour ajouter un nouveau lot, il laissait des traces de plus en plus visibles. Après cela il choisit de le loger dans un renfoncement sous une roche plate, mais au milieu de la nuit, il dut se relever en hâte pour le reprendre parce qu'un groupe de babouins s'étaient mis en tête de retourner les rochers en quête de nourriture !

Il découvrit l'arbre à beurre un jour qu'il allait chercher du bois mort pour le feu, de l'autre côté du ruisseau, assez près de la lisière de la forêt : la cavité creusée dans le tronc était très haute et de ce fait, presque complètement occultée par les feuilles d'une branche très fournie. Une coudée de profondeur. Il n'aurait pas pu trouver mieux...

Ce fut une période merveilleuse. L'automne s'installait lentement, mais les journées avaient encore une atmosphère estivale qui lui permettait de travailler sur son sluice, à peine vêtu.

Le dimanche, il se hasardait jusqu'au Stripe Bush pour épier les chercheurs d'or. Leur tente restait toujours à la même place bien que la prospection se déplaçât de plus en plus vers l'amont. Un jour, il n'en trouva que trois aux alentours de la rivière et s'en inquiéta. Les autres étaient-ils partis fureter ailleurs ?

Sur le chemin du retour, toutefois, il les croisa, à environ deux milles au sud de la tente.

Il les entendit parler tandis qu'ils se frayaient péniblement un chemin à travers les épaisses broussailles, tant et si bien qu'ils passèrent à une coudée à peine de lui, sans s'en apercevoir. Manifestement, ils revenaient du village : ils étaient fourbus et lourdement chargés de provisions. Celui qui marchait devant portait le fusil.

Le dimanche suivant, il tomba sur un groupe de trois autres chercheurs à Island Bush, au bord d'un affluent de l'Homtini, non loin de l'endroit où Patterson avait voulu prospecter. Cette rencontre le mit immédiatement hors de lui. Qui étaient ces hommes ? Il n'en avait pas encore la moindre idée, mais à ses yeux, une chose ne faisait aucun doute : c'était de vrais fumiers ! Sinon pourquoi auraient-ils abattu une douzaine d'arbres pour planter une misérable tente là où les premières crues l'emporteraient de toute façon ?

Prospecter, c'est prospecter. D'accord ! Il ne pouvait pas espérer être le seul à en détenir le privilège, mais qu'ils ne s'avisent pas de déraciner toute la forêt pour trouver de l'or !

A l'abri des broussailles, il les observa un bon moment. Des chercheurs de longue date, à en juger par l'aisance de leurs gestes...

A quelque temps de là, il s'éveilla un matin pour s'apercevoir que l'hiver était arrivé. La pluie n'était plus la même. Froide, plus lourde, incessante. Il se leva pour renforcer les barrages qu'il avait établis autour de son abri et aller chercher du bois qu'il mit à couvert sous la tôle ondulée. Ensuite, il alluma un feu.

Puis il attendit qu'il cesse de pleuvoir.

Cinq jours. Le sixième jour, la forêt se sécha en tirant profit du moindre souffle d'air.

La rivière de Millwood vira au brun boueux et déposa de nouveaux lots de bois flottants au pied de la falaise. La rive était détrempée. A plusieurs reprises, les amas de bois flottants faisant barrage, il dut faire un crochet en s'enfonçant dans la forêt. Dans les sous-bois, il avait l'impression de marcher sur une éponge saturée d'eau. Par endroits, il ne restait plus rien que de la mousse inondée.

Il les rencontra par hasard juste avant l'oréodaphnée géant. Trempés jusqu'aux os, assis sur leurs talons, l'air abattu. Les trois chercheurs qu'il avait vus à Island Bush. Trois masses humaines sous des couvertures mouillées autour des vestiges d'un feu qu'ils n'avaient pas réussi à faire repartir. Quand il les aperçut, il était déjà trop tard pour se cacher.

Deux d'entre eux se levèrent péniblement et le dévisagèrent comme s'il eût été un revenant. Le troisième resta pelotonné sous sa couverture. Il y avait deux Canadiens et un Australien. Oui, ils étaient chercheurs d'or et franchement, ils n'avaient jamais imaginé qu'ils atterriraient dans un pareil bourbier en venant ici ! Leur tente avait été balayée par les eaux et ils avaient failli subir le même sort. En plus l'Australien avait la fièvre. Et puis pourquoi est-ce que personne ne leur avait parlé de ces damnés éléphants ! A deux reprises déjà, ils avaient dû tout abandonner et partir en courant pour sauver leur peau. Cette foutue jungle ! Ils se demandaient bien comment quiconque pouvait y survivre.

Saul voulut savoir s'ils avaient au moins réussi à sauver une partie de leurs biens. Oui, ce qu'ils avaient sur eux. A leur tour, ils voulurent savoir qui il était. Un habitant de la forêt, leur répondit-il, conscient qu'ils ne le croyaient pas. C'était la vérité, leur assura-t-il, il avait appris l'anglais en travaillant au village pendant quelque temps.

Depuis le début, son esprit élaborait un plan pour les éloigner de son territoire sans éveiller leurs soupçons.

Comment allaient-ils se débrouiller sans tente ? Ils étaient en route pour le village où ils en achèteraient une autre. C'était la seule solution. C'était bien la bonne direction, n'est-ce pas ? Non ? Non. Ils allaient droit sur Longue Combe, au pied des montagnes. Le mieux, sans doute, serait qu'il les conduise auprès des autres prospecteurs. Ils avaient une bonne tente et eux aussi étaient étrangers. De toute façon, ils ne pouvaient pas rester là. C'était trop dangereux. Ils se trouvaient en plein sur le territoire d'accouplement des éléphants.

Ces paroles leur firent l'effet d'une explosion de poudre à canon. Même celui qui ne pouvait pas se lever fut debout en un clin d'œil, et dès la fin de l'après-midi, il les laissait à Stripe Bush. Après avoir pris non pas le raccourci, en passant par le ravin, mais en choisissant la route la plus longue, celle qui contournait la Pointe de Noll, sans compter quelques détours supplémentaires pour les embrouiller un peu plus. Quand il les abandonna auprès de la tente, on voyait, à leur expression, qu'ils n'étaient pas loin de le considérer comme surhumain... Non, il ne les accompagnait pas jusqu'au bout. Il avait encore une longue distance à parcourir avant d'arriver chez lui.

En chemin, il avait réussi à leur soutirer plusieurs renseignements précieux. Ils vendaient, au village, à Barkley. Trois livres l'once. Ils étaient bel et bien à la recherche d'un filon et dès qu'ils l'auraient trouvé, Barkley et MacDonald se rendraient immédiatement sur les lieux et fonderaient une société d'exploitation, avec Jones, un ami des deux hommes, comme directeur général. D'ailleurs, l'existence d'un filon ne faisait quasiment plus aucun doute à leurs yeux...

L'hiver fut rude cette année-là. Les eaux de la rivière de Millwood étaient glaciales ; au bout d'une heure, Saul ne sentait plus ses jambes ni ses mains. Il fallait alors s'asseoir près du feu pour se réchauffer.

Mais le sluice fonctionnait bien. Au début, il avait eu du mal à trouver l'angle convenable pour que l'eau qui rentrait par en haut ne forçât pas trop rapidement le passage du gravier. Par la suite, il découvrit qu'il devait faire en sorte que le flot passe à travers le tissu de corduroy à une vitesse égale à celle du courant. Le gravier devait rouler sur cette surface, de manière qu'on entendît le moindre caillou, pour ainsi dire.

A deux reprises, il retourna au village chercher des provisions et du corduroy de rechange. A Gouna, il acheta une corne de bœuf, pour un penny — la présence des chercheurs d'or dans la forêt l'inquiétait de plus en plus...

La deuxième fois qu'il se rendit au village, il rencontra le vieil Anro dans la Grand-Rue. Manifestement, il avait déjà été livrer ses rayons de roue et l'alcool lui avait joliment délié la langue.

« Tout va bien, Saul. Et toi ? T'as déjà gratté quelque chose ?

— Je peux dire ce que je veux, tu ne me croiras pas. Alors, qu'est-ce que ça peut faire ?

— Elles sont chouettes, tes chaussures ! Tu les as pêchées aussi ?

— Exactement, l'oncle. Et si vous vous fatiguiez un peu les méninges, vous pourriez en faire autant.

— Saul, tu es peut-être plus proche de la famille de ta mère, mais question entêtement, tu es bien un Barnard. Comment peux-tu poser ta hache pour retourner la terre à la recherche de ce truc interdit ? Et le bois ? C'est pas avec de l'or qu'on fait des routes pour les trains, et le gouvernement a plus besoin de traverses que jamais.

— J'ai vu que vous vous en étiez donné à cœur joie dans Kom's Bush.

— C'est pas nous. C'est les gens de Deep Walls. Harison a mis le holà plusieurs fois, mais tu sais comment ça se passe : dès qu'il a le dos tourné, on remet ça. En ce moment, on est dans la forêt de Gouna.

— Combien de Grands Pieds avez-vous tués ? A moins que vous ne récupériez l'ivoire sur leurs carcasses ? C'est ce que vous prétendez, non ? »

Immédiatement, le vieil homme fut sur ses gardes : « Tu nous as encore épiés, hein ? C'est pour le compte d'Harison que tu es dans la forêt ?

— Non. Et dis à Pa que les chercheurs d'or ne sont pas

encore trop nombreux, qu'il est encore temps de poser la hache et de venir prospecter.

— Ecoute-moi bien, Saul ! On n'est pas aussi niais que tu le penses. Le gendre de Jeremiah Eye est allé voir pour nous par là-haut. Il a passé toute une semaine, à patauger dans l'Homtini et une autre dans le Knysna et il n'a pas trouvé une seule pierre qui ressemble à autre chose qu'à une pierre.

— Viens avec moi, l'oncle, je vais te montrer, moi !

— Tu veux donc que ton père perde sa licence à cause de moi ? demanda le vieil homme, indigné, puis il ajouta : Je ne suis pas si soûl que ça. Mais je dirai quand même à ton Pa que je t'ai vu. »

Après sa seconde visite au village, il ne lui restait plus qu'une rixdale sur les six livres. Il allait falloir vendre encore de l'or, mais cette fois-ci, il irait à George...

Un dimanche, il tomba sur une troisième tente, dans Stripe Bush. Il y avait trois sluices dans la rivière.

La semaine suivante, il remonta le sien en amont. Le premier jour, il ramena ce qu'il évalua à environ une once d'or. Plus ses réserves cachées dans l'arbre augmentaient, plus il se sentait en sûreté, en paix à l'intérieur de lui-même.

Certains jours, pourtant, pas une poussière d'or n'apparaissait dans le sluice. Alors une sorte de peur le poussait à rester dans l'eau des heures et des heures, de sorte qu'il lui fallait ensuite une éternité pour se réchauffer au coin du feu.

Le mois d'août touchait à sa fin, et l'hiver ne montrait toujours pas le moindre signe de clémence. Une nouvelle fois il avait migré plus en amont mais ses efforts demeuraient vains. Tant de sable lavé pour rien ! Le quatrième jour, il sentit qu'il n'allait décidément pas bien, mais il ne parvenait pas à en prendre son parti et à sortir de l'eau. Patterson lui avait bien dit qu'il ne fallait jamais avoir peur de creuser de plus en plus profondément. Pelletée après pelletée, il fouillait les sables qu'il passait ensuite au crible

— toujours plus profond. Mais pas l'ombre d'un grain d'or. Parfois son corps lui obéissait. L'instant d'après, le sluice semblait virer brusquement et la pelle lui échappait des mains.

Le retour à l'abri lui fut aussi pénible que l'escalade d'une montagne. Il fit un feu, luttant désespérément contre l'horrible malaise qui s'était ancré dans son corps. Ses mains refusèrent de tenir la timbale de café sans trembler. Quand la nuit fut venue, il dut se rendre à l'évidence : il était malade. Très malade. Tout son être n'aspirait qu'au repos mais il ne fallait pas. Il devait d'abord retourner au bord de la rivière pour tirer le sluice hors de l'eau et le dissimuler dans les fourrés.

Pendant des jours, il divagua. A certains moments, dans un demi-sommeil, il s'entendait gémir et parler à Kate. Comme si des choses profondément enfouies en lui avaient attendu qu'il fût couché pour remonter à la surface et le hanter. Parfois, il rêvait qu'il allait chercher l'or dans l'arbre. Soudain, il se rendait compte qu'il délirait et se forçait à reprendre ses esprits pour s'imaginer, l'instant d'après, qu'il lavait du sable. La fièvre le faisait divaguer à tel point qu'il croyait voir l'Ancien marcher en cercle autour de l'abri !

Quand il commença à se remettre doucement et à renouer avec la réalité, il s'aperçut que la notion de temps lui avait complètement échappé. A en juger d'après l'état du pain qui restait, il détermina que son délire avait duré au moins trois jours. Il se força à manger un peu. A mesure qu'il récupérait ses forces, son impatience allait croissant. Il essaya de se mettre debout pour sortir de l'abri, mais ses jambes refusèrent de le porter.

Au bout d'un jour encore, il décida de sortir coûte que coûte. Il ne restait plus une goutte d'eau et il voulait trouver de l'armoise sauvage, pour accélérer sa guérison.

Arrivé au bord de la rivière, il eut un choc tel, que son étourdissement s'effaça en un instant : les sables mouvants étaient criblés des traces de l'Ancien. L'animal ne s'était pas contenté de *passer*. Manifestement, il avait erré par là un bon moment.

Etait-il possible qu'il le surveillât ? Pouvait-on imaginer qu'un éléphant épiât un homme ? Non. Ce ne pouvait être que le hasard. Il devait garder la tête froide et réfléchir à des problèmes *réels*, au lieu de se laisser entraîner par son imagination. Quand un homme vit seul, il doit rester lucide. Il aurait pu mourir dans l'abri... Il se serait peut-être écoulé des années avant que quelqu'un découvrît son squelette par hasard. Qui sait ! Peut-être ne l'aurait-on jamais retrouvé ! Et l'or serait resté dans l'arbre. C'était sans doute une bonne chose qu'il fût tombé malade. Cela l'avait obligé à s'arrêter pour envisager sérieusement l'avenir. Cela faisait six mois qu'il était revenu dans la forêt — combien de temps encore resterait-il ? Un an. Peut-être deux. Et ensuite ? Que faire ? S'en aller. Loin d'ici.

Il y resta six ans.

Une éternité.

Au cours de l'été suivant — le premier depuis son retour dans la forêt —, un grand nombre de prospecteurs se joignirent aux premiers arrivants. Tous des étrangers. Et comme lui, ils s'empressèrent de délimiter leur territoire, à leur guise. Certains lui parurent sympathiques ; ils apprirent à se connaître et à se respecter les uns les autres. Un jour, l'un d'entre eux, Peter Crompton, un Australien, résuma la situation en deux mots :

« Tu vois, Saul, nous, nous écrémons la forêt. Pendant que les prospecteurs de Barkley et de MacDonald cherchent un filon, nous, nous recueillons la crème. Tout ce que j'espère, c'est qu'il leur faudra encore quelques années pour y arriver. Comme ça, nous, on a le temps d'en prendre le plus possible. »

Crompton compta parmi les premiers étrangers avec qui il se lia d'amitié. Tout arriva à cause de l'Ancien.

C'était par une journée d'une chaleur accablante au début de février. Il avait déjà accumulé près d'une once d'or lorsque soudain, dans les fourrés, il entendit les craquements annonciateurs. Son attention fut vite attirée par des cris de panique se mêlant au vacarme. Jetant sa pelle, Saul s'apprêtait à prendre ses jambes à son cou pour aller escalader l'aulne blanc le plus proche, quand Crompton surgit d'entre les broussailles, un peu en amont, et traversa la rivière à toute allure. Dans sa terreur, il n'avait même pas remarqué que le tumulte derrière lui avait cessé, que brusquement, le calme était revenu. Il fuyait toujours, comme si le diable en personne était à ses trousses.

Quand il aperçut Saul, il s'immobilisa, l'espace d'une seconde, en agitant les bras comme un dément et en criant : « Un éléphant ! Un éléphant ! »

Ce fut sans doute l'impassibilité de Saul qui l'apaisa. Brusquement, il se décida à sortir de l'eau, en secouant la tête, ses chaussures ponctuant ses pas de clapotis bruyants.

Saul le rejoignit sur la rive.

« Le plus gros éléphant que j'ai jamais vu de ma vie, ma parole ! » marmonna-t-il en s'asseyant sur le sable, pâle comme la mort.

Saul le trouva sympathique. Vers le soir, il alla jeter un coup d'œil à l'endroit où avait surgi l'éléphant et il trouva la piste de l'Ancien.

Cette terreur que les étrangers avaient des éléphants allait devenir l'arme la plus redoutable de Saul pour défendre son territoire contre les intrus. Les éléphants, ainsi que la corne de bœuf et la méthode du pauvre Arend pour imiter leurs barrissements. A chaque fois qu'il surprenait quelqu'un sur son rivage à lui, il soufflait tout ce qu'il savait dans cette corne, puis, caché dans les fourrés, il regardait l'étranger déguerpir. Ensuite, il ne lui restait plus qu'à attendre que l'autre revienne à pas de loup — parfois, il patientait des heures entières — et dès qu'il semblait s'être suffisamment remis de son émotion, il fendait la barrière de broussailles, en feignant la panique la plus totale, et se précipitait en hurlant qu'il avait failli se faire piétiner par un troupeau d'éléphants.

« C'est parce que j'ai fait une bêtise ! se lamentait-il. J'ai pourtant grandi dans cette forêt et je savais que c'était leur terrain d'accouplement mais j'ai quand même voulu prendre un raccourci ! Vous ne verrez jamais un bûcheron par ici ! Ils savent que c'est très dangereux... Des tas de gens ont été tués par des éléphants dans cette partie de la forêt ! »

Jamais il n'eut besoin de le répéter.

Le territoire que les chercheurs avaient envahi était devenu trop étendu pour qu'il puisse en faire la reconnaissance chaque dimanche. Il prit donc l'habitude de visiter leurs campements un par un.

— « Pas besoin d'anéantir toute la forêt pour trouver de l'or », enrageait-il. Près de la tente, contre le tronc d'un oréodaphnée, des crânes de gnous étaient alignés, et comme si l'on avait voulu ajouter une note de couleur à cet étalage, des ailes de touracos, rouge vif, étaient disposées en éventail, dans les intervalles. Quant à leur tas de bois de feu, il ne se composait que de bois jaune. De surcroît, quand il leur en fit la remarque, l'Irlandais qui se trouvait là ne trouva rien de mieux à faire que de se fâcher.

« Ecoute, petit Hollandais, ici, tu n'as rien à dire. Alors retourne à ta tâche de bûcheron et restes-y.

— Il y a assez de bois mort dans la forêt pour faire du feu, rétorqua Saul. Mais vous, vous prenez tranquillement l'espèce la plus rare, et vous avez le toupet de me dire que ça ne me regarde pas ! »

A cet instant, deux autres hommes surgirent de la tente.

« On n'a pas besoin de tes conseils ! Fous le camp ! » lui cria l'un d'entre eux.

Saul comprit tout de suite qu'il ne résisterait pas à la tentation d'enfreindre la loi du Sabbat.

« Que vous ayez ou non besoin de mes conseils, ça m'est bien égal ! Mais laissez-moi vous dire une chose : si je trouve la moindre brindille de bois jaune sur ce tas la prochaine fois que je passe par ici, c'est *vous* qui servirez à faire le feu ! »

Deux d'entre eux se précipitèrent sur lui, et atterrirent à une coudée à peine du feu quand il en eut fini avec eux. Apparemment, le troisième décida d'y réfléchir à deux fois avant de se lancer et s'engouffra bientôt sous la tente sans demander son reste.

Quand il revint deux semaines plus tard, il ne trouva que du bois mort sur la pile. Il était impossible qu'ils eussent consommé tout leur bois jaune mais il jugea préférable de ne pas demander ce qu'ils en avaient fait. Un seul d'entre eux était demeuré au camp. Les autres étaient partis prospecter.

« Voudriez-vous une tasse de thé, monsieur ?

— Merci. »

Quelquefois, il était bon de parler avec ces hommes. C'était un moyen de se tenir informé des dernières nouvelles. Ce jour-là, il apprit qu'il y avait maintenant près de quatre-vingts chercheurs dans la forêt. Que la semaine précédente, ils avaient eu une réunion au cours de laquelle Mr. Barrington de Portland avait été élu commissaire de la Mine.

« Commissaire de quelle mine ? s'enquit-il.

— Les prospecteurs pensent qu'il y a un filon dans cette forêt.

— Ça fait près de deux ans qu'ils disent ça.

— Vous aussi, vous êtes chercheur d'or, monsieur ? » L'homme se méfiait encore de lui.

« Ça se pourrait.

— Vous ne seriez pas par hasard un dénommé Barnard ?

— Qu'est-ce qui vous fait dire ça ?

— Mr. Barkley et Mr. MacDonald nous demandent toujours si on ne vous aurait pas vu.

— C'est à Barkley que vous vendez ?

— Oui. On raconte que ce Barnard va jusqu'à George à

pied pour vendre. Et qu'il aurait mis la main sur un filon. »

Saul se leva.

« Quand vous verrez Barkley et MacDonald, dites-leur de la part de Saul Barnard que s'ils le veulent, ils n'ont qu'à venir le chercher. »

Tout alarmé, l'homme reprit précipitamment :

« Nous avons décidé de ne plus vendre à Barkley. Il nous escroque. Et puis maintenant, il y a une banque au village. Dorénavant, c'est là qu'on ira... C'est vous ce Barnard, monsieur ?

— Oui.

— Ils disent que la banque paie trois livres cinq shillings l'once. Combien vous obtenez à George, monsieur ?

— La même chose. »

Il serra la main de l'homme et s'en alla. L'ouverture de la banque au village, c'était une bonne nouvelle. Il en avait assez d'aller à pied jusqu'à George chaque fois qu'il voulait vendre. Pour couvrir la distance en deux jours, il devait partir avant le lever du soleil et marcher jusqu'à ce que l'obscurité l'arrête. Le parcours était un véritable défi à l'endurance. Les rivières qui l'entrecoupaient se nichaient au fond de gorges profondes, arrachées à la terre ; d'en haut, l'eau semblait noire. Et il était inutile de chercher un moyen d'éviter ces embûches. Il n'en existait pas. Il avait toujours cru que son grand-père Steyn avait inventé ces histoires au sujet de la route entre George et Knysna, mais maintenant, il se rendait compte qu'elles étaient sûrement vraies. Même celle de cet Anglais très important qui s'était souillé... L'homme était arrivé au Cap par bateau, directement d'Angleterre, et puis il avait pénétré dans les terres, en chariot à bœufs, aussi loin que Knysna. Jusqu'à George, tout s'était bien passé, tellement bien qu'il avait même pris des notes sur l'hospitalité des gens qu'il avait rencontrés en chemin, sur la beauté du paysage, sur les animaux. Mais au-delà de George les choses avaient commencé à se gâter, parce qu'à partir de là les routes cédaient la place à d'étroits sentiers à chariots. C'était justement son grand-père Steyn qui menait les bœufs et il racontait que lorsqu'ils étaient arrivés au grand ravin, juste avant la Mare aux caïmans, l'Anglais s'était mis à trembler comme s'il avait avalé du poison... D'autant plus qu'une fois qu'on s'était engagé dans la gorge, on ne pouvait plus reculer. Un jour entier d'enfer. A mi-chemin, ils avaient dû donner un seau d'eau à l'Anglais pour qu'il pût se laver et nettoyer ses pantalons. A cette époque-là, il fallait sept jours pour aller de George à Knysna en chariot.

Oui, l'ouverture de la banque était une bien bonne nouvelle...

Un mois plus tard — on était au début de 1881 — il se rendit au village pour la première fois depuis plus de deux ans.

Il trouva Barkley en compagnie de la mère de Jane Stewart et d'une autre dame. Ne l'ayant pas reconnu, elles le saluèrent sèchement en sortant. Barkley non plus ne l'avait pas reconnu.

« Il paraît que vous me cherchez, Mr. Barkley ? »

Barkley le scruta quelques instants comme s'il était myope, puis son visage s'illumina.

« Eh bien ça alors ! On commençait à croire que vous étiez mort ou que vous aviez pris la poudre d'escampette.

— C'est faux, Mr. Barkley. La semaine dernière encore, vous avez essayé de savoir où j'habitais dans la forêt, en interrogeant Peter Crompton.

— Toujours aussi intraitable ! plaisanta Barkley, comme s'ils étaient des amis de longue date. Bien sûr que nous vous cherchons, Barnard ! Nous sommes tout à fait désireux de faire une affaire avec vous. Voilà pourquoi... Mais d'abord, prenons le thé ensemble. Vous voulez bien ?

— Avec plaisir. Merci. »

Barkley brailla un ordre à l'adresse de quelqu'un qui devait se trouver dans l'arrière-boutique, puis il passa une chaise à Saul par-dessus le comptoir.

« Asseyez-vous ! dit-il, retrouvant tout son sérieux. Vous savez, Barnard, ces étrangers ne tiennent pas du tout le coup dans la forêt. Deux d'entre eux sont venus me voir hier. Ils m'ont raconté qu'ils devaient se relayer pour dormir, au cas où ils seraient attaqués par les éléphants. Ils envisagent sérieusement de partir pour les gisements de diamants.

— Ils n'ont qu'à tous s'en aller !

— Nous avons besoin d'un homme qui connaisse la forêt, Barnard ! Quelqu'un qui soit habitué aux conditions... Voyez-vous, Barnard, nous sommes presque sûrs d'avoir découvert un très bon filon.

— J'espère que ça aussi c'est un mensonge. »

Sa réaction laissa Barkley tout désemparé.

« Comment pouvez-vous dire une chose pareille ? s'exclama-t-il, choqué.

— C'est parce que je sais ce qui se passerait si c'était vrai. Pour le moment, il y a une centaine de chercheurs dans la forêt et les dommages qu'ils causent sont raisonnablement limités.

— Vous n'y allez pas de main morte avec eux.

— Vous rendez-vous compte de ce qui se produirait si l'on découvrait un filon ? Tout le monde se ruerait dans la forêt, comme des mouches sur un pot de confiture. Et le jour où ça arrivera, Harison n'aura plus qu'à faire son deuil de la forêt de Millwood, de Stripe Bush, d'Island Bush, de Ratel Bush. Et de tout le reste. Après le passage des chercheurs d'or et des bûcherons, il ne restera plus rien.

— On voit bien que ça fait longtemps que vous n'êtes pas venu au village... reprit Barkley, sibyllin. Et que vous n'avez pas rencontré de bûcherons. Vous n'avez donc pas entendu parler du nouveau que le gouvernement a désigné pour la forêt ?

— Quel nouveau ?

— Un Français. Le comte de Vasselot de Regné. Et lui, comme intraitable, on fait pas mieux ! Je ne serais pas surpris si l'on venait m'apprendre à l'instant qu'on l'a trouvé mort, une hache plantée dans le crâne.

— Et Harison, que fait-il alors ?

— Il est toujours là. On dit que les gens du gouvernement se sont rendu compte qu'il n'arriverait pas à se débrouiller tout seul. Mais ce de Regné, il fait marcher les bûcherons à la trique. S'ils abattent un arbre qui ne porte pas sa marque, il les traîne sur-le-champ chez le juge. »

A cet instant, Esau leur apporta le thé. Lui non plus ne le reconnut pas.

« Dans ce cas, le gouvernement devra nommer quelqu'un pour s'occuper aussi des négociants en bois, reprit Saul dès qu'Esau eut quitté la pièce. Ou bien est-ce qu'ils ferment les yeux devant les illégalités des *autres,* Mr. Barkley ? »

Pas une seule seconde, Barkley ne parut décontenancé :

« Allons, Barnard, nous sommes tellement bien intentionnés à votre égard. Mr. MacDonald est impatient de vous revoir. Nous voulons vous aider !

— Combien d'ivoire passe encore en fraude dans les cales des navires ?

— Je ne vois vraiment pas de quoi vous voulez parler. Il y a beaucoup mieux que des défenses d'éléphants dans la forêt ! »

Mais Saul n'avait aucune envie de changer de sujet :

« Mr. Barkley, le gouvernement peut embaucher dix Français de plus pour réprimer les bûcherons, ça ne servira à rien. Le problème vient des négociants qui volent les bûcherons avec un sang-froid révoltant. Quant à l'or, Mr. Barkley, ce sont les bûcherons qui auraient dû en être les premiers bénéficiaires. Mais vous les avez leurrés en leur racontant des sornettes parce que vous saviez qu'il ne faudrait pas grand-chose pour les épouvanter. Vous saviez aussi qu'ils étaient terrifiés par les forestiers et les marchands, et par tout ce monde extérieur à la forêt et vous en avez joliment tiré profit ! Mais vous avez trop finassé, Barkley.

— Voyons, Barnard, laissez les bûcherons tranquilles. Vous ne leur ressemblez même plus !

— Parce que je n'ai pas avalé vos histoires.

— Si je ne me trompe pas, vous allez à George pour régler vos affaires ?

— Plus maintenant. J'ai appris qu'il y avait une banque ici.

— La Standard Bank. Le gérant est très gentil, mais il vous donnera la même chose que moi. Ecoutez, Barnard, une machine tout à fait intéressante va arriver par bateau d'Australie. Nous l'attendons d'un jour à l'autre. C'est un bocard. Pour broyer les minerais et séparer l'or de la pierraille. Des tonnes à la fois, vous vous rendez compte !

— Des tonnes de pierraille ou d'or ? demanda-t-il, sarcastique.

— De pierraille, mon vieux ! C'est miraculeux. A mesure qu'elle crache le minérai, elle vous le sert directement dans les sluices ! Elle peut alimenter dix sluices à la fois !

— Pourvu que le bateau coule !

— Allons, Barnard, vous réagissez vraiment bêtement ! s'exclama Barkley en retirant ses lunettes. La chance que nous vous offrons ne se représentera jamais ! Nous vous promettons de vous fournir un prospecteur meilleur que Patterson si vous venez travailler avec nous. Barnard, nous vous offrons la gestion de notre Compagnie d'Exploitation !

— Patterson était un lâche, mais pas un sot. J'en suis de plus en plus conscient. N'oubliez pas que c'est lui qui disait qu'il fallait abandonner l'idée du filon. Il n'y a pas de filon dans cette forêt, Mr. Barkley. »

Soudain, Barkley parut en avoir assez de se montrer aimable :

« Patterson ravalera ses mots ! Je vous le promets, et vous, Barnard, vous reviendrez nous voir un jour, en nous suppliant de vous donner du travail ! »

12.

Rien n'indique que l'Ancien se soit restauré ou qu'il ait étanché sa soif, et la piste s'oriente toujours vers l'ouest. Pour la énième fois, Saul a l'impression que l'animal poursuit sa route avec un objectif précis... Lequel ? A-t-il l'intention de se cacher quelque part au fond d'un ravin jusqu'à ce que sa rage s'apaise ?

Mais pendant toute la journée, une pensée, une seule, l'obsède : l'Ancien sait-il que c'est lui qui s'est réfugié dans l'arbre, la nuit dernière ? Et dans ce cas, pourquoi n'a-t-il pas déchaîné sa colère contre lui comme il l'a fait plus tard ?

A une certaine époque, il s'était persuadé que d'étranges liens existaient entre l'Ancien et lui-même. Par la suite, il avait écarté cette éventualité en décidant que de telles notions appartenaient au monde de Maska, ou à celui des rêves, mais pas au sien.

Quand le troupeau d'éléphants avait anéanti l'abri de Jozef, les autres avaient immédiatement présumé que l'Ancien faisait partie du lot parce que la vengeance serait plus facile. Ils en avaient oublié leur bon sens, ce bon sens qui leur aurait dit, s'ils avaient bien voulu l'écouter, que l'Ancien n'aurait jamais abandonné sa solitude, l'espace d'une nuit, pour s'associer à un mauvais coup.

Pourtant, ils veulent lui faire payer la mort de l'enfant de Jozef. La seule chose qui soit en son pouvoir, c'est de lui épargner l'humiliation de se faire tuer par Fred Terblans.

Au village, dans le port, on embarque les derniers colis sur le *Pictor,* et quelque part dans la forêt, Fred Terblans a chargé son fusil...

En dépit de sa lassitude, une force nouvelle habite Saul. Une demi-heure plus tard, un bruissement dans les feuilles d'un arbre l'immobilise à nouveau. En levant les yeux, il aperçoit une masse sombre qui commence à se déployer entre les branches, révélant des bras, des jambes pour se changer en Maska. Livide et déguenillé.

« Maska ?

— Maître Saul...

— C'était donc toi ? » Et tout à coup, il comprend à qui appartenait la veste qu'il a trouvée à terre sur les lieux du désastre.

« Maître Saul, j'ai failli rejoindre le monde des anges aujourd'hui... Tu vois dans quel état je suis ?

— Que s'est-il passé ?

— Il était tellement silencieux. Je suis tombé sur lui avant de me rendre compte que les choses allaient de nouveau mal tourner.

— Où est Fred Terblans ?

— A la Grande Ile. Ils sont passés par ici hier, Jozef et lui. Ils m'attendent là-bas.

— Vas-tu les aider à le dépister ?

— Oui. » Le vieil homme avait l'air plutôt mal en point. « J'ai cru que je n'allais pas m'en tirer...

— Est-ce qu'ils savent que je suis dans la forêt ?

— Je l'ai dit à personne. Je m'étais figuré que tu l'avais déjà eu ou que tu avais retrouvé tes esprits et fait demi-tour.

— Est-ce que tu as des provisions ?

— J'en avais, maître Saul. J'en avais. Il les a piétinées en même temps que ma veste... » Il paraît à nouveau sous le choc. « Juste avant de lui tomber dessus, j'avais contourné un troupeau d'éléphantes, et je m'étais dit qu'il devait être dans Kom's Bush, et à peine je m'étais dit ça, je me retrouve face à face avec lui.

— Combien de fusils vont tirer ?

— Il y a maître Fred, Jozef et moi. Ça n'a pas l'air d'aller, maître Saul.

— Je suis passé par la Grande Ile hier. Maintenant, ils doivent savoir que je suis dans la forêt. Il faut que tu ailles me chercher des provisions chez Sanna.

— Tu devrais faire demi-tour, maître Saul ! Reprends le chemin que tu t'es choisi et oublie tout ça. Il est trop tard. Demain, ils trouveront la piste et tu ne pourras plus rien faire pour les arrêter. Je sais bien, moi. J'ai vu Jozef hier. Ils ne renonceront pas.

— Moi non plus, Maska. »

L'hiver suivant, quatre des chercheurs avaient capitulé.

« Nous avons enterré MacPherson hier », lui annonça Crompton un samedi. On était en juillet, au fort de l'hiver. « Morris, Brown et moi envisageons de plier bagage.

— Qu'est-il advenu de la proposition de Barkley de vous construire une maison pour remplacer la tente ?

— Des promesses ! Rien que des promesses ! On ne leur fait plus du tout confiance. Pourquoi ne veulent-ils pas nous montrer le filon avant que nous signions notre engagement ? »

Saul attendit que tout le gravier ait passé à travers le corduroy pour rejoindre Crompton sur la rive.

« Café ? demanda-t-il.

— Merci. Ça me réchauffera peut-être. Je ne sais pas comment tu tiens le coup dans l'eau.

— Je retourne auprès du feu aussi souvent que possible. C'est tout. »

A mesure que les mois passaient, les liens entre Peter Crompton, Morris, Brown et lui, ainsi que James, le frère de Jane Stewart, s'étaient resserrés. Pourtant, l'annonce de leur départ possible n'était pas pour lui déplaire. S'ils levaient le camp, les nouveaux venus en feraient sans doute autant.

« Oui, reconnut-il ouvertement, ce serait peut-être mieux que vous partiez... »

Le regard fixé dans le vide, Crompton mit du temps avant de répondre :

« L'or est une drôle de chose, Saul. A chaque fois qu'on décide de s'en aller, on prend une dernière pelletée de sables, et dès la moindre poudre d'or, on oublie qu'on voulait partir... C'est cette forêt qui a tout embrouillé. Elle nous tue. Pour toi, c'est pas pareil, tu sais par où il faut fuir si les éléphants te chargent, tu sais où tu vas. Tu n'as pas tout le temps peur de te perdre.

— Ça c'est vrai, commenta-t-il en lui tendant une tasse de café fumant.

— Merci. Les chercheurs qui opèrent le long de l'Homtini passent l'hiver au village, mais alors à quoi ça sert de prospecter s'il faut hiberner une partie de l'année ? En plus, tout le monde nous exploite au village... Ça ne te gêne pas d'avoir froid, Saul ? Ta tente aussi doit être trempée ? »

Saul se contenta d'éclater de rire. Crompton était l'un de ceux qui le harcelaient toujours pour essayer de savoir où il vivait et à quel endroit il avait planté sa tente. Sa réponse était toujours identique : Quelque part.

Un jour qu'il revenait du village, il trouva un sureau abattu tout près de l'arbre où il avait enfoui son or. Le lendemain, il creusa un trou dans le sol en terre battue de son abri, le garnit de planches, puis après y avoir entassé l'or, il recouvrit le tout de terre...

Ce n'était pas seulement à cause de l'or qu'il préférait ne pas dévoiler aux autres le lieu de sa cachette. Parfois, ils étaient un peu trop déchaînés en revenant du village. Il leur arrivait alors de dilapider entre eux l'équivalent d'une semaine de travail, sans sourciller.

Il préférait aussi s'abstenir de prendre part aux réunions

de leur Comité de chercheurs d'or. La cotisation d'un shilling par mois qu'il devait pour sa concession de trois acres leur était versée par l'intermédiaire de Crompton.

Le lendemain des funérailles de MacPherson, Crompton se montra de nouveau d'humeur fouineuse.

« Pourquoi es-tu toujours si distant, Saul ? Tu viens avec nous au village, tu t'amuses avec nous mais tu restes toujours sur la réserve. Pourquoi ? Tu nous trouves donc si insupportables ?

— Non. Il y en a parmi vous que j'aime bien. Simplement, nous, les gens de la forêt, nous sommes toujours comme ça. »

Des mois auparavant, quand Crompton et Morris avaient insisté pour qu'il vienne avec eux au village pendant le week-end, il avait commencé par refuser, puis dans un moment où la solitude lui pesait, il avait fini par accepter. Il avait été tout à fait surpris, non seulement de se voir accueilli gentiment dans certaines maisons, mais aussi de prendre plaisir à ces visites.

« Où habite ta famille, Saul ? demanda Crompton, avec obstination.

— Dans la forêt.

— Tu vis avec eux ?

— Non. De toute façon, dès que j'aurai assez d'or, je m'en irai. »

Ce fut au tour de Crompton de s'esclaffer :

« Tu serais bien le premier chercheur d'or que je connaisse à s'en aller parce qu'il a assez d'or. En général, c'est plutôt la pauvreté ou la faim qui les incitent à partir.

— Je ne suis pas comme vous.

— Qui es-tu alors ?

— Je n'ai pas encore décidé. »

En se levant pour partir, Crompton lui transmit un message.

« Au fait, Beth Johnson, tu sais la rousse que tu as rencontrée chez Goodman, m'a demandé de t'amener samedi soir. Je crois qu'il y a un bal au village.

— Je te donnerai ma réponse plus tard dans la semaine. »

Il ne voulait pas céder trop facilement parce que cela faisait partie des choses qu'il n'avait pas encore très bien résolues dans sa tête.

« Malheureusement, tu es obligé de venir. J'ai reçu l'ordre de t'amener. Les filles aiment bien le bel Afrikaan. »

En accompagnant Crompton et les autres au village, il avait fini par se mettre dans une situation plutôt embarrassante. Parce qu'il y avait pénurie d'hommes jeunes, certains chercheurs d'or étaient systématiquement invités aux soirées dansantes et aux dîners, de sorte qu'en suivant le mouvement, il se retrouvait dans des maisons où, en d'autres occasions, un bûcheron n'aurait même pas été autorisé à franchir le seuil de la porte. S'ils connaissaient ses origines, manifestement ils ne voulaient pas s'en souvenir. Lorsqu'il abordait délibérément la question, ils parvenaient toujours à changer de sujet avec une adresse déconcertante. Au début, il s'abstenait d'assister aux bals en prétextant qu'il ne savait pas danser. Crompton non plus d'ailleurs. Mais les filles ne se découragèrent pas pour autant. Les sœurs Goodman les prirent en main et leur enseignèrent la danse.

A la fin de juillet, il pleuvait tant et tant que la forêt se mit à ressembler à un immense marécage. Crompton et Morris tinrent le coup, mais Brown et une bonne vingtaine d'autres chercheurs plièrent bagage et s'en allèrent.

Le soleil perçait les nuages pour la première fois depuis des jours. La rivière de Millwood était toujours en crue, et le courant trop fort pour le sluice. Saul se contentait donc de passer au crible le sable des berges. A un moment il leva les yeux et quelle ne fut pas sa surprise de voir arriver Maska, trébuchant parmi les amas de bois flottant.

« Pour l'amour du Ciel, que fais-tu ici ? s'exclama-t-il, encore incrédule.

— Je te cherchais. » La façon dont Maska se tenait là,

devant lui, son expression, lui criaient la nouvelle avant que le vieil homme ait ouvert la bouche.

« Qu'est-ce qui s'est passé ?

— C'est ton Pa. Il n'est plus de ce monde. »

Ces mots firent écho longtemps dans son esprit avant qu'il en comprît le sens. Joram Barnard ? Mort ? La forêt sans Joram Barnard ? Il avait la sensation étrange que l'un des plus grands lauriers du Cap venait d'être abattu et qu'il laissait quelque part un trou béant...

Il s'était rebellé contre la volonté de son père, il avait refusé sa coupe, il s'était affranchi de son autorité sans se douter que c'était grâce à la force que Joram Barnard avait insufflée en lui qu'il avait réussi à découvrir le chemin de la liberté !

Figé de douleur, le vieux Maska pleurait sans honte, ses joues ridées inondées de larmes. Joram Barnard et lui se connaissaient depuis l'enfance.

« Pa a-t-il été malade, Maska ?

— Hier, on était en train d'abattre un laurier du Cap, quelque part au sud de la croisée des Sureaux blancs — un tout vieil arbre. Maître Joram lui-même avait choisi la direction de la chute, mais en tombant, il a virevolté comme une éléphante en furie, la tête la première, et ton Pa n'a pas eu le temps de réagir. Il était mort avant qu'on ait pu lui dégager la tête. »

Saul eut un haut-le-cœur. Il se retourna et marcha jusqu'à l'eau... Que Joram Barnard ait une fin pareille — Seigneur, pourquoi ne pas le lui avoir épargné !

Entre son père et lui, il y avait toujours eu une barrière qui refusait de s'ouvrir. Il leur avait fallu vivre avec cet obstacle puisque ni l'un ni l'autre n'était disposé à l'escalader. En définitive, il était parti, déterminé au fond de lui-même à revenir un jour pour s'expliquer. Parfois, lorsqu'il se laissait aller à rêvasser, il s'imaginait debout devant son père — non pas comme l'enfant prodigue repentant, mais comme un fils venu lui dire : « Me voilà, Pa ! Regarde-moi ! Comprends-tu maintenant pourquoi je devais m'éloigner ? Tous les bûcherons ne sont pas sauvages et sales, ni leurs enfants. Moi je l'ai prouvé. Il le fallait, Pa. »

Ainsi, cette barrière était condamnée à jamais, car Joram Barnard avait abattu un arbre de trop.

Il se releva et revint auprès de Maska.

« Comment savais-tu que j'étais ici ? demanda-t-il.

— Je l'ai toujours su. Depuis le début, je connais l'emplacement de ton abri. Depuis le premier hiver. Tu l'as beaucoup agrandi, je vois. On dirait presque une maison.

— Depuis le premier hiver ? s'étonna-t-il.

— Oui. Ton Pa m'avait envoyé voir où tu étais, pour s'assurer que tout allait bien. »

Ce fut la dernière fois que Saul Barnard pleura.

A l'enterrement, il ne pleura pas. A l'inverse de Jozef, d'Izak, de Magdalena et du vieil Anro. Il se tint à l'écart, se sentant coupable de ne plus être déguenillé comme eux, se maudissant surtout d'être venu. En arrivant à la Grande Ile, il avait appris que ce n'était pas Jozef qui avait envoyé Maska le prévenir, que Maska avait pris cette décision tout seul, estimant que c'était la chose à faire.

Il repartit tout de suite après.

Une heure plus tard, au nord-ouest de la Grande Ile, il tomba sur l'Ancien qui se balançait tranquillement au milieu d'un sentier dans les larges rais de soleil fusant à travers la frondaison des arbres, à vingt pas à peine de l'endroit où Saul s'était arrêté, pétrifié sur place. Le vent soufflait contre lui. Sa nuque et tous les muscles de son corps étaient tendus, prêts pour la fuite ou l'assaut de l'arbre le plus proche. L'instant d'après, une supposition étrange l'envahit insidieusement : la première fois qu'il avait vu cet animal légendaire, c'était des années auparavant, à la mort de sa mère. Il avait alors dit à Jozef que l'éléphant avait dû sentir cet événement malheureux et que c'était sûrement la raison pour laquelle il ne les avait pas attaqués... Cette rencontre-ci pouvait-elle vraiment être le fait du hasard ?

Combien de temps restèrent-ils ainsi, sans bouger ? Leurs ombres n'en finissaient pas de s'allonger, et lorsque, en définitive, l'animal cessa son dandinement pour disparaître dans les fourrés, le crépuscule avait déjà commencé à grisailler la forêt. Dès que l'Ancien eut disparu, la solitude implacable d'un monde privé de Dieu s'installa dans son cœur.

Il décida alors de retourner à la Grande Ile. Auprès de Maska. Cette histoire avec l'Ancien, il devait en parler. Il fallait y réfléchir. Et Maska était le seul à pouvoir l'aider.

Le feu couvait devant l'abri de Maska de l'autre côté du fossé lorsque Saul s'approcha, à travers le paysage nu de la clairière.

« Maska ?

— Saul ? interrogea le vieil homme, cherchant à percer l'obscurité en s'abritant les yeux de la main contre la lueur des flammes. C'est toi, Saul ?

— Oui.

— Je croyais que tu étais parti ?

— Je suis revenu. » Il contourna le feu et s'assit près de Maska sur la vieille souche si familière, rendue lisse par des années d'usure.

« Laisse-moi te donner quelque chose pour t'asseoir dessus. Faut pas abîmer tes habits propres.

— Non. Je veux simplement rester un petit moment avec toi. » Il voyait bien que le vieil homme était en train de le jauger. Il avait une manière de plisser ses petits yeux noirs en vous regardant sous le nez...

« Qu'est-ce qui te tourmente, Saul ?

— Je suis revenu pour te demander quelque chose, Maska. Mais je ne veux pas que tu me racontes des histoires comme celles que tu nous racontais quand on était enfants. Je veux entendre ton cœur parler ce soir.

— Que me chantes-tu là ?

— Je veux savoir *précisément* quelle est l'intelligence de

l'éléphant, annonça-t-il, d'un ton distrait, utilisant sans s'en rendre compte le mot interdit, ce qui fit au vieil homme l'effet d'une pierre en plein visage.

— Comment oses-tu attirer les Grands Pieds chez moi avec une pareille insouciance ? Je ne te laisserai pas me condamner à mourir piétiné ! le rabroua-t-il, la voix tremblante d'effroi.

— Calme-toi, Maska.

— Il est arrivé assez de malheurs comme ça dans la forêt ! Tu m'entends ? »

De l'autre côté du fossé, tout était sombre dans la maison que Joram Barnard avait construite. Au-dessus de la clairière, le ciel était maculé d'étoiles étincelantes et les rumeurs de la nuit s'élevaient dans l'immensité mystérieuse et obscure de la forêt, comme autant de plaintes et de lamentations. Près de lui, Maska s'était assis, son regard inquiet perdu dans les flammes vacillantes.

« Il y a eu assez de malheurs comme ça dans la forêt », répéta-t-il. Il n'avait pas encore retrouvé son calme. « Ce n'est vraiment pas la peine que tu défies encore le sort.

— De quoi parles-tu, Maska ?

— Des malheurs, je te dis ! répéta-t-il encore une fois d'un ton bourru, tout en fendant une patate douce en deux et en en tendant la moitié à Saul. A moins que tu sois devenu trop bien pour manger ça ?

— Tu me cherches querelle, Maska, je vois bien, répondit Saul en prenant ce qu'on lui tendait... De quoi parles-tu, Maska ? demanda-t-il encore après une pause.

— La forêt est en colère. Très en colère. C'est pour ça qu'il se passe tout un tas de choses.

— Pourquoi est-elle en colère ? » s'enquit-il prudemment. Lorsque le vieil homme était de mauvaise humeur, il avait coutume de se replier sur lui-même de sorte qu'on ne pouvait plus rien tirer de lui.

« Parce que des étrangers tentent d'en prendre possession. Parce que toutes sortes d'inconnus ont décidé d'y faire la loi et nous traînent de force devant un juge qui dit des mots qu'on ne comprend même pas. As-tu entendu parler du nouvel homme du gouvernement ?

— Oui.

— Il parle un drôle de langage. Il vient avec d'autres et ce sont eux qui crient et nous gourmandent pour lui.

— Est-ce qu'il parle anglais ?

— Non. Seulement son langage à lui. La forêt non plus ne le comprend pas. »

Saul n'avait pas envie de parler de Regné. Il y avait d'autres choses plus importantes qu'il voulait soutirer de Maska.

« Quand on était enfants, Maska, commença-t-il avec calme, tu nous racontais que les esprits qui animent les arbres élisent d'abord domicile dans les pierres... D'où vient cette histoire ?

— Comment veux-tu que je le sache ? Je la tenais de mon père qui la tenait lui-même de son père... Certaines choses ont toujours existé. Elles n'ont ni commencement ni fin.

— Raconte-moi encore une fois cette histoire.

— L'esprit des pierres refuse de rester figé à jamais. Il croît tant et si bien qu'il ne tient plus dans le cœur des pierres. Alors il s'introduit dans des êtres qui grandissent, pour avoir la place de se développer eux-mêmes. Les petites pierres choisissent les arbustes et les plus grandes pierres les grands arbres. L'esprit des falaises se loge dans les plus grands de tous les lauriers du Cap et les santals les plus gigantesques.

— Et les Grands Pieds ? demanda-t-il, manœuvrant avec prudence.

— Je voudrais bien savoir pourquoi tu es venu me demander des choses pareilles ?

— Quel genre d'esprits logent au cœur des Grands Pieds, Maska ?

— Ils ont leur propre esprit, bien sûr ! Ou bien croyais-tu qu'ils avaient un esprit de pierre ? s'enquit Maska en retirant les timbales du feu et en y ajoutant du café. C'est presque comme l'esprit de l'homme, enfin pas tout à fait. Et laisse-moi te dire une chose. Les Grands Pieds aussi sont nerveux. Je vois bien, moi !

— Et pourquoi ça ?

— A cause de tous ces étrangers.

— Maska... » Il avait un peu honte de poser une question pareille, mais il se doutait bien que s'il ne se jetait pas à l'eau maintenant, il n'aurait peut-être plus jamais le courage de le faire.

« Quelquefois, je me demande... crois-tu qu'il soit possible qu'un Grand Pied connaisse quelqu'un ?

— Que veux-tu dire ?

— Euh... est-ce que tu penses qu'un certain Grand Pied saurait reconnaître un homme ?

— Ils connaissent toutes les âmes de la forêt, je te le dis, moi ! Ils savent qui sont les nouveaux venus, qui est parti. Ils savent qui les anges sont venus chercher. Je te le dis, moi, ils connaissent chacun d'entre nous. Et les étrangers aussi. » Il lui passa son café et lui tendit une timbale contenant du sucre. « Tes yeux me disent que tu ne me crois pas, ajouta-t-il d'un ton presque accusateur.

— C'est ma tête qui ne veut pas le croire, Maska.

— Je n'ai pas dit que ta tête devait le croire ! s'exclama le vieil homme que la colère avait gagné à nouveau. De toute façon, ça a toujours été comme ça avec toi. Tu es né avec une tête qui ne croit que ce qu'elle a envie de croire.

— Je n'ai peut-être pas posé la question juste ? Je ne t'ai peut-être pas demandé ce que mon cœur voulait savoir...

— Ça aussi j'aurais pu te le dire. On dirait une poule qui ne sait pas où picorer. Alors dis-moi ce que murmure la voix qui parle dans ton cœur.

— Est-ce qu'un Grand Pied peut choisir un homme et le guetter ? Oh ! Pas tout le temps, pas tous les jours, mais quand il arrive quelque chose de particulier dans la vie de l'homme ?

— Ton cœur pose une autre question que ta bouche tait !

— J'ai l'impression que l'Ancien me surveille depuis des années. »

A ces mots, Maska tressaillit imperceptiblement. Il s'empressa de poser sa tasse, puis fit face à Saul pour sonder son regard.

« L'Ancien te surveille, dis-tu ? »

Une sorte de terreur mystérieuse semblait s'être brusquement emparée du vieil homme. « Depuis des années, hein ?

— Peut-être que je rêve, Maska, mais, à chaque fois qu'il se passe quelque chose, je le trouve quelque part sur mon chemin. La première fois, c'était à la mort de ma mère, puis par la suite, à chaque fois qu'il m'arrivait malheur. Cette nuit, je suis tombé sur lui alors que j'étais en route pour Millwood. J'avais le vent contre moi, il m'a vu, mais il est resté là, sans broncher. »

Maska n'avait pas cessé de le dévisager comme si c'était la première fois qu'il le voyait.

« C'est donc ainsi, murmura-t-il, frappé d'une stupeur mêlée d'admiration.

— Quoi ?

— L'Ancien a l'œil sur toi — tu es son frère. Tu es le frère du plus noble des Grands Pieds qui aient jamais hanté cette forêt. Demain, je parlerai à Jozef et aux autres. Ils doivent cesser de te reprocher de marcher avec les étrangers et de t'accuser de trahir les tiens. »

Ce fut la première fois que le vieil homme l'appela « maître ».

Petit à petit, la fatigue s'évade de son corps. Maska est parti lui chercher de quoi manger. Il a le sentiment que lentement, le calme revient en lui. Un calme engourdissant.

Non, il ne rebroussera pas chemin. Sa vie a pris un nouveau tournant pour le conduire jusqu'ici. Quelques heures auparavant, il croyait encore qu'il était revenu tuer l'Ancien ; maintenant, il sait que ce n'est pas le cas. Qu'une guerre fratricide éclate s'il le faut dans cette forêt aujourd'hui ou demain ! Mais il n'est pas question qu'il tue l'Ancien. Et quand le *Pictor* prendra la mer, il se tiendra fièrement à la rambarde, certain que la forêt a toujours son roi. Dans quelques semaines, il foulera le sol d'une terre étrangère, sachant que quelque part loin de là, son frère animal erre en paix...

Il n'avait jamais voulu laisser les histoires que Maska lui racontait dans son enfance s'ancrer trop profondément dans son imagination. Quelquefois, il devait bien l'admettre, il s'y raccrochait pour essayer de trouver du réconfort, mais à chaque fois, sa méfiance le ramenait de force à la réalité et l'obligeait à marcher dans la forêt, les yeux *ouverts*.

Exceptionnellement, demain, il demandera grâce. Pour l'Ancien. Pour la première fois depuis des années, Jozef et lui se retrouveront face à face. Et cette fois-ci, il tiendra bon, jusqu'à la victoire. Même s'il doit lutter au mépris de sa vie ! L'instant d'après, les conséquences de cette éventualité le glacent d'effroi. *Au mépris de sa vie.* Comme toujours, lorsqu'il s'agit de mettre en jeu le temps qui lui reste à vivre, le diable s'agite en lui. C'est à *lui* que ces jours appartiennent et à personne d'autre ! Ces jours qui débuteront quand le *Pictor* fendra l'écume blanche au-delà du banc de sable pour atteindre la haute mer !

« Mais de l'arbre de connaissance du bien et du mal... »

Tout cela surgit de nulle part, de l'infinie profondeur de pensées enfouies en lui. L'homme cueille les fruits de l'arbre du bien et du mal ! Jour après jour, semaine après semaine. Année après année. Bien, mal, bien, mal, bien, mal. Jusqu'à ce que l'un ou l'autre l'emporte.

L'homme est une créature double. Retourner à bord du *Pictor* ou rester et interposer son corps entre l'Ancien et le verdict de mort prononcé par Jozef ? Non, ce n'est pas seulement pour l'Ancien. C'est aussi se battre jusqu'à son dernier soupir pour extraire le fiel de la tête du petit gnou bleu !

Toutes ces réflexions jettent la confusion dans son esprit — quelque part dans la forêt, l'Ancien prend de l'avance et s'éloigne de plus en plus de lui. Le bien, ce serait de le laisser faire. Le mal, c'est le tuer. Aussi simple que cela. Aussi incroyablement compliqué.

Il entend Maska approcher à travers les broussailles et se lève.

« Ils savent que tu es là, maître Saul », lui annonce le vieux Maska en venant se poster devant lui. Il semble si las, si abattu. « Tu dois faire demi-tour. Ils n'ont pas voulu que Sanna me donne à manger pour toi. »

Bien, mal, bien, mal.

« Tout est déjà tellement embrouillé dans ma tête, Maska, reconnaît-il. J'ai beaucoup réfléchi pendant que tu étais parti. J'ai l'impression de ne plus pouvoir distinguer entre ce qui est juste et ce qui ne l'est pas, et je crois bien que dorénavant, ça m'est égal.

— J'ai rencontré Hans Oukas à la Grande Ile. Il est rentré de la forêt du côté du coucher de soleil et il m'a dit que l'Ancien se dirigeait vers Millwood. Il l'a vu à la croisée de Klein.

— Qu'ils se les gardent, leurs provisions !

— Il faut rebrousser chemin, maître Saul.

— Et pourquoi ça ?

— Parce que j'ai peur, admet ouvertement le vieil homme. Si ton Pa était encore de ce monde, il aurait pu s'interposer entre toi et Jozef, mais maintenant, il n'y a plus personne. Plus personne ne veut encore s'entremettre nulle part et j'ai peur parce que je ne sais pas quel tournant vont prendre les choses. Je m'entremets avec le cœur entre toi et Jozef mais je ne sais pas quel camp choisir !

— Que dit ton cœur à propos de l'Ancien ?

— Tu es son frère. Voilà ce que me dit mon cœur.

— Ton cœur dit-il que c'est lui qui a tué l'enfant de Jozef d'un coup de défense ?

— Non.

— Mais tu veux quand même qu'il paie pour ça ? S'il était ton frère, Maska, qu'aurais-tu fait ? »

Le vieil homme ne répond pas, mais des lueurs lourdes de reproche brillent dans ses petits yeux noirs.

« Il faut rebrousser chemin, maître Saul.

— Réponds-moi, Maska ! »

Les premières rumeurs de la nuit s'élèvent autour d'eux. Non loin, un coucou solitaire interpelle sa compagne...

« Réponds-moi, Maska !

— Il ne choisit qu'un seul homme frère, maître Saul, murmure le vieil homme. Mais si j'étais son frère, j'irais me coucher à ses pieds.

— Et pourtant, tu me dis de rebrousser chemin...

— Oui. Parce que tu n'as jamais voulu croire qu'il était ton frère.

— Mais je le suis depuis quatre jours ! se défend Saul avec véhémence.

— Pour tuer Jozef, oui ! »

Le cercle, encore et encore, songe Saul et déjà, la colère, si familière, remue au fond de son être. « Que Fred Terblans ou Jozef le tue, lui, ça t'est égal ! s'exclame-t-il.

— C'est moi qui dois découvrir la piste et les guider... déclare l'autre fièrement en redressant sa mince personne. Et quelque chose dans sa voix — assurance, savoir secret — trahit la vérité, qui tout à coup s'impose à Saul, si brutale, si intense, qu'il entend les pulsations de son cœur.

« Qu'es-tu en train d'essayer de me dire ? demanda-t-il, d'une voix rauque.

— Que c'est moi qui dois les guider sur la piste de l'Ancien. » Soudain Maska s'emporte, fou de rage : « Ce ne sera pas la première fois que je m'interposerai entre lui et une balle qui t'est destinée ! Ce ne sera pas la première fois que je lui donnerai le temps de déguerpir et d'échapper au fusil de Fred Terblans !

— Sacré nom de Dieu, Maska !

— As-tu jamais entendu ton père invoquer le nom du Seigneur en vain ? le réprimanda Maska, comme s'il oubliait que ce n'était plus un enfant qu'il avait devant lui. Joram Barnard a certainement fait des erreurs, maître Saul, mais il n'a jamais blasphémé !

— Ne m'appelle plus jamais maître, Maska. L'Ancien s'est trompé en choisissant son frère.

— Non, il ne s'est pas trompé ! Il t'a choisi, toi, parce que tu étais un *homme,* maître Saul. Un homme qui obéit à sa tête parce qu'elle est plus forte que celle des autres. L'Ancien n'aurait jamais choisi son frère parmi les lâches.

— Pourquoi ne m'as-tu pas révélé tes plans quand je suis venu t'emprunter le fusil ?

— Parce que j'espérais que tu viendrais retrouver ton frère de sang, Jozef. Que tu ferais la paix avec lui avant de repartir.

— Faire la paix ? demanda Saul avec amertume. Avec un frère qui refuse de te donner du pain ?

— C'est pour ça que maintenant je te dis de rebrousser chemin, maître Saul.

— Non, Maska, je continue. »

13.

Osborne revint au début de 1885. Quelques semaines après son retour, Crompton lui annonça une nouvelle qui allait changer bien des choses :

« J'arrive du village, Saul. Toute la population est en effervescence. Osborne a découvert un filon. »

Saul sortit de l'eau sans se presser. Instinctivement, il avait senti que ce n'était pas simplement une rumeur comme tant de fois auparavant.

Assis sur la berge, Crompton mâchonnait distraitement un brin d'herbe.

« Où ça ? demanda Saul.

— A deux milles à l'est d'ici. Le bocard de Barkley et de MacDonald est déjà en route. Un autre engin, qui est apparemment prêt depuis quelque temps, devrait arriver sans tarder d'Oudtshoorn.

— Quoi d'autre ? s'enquit-il, essayant de dissimuler son inquiétude.

— Barkley et MacDonald sont partis au Cap avec Osborne, afin d'informer le gouvernement et d'obtenir que toute la région soit partagée en concessions. Une réunion de chercheurs est prévue demain, si ça t'intéresse.

— Ça ne m'intéresse pas. Qu'est-ce que tu sais encore ?

— C'est à peu près tout, conclut Crompton en crachant les débris d'herbe qu'il avait dans la bouche, avant de s'étendre sur le dos, les mains derrière la nuque, le regard perdu dans l'azur. Le temps des mouches est venu, Saul Barnard, railla-t-il. C'est ce que tu craignais depuis des années, n'est-ce pas ? »

Un touraco lança un appel dans la profondeur de la forêt et sa compagne, plus près d'eux, lui répondit.

« Nos jours de tranquillité sont finis, Saul !

— Combien de temps nous reste-t-il, à ton avis ?

— Difficile à dire. Si nous avons de la chance, un mois, deux peut-être. Bientôt, ça sera l'hiver... Les mouches vont débarquer en plein hiver.

— Peut-être que le froid les arrêtera », remarqua Saul, conscient qu'il ne fallait pas se faire d'illusions.

Crompton eut un rire forcé.

« Non, mon ami, tu ne peux éteindre si facilement un incendie quand le vent souffle par rafales. Si Osborne a découvert un filon, c'est qu'il y en a d'autres. La fièvre est dans l'air, Saul ! Aussi étrange que cela puisse paraître, j'en suis venu à aimer la vie que je mène ici et je donnerais beaucoup pour que l'on ne vienne pas nous déranger.

— J'avais commencé à croire que ça n'arriverait jamais. Il semble donc que Patterson se soit trompé, après tout. Peut-être est-ce maintenant que les choses commencent vraiment ? »

Crompton roula sur le côté.

« Saul, soyons honnêtes l'un envers l'autre. J'admets que Morris, Brown et James Stewart, moi et une poignée d'autres hommes se soient enrichis grâce à cette forêt... Mais l'homme qui s'est vraiment constitué une fortune, le seul qui s'en ira d'ici avec suffisamment d'argent dans les poches, s'appelle Saul Barnard. »

Saul ne répondit pas. Il n'y avait qu'une seule personne à être au courant de ses affaires, c'était le gérant de la banque du village et il ne parlerait pas... quant aux autres, si cela les amusait de jouer aux devinettes, qu'ils ne s'en privent pas !

« Je dirais autre chose, Peter, répondit-il, en se tournant vers Crompton. Je dirais que toutes ces années de quiétude que nous avons passées à prospecter ont été très heureuses. Dès que les mouches commenceront à débarquer, je fais mes bagages et je m'en vais, mais ce ne sera pas sans regret.

— Beth Johnson s'inquiète de toi, Saul ! Voilà près de trois semaines que tu n'es pas venu au village.

— Je sais. » C'était là une des choses qu'il n'avait pas encore pu résoudre...

Après le départ de Crompton, il fut incapable de se remettre au travail. Il était encore tôt, le gravier était riche dans le coude de la rivière où il prospectait, mais cette visite avait tellement bouleversé les choses qu'il ne pouvait plus retarder l'échéance des décisions...

Il tira le sluice hors de l'eau avant de retourner à l'abri.

Beth.

Cette enfant gâtée, fille de riche, n'avait jamais caché son anxiété face à la pénurie d'hommes à marier. Elle était gentille, pleine d'entrain, drôle, et pour quelque obscure raison, elle avait jeté son dévolu sur Saul Barnard et choisi Peter Crompton pour sa sœur, Annabel. Il était bien rare que les quatre ne se rendent pas ensemble aux bals du village. A chaque fois que le *Pictor* ou le *Venice* jetaient l'ancre dans le port, des bals étaient organisés à bord d'un des navires, et dans la salle du tribunal. Seule la crème de la société du village et de la contrée environnante s'y voyait conviée et dans les premiers temps, il ne doutait pas que dans son dos, les commentaires allaient bon train...

« Ce que l'argent peut faire, quand même ! » s'était écrié Elizabeth Stewart, la mère de Jane, la deuxième ou la troisième fois que Beth et lui avaient dansé ensemble à bord du *Pictor*. L'air pincé, à un moment bien choisi pour être sûre d'être entendue...

Quand l'orchestre avait entamé la danse suivante, il s'était approché d'elle et en la regardant droit dans les yeux, lui avait demandé :

« Voulez-vous accorder cette danse à *l'argent* dont vous parliez tout à l'heure ? »

Quelques instants plus tard, elle lui avait rendu la monnaie de sa pièce :

« Ce n'est pas une hache que vous tenez dans vos bras, Mr. Barnard, c'est une femme ! »

Il avait éclaté de rire, sans malice, en resserrant son étreinte. Un mois plus tard, elle l'invitait, ainsi que Crompton, aux fiançailles de Jane. Et par la jeune fille, il sut que Kate vivait au Cap où elle enseignait.

Au fil du temps, MacDonald et lui apprirent à se côtoyer à l'occasion de ces réceptions, en s'ignorant le plus naturellement du monde.

Ce fut une époque heureuse. Après les réjouissances, Crompton, Morris et lui passaient en général la nuit à l'hôtel de Thomas Horn, avant de s'en retourner à Millwood, de bonne heure le lendemain.

« En Australie, le plus pauvre des *backvelder*[1] a au moins un cheval, geignait Morris, à chaque retour, à la perspective de marcher toute la journée. Mais nous trois, on va à pied, alors qu'on est les célibataires les plus entourés de la contrée !

— Ne te fais pas de mauvais sang ! Même s'il y avait un chemin assez bon pour qu'un cheval pût y passer, on est plus en sécurité à pied. Rien n'effraie plus un éléphant qu'un cheval.

Beth. Il fallait qu'il songe à elle. Qu'il prenne une décision à son sujet. A une certaine époque, ils avaient vraiment été amoureux l'un de l'autre — tout au moins lui l'avait cru. A tout prendre, il aurait préféré la considérer comme une sœur, mais il était clair qu'une telle attitude n'intéressait pas la jeune fille. Elle bouillait d'impatience parce qu'elle mourait d'envie de devenir une femme...

Et puis Osborne avait découvert ce filon. Ce qui signifiait que Saul Barnard devait décider ce qu'il allait devenir. Demeurer fidèle à la promesse qu'il s'était faite et plier bagage dès l'instant où les mouches envahiraient la

1. Habitants de l'arrière-pays (afrikaan).

forêt ? Partir ? Pour aller où ? Une nuit, Frank Jefferson, le capitaine du *Pictor,* l'avait longuement entretenu des possibilités d'une nouvelle vie en Amérique. Mais curieusement, cette éventualité ne l'attirait guère ; il avait le sentiment qu'il n'y trouverait pas ce qu'il cherchait. S'installer au village ? Demander à Beth de l'épouser ? Son pécule ne durerait pas indéfiniment, surtout avec une femme comme Beth...

Depuis que la route qui menait à George, à travers les montagnes, était ouverte, la demande de bois de menuiserie s'était considérablement accrue. Des chariots venaient d'aussi loin que le Cap pour s'approvisionner au village et il ne cessait de s'interroger sur la raison pour laquelle le bois devait passer entre tant de mains avant de parvenir enfin aux fabricants. Pourquoi ces derniers n'achetaient-ils pas directement aux bûcherons ? Pourquoi les meubles n'étaient-ils pas faits sur place ?

Il arpentait fébrilement son abri, en sachant parfaitement qu'il détournait ses pensées de sa préoccupation véritable. Il s'était attaché à la vie qu'il menait dans la forêt de Millwood. Les étrangers qui l'entouraient étaient de bonne compagnie, personne n'empiétait sur les autres. Au fil des années, ils avaient appris à se connaître et à se respecter mutuellement. Les autres savaient qu'il répugnait à voir la forêt saccagée et qu'il pouvait faire bon usage de ses poings si cela s'imposait. Il leur rendait visite régulièrement pour s'assurer qu'ils ne choisissaient que du bois mort pour faire du feu, qu'ils ne chassaient qu'à bon escient, gnous et faisans exclusivement. Que Dieu vienne en aide à l'homme qui avait osé tendre un piège à un gnou bleu, à l'insu de Saul ! Il ne pouvait pas avoir les yeux partout à la fois, mais les hommes le connaissaient bien et ils agissaient en conséquence. En particulier la bande de Stripe Bush.

Un jour quelqu'un lui avait dit — ce devait être Morris — qu'en dépit de tout, cette « jungle » offrait au moins un avantage : celui de tenir à l'écart les mauviettes et les femmes. Les quelques vauriens qui se trouvaient dans les parages et qui n'avaient rien à faire sur « le territoire du riche Afrikaan », il les tenait à sa merci.

Et puis Osborne, l'homme que tout le monde respectait pour son savoir et son ingéniosité, était revenu. Avec, comme première conséquence, l'envoi, à Millwood, de deux bocards. Mais par où allait-on les faire passer ? Joram Barnard ne se serait jamais hasardé à transporter du bois hors de Millwood, tant la végétation était dense.

Il perçut un bruissement léger derrière l'abri et devina la présence du gnou bleu qu'il avait remarqué dans les parages, ces dernières semaines. Son malaise ne fit que s'accroître...

Si la région était officiellement allouée à la prospection, cela voulait dire qu'il n'aurait plus qu'à abattre son abri et à s'en aller ailleurs. Cet endroit, il en avait fait sa maison. Son logis. Ce n'était plus vraiment un abri, du reste. A trois reprises, il l'avait reconstruit, en améliorant la disposition ; il avait acheté des ustensiles et d'autres commodités. Il menait tranquillement sa vie, en paix avec le monde. Et avec lui-même. Au fil du temps, à mesure qu'il s'était enrichi, il avait appris à soulager sa conscience et à se présenter devant les siens sans honte. La plupart d'entre eux d'ailleurs ne le reconnaissaient plus ; ils le prenaient pour un des chercheurs étrangers.

Un filon ! Ce que tout le monde attendait depuis le début ! Osborne, celui qui avait allumé la flamme et qui l'avait laissée couver était revenu l'attiser. Dieu sait ce que le feu consumerait ?

Pourtant, il ne prit vraiment conscience de la réalité que le samedi suivant en allant au village. Crompton et lui y étaient arrivés en tout début d'après-midi. Il y régnait une atmosphère euphorique. Villageois et chercheurs d'or s'agglutinaient sur la Grand-Rue, rieurs et volubiles. Quelques-uns pénétraient dans les maisons afin d'y prendre des rafraîchissements et dans le hall de l'hôtel, à chaque nouvelle prédiction, on commandait une tournée supplémentaire.

« La jetée sera trop petite pour tous les navires, tu verras !

— Comment vont-ils tous pouvoir se faufiler par la trouée ?

— Ils la feront sauter pour l'élargir !

— Ce sera le plus grand port du pays !

— Je persiste à dire qu'ils devraient transporter le minerai ici pour le lavage ! C'est idiot, puisque le port est ici, de construire un village dans la forêt. Sinon, quel intérêt ça aura pour nous ?

— Il a raison ! Il a raison !

— Buvons à la santé d'Osborne, mes amis !

— On dit que des tentes ont été envoyées de Graaff-Reinet. Pas cher du tout !

— Il paraît que le *Venice* et le *Pictor* sont au Cap avec, à leur bord, une cargaison de chercheurs d'or qui s'apprêtaient à partir pour les champs de diamants, dans la région de Kimberly. Mais il semblerait qu'ils soient tous remontés à bord et qu'ils viendraient ici.

— On raconte que tout l'Outeniqua regorge d'or !

— Buvons à la poule aux œufs d'or de la forêt ! Qu'elle en ponde beaucoup ! »

Debout près de la porte, Crompton et Saul assistaient en silence à cette explosion d'enthousiasme, alimentée par l'alcool.

« Joignez-vous à nous, mes amis ! s'exclamèrent les autres en les voyant arriver. Buvez avec nous pour célébrer la bonne nouvelle ! »

Crompton s'exécuta de bonne grâce. Saul monta dans sa chambre. Ce nouveau feu le brûlait dans sa chair et ravivait l'amertume que pendant si longtemps il avait mise en sourdine.

Au bal, ce soir-là, l'or était sur les bouches de toutes les filles et dans les yeux de chaque homme.

« Peter et toi, vous êtes bien les seuls à ne pas vous réjouir, lui fit remarquer Beth, un peu plus tard.

— On vous écoute !

— Mais réfléchis donc, mon cher Saul, s'exclama-t-elle, rayonnante, laissant libre cours à son imagination. Dorénavant, tu n'as plus besoin de ramper au bord des rivières. Tu peux passer ta vie en tenue de soirée. Tout le travail sera fait pour toi ! »

Comme il s'apprêtait à inviter la sœur de Beth à danser, il aperçut MacDonald qui venait vers lui, à travers la salle de bal. Des éclairs de victoire brillaient dans ses yeux.

« J'aimerais bien savoir ce que le grincheux chercheur d'or de Millwood a à dire pour sa défense maintenant ! » s'écria-t-il en venant se planter devant lui.

Les conversations autour d'eux baissèrent d'un ton.

« C'est bien vous qui disiez que nous chercherions ce filon jusqu'à la fin des temps... Qu'avez-vous à ajouter aujourd'hui ? »

Il fallait qu'il se décide rapidement : riposter ou se taire. C'était la première fois que MacDonald lui adressait la parole en public et quelque chose l'incitait à croire que cela faisait très longtemps qu'il attendait ce moment.

« Dieu merci, Mr. MacDonald... commença-t-il, en s'efforçant de garder son calme, je ne suis pas le seul à préconiser la prudence. Je crois que le gouvernement du Cap lui aussi estime que votre filon n'est pas une raison suffisante pour déchaîner l'enthousiasme général. »

C'était une rumeur que Crompton avait glanée au bar, mais que rien n'était venu confirmer. Saul était conscient de prendre un risque en y faisant allusion, et autour d'eux, plusieurs exclamations étouffées s'étaient élevées.

« Le gouvernement du Cap, Mr. Barnard, est malencontreusement plus intéressé par votre bois que par notre or ! » fulmina MacDonald. La rumeur était donc fondée. Saul sentit l'espoir renaître en lui. « La prochaine fois, nous vous demanderons d'aller plaider notre cause devant les autorités, ajouta MacDonald, d'un ton caustique.

Puisque vous êtes l'exemple même de celui qui abandonne le bois pour l'or, vous arriveriez peut-être à les convaincre. »

Saul conserva son sang-froid.

« Vous n'avez même pas encore sérieusement étudié le terrain. » Toute l'assemblée, muette, écoutait. « Vous ouvrez à deux battants des portes qui auraient dû rester fermées. Combien de pilleurs croyez-vous que la forêt peut contenir ? A moins que les négociants se soient suffisamment enrichis en la dilapidant eux-mêmes pour que ce qui reste ne les intéresse plus ? »

MacDonald avait blêmi.

« C'est drôle ! Vous n'avez jamais vraiment pu vous sortir la brousse de la peau, Barnard. La couche d'or avec laquelle vous essayez de dissimuler cette réalité est mince, très mince, n'est-ce pas ? Apparemment, le temps où vous étiez mon *boy* à l'entrepôt vous est sorti de l'esprit ! »

Il régnait un tel silence dans la salle de bal qu'on entendait le murmure de la mer, au loin.

« Vous vous trompez, Mr. MacDonald. Je doute qu'être votre esclave soit une expérience que l'on puisse oublier. »

Il venait de tourner une page. De tirer un trait. Il pivota sur ses talons et sortit. Derrière lui, les danseurs n'avaient pas bronché. Il était déjà loin dans la rue quand l'orchestre se remit à jouer.

Il faisait nuit noire. Près de la jetée, les lanternes de la douane trouaient l'obscurité de faibles halos. Dans les fourrés, les grenouilles interrompaient brusquement leurs coassements sur son passage et plongeaient dans l'eau. La rébellion qui couvait en lui depuis des jours le brûlait d'un feu ardent.

« Tous les bûcherons sont sauvages et sales. » Il ne l'avait jamais oublié, songea-t-il, cynique, en enjambant soigneusement les trous qui crevaient la chaussée. Non mais regardez-moi un peu ce village !... Tous les prétextes étaient bons pour passer sa colère. Pas une rue en bon état et ils ne prenaient même pas la peine de boucher les trous.

Plus un seul arbre le long des chemins ! Des taillis ! Mais on débarquait des caisses et des caisses de parures et de babioles clinquantes chaque fois qu'un navire venu d'Europe jetait l'ancre dans le port. Ils commandaient sans cesse de nouvelles fantaisies pour dissimuler leur oisiveté. Et comment se procuraient-ils l'argent pour payer tout cela ? En pillant la forêt. La main qui revendait le bois était aussi celle qui tendait parcimonieusement la nourriture au bûcheron qui s'épuisait à la tâche. Et maintenant, en plus, ils avaient le filon !

« *Le temps où vous étiez mon boy, à l'entrepôt, vous est sorti de la tête !* » MacDonald lui avait exprimé ce qu'il mourait d'envie de lui dire depuis très longtemps : « Nous n'avons plus besoin de votre aide, Saul Barnard. Nous ne craignons plus que ce soit vous qui découvriez le filon. Alors, le moment est venu de vous remettre à votre place. »

Sur la véranda de l'hôtel, les lanternes se balançaient dans la brise, jetant des ombres dansantes contre les murs. Dans le salon, autour d'une lampe noire de suie, quelques-uns des chercheurs d'or de Stripe Bush, un peu éméchés, jouaient aux cartes.

« Mr. Barnard ! » le saluèrent-ils gentiment, en se poussant pour lui faire une place.

L'un d'entre eux était d'humeur bavarde.

« Dès que nous aurons les engins pour le minerai, nous nous pavanerons ici en tenue de soirée, avec de belles chemises en soie à volants.

— Je te donne la mienne, Gordon ! » offrit-il d'une voix morne en traversant la pièce. Engager une conversation était bien la dernière chose dont il avait envie. Dès l'aube, il voulait être loin du village. Les Stewart l'avaient invité à dîner, le lendemain soir, avec Peter Crompton, mais il n'y serait pas. Saul Barnard en avait fini avec le village et ses habitants. Saul Barnard pliait bagage.

Mais les décisions issues de la colère sont rarement celles que l'on prend finalement quand on a retrouvé son calme.

Il resta dans la forêt et assista à l'édification des premiers murs de Babel, à l'arrivée des premiers chariots ; il vit les dos des bœufs lacérés par le fouet pour les forcer à transporter d'énormes charges par des chemins à peine dessinés et des ravins interminables. Il vit débarquer les nouveaux chercheurs d'or, leurs femmes terrifiées, les enfants qu'il fallait traîner.

« Nous sommes perdus, monsieur. Pourriez-vous nous indiquer la route de Millwood ?

— Allez droit au nord et essayez de trouver des sentiers à chariots. Il n'y a pas de route par ici.

— Pas de route ?

— Non. »

Souvent, les femmes ronchonnaient.

« On nous a dit qu'il y avait des chariots pour transporter nos affaires. Voilà qu'on est obligés de marcher dans cette jungle, comme des sauvages !

— Faites attention aux éléphants, lady.

— Des éléphants ? »

Crompton et Morris étaient avec lui ce jour-là.

« Tu n'es pas juste, Saul ! lui reprocha Morris. Tu n'as jamais été facile, mais ces dernières semaines, tu es pire qu'un éléphant en colère ! Mais enfin, qu'est-ce qui ne va pas ?

— Rien. »

Crompton essaya d'employer la douceur :

« Tu ne peux pas les chasser, Saul ! Ce qui se passe ici, nous en avons déjà été témoins ailleurs. Rien ne les arrêtera et crois-moi, ça ne fait que commencer !

— Bon, j'admets que je suis peut-être injuste, mais as-tu déjà ressenti le besoin de briser quelque chose sans savoir comment ? »

Crompton écarta violemment un petit arbuste qui le gênait sur son passage et quand il reprit la parole, il ne put réprimer sa colère :

« Ça ne sert à rien ! C'est trop tard ! Au sommet de Millwood, où il est prévu de bâtir le village, les tentes se multiplient à vue d'œil. Reconnais que les chanceux, dans cette histoire, c'est nous ! C'est nous qui avons de l'argent dans nos poches et à la banque. Maintenant, qu'ils viennent creuser si cela leur chante ! Nous, nous continuerons à gagner de l'argent grâce à eux. Nous ne te l'avons pas dit mais Morris et moi avons décidé d'ouvrir un hôtel. »

Saul eut un petit rire méprisant.

« Comme ceux qu'il y a déjà là-haut ? demanda-t-il.

— Les nouveaux arrivants ne se soucient pas de ça. Tout ce qu'ils demandent, c'est qu'on leur donne à manger, à boire et un endroit pour dormir jusqu'à ce qu'ils aient dressé leurs tentes. Les deux hôtels de Millwood sont pleins à craquer. Samuel Mills a dû installer au moins quinze tentes supplémentaires pour satisfaire la demande ! Les gens affluent de partout, Saul ! Il faut voir la vérité en face et en tirer le meilleur parti possible.

— N'oublie pas qu'ils sont tous ici pour un filon qui n'existe pas, railla-t-il.

— Ne t'inquiète pas, rétorqua Morris. Le gouvernement n'a pas le choix, Saul ! Ils vont être forcés de déclarer cette région *zone aurifère.* Osborne a découvert un quatrième filon et il estime ne pas avoir encore mis au jour la veine principale !

— En attendant, je n'ai encore vu personne se balader par ici les poches bourrées d'or.

— L'or des gisements, ce n'est pas la même chose que l'or alluvial, assura Peter. Cela exige des moyens beaucoup plus compliqués et plus chers, mais le résultat, c'est qu'ils se rempliront bel et bien les poches. »

Saul ne voulait pas capituler.

« En attendant, ils se sont éreintés toute la semaine à déblayer un chemin dans les fourrés pour leurs prétendues concessions et dès qu'ils se mettront à creuser, le premier éléphant qui viendra à passer les enverra se percher dans un arbre pour une demi-journée. Car je suis convaincu que ces animaux sont tout aussi mal à l'aise que moi, dans cette histoire !

— Et bien entendu, Saul Barnard s'amuse comme un petit fou à regarder souffrir les chercheurs d'or ! » Morris ne put s'empêcher de rire. « Et il tient tout le monde à l'écart de son propre territoire grâce à une ingénieuse corne de bœuf. »

Pendant longtemps, avant le retour d'Osborne, il avait également préservé les terres de Crompton, de Morris et de James Stewart de toute intrusion étrangère. Par la suite, la corne de bœuf n'y avait plus suffi. A peine chassait-il une dizaine d'envahisseurs que douze autres étaient prêts à venir prendre leur place !

Il vit s'abattre les rigueurs de l'hiver sur le village de tentes.

Il plut tant et tant que les pauvres gens ne parvenaient même plus à faire sécher leurs affaires. Un peu à l'écart du village, sur la pente que l'on avait défrichée pour y ménager le cimetière, de hautes herbes envahirent lentement les premières tombes...

Mais ni la pluie ni le froid n'arrêtèrent l'invasion. La seule chose qui décourageait momentanément les nouveaux venus, c'était la « route » périlleuse qui menait à Millwood ; ils faisaient parfois demi-tour jusqu'à ce que quelqu'un leur dise qu'il n'existait pas d'autre chemin. Alors, ils repartaient.

Un service de transport de passagers fut finalement mis en place entre Knysna et l'échoppe de Walker et de Berg, à sept milles du village. Mais les sept milles qui restaient à parcourir à pied étaient bien pires que les vingt premiers. Si le trajet en chariot n'avait pas eu raison de leur enthousiasme, la fin de l'expédition achevait en général de leur ôter toute illusion.

Au cours de cet hiver-là, Saul prêta main-forte à Crompton et Morris en « faisant l'article » pour leur hôtel dans l'échoppe de Walker et de Berg. Morris avait eu une idée ingénieuse : « Ces pauvres gens n'arriveront jamais tout seuls jusqu'ici, surtout les femmes et les enfants. On te confie Hans Oukas et Jim ainsi que deux bêtes de somme. Tu n'as plus qu'à attendre à la boutique. Dès qu'ils arrivent, tu leur fais comprendre gentiment que leurs bagages seront transportés gratuitement s'ils descendent à l'hôtel *Crompton-Morris.* »

On avait déjà construit quatre hôtels et trois pensions au village de Millwood. Rien que du bois et de la tôle ondulée, mais c'était plus réconfortant contre la pluie et le vent, qu'une simple tente. Plus tard, on compta aussi six boutiques — des bicoques en tôle, certes, mais des boutiques quand même ! Parmi les premières à s'ouvrir figuraient celles des deux négociants de Knysna, MacDonald et Smith, qui n'hésitèrent pas à pratiquer des prix exorbitants.

Une année s'écoula. Les premières cabanes en bois et en tôle apparurent parmi les tentes. Deux nouveaux hôtels ouvrirent leurs portes : *L'Eléphant* et *Le Commercial.*

Un jour, Crompton attira Saul à l'écart :

« Alfred Conway cherche un partenaire pour monter un grand hôtel. Je lui ai promis de t'en parler.

— Ça ne m'intéresse pas, Peter.

— Ne fais pas l'idiot. Les gens continuent à affluer, et nos affaires marchent à merveille. Nous avons gonflé nos prix et nous sommes mis d'accord entre nous pour que personne ne baisse. Je t'assure que nous nous débrouillons très, très bien.

— Je n'en doute pas, surtout à en juger par le nombre d'ivrognes...

— Réfléchis à la proposition de Conway. Nous demandons maintenant une livre six shillings pour une nuit à l'hôtel et un shilling pour dormir sous la tente. Les repas aussi coûtent une livre six. Tu n'as qu'à calculer toi-même.

— Ça ne m'intéresse pas. Je creuse où le cœur m'en dit. S'il y a de l'or dans mon sluice, tant mieux. Si je rentre bredouille, tant pis. Et le reste du temps, je fais ce que je peux pour empêcher tout ce monde de massacrer la forêt ! »

Crompton haussa les épaules.

« Tu refuses toujours de voir la vérité en face, Saul. Une ville entière est en train de sortir de terre, comme un champignon, et tu ne veux pas l'admettre ! Es-tu aveugle ou quoi ?

— Non. Ni aveugle, ni sourd. J'entends les battements des bocards. J'entends les chercheurs, les raclements de leurs pioches et de leurs pelles. Quand je marche dans les bois, toutes ces rumeurs montent de partout. Je ne dis pas qu'ils n'ont pas trouvé d'or. Je demande simplement : combien ?

— Fais affaire avec Conway et tu n'auras plus à te soucier de ça. Si j'avais la place, je planterais volontiers dix tentes de plus. On a déjà dû abattre à deux reprises les cloisons intérieures pour agrandir la salle à manger et le bar. C'est véritablement une mine d'or ! Et en plus, on travaille à l'abri et les pieds au sec.

— Je te crois. Tout ce que j'espère, c'est que ça va durer.

— Tu mens, Saul Barnard ! » Il était bien rare que Crompton et lui se querellent. « Ton seul espoir, c'est que tout s'écroule parce que tu ne crois pas à cette histoire de filon. Tout ça parce qu'un charlatan du nom de Patterson a eu le malheur de te dire un jour qu'il n'y en avait pas, et tu continues à t'obstiner en dépit des évidences. Tu vois bien que MacDonald a gagné et tu n'arrives pas à le digérer ! »

Dehors, un chariot surchargé, tiré par des bœufs en sang, venait de s'immobiliser ; on voyait même un piano, bougeoirs en cuivre compris, émerger au milieu des brouettes et des châlits. Un groupe d'hommes qui passaient par là s'amusèrent à taquiner les bœufs avec le manche de leur pioche. Debout devant la fenêtre, le dos tourné à Crompton et Morris, Saul les regarda faire en silence. Si les premiers arrivants avaient été des mouches, leurs successeurs étaient de véritables taons, songea-t-il en se détournant.

« Tu as peut-être raison, Peter, reprit-il. Vous avez peut-être tous raison, mais quelque chose me dit qu'il y a trop de je-sais-tout, qui passent leur temps à signaler un filon derrière chaque buisson, par pure spéculation. On a promis de l'or aux chercheurs et de l'or, ils en auront. Mais je vous dis, moi, que trop de concessions ont été ouvertes là où il n'y en a pas un gramme !

— D'où vient l'or qui fait marcher tout ça alors, à ton avis ? » demanda Morris en s'accoudant paresseusement au comptoir. C'était le tout début de l'après-midi et le bar était désert. « Les acheteurs d'or font bien des affaires ! Ils ont l'air satisfaits. Et si je suis bien informé, à partir de vendredi prochain, le gérant de la banque viendra à Millwood une fois par semaine pour acheter.

— Je ne dis pas qu'ils n'en tirent pas quelques onces ici et là. Ce que je suis en train de vous expliquer, c'est que l'essentiel de l'or vient encore du lit des ruisseaux. N'oubliez pas que les vieux chercheurs d'or comme nous sont encore là... »

Il plut le reste de la semaine. Le jeudi, Crompton, ayant eu le temps d'oublier leur différend, le supplia de l'aider.

« Comme je suis content de te voir, Saul ! Quel temps de chien ! Je voulais te demander... Est-ce que ça t'ennuierait d'aller chercher les voyageurs à l'échoppe de Walker et de Berg, demain ?

— Je m'en doutais.

— Le *Venice* est arrivé, avec à son bord un grand nombre de nouveaux prospecteurs. La femme de James Stopforth, le directeur de la Bendigo Gold Company, se trouve parmi eux et j'ai promis à son mari d'envoyer quelqu'un la chercher.

— Et pour l'amour du Ciel, prends un fusil avec toi ! lui recommanda Morris. Avec un temps pareil, les éléphants sont sûrement agités. »

Il quitta Millwood, peu après le lever du soleil, en

compagnie de deux outeniquas. Ils emmenèrent deux boeufs avec eux. Ils n'étaient pas pressés puisque les chariots n'arriveraient pas à l'échoppe de Walker et Berg avant l'après-midi ; il avait pourtant décidé de partir de bon matin afin de voir s'il ne pouvait pas trouver un meilleur itinéraire pour passer le ravin de l'Antilope. La forêt était saturée d'eau. Par temps sec, les derniers sept milles étaient déjà une rude épreuve. En période de pluie, le chemin, transformé en bourbier, était quasiment impraticable, surtout dans le ravin de l'Antilope où croissait une végétation particulièrement dense.

Il découvrit un autre moyen de traverser le ravin, mais qui ne faciliterait pas la marche des femmes en jupes longues, et bottines lacées à talons hauts !

« On va encore avoir du fil à retordre aujourd'hui, maître Saul, grommela Hans Oukas comme ils rejoignaient la petite route caillouteuse à proximité de l'échoppe.

— Il a cessé de pleuvoir au moins. La dernière fois, il a plu pendant tout le chemin ! Tu te souviens ?

— Oui, mais cette fois-là, les Grands Pieds n'avaient pas mis le sentier dans un état pareil ! »

Saul ne put s'empêcher de rire, en se demandant jusqu'où irait l'ingéniosité si déconcertante des éléphants. Lorsqu'il n'y avait encore qu'une poignée d'étrangers dans cette partie-là de la forêt, ils s'étaient tenus relativement tranquilles. Mais depuis qu'un chemin avait été dégagé jusqu'au relais, ils se comportaient comme une bande d'enfants turbulents, s'évertuant à terroriser les nouveaux arrivants, peut-être dans l'espoir de les dissuader d'aller plus avant.

Leur mode d'attaque n'avait rien de violent. Selon toute apparence, ils choisissaient sciemment les passages les plus ardus pour émerger à l'improviste des fourrés. A d'autres occasions, en particulier par temps humide, ils se défoulaient sur une partie du chemin qu'il était absolument impossible de contourner, de sorte qu'on ne pouvait le parcourir sans enfoncer dans la boue jusqu'aux genoux. Ce jour-là, ils avaient opté pour cette seconde alternative...

Jamais Saul ne trouvait les traces de l'Ancien parmi celles des coupables. Il avait le sentiment que ces jeux d'enfants ne devaient guère intéresser le vieux colosse... La dernière fois que l'animal avait signalé sa présence, c'était en plein cœur du village de tentes, parmi lesquelles il était venu errer, emportant sur son passage la lessive qui séchait sur des cordages. On avait dû ramasser les vêtements éparpillés sur près de quarante pas à la ronde.

Quand les deux chariots surgirent des broussailles, en contrebas, Saul alla s'asseoir au pied de la colline, un peu à l'écart, comme il avait coutume de le faire. Il était préférable d'attendre que tout le monde ait mis pied à terre et que les bagages fussent déchargés, tout cela dans la confusion la plus totale, avant de proposer de l'aide. Hans Oukas et Jim avaient appris à garder les bœufs à couvert jusqu'au moment propice...

Avant même que le chariot de tête se fût immobilisé, Saul avait identifié la dame au grand chapeau, assise à l'avant, comme la femme de Stopforth. Toute son attitude témoignait de son mécontentement et d'une volonté désespérée de conserver un semblant de dignité. Il réprima un sourire quand le conducteur l'aida à descendre et que ses chaussures s'enfoncèrent dans la boue. Le deuxième chariot venait d'arriver et plusieurs femmes avaient déjà commencé à trier leurs affaires quand il *l'*aperçut. La stupeur faillit lui faire perdre le souffle. La jeune fille, debout près d'une des roues arrière, vêtue d'une longue jupe brune et d'une étroite veste assortie... C'était Kate. Elle s'acharnait sur une malle qu'elle essayait de...

Kate MacDonald. L'enfant insoumise avait grandi et elle se tenait là, devant lui, les pieds dans la boue, pourtant si digne, si distinguée... Il avait toujours su qu'elle serait belle... Mais à ce point !... La dernière fois qu'il l'avait vue, il y avait sept ans de cela, elle avait à peine quinze ans...

Il n'arrivait pas à déterminer s'il valait mieux se présenter devant elle ou attendre qu'elle le remarque. Il ne devait rien à Kate MacDonald, elle ne lui devait rien non plus. Il était préférable qu'elle sache, tout de suite, que Saul Barnard avait l'intention de garder ses distances. En particulier à l'égard des MacDonald ! Il se décida donc à lui adresser la parole le premier, se leva lentement et s'approcha d'elle.

« Kate MacDonald ! »

La stupeur se marqua sur le visage de la jeune fille quand elle se retourna et le reconnut.

« Bonjour, Kate !

— Eh bien ! J'avais entendu dire que Charles Dickens avait pris sa revanche, mais on avait omis de me préciser à quel point ! Bonjour Saul ! »

Il fut immédiatement sur ses gardes.

« La petite Kate à l'imagination si fertile est devenue une dame ! plaisanta-t-il, sans se départir d'une certaine froideur dans le regard. Je crains que les sept milles qui restent à parcourir pour atteindre Millwood ne soient guère engageants pour une jeune femme.

— C'est ce que l'on dit. »

Il ne parvenait pas à déterminer si son sourire le défiait ouvertement ou marquait simplement son assurance... Mais derrière eux on s'agitait, à cause d'une histoire de caisse appartenant à la femme de Stopforth. Dès que Saul se tourna dans sa direction, celle-ci se précipita vers lui.

« Je suis Mrs. Stopforth, du pays de Galles. Mon époux est le directeur général de la Bendigo Gold Company et j'exige un porteur pour cette malle. »

La caisse qu'elle lui désignait était assez encombrante, carrée et enveloppée de toile à sac.

« Il n'est pas question de la ficeler sur le dos d'un bœuf ! C'est ce que j'explique à cet homme, mais il fait semblant de ne pas m'entendre ! s'exclama-t-elle en pointant son index dans la direction d'Hans Oukas.

— Il ne comprend pas l'anglais, madame. » Il fit signe à Hans de venir, afin d'essayer de résoudre la situation :

« Hans, la dame dit qu'elle ne veut pas qu'on attache cette caisse sur le dos du bœuf ! Je te conseille de lui demander un shilling et six pence pour la porter toi-même là-haut.

— C'est sacrément lourd mais pour un shilling et six pence, je veux bien le faire.

— Qu'est-ce qu'il raconte ? demanda-t-elle avec agacement.

— Il vous propose de la porter pour un shilling et six pence.

— Comment ? Répondez-lui que j'ai vécu en Inde pendant six ans et que là-bas, un porteur aurait été *reconnaissant* de la porter sur son dos pendant dix milles pour un penny !

— Qu'est-ce qu'elle dit ? demanda Hans Oukas.

— Elle dit que là d'où elle vient, un homme accepterait de porter la caisse pour un penny. »

Saul commençait à s'amuser.

« Elle n'a qu'à le faire elle-même, bougonna l'Outeniqua.

— Désolé, madame, reprit Saul, se tournant vers elle en essayant de dissimuler l'hilarité qui le gagnait. Il refuse de vous obliger pour moins d'un shilling et six pence.

— Quelle sorte de chef êtes-vous donc si vous n'exercez pas le moindre contrôle sur ces hommes ? » Elle s'en prenait à lui à présent.

« Je ne suis pas son chef, madame. Je vous escorte par pure bonté d'âme, afin d'éviter que vous vous perdiez et pour que vous puissiez arriver à Millwood avant la nuit... Nos éléphants ne sont pas aussi dociles que leurs frères indiens !

— *Des éléphants ?* Personne ne m'avait parlé d'éléphants !

— Oh ! laisse tomber, maître Saul, intervint Hans

Oukas, persuadé qu'ils étaient toujours en train de marchander, dis-lui que je veux bien le faire pour un shilling.

— Malheureusement, nous ne pouvons rien contre ces éléphants, madame, voyez-vous, pour la bonne raison qu'ils étaient là avant tout le monde. Voulez-vous que nous chargions cette malle sur le bœuf ou préférez-vous demander à l'homme de fixer son prix ?

— Pour l'amour du Ciel, maître Saul, dis à la dame que si elle me donne neuf pences, ça ira. »

Mrs. Stopforth se tourna alors vers Kate et avec un mépris non dissimulé lui demanda :

« Quelle langue parlent-ils entre eux ?

— Le hollandais, répondit Kate.

— Du hollandais de cuisine », ajouta rapidement Saul avant de s'éloigner.

Hans et Jim inclus, ils étaient dix-huit. Six enfants, trois chercheurs de la plus pure race des *taons,* et des femmes. Saul savait que la journée n'allait pas être de tout repos. Il allait falloir franchir le ravin de l'Antilope et deux autres gorges dont l'accès n'était guère plus aisé...

A l'endroit où l'étroit sentier qui prolongeait la route s'enfonçait dans les fourrés, il les rassembla :

« Mesdames et messieurs, à partir d'ici, je passe devant. Efforcez-vous de marcher sur les traces de celui qui vous précède, et n'hésitez pas à retirer vos chaussures si la terre est trop molle.

— Et les éléphants ? intervint une des femmes.

— Fort heureusement, comme vous le voyez, les arbres ne manquent pas par ici. Il suffit de grimper et de bien se cramponner.

— Mais je ne sais pas grimper aux arbres ! protesta un chœur de voix. Du coin de l'œil, il vit la femme de Stopforth se faufiler vers l'avant du groupe.

« Si vous croyez que nous allons vous laisser nous ridiculiser de la sorte, Mr. Barnard, permettez-moi de vous dire que vous vous égarez ! »

Kate avait donc eu le temps de lui indiquer son nom.

« Je vous assure que personne ici n'a l'intention de chercher à vous ridiculiser.

— Mais vous suggérez que nous, les dames, avec nos longues jupes et nos talons hauts, nous nous mettions à grimper aux arbres !

— Vous serez surprises de voir avec quelle vitesse vous serez capables de le faire, malgré vos parures, quand un éléphant surgira des fourrés. Le mois dernier, j'ai vu trois dames escalader le même arbre et croyez-moi, c'était un arbre sur lequel je n'aurais pas essayé de grimper moi-même ! »

Etait-ce la peur ou la rage qui faisait trembler ainsi les lèvres de Mrs. Stopforth ?

« Nous exigeons un autre guide ! » proclama-t-elle.

Subitement, il en eut assez de cette femme.

« Je vous ai déjà dit que je vous accompagnais pour vous rendre service. Je ne suis pas un guide. » Puis il s'adressa au reste de l'assemblée : « Il vaut mieux ne pas essayer de marcher de front. Si la cadence est trop rapide pour les enfants, faites-le-moi savoir et je ralentirai le pas, mais tant que les petits tiennent le coup, il est préférable que nous nous hâtions. »

Sur ces mots, il pivota sur ses talons et s'engagea dans l'étroit chemin. Derrière lui, on s'agitait à nouveau, comme d'habitude, pour savoir qui voulait marcher où, qui se sentait plus en sécurité devant les bœufs, derrière les bœufs… Il y avait longtemps qu'il avait appris à poursuivre sa route sans se retourner, car tout rentrait très vite dans l'ordre dès lors qu'ils s'apercevaient qu'il n'était pas disposé à attendre.

Juste avant d'atteindre le premier bourbier, il les rassembla à nouveau :

« Ici, tous ceux qui le souhaitent peuvent retirer leurs chaussures et leurs bas », dit-il en se penchant pour retirer ses bottes et remonter son pantalon. Lentement, afin qu'ils aient le temps de se décider… Au cours de ces expéditions, il avait vite appris à quel point la stupidité pouvait varier d'un individu à l'autre. Sur dix, ils n'étaient jamais plus de deux à retirer leurs chaussures. Les conséquences étaient toujours identiques...

Quand il se redressa, il vit Kate — au troisième rang derrière lui — qui l'imitait, ainsi que deux des chercheurs. Pour donner à la jeune fille le temps de finir, il longea la file jusqu'aux bœufs qui fermaient la marche.

« On va avoir du mal à les emmener là-haut aujourd'hui, maître Barnard. Cette femme, qui a voulu que je porte sa caisse, n'arrête pas de jacasser. Je ne comprends pas un mot de ce qu'elle dit, mais en tout cas, il n'est pas question que je baisse mon prix. C'est sacrément lourd, son histoire, et les bords sont tranchants et me scient le cou et les mains.

— Ne t'inquiète pas. Tu auras ton argent. Elle ne m'a pas fait baisser le prix. »

Comme Saul retournait en tête, la femme de Stopforth l'arrêta.

« Pourquoi ne pas faire marcher les bœufs en tête pour arrêter les éléphants, Mr. Barnard ? »

Moins qu'une question, c'était un ordre.

« Parce que je ne veux pas ! »

Kate était juste derrière et écoutait. Il eût été difficile de dire si cette conversation l'indisposait ou si au contraire, elle s'amusait.

« Mr. Barnard, lança la femme en prenant un air menaçant, *j'exige,* au nom de tous que les bœufs marchent devant à partir d'ici ! »

Saul décida de se contenir.

« Si les bœufs marchent en tête, vous aurez encore plus de mal à avancer dans la gadoue », et, coupant court à cette querelle, il passa devant elle pour regagner sa place et donner le signal du départ.

Quelques instants plus tard, alors que ses pieds s'enfonçaient déjà jusqu'aux chevilles dans la boue noirâtre et visqueuse, il entendit s'élever derrière lui les premiers cris et eut beaucoup de mal à garder son sérieux. C'était toujours la même chose. Une fois qu'ils pénétraient dans la mélasse, il était trop tard pour retirer leurs chaussures ! En ce qui concernait les enfants, il avait la conscience tranquille, parce qu'en général, ils prenaient plaisir à patauger.

« Combien de temps ça va durer ? » hurla un des hommes.

Ça doit être celui qui a gardé ses chaussures, se dit-il.

« Un demi-mille ! » cria-t-il par-dessus son épaule.

Pas besoin de se retourner. Il imaginait très bien la scène pour l'avoir observée maintes fois : des jupes relevées par des mains déjà chargées de bagages, des visages grimaçants de dégoût, des chaussures émergeant péniblement de la fange avec des clapotements sonores, des démarches branlantes, en quête d'un point d'appui. Ils parcouraient en général la moitié de la distance avant de se rendre compte qu'il était parfaitement inutile de chercher une issue ou de la terre ferme, et que les femmes avaient tout intérêt à laisser leurs jupons traîner dans la boue et à marcher normalement.

« Il doit bien y avoir un autre chemin quelque part ! cria une voix du bout de la file.

— Il y en a un ! Mais c'est beaucoup plus loin et plus ardu ! »

Il entendit rire les enfants.

Dans le groupe, les commentaires allaient bon train, leur frustration croissant à mesure qu'ils progressaient.

« Comment se fait-il qu'ils n'aient pas encore construit une route ? Que fait le gouvernement pour arranger la situation ?

— Rien ! lança-t-il, tout en jetant un coup d'œil furtif dans les fourrés où un touraco s'était mis à siffler furieusement.

— C'est un scandale ! » brailla quelqu'un d'autre.

Une voix aiguë s'éleva et il l'identifia sans hésiter. C'était Mrs. Stopforth.

« Nous enverrons une lettre de protestation au gouvernement ! Nous ne sommes pas des barbares !

— Ils se contenteront de la déchirer ! » répondit-il, pataugeant dans la boue jusqu'à mi-mollet. Il se doutait qu'ils avaient dû l'entendre rire, mais cela lui était bien égal.

« Nous leur dirons combien vous avez été brutal avec nous ! menaça quelqu'un d'autre.

— Si on avait su, on aurait conseillé à nos maris d'aller plutôt à Kimberly ! »

Il ne savait pas que Kate marchait juste derrière lui maintenant. Il s'en rendit compte quand elle parla, d'un ton glacial.

« Vous vous amusez bien, n'est-ce pas, Saul Barnard ? Ça vous plaît de prendre votre revanche !

— Tous ceux qui barbotent dans cette boue le font de leur plein gré, miss MacDonald, répondit-il sur le même ton. Et avant que nous arrivions au terme de cette expédition, croyez-moi, ils seront plus d'un à marcher à quatre pattes, toujours de leur propre volonté.

— Et ça vous fait plaisir ! l'accusa-t-elle encore.

— Oui, reconnut-il sans l'ombre d'une hésitation.

— Parce que vous voulez être le seul à prospecter pour pouvoir tout garder pour vous.

— Non.

— On raconte que vous avez accumulé plus d'or que quiconque.

— Je n'ai pas la moindre idée de ce qu'ont récupéré les autres.

— Et j'ai aussi entendu dire que cette histoire de filon vous rend amer, parce que vous aviez mal jugé.

— Vos informateurs sont tout aussi stupides que leurs prospecteurs. »

Ils étaient comme deux animaux grognant, prêts à se battre...

« N'en soyez pas si sûr, Saul Barnard !

— Qu'est-ce que vous faites ici ? demanda-t-il, posant finalement la question qui l'intriguait depuis le début.

— Le Comité des Chercheurs d'or m'a priée de venir ouvrir une école pour leurs enfants. »

Il s'en était douté. Quelqu'un avait fait allusion à la venue d'une institutrice.

« Et où comptez-vous leur faire la classe ?

— Au début, nous travaillerons dans une tente, et puis dès que les choses commenceront à prendre tournure, nous bâtirons une petite école.

— Si je comprends bien, la " tournure " en question, ce serait que le gouvernement décrète cette région *zone d'exploitation aurifère.*

— Oui.

— J'espère pour vous que vous n'aurez pas besoin d'attendre trop longtemps. L'hiver est loin d'être fini.

— Je suis désolée de vous décevoir, Saul Barnard, mais à l'heure qu'il est, les nouveaux délégués doivent être rendus au Cap, où ils sont allés porter de nouvelles preuves de l'existence de ces filons. Cette fois-ci, le gouvernement ne peut pas se permettre d'ignorer les faits.

— Je suppose que votre père fait partie de l'équipe des délégués ?

— Oui... A propos, le capitaine Jefferson vous envoie ses salutations.

— Merci.

— Ainsi que Beth Johnson.

— Merci. »

Sous leurs pas, la terre se raffermissait, à mesure que la couche de boue s'amincissait. Le sentier commençait à escalader un versant et, derrière eux, la respiration des marcheurs devenait plus bruyante.

« Où allez-vous loger ? demanda-t-il, en se retenant de lui prendre la main quand elle trébucha.

— Mon père a réservé une chambre pour moi à l'Hôtel *Commercial.* »

Comme la pente devenait plus abrupte, il la distança et elle reprit sa place dans le rang.

Le ravin de l'Antilope les attendait un peu plus loin et, au-delà, il restait encore le quart de mille, quasiment impraticable, sur lequel les éléphants s'étaient acharnés. Les plus jeunes enfants ne tiendraient pas le coup dans cette gadoue. Il faudrait les porter.

« Maître Saul ! cria subitement Hans Oukas du bas de la pente.

— Qu'est-ce qui se passe ? dit-il en se retournant.

— Je refuse de faire un pas de plus avec cette caisse sur le dos. »

Il dévala le versant, croisant les grimpeurs haletants.

« Ne vous arrêtez pas ! Continuez sans moi et attendez-nous en haut ! » leur ordonna-t-il.

Au pied de la colline, il trouva Hans, Jim, les bœufs et Mrs. Stopforth. De toute évidence, la situation était tendue !

« Que se passe-t-il, pour l'amour du Ciel ? » s'exclama-t-il, furieux.

Mrs. Stopforth et Hans se mirent à parler en même temps, lui en hollandais, elle en anglais.

« C'est un sauvage. Il est idiot... La dame est folle, maître... Il porte la caisse à l'envers... Elle n'arrête pas de se plaindre et j'ai la nuque brisée... Il ne faut pas qu'il la tienne comme ça... Si elle m'enfonce une fois de plus la pointe de son parapluie dans l'estomac, je jette sa caisse au fond du premier précipice venu... »

Saul leva les deux bras au ciel pour les faire taire l'un et l'autre.

« Pose ça par terre, ordonna-t-il à Hans. La dame dit que tu tiens la caisse à l'envers !

— Elle n'avait qu'à m'avertir ! »

Saul se tourna alors vers Mrs. Stopforth.

« Il n'a pas compris ce que vous lui disiez, madame.

— S'il n'était complètement idiot, il aurait saisi ce que je voulais depuis le début !

— On perd du temps. Je vais lui dire ce qu'il faut faire », répliqua Saul, mettant ainsi un terme à cette dispute ridicule. Puis il se pencha pour aider Hans à hisser la caisse sur son épaule. C'était effectivement très lourd.

« Qu'est-ce qu'il y a là-dedans ?

— C'est une cage en verre contenant mes oiseaux empaillés. Si jamais il en abîme ne serait-ce qu'un seul, j'exige que les dommages soient déduits de ses gages ! »

Saul ravala un juron et se détourna brusquement. Les premiers de la file étaient déjà arrivés au sommet de la crête et s'étaient effondrés, haletants, parmi les fourrés. Il passa devant eux sans s'arrêter et continua son chemin.

« Ils sont fatigués ! lui dit Kate, quand elle l'eut enfin rattrapé. On n'est pas des bœufs !

— Certains d'entre eux sont pourtant plus bêtes qu'un bœuf ! s'écria-t-il en faisant volte-face, fou de rage. Savez-vous ce qu'il y a dans la caisse que Hans porte sur ses épaules ?

— Non.

— Une foutue cage en verre remplie d'oiseaux morts et empaillés ! Si je ne m'étais pas retenu... » Lorsqu'il leva les yeux, il s'aperçut qu'elle riait.

Il attendit qu'ils soient tous regroupés au sommet de la colline avant de repartir. Une demi-heure plus tard, ils commencèrent à s'enfoncer dans les épaisses broussailles qui envahissaient le versant abrupt du ravin de l'Antilope. Plus ils progressaient, plus ils s'embourbaient et il se demandait à quel moment il faudrait prendre les enfants dans les bras...

« L'Ancien est-il toujours dans la forêt ? » Il ne s'était pas aperçu qu'elle l'avait à nouveau rattrapé.

« Si personne ne l'a tué depuis la dernière fois que je l'ai vu. Il me semble que le prix de l'ivoire est particulièrement intéressant en ce moment ! » Il avait parlé avec un dédain délibéré, tout en écartant une poignée de jeunes lianes afin d'élargir le passage.

« Comment vont les vôtres, Saul ?

— Si c'est de ma famille que vous voulez parler, la réponse est : je n'en sais rien. Si vous faites référence aux bûcherons en général, je dirai : comme d'habitude.

— Il paraît que de Regné gagne du terrain avec sa campagne de préservation.

— Oui. Il traîne les bûcherons au tribunal, mais les chercheurs ont toujours le droit de couper et de piller comme bon leur semble.

— Vous n'êtes guère aimable, vous savez ?

— Je ne suis pas d'humeur aimable. »

Quand les sous-bois commencèrent à s'éclaircir, il les rassembla une fois de plus.

« Nous allons nous reposer un peu, annonça-t-il en voyant une jeune femme d'allure fragile tomber à genoux, la tête pendante. Sur un mille, peut-être un peu plus, les trois messieurs vont devoir porter quelques-uns des enfants. Les petits n'y arriveront pas tous seuls.

— Ça ne peut tout de même pas être pire que ce que nous avons déjà franchi ? s'exclamèrent à l'unisson une multitude de voix lasses.

— C'est bien pire. Mais consolez-vous en vous disant qu'après cela, l'or est presque à la portée de vos mains. »

Il réussit à les conduire à Millwood avant la tombée de la nuit. Totalement exténués, mais sains et saufs, la plupart d'entre eux s'inscrivirent à l'hôtel *Crompton-Morris*.

Hans avait réussi à porter la cage en verre jusqu'au bout, sans encombre. Mais un peu plus tard il attendit Saul près des tentes, l'air très contrarié.

« Elle ne m'a donné qu'un shilling, maître Saul !

— Il paraît qu'un des oiseaux a le cou brisé.

— Ces foutus gens ne vont pas dans leur tête, maître ! Et quand donc cesseront-ils de venir ?

— Si seulement je le savais, Hans ! »

Ils firent un petit bout de chemin ensemble, au-delà des maisons et des tentes. Des poules trempées erraient aux alentours ; ici et là, un chien attaché à un piquet tremblait de froid. Sur toute l'étendue de la vaste clairière récemment défrichée, des chicots d'arbres gisaient comme des cadavres exhumés.

— Ils auraient dû laisser les femmes et les enfants au village, maître Barnard !

— Il n'y a pas de place pour eux là-bas.

— J'ai même vu des tentes au pic de Moll hier. Qu'est-ce qu'ils cherchent comme ça dans la montagne ?

— Des filons d'or.

— Ils passent leur temps à nourrir de cailloux cet engin qui fait tellement de bruit, qui les mâche pour eux et puis qui recrache tout avec une bouchée d'eau... Mais j'ai pas vu d'or !

— Qui est-ce qui tire des coups de feu par là-bas ?

— Tout le monde chasse ! Celui qui a les joues toutes rouges a tué trois Grands Pieds la semaine dernière. On raconte qu'il fait porter les défenses au village. »

Saul frissonna.

« As-tu vu les bêtes qu'il a tuées ?

— Non. Mais Jim était avec lui.

— Où est l'Ancien ?

— Je ne l'ai pas vu depuis longtemps, maître Barnard. »

14.

Dès le lendemain, la décision gouvernementale parvint au village par l'intermédiaire d'un garde forestier : TOUS LES PROSPECTEURS ET CHERCHEURS D'OR DE MILLWOOD SONT DÉCLARÉS EN INFRACTION ET PRIÉS DE QUITTER LES LIEUX SUR-LE-CHAMP !

A la nuit tombante, la confusion la plus totale régnait au village. Les hommes, outragés, s'attroupaient ici et là. Pas un hôtel ne ferma ses portes ce soir-là. De temps à autre, quelqu'un tirait un coup de feu en l'air, manifestant ainsi sa fureur. Dans les maisons et les tentes, les femmes se réunirent autour d'une lampe ou d'une chandelle, afin d'organiser leur propre combat contre le gouvernement.

Il faisait déjà nuit noire quand les derniers chercheurs surgirent de la forêt, leur lanterne à la main, pour se joindre aux autres.

« Ils n'arriveront pas à nous chasser d'ici !

— Nous exigeons une explication !

— Il faut que justice soit faite ! »

A minuit, il n'était toujours pas question de rentrer chez soi. Les bouteilles de *Cape Smoke* passaient de main en main, remède contre le froid et la colère.

« Il vaut mieux que nous restions éveillés cette nuit, Saul ! suggéra Morris, le visage défait. Les hommes n'ont absolument pas l'intention d'aller se coucher, surtout ceux qui sont venus de la forêt. Il faut craindre le pire ! »

A l'aube, ils étaient finalement parvenus à une décision : ils marcheraient sur George, tous ensemble ; et les représentants du gouvernement seraient bien obligés de les écouter !

Dès le lever du soleil, Saul regagna son abri, las d'avoir écouté les mêmes histoires pendant toute la nuit. Il commença par aller se tremper dans l'eau brunâtre et fraîche du ruisseau... Pour la première fois depuis des mois, il retrouva un peu de cette quiétude que la forêt lui procurait autrefois. Rien ne venait troubler les rumeurs des bois. Ni raclements de pioches ou de pelles, ni ronronnements sourds des bocards. Tout le monde dormait...

Au cours de la nuit, les femmes s'étaient jointes aux hommes ; Kate était du nombre, ses cheveux relevés, un peu en bataille, la lumière des lanternes jetant des lueurs ardentes sur son visage. Elle avait remonté son châle de laine autour de sa nuque et s'était emmitouflée en frissonnant. Dès qu'elle le vit, elle vint vers lui.

« Votre sourire vous trahit, Saul Barnard. » C'était une attaque, sans violence. « Vous jubilez, n'est-ce pas ?

— Bonsoir, Kate ! Je ne suis pourtant pas très optimiste. Contre la fièvre de l'or, on ne peut employer qu'un remède énergique.

— Vous êtes bien placé pour le savoir.

— J'ai eu de la chance. Dans mon cas, la fièvre a eu le temps de baisser lentement — les bûcherons ont les reins solides et ils sont patients — vous-même êtes bien placée pour le savoir.

— Ne montez pas trop vite sur vos grands chevaux, Saul ! La plupart de ces hommes ne sont pas de nature à se laisser marcher sur les pieds. Ce ne sont pas des fuyards. Tout au moins, les fuyards, parmi eux, forment un groupe à part. Ils préfèrent vivre dans la forêt, à l'écart des autres.

— Comme moi, par exemple.

— Ce n'est pas ce que je voulais dire ! » répliqua-t-elle d'un ton sec.

Il le savait bien. Pourtant, la guerre était déclarée entre Kate et lui. Un conflit inexplicable qui échappait totalement à leur contrôle...

L'eau glaciale éveilla ses sens... Depuis plusieurs mois, il avait préféré éviter la compagnie des femmes. Certains jours Beth lui manquait ; il avait même songé plusieurs fois à aller la voir au village. Mais il se rendait compte qu'il aurait été injuste de faire ainsi resurgir en elle un espoir illusoire. Plus tard, peut-être quand tout serait rentré dans l'ordre...

Et puis Kate était revenue, jetant le trouble dans son esprit. Sa présence dans la forêt le perturbait. Quelque part en lui, ce conflit couvait depuis des années, mais il aurait souhaité qu'il éclatât à un autre moment. Kate prenait délibérément le contre-pied de tout ce qu'il disait. Pourquoi agissait-elle ainsi ? Etait-elle troublée elle aussi par sa présence, qui lui rappelait peut-être une période de sa vie dont elle avait honte ? Regrettait-elle de s'être liée jadis d'amitié avec le *boy* de son père ?

De retour près du feu, il songea à sa situation et en vint à la conclusion qu'il resterait dans la forêt jusqu'à la fin de l'hiver. En attendant, toutefois, il déménagerait son abri plus au cœur des bois de Millwood. Il en avait assez de patrouiller chaque jour les environs et craignait de ne pouvoir tenir encore longtemps à distance d'éventuels intrus. Sa décision était prise. Même si les gens du village étaient forcés de s'en aller, il préférait s'isoler davantage.

Un peu plus tard, il se résolut à accompagner les autres à George. Plutôt que d'essayer de faire le tri dans les multitudes de récits qu'ils lui conteraient, il aimait mieux entendre ce qui se dirait de vive voix.

Il allait rejoindre Crompton, le lendemain, pour se renseigner sur la date du départ quand, en chemin, il rencontra un prospecteur, au bord du ruisseau. Deux enfants jouaient sur la rive et, devant la tente, une femme s'affairait à faire du feu. Il la reconnut immédiatement :

c'était Helen Cairncross, la jeune femme fragile du dernier convoi, et il s'aperçut qu'elle était enceinte.

Il s'arrêta et engagea la conversation :

« On a déjà prospecté par ici, mister, vous savez ! » L'homme leva la tête et le dévisagea, l'air revêche.

« Qu'est-ce que vous avez dit ?

— D'autres chercheurs d'or ont déjà exploré cet endroit. Déplacez-vous d'un mille environ, en aval et essayez là-bas !

— Qui êtes-vous donc ?

— Barnard. J'opère par ici depuis longtemps et je sais de quoi je parle.

— Ecoutez, mon vieux..., répliqua l'homme d'un ton presque menaçant. Je *sais* ce que je fais. Quoi qu'il arrive, je le trouverai mon filon !

— Et si le gouvernement vous force à partir ? »

L'homme posa sa batée et sortit de l'eau.

« Si vous êtes ce Barnard qu'on accuse d'épier les chercheurs d'or pour le compte du gouvernement, je vous avertis que vous ne m'aurez pas !

— Je n'épie personne. » Il jugea inutile de se fâcher. « Et coupez donc du bois mort pour le feu au lieu d'abattre tous les arbres autour de la tente, ajouta-t-il.

— Mais enfin, pour qui vous prenez-vous ? s'exclama l'homme, fou de rage.

— Pour ce que je suis. Saul Barnard. Si je n'avais pas voulu vous aider, je n'aurais pas perdu mon temps avec vous !

— Saul Barnard..., répéta-t-il d'un air songeur.

— J'imagine que mon nom vous a été livré, en même temps que vos achats à crédit, par-dessus le comptoir des échoppes de Millwood... » Il avait sans doute fait mouche, car l'homme ne répondit pas.

Quand Saul se retourna, Helen Cairncross avait disparu.

Il s'éloigna, le sourire aux lèvres, en pensant au nouveau titre dont on l'avait gratifié : espion du gouvernement ! Des années auparavant, quand les siens l'avaient accusé de travailler à la solde d'Harison, il en avait été terriblement blessé, mais à présent, tout cela lui était complètement égal.

Crompton lui annonça que les chercheurs avaient prévu d'arriver à George le samedi suivant, de sorte que la plupart d'entre eux entameraient la marche dès jeudi. « Ils sont têtus, Saul, lui fit-il remarquer, essayant de le préparer. Rien ne les arrêtera. »

Il lui avait fallu deux jours pour déménager son abri, à environ quatre milles plus au cœur de la forêt, là où en quête d'un nouveau filon, des hommes ne s'aventureraient probablement pas avant longtemps. Toutefois, il ne parvenait pas à se défaire d'un terrible sentiment d'impuissance. Partout où son regard se posait, la frénésie destructrice des chercheurs d'or était évidente : des arbres abattus, abandonnés à la putrescence, sans raisons apparentes. Chaque tente qu'il avait rencontrée sur son chemin, dissimulait des tas de détritus toujours plus élevés et, sur les pistes des antilopes, il avait eu la preuve que ces hommes savaient non seulement tirer mais aussi tendre des pièges...

Pour quelque motif que ce soit, l'homme est toujours enclin à la destruction et au gaspillage, conclut-il amèrement en défaisant un autre piège. Témoin désarmé, il eût voulu réagir, mais c'était impossible. On peut lutter avec un homme, vaincre la folie qui l'habite, mais contre les masses, on demeure impuissant, malgré la rage qui nous fait serrer les poings... Son seul espoir était que le gouvernement se montre ferme et les expédie ailleurs, tous tant qu'ils étaient ! Mais au fond de lui-même, il rêvait encore d'autre chose : il rêvait que le gouvernement fournisse une batée à tous les bûcherons, en les autorisant à récupérer pour eux-mêmes l'or qui gisait encore dans le lit des rivières.

15.

Il s'est assoupi vers minuit. A son réveil, Maska est parti.

Il a l'estomac creux et la tête lui tourne quand il se redresse parmi les broussailles, où il a laissé l'empreinte de son corps. Au bout d'un moment, la terre se raffermit sous ses pieds et il commence à envisager la journée qui l'attend.

A l'heure qu'il est, l'Ancien doit être parvenu à la forêt de Millwood — Fred et Jozef, eux, sont en route pour la même destination... D'ici, il faut deux bonnes heures de marche... Quant à Fred et Jozef, ils n'ont guère plus d'une heure et demie de trajet... Maska réussira-t-il à les détourner de la piste ? Il vaut mieux ne pas y compter. Pas cette fois-ci.

Il prend la direction de la croisée des Lauriers parce qu'il veut traverser le Knysna plus en amont. Maintenant que ce n'est plus l'Ancien, mais Fred et Jozef qu'il poursuit, il progresse vite.

Au premier ruisseau venu, il se lave le visage et étanche sa soif... La vie décrit aussi des cercles, songe-t-il en reprenant sa marche. Il aurait préféré ne plus jamais revenir dans la région, mais apparemment, son étrange destinée veut l'y entraîner une dernière fois.

Un scarabée du soleil entame son grincement strident et continu...

Il est aussi las, dans son corps que dans son esprit, et donnerait cher pour pouvoir tout changer en un clin d'œil et remonter à bord du *Pictor*. Hier encore, il aurait pu, lorsque Maska l'avait supplié de s'en retourner...

« On a déjà suffisamment fait de mal dans cette forêt, maître Saul, lui avait-il dit dans l'espoir de le convaincre. Mes yeux refusent de voir un meurtre, en plus.

— Par où vas-tu commencer à chercher ? avait-il demandé à Maska, à un moment donné.

— Hans l'a aperçu en bas du bois de futaie et a averti Fred et Jozef. On ira donc par là d'abord. »

Le bois de futaie. Il n'en restait pas grand-chose de cette futaie. Bois de brousse, oui...

« Hans a raconté aussi que du côté de Millwood, il a rencontré quelqu'un qui te cherchait, maître Saul.

— Qui ? avait-il demandé, en sachant parfaitement de qui il s'agissait.

— Je ne sais pas, Hans ne nous l'a pas précisé. Il a juste dit qu'il l'avait envoyé à ta recherche. Il pensait que tu étais peut-être à la Grande Ile.

— Qu'est-ce que tu as répondu à Hans ?

— Je lui ai dit que j'ignorais où tu étais.

— Bien. L'homme qui me cherche ne doit pas me trouver, tu comprends. »

Un Barkley tout désemparé était venu le voir à bord du *Pictor* le samedi précédent.

« Je suis là en ami, Barnard. »

Saul lui avait assuré sans détour qu'il n'en croyait pas un mot : « Allons Barkley, vous savez aussi bien que moi que si vous en aviez la possibilité, vous me planteriez un couteau dans le dos avec la plus grande joie.

— Vous vous trompez, Barnard. La proposition que je suis venu vous faire est la meilleure qu'on vous fera jamais. Je me rends compte que si vous êtes sur ce bateau, c'est en partie parce que l'on ne vous a peut-être pas facilité les choses. Mais je suis venu pour arranger ça, pour vous libérer !

— Je ne me suis pas laissé prendre à votre piège autant que vous l'imaginez !

— Attendez ! Ecoutez ce que j'ai à vous dire ! Le plus gros bocard de cette forêt m'appartient. Je vous le donne. Gratuitement. Il est à vous.

— Qu'est-ce que vous voulez que j'en fasse ?

— Vous êtes trop pressé, Barnard ! Ce n'est qu'une partie de ma proposition. Vous êtes ici, sur ce bateau, alors que le monde auquel vous appartenez vous tend les bras, là-bas !

— Il me semble que j'ai déjà entendu ça quelque part ?

— Attendez ! Je vous donne le bocard. Vous retournez dans la forêt et vous continuez à travailler seul. Tout ce que je vous demande, c'est de partager avec moi ce que vous recueillerez. Cinquante-cinquante. C'est tout.

— Vous êtes tous en banqueroute, Barkley. Les prospecteurs de MacDonald et vous, vous êtes aussi bêtes les uns que les autres. Abandonnez donc votre bocard à la rouille et aux broussailles. Il n'est plus bon à rien.

— On a simplement eu un coup de malchance, Barnard. Dans la dernière galerie qu'on a creusée, j'ai vu l'or étinceler sur les parois, de mes propres yeux !

— C'était la poignée de paillettes que vous avez réussi à en tirer !

— Permettez-moi d'être d'un autre avis, Barnard. Allez creuser un peu cette galerie, et vous y trouverez plus d'or que vous n'en avez jamais rêvé !

— Pourquoi ne le faites-vous pas vous-même, alors ?

— Je n'ai plus un seul ouvrier. Ces imbéciles ! Dès que le tunnel est un peu profond, ils ont peur et prennent la fuite !

— Et vous croyez que moi, je réussirai à les convaincre d'y retourner ?

— Ils ont confiance en vous.

— Ça ne m'intéresse pas.

— Quand est-ce que ce bateau lève l'ancre ?

— Dimanche ou lundi. »

Une nouvelle lueur d'espoir s'alluma dans les yeux de Barkley.

« Vous vous souvenez de Patterson ? Eh bien, figurez-vous qu'un de ses amis vient de débarquer ici, un prospecteur comme lui. Il estime que nous manquons simplement d'expérience et il nous a promis de nous trouver la veine principale. C'est loin d'être un charlatan, Barnard ! Je vous offre de le mettre lui aussi à votre service, comme le bocard. Tout ce que je vous demande, c'est de revenir à Millwood avec nous. Nous partons vendredi.

— Il n'en est pas question.

— Réfléchissez, Barnard ! Je reviendrai mercredi. C'est votre monde, n'oubliez pas ! Vous êtes déjà parti, et puis vous êtes revenu. Ne commettez pas la même erreur une seconde fois.

— Ne vous inquiétez pas pour ça. Cette fois-ci, j'agirai plus intelligemment. Je m'arrangerai pour qu'un océan nous sépare, Mr. Barkley, et non pas simplement quelques chaînes de montagnes ! Votre proposition ne m'intéresse pas le moins du monde. »

C'était réglé.

C'était. Car le voilà à nouveau sur le chemin de Millwood.

Peu de temps après avoir traversé le Knysna, il entend des coups de hache dans le lointain. Des bûcherons ! Ils ont de quoi manger et il n'a pas le choix. La journée qui l'attend promet d'exiger beaucoup de lui : de la force, de la patience, de la détermination, de la lucidité — sa vie ?

« Vous avez l'air fatigué, mister. » Le vieux Martiens Botha ne l'a pas reconnu.

« C'est moi, l'oncle. Saul.

— Saul ? Tu es le fils de Joram Barnard — que Dieu soit avec lui ?

— Oui, l'oncle. » Il remarque que son équipe s'est réduite. Deux gendres. Un seul fils... « Je suis de retour pour quelques jours seulement, l'oncle. Mes provisions sont épuisées.

— Il n'y a pas que tes provisions qui sont épuisées, on dirait. Viens, allons jusqu'à l'abri. » Il appelle un de ces gendres et lui confie sa hache. Le magnifique laurier du Cap qu'ils sont en train d'abattre est sur le point de céder. Il remarque qu'il ne porte pas la marque du forestier...

« Comment se fait-il que tu sois revenu, Saul ? lui demande le vieil homme. J'ai entendu dire que tu étais parti pour de bon !

— C'est une longue histoire, l'oncle. Je peux te payer pour la nourriture.

— Tes vêtements aussi sont fatigués ! Pourquoi sont-ils dans un état pareil ? Les Grands Pieds t'ont-ils donné la chasse ?

— Non, l'oncle. Je suis resté dans la forêt plus longtemps que je pensais.

— Qu'est-ce que tu fais debout ? Assieds-toi donc !

— Je suis pressé, l'oncle ! Je mangerai en route.

— Depuis quand est-ce que tu manges comme un gnou ?

— Je suis pressé...

— Laisse-moi au moins te faire un café.

— Je ne peux pas attendre, l'oncle. Vraiment. » Dès que Martiens Botha prend la patate douce pour la lui donner, Saul doit se contenir pour ne pas la lui arracher des mains. « Merci l'oncle. Combien je te dois ?

— Depuis quand se fait-on payer pour de la nourriture, entre nous ? »

Pourtant, Saul sort une pièce de sa poche et la pose sur la boîte en fer-blanc retournée qui fait office de table.

« Achète-toi du tabac et ce que tu veux d'autre, l'oncle. »

Brusquement, le vieil homme devient hostile.

« Je ne veux pas de ton argent !

— Alors jette-le dans le feu ! réplique Saul, gagné à son tour par un accès de mauvaise humeur. Je n'ai pas la lèpre, et cet argent, je ne l'ai pas volé. » Soudain, il se rend compte à quel point il en a assez de tout. « Rares sont les accusations que vous n'avez pas portées contre moi dans cette forêt, l'oncle, mais il y a une chose que je ne vous laisserai pas dire à mon sujet, c'est que je suis venu mendier de la nourriture auprès de vous. Tu prends cet argent ou je ne veux pas de cette patate.

— De quoi t'avons-nous accusé ? demande le vieil homme avec défiance.

— De tous les péchés de la terre. Vous m'avez reproché la mort d'Arend en plus.

— Moi, je ne te l'ai jamais reprochée !

— D'autres si !

— Alors, c'est leur affaire, répond calmement Martiens Botha, en le regardant droit dans les yeux. Je n'ai jamais rien dit de pareil. Arend a parlé avant de quitter ce monde... »

Un pigeon s'est mis à roucouler — Saul comprend tout à coup que le vieil homme essaie de lui dire quelque chose mais qu'il ne sait pas comment s'y prendre.

« Qu'a-t-il dit ?

— Que tu avais raison. Juste avant la fin, il m'a demandé d'aller lui attraper un petit gnou bleu et de fendre en deux la tête de l'animal... » Le chagrin accable à nouveau le vieil homme et il ne peut achever sa phrase.

Saul se sent subitement soulagé d'un poids énorme. « Je suis désolé, l'oncle. Arend était un bon garçon. Nous avons longtemps parlé cette nuit-là.

— Je sais.

— Faisons la paix, l'oncle, dit-il en se penchant pour prendre la nourriture qu'il avait posée près de l'argent. Que je puisse au moins croire que j'ai laissé un ami derrière moi dans la forêt. Je prends la nourriture et tu gardes l'argent.

— Où vas-tu, Saul ? demande encore Martiens Botha, comme l'aurait fait un père aimant.

— Je ne suis pas sûr, l'oncle... Tout ce que je sais, c'est

que je dois continuer mon chemin jusqu'à Millwood. Peut-être que je comprendrai une fois rendu.

— Le petit Martiens peut t'accompagner si tu veux. »

C'est plus qu'une main tendue, plus qu'un pardon. C'est l'*absolution,* le don de la confiance. Mais il doit se contenir pour ne pas se laisser submerger par l'émotion ! Pas maintenant !

« Ce n'est pas nécessaire, l'oncle, mais je te remercie. Aujourd'hui, je marche seul.

— Tu marches seul depuis toujours, Saul. Mais aujourd'hui, tu dois faire attention. L'Ancien est dans les parages de Millwood. »

Un premier groupe d'hommes partit pour George dès le jeudi. Le lendemain matin, avant l'aube, Saul s'en alla aussi, non sans avoir dissimulé son abri sous quelques branchages. Au-delà de l'Homtini, il rattrapa les retardataires. Une cinquantaine d'hommes, chargés de provisions et de couvertures, comme des soldats en route pour le champ de bataille. Ceux qui ouvraient la marche portaient des fusils.

« Vous avez donc l'intention de tirer ? demanda-t-il, feignant l'ignorance.

— Aujourd'hui, rien ne nous arrêtera. Pas même un éléphant », répliqua un des hommes, sur un ton menaçant.

Une demi-heure plus tard, ils tombaient sur un troupeau. Ce fut comme l'éclatement d'une guerre. Dès qu'il prit conscience de ce qui se passait, Saul choisit un aulne blanc, et l'escalada avec la rapidité de l'éclair. En dessous de lui, les hommes faisaient un tel raffut, en courant en tous sens ou en essayant de s'accrocher à quelque branchage, qu'il lui était difficile de discerner les bruits des éléphants. Toutefois, les coups de feu qu'il attendait ne vinrent pas. Partout autour de lui, des bras, des jambes, des corps entiers pendaient des branches, semblables à des nids de fringilles géants. Bientôt, six éléphantes et un petit passèrent sous son perchoir, comme de grosses dames offusquées, fuyant une foule d'énergumènes agités.

Quand au bout d'une heure, ils osèrent enfin remettre pied à terre, ils n'étaient plus que trente-huit.

« Ça n'a rien de risible. Mr. Barnard ! s'exclama un grand Irlandais roux en se tournant vers lui rageusement. Il faut envoyer une patrouille à leur recherche ! Ils sont peut-être blessés !

— Ne vous inquiétez pas, mon vieux, répliqua Saul. Les bêtes n'étaient pas d'humeur à se salir les pattes. Les absents courent sans doute encore et cela m'étonnerait que vous arriviez à les rattraper.

— C'est donc vous ce Barnard dont on entend tellement parler, intervint brusquement un autre homme qui venait de se détacher du groupe et qui, curieusement, ressemblait à l'autre comme un frère.

— Oui, c'est moi. Je m'appelle effectivement Saul Barnard.

— D'après ce qu'on m'a dit, mister, les bûcherons ne sont pas autorisés sur les lieux de prospection ! » Il avait dû prendre refuge dans un arbre parce que sa chemise était toute déchirée et une longue égratignure lui barrait la joue.

Saul perçut la provocation, mais décida de ne pas y répondre.

« Aucune concession n'a été attribuée officiellement à qui que ce soit, mister, et pour ce qui est de votre information, elle procède de la même source que l'histoire des filons. Autre chose encore ! Je tiens simplement à vous prévenir que si les éléphants mâles suivent les femelles qui sont passées tout à l'heure, comme c'est en général le cas, vous n'allez pas tarder à avoir une allure encore plus déplorable que maintenant. »

Après avoir ainsi semé délibérément la panique au sein du groupe, il s'éloigna tranquillement.

Plusieurs centaines de prospecteurs passèrent la nuit sur

la place du marché, en plein cœur de George. Il en arriva sans cesse, jusqu'à l'aube. Le samedi matin, quelques femmes les rejoignirent. Kate ne se trouvait pas parmi elles. A mesure que le soleil montait dans le ciel, leur agitation allait croissant. Vers dix heures, la tension était à son comble.

« Nous voulons les hommes du gouvernement ! Nous voulons les hommes du gouvernement ! »

Dans le petit village aux maisonnettes blanchies à la chaux, les curieux venaient aux nouvelles, en demeurant pourtant à une distance respectueuse.

Il était presque midi quand un chariot pénétra sur la place, avec à son bord huit hommes au visage renfrogné, et parmi eux, de Regné, digne, le front haut et la barbe d'apôtre.

Il s'ensuivit une confusion sans nom, et d'une invraisemblable bêtise. Pour un mot prononcé par les représentants du gouvernement, le porte-parole des chercheurs d'or en débitait dix.

Représentants : « Vous prospectez illégalement ! »

Porte-parole : « Nous exigeons la reconnaissance de la mine d'or par la voie d'une déclaration publique et nous ne nous satisferons pas d'autre chose !

— Rien ne prouve qu'une telle déclaration soit justifiée !

— Nous en sommes la preuve. A moins que vous ne sachiez pas compter ?

— Vous êtes la preuve du bien-fondé des préoccupations gouvernementales. Nous ne pouvons en aucun cas autoriser la concentration de chercheurs d'or dans une région où aucune prospection sérieuse n'a été effectuée. »

Un vieux chercheur d'or californien s'excita tant et si bien qu'il tenta de grimper sur le chariot ; ses compagnons essayèrent de lui faire entendre raison, mais il avait lui aussi son mot à dire : « Que fait ce forestier sur le chariot ? Vous défendez le bois, c'est ça, hein ! Vous n'êtes qu'une bande d'escrocs !

— Nous exigeons une déclaration publique.

— Nous exigeons la sauvegarde de nos droits.

— Nous exigeons la reconnaissance de toutes les preuves.

— Nous exigeons la poule aux œufs d'or ! cria une des femmes.

— Messieurs ! Messieurs ! Messieurs ! » Le troisième représentant du gouvernement se leva, en agitant les poings. « Les autorités du Cap en ont assez de vos exigences et de vos perpétuelles délégations ! Vous enfreignez la loi et vous serez traités en conséquence !

— Pourquoi dit-on que le gouvernement prête attention à ceux qui affirment avoir découvert de l'or dans le haut du pays ? Pourquoi est-ce qu'on ne nous écoute pas nous ? »

Ces harangues se poursuivirent ainsi pendant des heures. Quand il se fit tard, Saul s'en alla. Il savait désormais qu'à plus ou moins longue échéance, les prospecteurs seraient dans l'obligation de partir. Le gouvernement n'avait manifestement pas l'intention de leur céder. Sa joie n'éclata pas tout de suite, mais monta progressivement en lui, à mesure qu'il s'éloignait du village.

Le lundi matin, quand il arriva à son nouveau logis, il découvrit les traces de l'Ancien, tout autour de l'âtre.

Il dormit le reste de la journée, et jusqu'à la fin de la semaine, il reconstruisit son abri et l'agrandit... Saul Barnard demeurerait dans la forêt jusqu'au départ du dernier intrus, avait-il décidé.

Le vendredi, il alla rendre visite à Peter Crompton. Il voulait aussi acheter du café et du sucre. Crompton et Morris lui dévoilèrent leurs projets.

« De toute évidence, tu es parti trop tôt l'autre jour ! lui annonça Crompton, tout excité. Les chercheurs d'or ont gagné la première manche. Ils ont été autorisés à rester, à leurs risques et périls, jusqu'à ce que le gouvernement ait réexaminé toute l'affaire depuis le début ! »

Etait-ce possible ! Il n'arrivait pas à y croire. Il sortit sans prononcer une parole, totalement écœuré...

Kate était assise devant la tente de l'école, avec ses élèves. Elle leva les yeux mais comme il ne la salua pas, elle s'empressa de détourner la tête.

Sa fureur n'explosa que plus tard, comme il marchait dans les broussailles que les prospecteurs avaient saccagées à coups de hache pour déblayer le terrain, construire leurs maisons et amasser du bois de feu. Il emprunterait les bœufs de Crompton, demanderait à Hans Oukas de l'aider et s'en irait d'ici. Dès demain ! Demain au plus tard ! Si le *Pictor* était encore dans le port, il descendrait directement sur le quai. Sinon, il prendrait une chambre à l'hôtel. Sa décision était sans appel.

Saul Barnard en avait fini avec la forêt.

Chaque pas semblait la confirmation d'une résolution qui s'était par trop fait attendre. Ce ne serait pas la première fois qu'il quitterait la forêt, mais entre aujourd'hui et son précédent départ, il avait le sentiment d'avoir vécu toute une vie. Les salauds ! Ils avaient gagné la première manche et ils remporteraient la belle à coup sûr. Mais Saul Barnard ne serait plus là pour juger de l'ampleur des dégâts.

Il devait marcher depuis une demi-heure environ lorsqu'il commença à soupçonner que quelqu'un le suivait. Ce n'était pas la première fois que cela lui arrivait. Morris et lui avaient eu un jour une discussion sérieuse à ce sujet :

« Nous ne savons même pas où tu vis, Saul. Te rends-tu compte que quelque chose pourrait t'arriver sans que quiconque le sache ? Certaines rumeurs affirment que tu gardes ton or avec toi ! Il faut t'en méfier ! Parmi les prospecteurs, il y en a plusieurs qui seraient prêts à faire n'importe quoi pour se procurer de l'or.

— Pire encore ! intervint Crompton. On raconte que tu aurais découvert la veine principale sans le dire à personne ! »

Pour toute réponse, il leur avait ri au nez.

« Tu ne riras plus le jour où les taons te suivront à la trace et te balanceront un coup de pioche sur le crâne !

— Pas un chercheur d'or dans cette forêt n'est capable de me suivre sans que je m'en rende compte. Ils font plus de bruit dans les broussailles qu'un éléphant. »

Moins d'une semaine plus tard, deux hommes avaient effectivement tenté de le suivre. Il les avait fait marcher en rond pendant des milles et des milles avant de leur tomber dessus, et les deux compères, exténués, avaient fini par le supplier de leur indiquer le chemin du retour.

Quelle que soit l'identité du nouvel intrus, il était encore moins discret que les deux autres. Ceux-là au moins avaient fait des efforts pour ne pas poser systématiquement le pied sur la moindre brindille...

Il évalua la distance que le séparait de son poursuivant — environ dix pas —, et décida tranquillement de la leçon qu'il allait lui donner. Un joli cercle bien large devrait faire l'affaire. Mais il oubliait que désormais tous les chercheurs pouvaient aisément avoir un fusil à leur disposition... Mieux valait l'épuiser le plus rapidement possible, résolut-il, en tournant à gauche, dans la direction du ravin de l'Antilope...

Puis une nouvelle idée lui vint à l'esprit : pourquoi ne pas suivre son poursuivant, en le laissant passer sans qu'il s'en aperçoive ?

Il se cacha dans un épais fourré, et il attendit. Soudain, il y eut un mouvement dans les broussailles, juste à sa gauche. Il sursauta, tous ses muscles se tendirent. L'instant d'après, il crut qu'il perdait la raison. C'était Kate.

Elle passa devant lui, à moins d'une coudée, l'air égaré.

« Kate ! »

Elle tressaillit, fit volte-face, le chercha des yeux, en l'appelant : « Saul ? »

Il resta quelques secondes sans bouger, pour donner à son cœur le temps de s'apaiser un peu.

« Saul ? » Son corsage était maculé de longues traînées

brunâtres, ses cheveux pendaient, il lut la peur dans ses yeux.

« Qu'est-ce qui vous a donné une idée pareille ? » demanda-t-il durement.

Une lueur malicieuse brilla dans son regard.

« Tout le monde a sa petite théorie sur l'endroit où vit l'impossible Afrikaan. Certains disent qu'il mène une vie de prince dans une immense maison de pierre, au cœur des bois de Millwood, d'autres affirment qu'il habite dans la Grande Forêt, avec les bûcherons, et quelqu'un jure même qu'il vit dans une caverne tout en haut des montagnes.

— Alors miss MacDonald s'est dit qu'elle irait voir par elle-même pour en avoir le cœur net.

— Oui, convint-elle sans l'ombre d'une hésitation.

— Retournez auprès de vos élèves et restez-y, lui ordonna-t-il brutalement.

— Ecoutez-moi bien, Saul Barnard, je ne suis pas un de ces hommes que vous traitez comme des moins que rien !

— Certainement pas ! ironisa-t-il. Vous êtes Kate MacDonald.

— C'est exact. »

Il savait qu'elle aurait trop peur de rebrousser chemin seule, et qu'elle serait sans doute incapable de sortir de là sans se perdre. Aussi se proposait-il de lui donner une leçon...

« Désolé de vous décevoir, miss MacDonald, mais malheureusement, l'endroit où j'habite ne regarde ni vous, ni personne d'autre. Je vis où je veux et seul.

— Ceci ne vous donne pas pour autant tous les droits sur cette forêt ! rétorqua-t-elle, puis elle ajouta : A moins que vous n'ayez quelque raison de vous cacher ?

— Non. C'est simplement que je préfère ne pas vivre trop près des mouches et des taons.

— Quel genre d'homme êtes-vous donc devenu, Saul ? » demanda-t-elle soudain, avec une sorte d'anxiété.

Très haut dans le ciel, bien au-delà de la voûte des arbres, un aigle couronné poussa un grand cri rauque.

« C'est donc pour ça que vous m'avez suivi ? Pour découvrir ce qu'était devenu le petit *boy* de l'entrepôt ? railla-t-il.

— Pourquoi me le reprochez-vous maintenant ? Etait-ce ma faute si vous travailliez sur le chantier de mon père ?

— Non.

— Vous étiez au moins quelqu'un d'humain alors, Saul Barnard, et non pas un vengeur inaccessible et glacial ! Quand votre seul désir était d'épargner trois livres pour partir sur un bateau, il y avait encore quelque chose de chaleureux en vous ! »

Il s'efforça de dissimuler le trouble que ces paroles jetaient en lui.

« Si cela peut vous rassurer, dit-il rapidement, je suis finalement sur le point d'aller le prendre, ce bateau ! »

Elle en oublia sa colère et le vouvoiement. « Où pars-tu ? dcmanda-t-elle, fébrile.

— Mon objectif n'a pas changé : n'importe où, pourvu qu'un océan me sépare de cet endroit. Va donc le dire aux hommes qui m'accusent d'être un espion du gouvernement. Dis-leur aussi de ma part qu'ils peuvent désormais mettre le monde sens dessus dessous pour récupérer leur or, qu'ils peuvent abattre tous les arbres et tuer jusqu'au dernier éléphant si ça leur chante, qu'ils peuvent massacrer et détruire autant qu'ils en ont envie, car à partir d'aujourd'hui, Saul Barnard s'en désintéresse complètement !

— Tu ne penses pas un mot de ce que tu dis, Saul. » Sa rage s'était brusquement dissipée. « Tu as toujours eu cette forêt dans le sang, je l'ai enfin compris. Tu peux t'en aller à l'autre bout du monde si tu le souhaites, tu l'auras toujours dans le sang. »

Il se pencha pour détacher une longue limace verte et visqueuse qui rampait au bord de sa jupe, et qu'il déposa sur une feuille, guettant la réaction de la jeune femme. Elle ne broncha pas.

« J'ai appris, il y a une heure seulement, que les

chercheurs d'or avaient gagné la première manche, avoua-t-il franchement. Ils finiront par l'emporter, à coup sûr. Je reconnais que j'ai eu tort à propos des filons. C'est eux qui avaient raison. J'admets leurs preuves. Mais je refuse de rester ici à regarder, impuissant, ce spectacle. S'ils ont réussi à faire un tel gâchis en moins de trois ans, Dieu sait ce qu'il adviendra de cette région quand leurs filons auront été reconnus officiellement. Je ne veux pas voir ça et je m'en vais. »

Un touraco entama sa sérénade. Kate fouilla les feuillages du regard, mais comme elle ne vit pas l'oiseau, elle baissa les yeux et fixa le sol à ses pieds.

« Il y a quelque chose qui me tourmente depuis des années, Saul… commença-t-elle. Tu ne t'en souviens peut-être pas ?

— J'ai une très bonne mémoire, Kate. Je crois même pouvoir deviner ce dont il s'agit.

— J'ai voulu te blesser parce que j'ai pensé que ça apaiserait la douleur qui était en moi.

— Tu n'étais qu'une enfant », intervint-il dans l'espoir qu'elle ne poursuivrait pas. Il se demandait si elle était consciente qu'ils glissaient subrepticement sur la pente périlleuse de la paix.

« Je n'étais plus une enfant. Je savais exactement ce que je faisais !

— *Tous les bûcherons sont sauvages et sales ainsi que leurs enfants,* récita-t-il en riant. J'ai deviné juste, n'est-ce pas ?

— Oui, murmura-t-elle en détournant la tête. Toi non plus tu n'as pas oublié.

— Non, je n'ai pas oublié.

— As-tu pu me pardonner ?

— Nous autres, les gens de la forêt, nous disons les choses autrement, Kate. Nous parlons d'essuyer une querelle, un tort ou un mensonge. »

Une lueur de panique passa dans ses yeux quand elle reprit d'une voix tremblante, en scrutant son visage : « Tu ne l'as pas essuyé, Saul ! »

Il était sur le point de repousser cette accusation quand, tout à coup, il comprit qu'elle avait raison : il ne lui avait jamais pardonné. En même temps, il venait de prendre conscience avec effroi des liens qui les liaient toujours l'un à l'autre, et de l'impossibilité dans laquelle il se trouvait de lui mentir.

« Tu ne l'as pas essuyé, répéta-t-elle.

— Non, reconnut-il. Je le croyais pourtant, mais... non.

— Fais-le maintenant, Saul. Je t'en prie.

— Pourquoi ? ne put-il s'empêcher de demander.

— Parce que nous ne devons pas nous séparer encore une fois en mauvais termes.

— Je te pardonne, Kate, dit-il, en luttant contre l'émotion qui menaçait de se déchaîner en lui.

— Essuie aussi autre chose, s'il te plaît, Saul, demanda-t-elle encore en jouant nerveusement avec les volants de son corsage.

— Quoi donc, Kate ?

— Les années qui se sont écoulées. Pour un temps, seulement. Laisse-moi voir la forêt à travers toi, juste une fois. Je me souviens des noms d'arbres que tu m'avais appris, des noms d'oiseaux, mais je ne peux pas en reconnaître un seul et personne d'autre que toi ne peut me les montrer.

— Ne sois pas inconsciente, Kate ! s'exclama-t-il. Je t'ai déjà dit que tu n'étais plus une enfant !

— Un jour, j'avais dessiné et peint pour toi un laurier du Cap. Quand je te l'ai apporté à l'entrepôt, tu m'as dit que ça ressemblait à un balai avec des feuilles dessus... Montre-moi un laurier du Cap, Saul. »

Ses yeux étaient de la couleur de l'écorce de bancoulier, sa bouche si pleine, si belle.

« Non.

— Je t'en prie, Saul. »

Elle se jeta dans ses bras, son corps si frêle, si doux

contre le sien, ses cheveux qui sentaient le soleil... ses lèvres hésitantes, tièdes contre les siennes.

« Kate !

— Ne dis rien, Saul ! Laisse le temps s'arrêter ! »

S'il avait pu choisir un moment qui serait devenu l'éternité, il aurait voulu que ce soit celui-là. Il savait que la dure réalité s'imposerait à nouveau dès qu'elle se détacherait de lui. En était-elle consciente elle aussi ? Etait-ce la raison pour laquelle elle s'accrochait à lui ainsi ?

« Kate...

— Ne dis rien !

— Il le faut. Ils vont bientôt se lancer à ta recherche. Il se fait tard.

— C'est vendredi et j'ai renvoyé les enfants chez eux. J'ai vu que quelque chose n'allait pas quand tu es passé. Pourquoi me repousses-tu ?

— Il faut que tu m'écoutes ! Si tu n'es pas de retour à la nuit tombante, ils vont commencer à s'inquiéter !

— Tu me chasses ?

— Non, mais je ne veux pas qu'ils envoient une patrouille sur tes traces.

— Je ne rentrerai pas. » L'enfant têtue du passé venait de resurgir devant lui, en rébellion une fois de plus contre l'inévitable.

« Tu n'as pas changé, Kate ! s'exclama-t-il en riant et en la serrant plus fort contre lui. Tu sais aussi bien que moi que tu ne peux pas rester ici.

— Je vais avec toi. Je veux voir où tu habites. »

Il allait lui falloir des trésors de volonté pour ne pas céder.

« Kate, je vais te ramener, mais je reviendrai te chercher demain matin. Nous passerons toute la journée dans la forêt si tu veux.

— Non. » Ce n'était pas seulement de l'entêtement. C'était le refus pathétique d'un cœur déchiré par la crainte. « Tu partiras sans me dire au revoir... Tu l'as déjà fait... Je sais. Tu es comme ça.

— Je te promets de revenir demain.

— Non. Je vais avec toi. Maintenant. »

Un bokmakiri à la gorge noire surgit des broussailles en sautillant et s'approcha effrontément presque jusqu'à leurs pieds pour picorer...

« Ecoute-moi, Kate...

— Saul, je t'en supplie... »

Comme il se penchait sur elle pour prendre son visage dans ses mains, il sentit ses dernières forces l'abandonner et il comprit que même s'il devait payer jusqu'à la fin de sa vie pour ce qu'il allait faire, rien désormais ne pourrait l'arrêter.

« Très bien, Kate. Tu peux venir avec moi, mais nous commencerons par retourner au village afin qu'ils sachent qu'il est inutile de partir à ta recherche. » Elle rayonnait comme un soleil. « Il est peut-être préférable que j'y aille tout seul et que tu m'attendes ici.

— Es-tu sûr de me retrouver ?

— Sans aucun doute. »

Ainsi, pendant deux jours entiers, le temps et la réalité suspendirent leur cours. Au crépuscule, il fut de retour. Elle ne demanda rien, même pas ce qu'il avait dit, et à qui. Elle était sereine, comme un enfant satisfait.

« J'ai prévenu Peter Crompton... Nous avons encore un bon bout de chemin à parcourir et nous n'y arriverons pas avant la nuit, lui annonça-t-il pour la préparer à la longue route. Nous devons prendre un raccourci par un bois très dense et... Kate, tu as eu le temps de réfléchir pendant que j'étais parti. Si tu veux faire demi-tour, il est encore temps.

— Non. Je viens avec toi.

— Alors allons-y. »

Une seule fois seulement elle lui demanda, d'un petit air soucieux, s'il était sûr de savoir où ils se trouvaient. Il faisait déjà nuit noire lorsqu'ils parvinrent au sommet de l'autre versant. Il la laissa se reposer contre lui quelques instants et sentit son corps se raidir quand une branche craqua quelque part dans l'obscurité.

« Ne t'inquiète pas ! Ce n'est qu'un gnou. »

Une demi-heure plus tard, ils atteignaient son logis.

« Je crains de ne pas être très bien équipé pour recevoir des invités », dit-il en allumant la lampe. Elle regardait autour d'elle en silence, tous ces objets qu'il avait été le seul à toucher, à utiliser depuis tant d'années. Son lit, sa chaise, sa table, l'armoire en bois jaune que le *Pictor* lui avait rapportée du Cap.

« Tu continues à prospecter ? demanda-t-elle quand son regard se posa sur la batée accrochée au mur.

— Non. Plus depuis quelque temps. Mais il se trouve que cet ustensile a pour moi une signification particulière. C'est la batée que Patterson m'a donnée — car il me l'a bien donnée. Je ne l'ai pas volée.

— Je sais. »

Une planche de bois, suspendue au mur par deux cordes accrochées au toit, faisait office de bibliothèque. Il y avait trois livres dont elle lut les titres à voix haute : *David Copperfield... La Sainte Bible... Etoiles du Sud.*

« Le dernier appartient à Frank Jefferson.

— Et *David Copperfield ?*

— Les deux autres, je les ai achetés.

— Si j'avais voulu imaginer un endroit pour toi dans la forêt, je n'aurais pas pu faire mieux. Qui est-ce qui a cousu les rideaux ?

— La mère de Jane.

— Tu ne vas plus au village ?

— Non. » Il se retourna et sortit pour elle une de ses vestes de l'armoire. Sentant soudain sa gêne, il essaya de la mettre à l'aise : « Si tu es sage, je te préparerai à manger et dès que tu auras fini, tu iras te coucher parce que demain matin, je te réveillerai de très bonne heure pour te montrer le lever du soleil sur la forêt. »

Il fit du feu et elle vint s'asseoir auprès de lui sur la souche.

« Te souviens-tu du nombre de fois que je t'ai supplié de m'emmener avec toi dans la forêt ?

— Je n'aurais jamais osé à l'époque ! »

Pendant deux longues journées, la vie fut un rêve... Confinés dans cette retraite intemporelle, ils refusèrent de s'aventurer en pensée au-delà des parois du présent.

Il dormit près du feu. Elle dans son lit. Et ce fut elle qui le réveilla à l'aube, le premier matin.

Il lui enseigna le chant de tous les oiseaux : un coucou solitaire... Non, ce n'est pas un touraco. Ils aiment trop faire la grasse matinée. Ça, c'est un pigeon des bois... une fauvette... un canari... Le touraco, c'est ça ! Tu l'entends ? Oui, ça c'est le grand touraco...

« Est-ce que tu m'aimes, Saul ?

— Je ne veux pas t'aimer, Kate. J'ai décidé cela il y a des années.

— Est-ce que tu m'aimes, Saul ?

— Oui, je t'aime Kate.

— Pourquoi ?

— Parce que tu es toi.

— Et encore ?

— Parce que mon cœur refuse d'écouter mon esprit. »

Ils jouaient comme de grands enfants. A chaque fois qu'ils s'éloignaient de l'abri, il choisissait un chemin différent au retour, pour la surprendre. Le soir venu, elle était tout apaisée.

« J'en connais une qui va bien dormir cette nuit, s'exclama-t-il en s'asseyant auprès d'elle. Fatiguée ?

— Non. Triste, simplement.

— Parce que tu n'es pas arrivée à distinguer le safran du laurier ? plaisanta-t-il, dans l'espoir de lui faire oublier son chagrin. Ne t'inquiète pas ! Demain, tu y arriveras. Tu connais déjà presque tous les autres arbres ! » Et il la laissa appuyer sa tête contre son épaule.

« Saul...

— Si tu recommences à me gronder parce que je dors

auprès du feu, tu iras te coucher sans manger, reprit-il en la berçant gentiment tout en écartant ses cheveux de son visage.

— Saul ! insista-t-elle.

— Kate, nous nous étions promis de ne nous soucier de rien pendant ces quelques jours.

— Je sais. Mais je ne cesse de penser à ton départ et j'ai peur. Tu as l'air tellement déterminé. » Elle arrêta son geste et le regarda droit dans les yeux, et il sentit tout à coup combien elle était mûre. « Saul... si tu me promets de ne pas t'en aller, je donnerai ma démission au Comité des Chercheurs d'or et je viendrai vivre ici avec toi. Personne n'a besoin de savoir où je suis. »

Il se leva parce qu'il se méfiait de ses impulsions et fit le tour du feu.

« Kate, les rêves ne deviennent jamais réalité dans cette forêt. Je le sais. Ce que tu dis là est irréalisable. Et puis, je t'en supplie, ne surestime pas le contrôle que j'ai sur moi-même.

— Je ne veux pas que tu t'en ailles.

— Je n'ai plus rien à faire ici, Kate. Rien ne peut me retenir.

— Je ne te comprends plus ! Combien de dimanches t'ai-je trouvé, derrière l'entrepôt, à te languir de la forêt et à maudire tous ceux qui l'habitaient ? Tu jures que tu n'y retourneras plus jamais et le lendemain tu prends toutes tes affaires et tu t'y précipites. Je t'ai vu aujourd'hui comme j'ai toujours rêvé de te voir, dans ce monde auquel tu appartiens. »

Il retourna s'asseoir auprès d'elle. « Kate, il y a des choses qu'un homme peut résoudre aisément, et d'autres décisions qui prennent des années. L'époque où j'étais seul dans cette partie de la forêt, avec une poignée d'autres prospecteurs, a été la plus heureuse de ma vie. Il était facile de les convaincre de ne faire du feu qu'avec du bois mort, de leur expliquer la différence entre une antilope mâle et sa femelle et de leur interdire de toucher aux petits gnou bleus. D'une certaine manière, je m'étais érigé en gardien de la forêt et je me délectais de ce rôle. Mais maintenant, ce n'est plus du tout la même chose et la ruée se poursuit... Non, Kate, c'est décidé, je m'en vais !

— Tu fuis, Saul Barnard !

— Ça ne m'atteint pas ! La forêt a été sacrifiée à l'homme, et l'homme, ma petite Kate, est la créature la plus impitoyable de la terre.

— Je ne suis pas d'accord avec toi. Il y a des exceptions. A commencer par toi.

— Nc tc laisse pas berner si aisément ! L'homme est bon tant que cela lui convient et aussi longtemps que sa clémence ne gêne pas ses intérêts. J'imagine que le gouvernement est en train de soupeser le bois et l'or sur la même balance. L'or finira par peser plus lourd parce que les chercheurs l'exigent. Aussi les autorités se montreront-elles magnanimes et leur bonté signifiera que les prospecteurs auront tout loisir de détruire ces arbres à leur guise. Plus bas, dans la Grande Forêt, les bûcherons massacrent tout parce que c'est le seul moyen pour eux de survivre. Un estomac creux, des enfants affamés ! Pourquoi agiraient-ils avec clémence, face à des choses qu'ils ne comprennent pas ? De Regné ne peut rien contre des affamés et des chasseurs de fortune, et si je reste ici, un jour viendra où les pioches, les pelles et les bocards me rattraperont dans le coin le plus reculé. J'entendrai leurs coups de feu, mais je serai toujours impuissant face à leur cruauté. Frank Jefferson m'a raconté que dans bien des forêts d'Europe, il était arrivé la même chose ; des milles et des milles de bois de chênes abattus, laissant la terre dénudée. Il paraît qu'il faut deux mille chênes adultes pour construire un navire de guerre. Alors, tu vois, Kate, pour une raison ou une autre, l'homme prend toujours plus que ce dont il a besoin ou ce à quoi il a droit... J'ai assisté à l'agonie de cette forêt blessée. Je ne veux pas la voir mourir. »

Lentement, elle passa sa main sur son visage.

« Tu es l'être le plus beau que je connaisse, Saul Barnard, murmura-t-elle.

— Prudence ! Moi aussi, je peux me montrer impitoyable quand ça me convient !

— Je sais... et j'ai tellement envie de dormir près du feu cette nuit.

— Pas étonnant qu'Adam n'ait pas pu résister à Eve !

— Je peux ?

— Non. »

Le lendemain matin, une petite pluie fine se mit à tomber. Ils ne restèrent pas enfermés pour autant. Ils marchèrent jusqu'au moment où ils furent complètement trempés, les longs cheveux de Kate pendant comme autant de cordes tressées sur ses épaules.

« Ne me regarde pas ! s'écria-t-elle en essayant d'essorer sa chevelure. Je dois ressembler à une sorcière !

— Si seulement elles étaient aussi belles... A une heure d'ici environ, il y a une cascade qui se faufile à travers un pan de bruyères.

— Tu veux m'y emmener ?

— Il y a plusieurs ravins profonds à traverser en route, prévint-il en tordant les mèches que la jeune fille n'arrivait pas à attraper.

— Je tiendrai le coup, je te promets. »

A mi-chemin, elle commença à ralentir le pas. « Est-ce encore un de tes jours de cruauté ? lui cria-t-elle en s'arrêtant sous un aulne rouge pour souffler.

— Plus nous y arriverons vite, plus nous pourrons y rester longtemps », répondit-il en revenant vers elle. Il pleuvait plus fort à présent, et de grosses gouttes froides, tombées des arbres, leur coulaient le long du dos. « A moins que tu préfères rebrousser chemin ?

— Non. »

La journée était déjà bien entamée. L'angoisse et la tristesse se lisaient dans ses yeux.

« Kate... » Elle se retourna brusquement et lui tourna le dos. « Ne crois pas que je n'ai pas envie que ce rêve se poursuive à jamais, lui dit-il en serrant son corps mouillé contre le sien. Ne crois pas que je ne pense pas à l'avenir, à une solution pour nous deux.

— Comment allons-nous gravir toutes ces montagnes, Saul ?

— Etape par étape, mon amour. » Il n'allait jamais oublier ces mots-là.

« Elle est encore loin, cette cascade ?

— Nous avons fait la moitié du chemin. Mais un peu plus loin, nous rejoignons un sentier et à partir de là, c'est beaucoup plus facile. »

Elle se retourna lentement contre lui et il sentit la tiédeur de son haleine dans son cou. « Dis-moi que tu m'aimes.

— Je t'aime, Kate. »

Il y avait des traces sur le sentier. Celles de l'Ancien.

« Qu'est-ce qui se passe ? demanda-t-elle quand il s'arrêta net.

— Un éléphant.

— Quoi ?

— Il ne doit pas être bien loin. La piste est toute fraîche. » Il ne lui avait pas dit de quel éléphant il s'agissait. « J'ai bien peur que nous soyons obligés de rentrer, le vent est contre nous. » D'où ils étaient, il percevait distinctement le murmure du ruisseau au fond du ravin et il ne pouvait repousser la possibilité que l'animal y soit descendu s'y désaltérer. « Si nous continuons, nous risquons d'avoir des ennuis.

— Est-ce qu'il est tout seul ?

— Oui. C'est celui qui a chassé les prospecteurs de leurs tentes à Stripe Bush, il y a quelque temps de ça.

— Comment le sais-tu ?

— Ce sont les mêmes traces. J'étais allé voir. »

Elle avait dû sentir son anxiété, car elle jetait continuellement des regards furtifs dans les fourrés. « Il est peut-être... déjà loin d'ici.

— Il ne faut jamais sous-estimer un éléphant, Kate. Surtout par temps humide. » Quand il leva les yeux, il *l'*aperçut soudain, à soixante pas à peine, là où le sentier formait un coude.

L'animal avançait déjà vers eux, lentement. Il y avait quelque chose d'étrange dans son comportement...

« Saul ? » Il sentit les ongles de Kate s'enfoncer dans son bras. « Regarde !

— Je l'ai vu. Viens, Kate ! Ne cours pas, marche derrière moi ! Lentement ! » Quand ils furent au pied de l'aulne blanc, sa voix trahit sa terreur. « Grimpe ! Saute sur mon dos et grimpe le plus haut possible !

— Saul !

— Dépêche-toi ! »

Quand il se redressa, l'éléphant se tenait à trente pas de lui, à peine, et les touracos roucoulaient furieusement en sifflant comme des serpents. Il devait se décider rapidement : il y avait assez de place pour deux dans l'arbre, mais pourrait-il résister au poids de l'Ancien ? L'espace d'un instant, il quitta des yeux l'énorme masse sombre qui venait de s'immobiliser, le temps de repérer un santal de l'autre côté du chemin. Déjà il avait retiré sa chemise... Il courut jusqu'à l'arbre en criant : « Ne panique pas, Kate ! Reste où tu es ! » A la première tentative, son pied glissa le long du tronc détrempé et il dut se hisser par la force des bras.

Lorsqu'il fut à l'abri, il vit que l'animal s'était arrêté à l'endroit où sa chemise gisait sur le sentier. Ses deux formidables défenses semblaient trop lourdes pour sa tête... Puis l'Ancien se mit à se dandiner lentement d'avant en arrière, tandis qu'une vague d'émotion violente saisissait Saul à la gorge. Derrière l'omoplate droite de la bête, sur une longueur de plus de deux mains, du sang et du pus coulaient en un long filet sombre le long de la peau ridée. Comme une larme. Quelqu'un avait tiré sur l'éléphant et l'avait blessé !

« Les *salauds !* » cria-t-il, fou de rage. Les salauds ! Il eût voulu le hurler dans toute la forêt, pour que tous l'entendent. « Les salauds ! »

Et sans piétiner la chemise, sans même l'avoir effleurée, l'éléphant fit demi-tour et s'éloigna dans la direction de la rivière. Lentement, péniblement, comme quelqu'un qui souffre.

Saul attendit de le voir disparaître dans les fourrés avant de crier à Kate de descendre.

« Qu'est-ce qui s'est passé ? Pourquoi as-tu crié comme ça ? lui demanda-t-elle quand elle l'eut rejoint sur le sentier. Saul, tu es tout pâle !

— Il est blessé. Normalement, il aurait dû tout saccager sur son passage, mais il ne l'a pas fait... c'est étrange.

— Et maintenant ?

— Il meurt lentement ou il se rétablit. Ses chances sont identiques.

— Tu as vu ses énormes défenses ?

— Je connais cet éléphant, Kate, et sa propre voix lui parvint, lointaine, dure, implacable : C'est l'Ancien. »

Ils rentrèrent à l'abri, sous une pluie battante, conscients que le temps leur filait de plus en plus vite entre les doigts.

« Il vivra, Saul, lui assura-t-elle plusieurs fois en chemin.

— Je l'espère, répondait-il. Il s'est déjà remis d'autres blessures. »

Il fit un grand feu pour qu'elle se sèche. Plus les heures passaient, plus il sentait qu'elle le réclamait de tout son être, et dans son cœur à lui, les émotions étaient plus fortes à chaque instant.

« Quand pars-tu, Saul ?

— Demain. »

Elle s'assit près du feu, enveloppée d'une couverture. « Ne t'en va pas ! Je t'en conjure !

— Kate, en cet instant, je ne suis sûr que de deux choses : que je t'aime de tout mon cœur et qu'il me faut m'en aller d'ici le plus vite possible avant que je commette un crime.

— Promets-moi quelque chose ?

— Je doute que mon esprit soit suffisamment clair pour te promettre quoi que ce soit, maintenant.

— Promets-moi que tu ne disparaîtras pas une nouvelle fois en me laissant seule sans que je sache où tu es.

— Je pense que je resterai au village quelque temps. »

Une lueur d'espoir brilla dans les yeux de Kate. Il lui prit la serviette des mains et se mit à lui frotter les cheveux.

« Saul... » Sa voix lui parvint, étouffée et sereine, de dessous la serviette. « Demande-moi si je t'aime.

— Est-ce que tu m'aimes, Kate ?

— De tout mon cœur. Et depuis toujours. »

16.

Après avoir passé trois semaines à l'hôtel, Saul se décida à louer la maisonnette au toit de chaume de la vieille Miss Keyter, blottie au pied de la colline, derrière l'église, et prit deux domestiques à son service : Kaatjie s'occupait de la maison et Moos l'aidait à remettre de l'ordre dans le vaste potager envahi par les mauvaises herbes.

Tous les bateaux qui pénétraient dans la lagune par l'étroite passe défilaient sous ses fenêtres : clippers, goélettes, bricks à deux mâts, le *Saxon* qui fonctionnait à la vapeur, le *Venice.* Et si, chaque fois qu'un de ces navires quittait le port, son impatience allait croissant, l'arrivée d'un nouveau bâtiment ne faisait qu'ajouter à sa colère, car sitôt après l'ancrage, il apercevait immanquablement le long ruban des prospecteurs fraîchement débarqués se dérouler sur le chemin qui menait au village, à travers les champs d'arums.

Il lui avait fallu s'accoutumer à nouveau aux vastes espaces. Dès qu'il franchissait le seuil de son logis, tout était si dénudé ! Il avait compté vingt-sept maisons et sept arbres. Sept arbres dépouillés ! De l'autre côté, les fenêtres de la maisonnette donnaient sur la colline que couronnaient les premiers fourrés sombres de la forêt ; elle s'étendait au-delà, à perte de vue, et il y avait des jours où il se languissait tant de la fraîcheur des sous-bois qu'il devait se faire violence pour ne pas y courir.

Tous les chariots grinçants sous le poids du bois qui descendaient au village par la Grand-Rue passaient devant la petite église de pierre ; les claquements des coups de fouet venaient se répercuter sourdement contre les murs de sa demeure. Le plus souvent, ils s'en retournaient par le même chemin, croulant sous la charge du matériel destiné aux prospecteurs.

Et chaque jour, de l'aube au crépuscule, les chariots des bûcherons approfondissaient leurs sillons entre l'entrepôt et la jetée...

Des cavaliers de belle prestance sur d'élégants chevaux, des dames distinguées à bord de gracieuses carrioles circulaient constamment dans les rues du village. Les chaussées étaient maintenant dans un tel état que même sur les distances les plus courtes, les chevaux devaient être harnachés.

A la tombée de la nuit, les rumeurs du petit port se modifiaient imperceptiblement. Les soirs de tri du courrier, les cloches de la prison annonçaient l'heure de la distribution. Quelquefois, surtout avant un orage, ou quand le vent venait du large, il entendait les accords de piano qui scandaient les répétitions du Club d'Art Dramatique, dans la petite mairie, auxquels venaient souvent se mêler les hymnes du service religieux de l'Armée du Salut. Il s'imaginait Kate dans la grande maison blanche aux volets verts ou se remémorait sa dernière visite ; en fin de semaine, elle descendait de temps en temps au village.

Il était toujours tiraillé entre le désir de partir et celui de rester. D'un côté, il y avait l'attrait d'une vie nouvelle, d'un monde inconnu. De l'autre, il y avait Kate et la possibilité de monter sa propre affaire, avec tout ce ce que cela comportait de défi. Dire qu'il était malheureux eût été faux, mais il n'était pas vraiment heureux non plus. C'était une période de transition, d'attente. Quand le *Pictor* mouillait au port, Frank Jefferson et lui se voyaient souvent. Crompton et Morris venaient parfois passer quelques jours chez lui. Ils lui apportaient toujours une lettre de Kate, à laquelle il répondait, par leur intermédiaire. Lorsque James Stewart séjournait au village, il venait lui rendre visite régulièrement.

Quant aux nouvelles qui lui parvenaient de Millwood, il s'efforçait de les accueillir avec autant de détachement que possible.

Il passait le plus clair de son temps à lire et à prendre soin du potager, et occupait ses soirées à élargir ses connaissances sur les étoiles — un intérêt que Frank Jefferson lui avait fait partager. Souvent il allait se promener le long de la lagune pour repérer de nouvelles constellations.

Il découvrit une amie et une confidente en la personne de Beth. Elle était tombée éperdument amoureuse de Frank Jefferson et bien souvent, il l'escortait, lui servant de chaperon, quand elle se rendait à bord du *Pictor*. En retour, elle se faisait la complice de ses rendez-vous avec Kate.

La fin de l'année 1886 approchait. Il y avait déjà plus de cinq mois qu'il était au village, et son existence commençait à acquérir une routine qu'il n'avait pas encore envie de voir troubler. La nouvelle année déciderait pour lui, se disait-il. Mais il était loin de s'imaginer ce qui allait finalement le forcer à tout remettre en cause du jour au lendemain...

Un chaud après-midi de décembre — c'était un mardi —, une carriole s'immobilisa juste devant sa maison. Il ferma son livre et se leva : Caroline MacDonald, la mère de Kate, venait de frapper à sa porte.

« J'aurais sans doute tort de supposer qu'il s'agit d'une visite de courtoisie, Mrs. MacDonald ? lui demanda-t-il dès qu'elle fut assise sur le divan, en face de lui, hautaine et austère.

— Effectivement ! »

Elle est encore belle pour son âge, songea-t-il en lui proposant une tasse de thé.

« Non merci ! répondit-elle en faisant pivoter son

ombrelle de dentelle entre ses mains. La raison de ma présence ne devrait pas vous étonner ? »

Il était bien obligé de reconnaître qu'il n'était guère surpris. Il s'était attendu à cette visite, qu'il redoutait d'ailleurs, depuis longtemps. Quelques jours auparavant, Kate était descendue au village et ils s'étaient vus plusieurs fois. Le *Pictor* était ancré au port et le samedi soir, Kate, Beth et lui avaient dîné à bord... Kate s'était-elle enfin décidée à mettre ses parents au courant de leurs relations ? Chaque fois qu'il avait soulevé la question, Kate s'était dérobée, en parlant d'autre chose.

Le regard glacial de Caroline MacDonald était posé sur lui.

« Mon époux, Mr. MacDonald, et moi-même venons d'apprendre que vous *courtisez* notre fille, Kate. »

Il comprit qu'il lui faudrait épuiser des trésors de patience pour faire face à la situation.

« Kate vous en a-t-elle informé elle-même ?

— Je présume que vous faites référence à Miss Mac Donald, si vous me permettez de vous rappeler l'usage ? répondit-elle d'un ton cassant, manifestement contente d'elle. En réponse à votre question, non, elle n'a pas pris la peine de nous en informer elle-même. Elle ne doit pas prendre la chose suffisamment au sérieux pour juger cela nécessaire.

— C'est une éventualité.

— J'ai personnellement décidé de vous donner une chance de redresser la situation avant que mon mari, Mr. MacDonald, n'estime de son devoir de venir vous rendre visite lui-même, poursuivit-elle sur un ton menaçant. Mon époux est un homme fort occupé. Entre son négoce de bois et ses intérêts dans les mines, il a beaucoup à faire, et un homme si pris n'a guère de patience.

— Etes-vous sûre qu'une tasse de thé ne vous ferait pas plaisir ? » Il fallait à tout prix qu'il gardât son calme.

« Absolument ! Si j'ai pris sur moi de venir vous voir... c'est parce que je considère comme *indispensable* de vous informer d'une chose essentielle que vous semblez ignorer. » Il eut l'impression qu'elle hésitait, ne sachant comment s'adresser à lui.

« Je vous en prie ! Appelez-moi Saul. »

Elle se renfrogna. « *Mr. Barnard,* reprit-elle, savez-vous à qui vous parlez ?

— Que voulez-vous dire ? » Il avait immédiatement compris qu'elle faisait allusion à ses liens avec la famille Rex.

« Mr. Barnard, j'appartiens à la lignée des descendants du roi George d'Angleterre ! Mon sang, et celui de mes filles, est un sang royal, *koningsbloed.* Vous trouvez ça drôle ? »

Il n'avait pas pu réprimer son envie de rire.

« J'étais simplement en train de me demander ce qui vous convenait le mieux, Votre Grandeur ou sa Majesté ? dit-il avant d'ajouter rapidement : Je suppose que vous faites référence au sang des Rex ?

— Vous connaissez George Rex ?

— Plus ou moins.

— Alors vous devriez comprendre aisément pourquoi je suis ici ! »

Il ne voulait pas la priver du plaisir de le lui exprimer elle-même. Mieux, il voulait la *forcer* à le dire ! « Je ne suis plus très sûr, Mrs. MacDonald, j'avais l'impression que vous vous étiez déplacée pour m'entretenir de mes relations avec Kate.

— Miss MacDonald !

— Miss MacDonald !

— Mr. Barnard, lâcha-t-elle, les lèvres pincées, George Rex est le fils du roi George III et d'Hannah Lightfoot, la femme qu'il prit pour épouse en toute légalité. Le sang qui coule dans les veines de mes filles ne saurait être mêlé à... à... à...

— Un sang de bûcheron ? acheva-t-il, froidement.

— Un sang qui n'est pas digne d'elles !

— Il y a un certain nombre de choses que j'aimerais

beaucoup savoir à propos de George Rex, Mrs. Mac Donald.

— Les gens ordinaires sont toujours très curieux de la royauté, répondit-elle avec mépris.

— On dit qu'il est arrivé ici sur un magnifique carrosse tiré par huit chevaux blancs... en 1802, est-ce que je me trompe ?

— Votre savoir me surprend. Les armoiries de Sa Majesté le roi George III étaient frappées sur la porte du carrosse, Mr. Barnard, précisa-t-elle fièrement.

— Ces chevaux devaient être bien extraordinaires ! A cette époque, le seul moyen de faire venir jusqu'ici un aussi précieux carrosse, c'était par la mer. Les pauvres bêtes ont sans doute fait toute la traversée à la nage ! Aucun véhicule n'aurait pu franchir la Mare aux caïmans. Ni couvrir le reste du trajet, d'ailleurs !

— La jalousie, Mr. Barnard, donne souvent lieu à d'étranges spéculations !

— Dommage qu'on ait perdu toute trace de cette carriole !

— Elle a été détruite lors d'un incendie dans les étables de Melkhoutkraal, se hâta de préciser Mrs. MacDonald.

— Je ne crois pas me tromper en disant que George Rex a aussi été le premier homme à s'enrichir grâce à la forêt.

— Il recevait une pension de son père.

— A en juger par le luxe dans lequel il vivait, il devait recevoir des pensions d'un bon nombre de pères.

— Mr. Barnard ! » C'était une sérieuse mise en garde.

Mais il ne pouvait plus se contenir. « George Rex, madame, était un négociant en bois. Qu'il ait été de sang royal ou pas, il a fait abattre à lui seul plus de santals dans cette forêt qu'il en a été coupé depuis. Mon grand-père Steyn était bûcheron, en ce temps-là. Il a très bien connu les splendeurs de Melkhoutkraal ! »

L'ombrelle tournoyait furieusement. « Je suis ici pour vous parler de vos prétentions à l'égard de ma fille !

— Vous êtes venue m'entretenir de votre sang royal,

rétorqua-t-il d'un ton mordant, l'obligeant à revenir sur le sujet. Mais vous ne m'avez pas encore tout dit. J'attends que vous en arriviez à la question du sang de Johanna Rosina !

— C'était une femme remarquable !

— C'était une *meid* — une femme de couleur !

— Je refuse de me laisser insulter par vous !

— Il n'empêche que c'était une *meid.* C'était une pitoyable femme entretenue dont il s'est royalement servi aussi longtemps que cela en valait la peine, avant de la chasser pour la remplacer par sa propre fille âgée de quinze ans à peine, née d'un précédent mariage de la belle Johanna avec un dénommé Ungerer ! » Il n'arrivait plus à se contrôler mais cela lui était bien égal. « A moins que ça aussi, ce soit des racontars de jaloux ?

— George Rex était fils de roi !

— George Rex était un négociant en bois, un fermier, un exploiteur, un... fornicateur. »

Elle était folle de rage. « Je refuse de me laisser insulter par un vulgaire *boy !*

— Il y a un bûcheron du nom de Jeremiah Eye. Lui aussi livre son bois à l'entrepôt de votre mari... » A mesure qu'il parlait, un calme étrange l'envahissait. « Jeremiah Eye a voulu une meid pour lui. Mais comme il n'y avait pas de pasteur aux alentours, il l'a emmenée jusqu'à Swellendam pour l'épouser. Il n'a pas profité de Magrieta. Il l'a traitée noblement, comme nous disons, nous autres, gens de la forêt.

— Si jamais vous osez adresser la parole à ma fille ou vous approcher d'elle une seule fois, les MacDonald vous détruiront, je vous préviens ! » Sur ces mots, elle se leva et rajusta ses vêtements. En se redressant à son tour, il tenta en vain de retenir une dernière pique : « Dites-moi, Mrs. MacDonald, êtes-vous une descendante de la première ou de la deuxième maîtresse ? »

Moins d'une demi-heure plus tard, MacDonald se présentait chez lui pour lui débiter à son tour toutes les menaces et insultes de son répertoire.

Pas une seule seconde, Saul ne se départit de son calme.

« Si vous voulez me lyncher parce que vous ne pouvez pas supporter d'entendre la vérité, ne vous gênez pas ! Mais s'il me faut me séparer de Kate à jamais sous prétexte que son sang est trop bon pour le mien, qu'elle vienne me le dire elle-même !

— Vous n'aurez même pas le privilège de l'entendre de sa bouche, Saul Barnard, croyez-moi ! Il est temps que vous autres, vermines de la brousse, vous réappreniez à vous tenir à votre place.

— Les chercheurs d'or de Millwood sont-ils inclus dans le lot ?

— Si vous croyez pouvoir comparer les chercheurs d'or aux bûcherons, permettez-moi de vous dire que c'est un peu présomptueux de votre part !

— Un bûcheron refuserait tout net de faire cuire sa nourriture dans la même marmite que ces vauriens !

— Ça suffit, Barnard ! Je tiens à vous avertir que je vais faire tout ce qui est en mon pouvoir pour vous ruiner ! »

Le *Pictor* était au mouillage... Après le départ de MacDonald, Saul n'eut qu'une seule idée en tête : rassembler quelques effets, descendre au port et s'embarquer sur le navire.

Mais avant de partir, il fallait qu'il voie Kate.

Le moment était venu de lancer un ultime défi à la montagne ou de se séparer, et c'était à elle de choisir. Dans trois semaines, ce serait Noël. Elle devait revenir au village quelques jours avant, et rester jusqu'en janvier. Il était certain que tout se déciderait pendant son séjour.

Le vendredi suivant, il rencontra Maska au village. Le vieil homme était en route pour Millwood avec un sac rempli de jeunes plants.

« Qu'est-ce que c'est que ça, Maska ?

— C'est pour là-haut, maître Saul. Je travaille dans les

tunnels maintenant, lui avoua-t-il d'un air coupable, en détournant le regard. Je ne pouvais pas faire autrement... Il faut bien manger.

— Pour qui travailles-tu ?

— Le gros Anglais avec une barbe rouge... J'ai commencé hier... C'était le seul moyen, maître Saul. »

Saul voulut en savoir plus long sur les jeunes plants.

« C'est pour la femme de l'Anglais. Des milliers d'arbres il y a là-haut, mais ça lui suffit pas ! Elle dit qu'elle n'aime pas ces espèces-là. Elle veut des *chênes* autour de sa maison. C'est Hans Oukas qui me l'a rapporté. Il arrive à bien comprendre ce qu'ils disent maintenant.

— Et l'or, vous en trouvez beaucoup ?

— Je pourrais pas dire, maître Saul. Il fait tellement sombre dans les tunnels, les hommes en ont vite assez... Nous, on se charge seulement d'arracher le minerai à la paroi et de remplir les brouettes. On est comme des taupes... Tout est si confus et c'est presque Noël. »

Saul sentit que ce qu'il avait d'abord pris pour un comportement fuyant était en réalité de la peur : le vieil homme était terrifié.

« Mais alors pourquoi ne retournes-tu pas couper du bois ? »

Maska baissa la tête. « Comment se fait-il que tu me poses la question, maître Saul ? Je travaillais dans l'équipe de Jozef, tu sais bien...

— Qu'est-ce qui ne va pas, Maska ?

— Ce n'est pas possible que tu ne saches pas, maître Saul ? »

Il s'était passé quelque chose. « Qu'est-il arrivé à Jozef et aux autres ? Il y a quelqu'un de malade ? »

Le vieil homme tiraillait sur son sac.

« Maître Saul doit bien le savoir ? » C'était presque un reproche.

Saul perdit patience. « Comment diable veux-tu que je sache quoi que ce soit ? La dernière fois que je les ai vus, c'était à l'enterrement de Pa. Je les aperçois quelquefois au loin quand ils viennent apporter du bois, mais c'est tout. »

Maska releva la tête lentement et le dévisagea avec attention avant de répéter : « Comment se fait-il que maître Saul ne soit pas au courant ?

— Au courant de quoi ?

— MacDonald a refusé leur chargement la semaine dernière. En plus de ça, Jozef a été forcé de vendre deux bœufs pour payer sa dette. »

Saul frissonna ; soudain, il eut peur d'entendre ce que Maska s'apprêtait à ajouter...

« Refusé leur chargement, dis-tu ?

— Oui. Alors, Jozef est allé voir Smith, mais ça a été la même chose. Il a refusé en donnant les mêmes raisons que l'autre. Jozef pense que c'est MacDonald qui lui a demandé de le faire.

— Et quelles sont ces raisons ? » Le vieil Outeniqua dansait d'un pied sur l'autre ; il détourna le regard et ne répondit rien. « Que lui ont-ils dit, Maska ?

— Que... Comment ça se fait que tu me le demandes, maître Saul ?

— Parce qu'il faut que je sache ! Est-ce que ça a quelque chose à voir avec moi ? » Il venait d'exprimer sa crainte et la réponse qu'il redoutait se lisait déjà dans les yeux de Maska avant qu'il parle.

« Ils lui ont dit qu'ils n'achèteront pas aux Barnard tant que tu seras encore au village ou aux alentours, maître Saul. »

L'espace d'un instant, l'image du monde qui l'entourait se troubla ; puis elle se rétablit. Des milliers de pensées s'agitaient simultanément dans sa tête. MacDonald a joué une bonne carte et Saul Barnard n'a pas d'atout !

« Je ne te comprends pas, maître Saul. Qu'est-ce que tu mijotes à la fin ? Ces étrangers non plus, je ne les comprends pas. Mais toi, tu m'échappes complètement : que fais-tu ici parmi eux ? Tu t'es même mis à leur ressembler. Tu parles comme eux. Et pourtant, ils te tirent dans le dos — comment fait-on pour comprendre ça, maître Saul ?

— Cesse de me sermonner, Maska ! Il faut que tu ailles parler à Jozef pour moi. » Il enfouit sa main dans sa poche et en sortit une pièce d'or qu'il tendit à Maska. « Prends ça pour la peine. Laisse ce sac et cours à la Grande Ile. Tout de suite. Dis à Jozef qu'il rapporte son bois, que MacDonald le prendra.

— Qu'est-ce qui se passe encore ?

— Ne pose pas de questions ! Fais ce que je te dis ! Raconte à Jozef que tu as rencontré MacDonald au village et que c'est lui qui t'envoie.

— Jozef verra bien que je mens.

— Si tu lui dis que c'est moi, il sera trop fier pour venir.

— Ça, c'est bien vrai, maître Saul. En plus, les temps sont durs pour eux. La femme de Jozef vient d'avoir encore un bébé et c'est bientôt Noël. Izak voulait venir travailler à la mine avec moi, mais Jozef n'a pas voulu le laisser.

— Laisse ce sac là et dépêche-toi !

— J'y vais, maître Saul, répondit le vieil homme, sans bouger pour autant. J'y vais, mais ne me fais pas passer pour un idiot. Si jamais ils apportent le bois et découvrent que c'est un mensonge... Si jamais MacDonald les chasse une deuxième fois... On t'en veut déjà assez comme ça, maître Saul...

— MacDonald acceptera le bois. Je te le promets. »

Le salaud !

Quand il pivota sur ses talons et s'en alla, il n'éprouvait plus rien qu'une horrible sensation de torpeur. Et pourtant, à mesure qu'il approchait du chantier, une inexplicable arrogance l'envahissait, l'enveloppant peu à peu, comme un bouclier.

Quand il apparut à la porte de l'entrepôt, MacDonald et Pearston s'entretenaient avec un étranger. Dès qu'il l'aperçut, MacDonald quitta brusquement les deux autres et s'approcha de lui, tout en essayant manifestement de jauger son humeur...

« Quelle surprise ! s'exclama-t-il, feignant l'enthousiasme. Notre ancien *boy* ! » Dehors, les activités du chantier n'avaient pas changé. Rien n'avait changé depuis qu'il avait quitté les lieux, des années auparavant. Même le bois, entassé partout, semblait ne pas avoir bougé de place pendant tout ce temps... D'autres genoux ployaient sous le poids des madriers... D'autres épaules supportaient leur lourde charge...

« Vous avez encore gagné une manche, Mr. MacDonald. Mais mes frères doivent vivre. » Pas un instant, son regard rivé dans celui de MacDonald ne vacilla. « Achetez leur bois, rendez-leur les bœufs et je renonce à Kate.

— Ce n'est pas suffisant, Barnard. Nous exigeons que vous vous en alliez d'ici. Et loin ! C'est une condition indispensable.

— Telles sont bien mes intentions, dès que mes affaires seront en ordre.

— Je vous conseille de ne pas trop laisser traîner les choses. Vous avez une semaine. Pas plus. Et je vous interdis de reprendre contact avec ma fille, de quelque manière que ce soit.

— Je pensais bien que cela faisait partie de vos exigences », répondit-il, se dispensant ainsi d'une promesse. Puis il sortit de sa poche un billet de cinq livres qu'il tendit à MacDonald. « Mes frères vous rapporteront le bois demain. Je vous prie de leur donner cet argent en plus.

— Il n'en est absolument pas question !

— Cette fois-ci seulement.

— Je m'y refuse. Quand on les gâte un jour, le lendemain, ils réclament ce qu'ils considèrent dès lors comme un dû. Vous n'avez qu'à le leur donner vous-même !

— C'est à vous qu'ils ont vendu leur fierté, Mr. MacDonald, pas à moi !

— Vos bottes sont devenues trop petites pour vous, Barnard ! Prenez garde si vous ne voulez pas risquer de partir d'ici pieds nus ! »

Moins d'un mois plus tard, le 6 janvier 1887, la veille de son vingt-septième anniversaire, les autorités du Cap reconnaissaient officiellement les gisements d'or de Millwood, et proclamaient la région « *zone aurifère* », en même temps qu'elles promulguaient la loi sur les Pierres et Métaux précieux.

Une nouvelle onde de frénésie traversa le village dès que la rumeur fut confirmée. Ce fut Crompton qui mit Saul au courant. Il lui apportait aussi une lettre de Kate.

« Tu ferais mieux de la lire tout de suite, suggéra-t-il. Sinon tu vas bouillir d'impatience jusqu'à ce que je m'en aille.

— Ne t'inquiète pas, lui assura-t-il. Quand j'aurai envie que tu t'en ailles, je l'ouvrirai. Ça sera le signe.

— De toute façon, je ne peux pas rester très longtemps. Le mobilier des nouvelles chambres a été débarqué hier et je tiens absolument à être là quand on chargera le tout sur les chariots. La route de Millwood est dans un état épouvantable. Heureusement, le gouvernement va bien être obligé de faire quelque chose maintenant... Si tu voyais le village, Saul... tu ne t'y reconnaîtrais pas...

— J'en suis sûr.

— Ce n'est plus un campement, avec une ou deux maisons ici et là. C'est devenu une vraie ville. Il y a même une poste et une boulangerie...

— J'imagine que les fours fonctionnent au bois de santal...

— Allons Saul ! Ravale ta fierté et reviens à Millwood. Southey cherche un gérant pour sa nouvelle société et tu sais très bien qu'il t'accueillerait à bras ouverts. Tous ses investisseurs sont anglais et son filon semble des plus prometteurs.

— Ça ne m'intéresse pas. En outre, MacDonald m'a déjà averti à deux reprises que je ne devais plus traîner.

— Reviens à Millwood !

— L'accord que j'ai passé avec lui me l'interdit. Et puis de toute façon, ça ne m'intéresse pas.

— C'est dommage ! Tu nous manques là-haut ! »

Saul eut un rire forcé. « Sûrement pas à tout le monde !

— Tu serais étonné de savoir le nombre de gens qui regrettent l'infernal Afrikaan. Même parmi ceux qui te donnaient le plus de soucis ! Allons, réfléchis à la proposition de Southey, au moins.

— Non. »

Dans la cuisine, Kaatjie s'agitait. Une délicieuse odeur de ragoût s'était répandue dans toute la maison. Moos piochait sous la fenêtre.

« Beth m'a dit que tu avais l'intention d'aller vivre au Cap.

— Oui.

— Pour de bon ?

— Ça dépend si je trouve l'endroit agréable ou pas.

— Quand pars-tu ?

— La semaine prochaine. » Il tenta de dissimuler la gravité de sa situation en esquissant un geste nonchalant, et ajouta : « Je ne laisserai pas les MacDonald en suspens plus longtemps.

— Tu seras bien le seul à t'en aller à un moment pareil.

— Comment va Kate ?

— Comme toi.

— Que veux-tu dire ?

— C'est pourtant clair. Vous avez le même regard, un regard qui avoue : « Je ne veux pas parler de cette douleur avec laquelle je vis. » En attendant, je continue à penser que tu devrais parler à ses parents.

— Tu ne peux pas comprendre, Peter, intervint Saul. Et, changeant de sujet : Y a-t-il quelque chose que tu voudrais que je t'envoie du Cap ? Le *Pictor* y accoste souvent et Frank n'y verrait sûrement pas d'inconvénient.

— Envoie-moi une belle femme !

— Elles ne manquent pas là-haut, j'en suis sûr.

— Les belles sont rares. Kate est l'exception, mais je ne l'intéresse pas. J'ai déjà vérifié. »

Faisant la sourde oreille et évitant une nouvelle fois ce terrain brûlant, Saul reprit : « James m'a dit que les éléphants vous donnaient plus de fil à retordre que jamais. J'aurais pensé qu'ils préféreraient fuir cette région en effervescence.

— Bon, tu ne veux vraiment pas parler de Kate... Oui, les éléphants se sont passablement manifestés ces derniers temps. Il y en a même un — particulièrement énorme — qui passe tous les jours le village en revue. Je ne plaisante pas, Saul ! Chaque après-midi, à quatre heures précises, il descend la Grand-Rue, comme s'il savait que les chercheurs d'or sont encore à la mine et que les autres n'oseront pas tirer sur lui, au milieu des maisons et des tentes.

— Tu parles déjà d'une Grand-Rue. On dirait vraiment que c'est une ville.

— Mais c'est une ville ! Réveille-toi, Saul, accepte les faits. Nous avons abandonné la prospection trop vite, mon ami. Le prix de l'or ne cesse d'augmenter. Il vaut actuellement trois livres douze shillings et six pence l'once !

— J'ai acheté deux chevaux. Ils sont dans l'étable des Stewart et je les monte chaque après-midi pour m'exercer en vue de mon voyage. J'aimerais bien que tu viennes les voir.

— Bon, tu ne veux pas parler de l'or non plus ! Un des chevaux de Morris est mort la semaine dernière.

— Je suis désolé.

— Bon sang, Saul ! s'exclama brusquement Crompton en se levant d'un bond pour venir se planter devant lui, pourquoi ne luttes-tu pas pour Kate ? !

— Peter, entre Kate et moi s'élève une montagne qu'aucun homme ne peut franchir.

— Tu sais, si quelqu'un m'avait demandé un jour si je

connaissais un être capable de gravir la plus haute montagne qui soit, j'aurais répondu : Saul Barnard !

— Tu n'imagines pas la hauteur de cette montagne. Assieds-toi ! D'après le raffut que fait Kaatjie à la cuisine, j'en conclus que tu es convié à déjeuner. »

Après le départ de Crompton, il lut la lettre de Kate.

« ... Il y a des moments où je te hais parce que je me sens totalement impuissante. A quoi sert de se rebeller si Saul Barnard refuse lui-même de lutter ? Il y a des moments où ton inertie m'atteint par-delà les bois et je me surprends alors à espérer que tu aies raison et qu'ils aient tort. A propos de l'or.

Bon anniversaire, le sept.

Des gens nouveaux arrivent chaque jour. Nous sommes déjà plus de mille à vivre ici et l'école compte plus de trente enfants. Une autre maîtresse, de Kimberley, est en route.

L'Ancien continue à nous rendre visite tous les après-midi. Je suis en train de peindre son portrait. Sa blessure est complètement guérie maintenant.

Beth est venue passer quelques jours avec moi. Elle dit qu'à Knysna, c'est trop calme. J'espérais tellement qu'elle m'apporterait une lettre de toi, mais une fois de plus, j'ai été déçue. Une seule pensée me rassure : Saul Barnard a déjà été piégé et chaque fois, il s'est dégagé de ses liens.

Tout mon amour, Kate. »

Non, Kate, songea-t-il, cette fois-ci pas question de se rebeller. Cette fois-ci, c'est la fuite, la retraite totale jusqu'à ce que les blessures se referment, jusqu'à la guérison.

17.

Il arrêta les chevaux au bord de la lagune et se retourna. L'aube commençait à poindre, mais la nuit enveloppait encore le monde. Tout était paisible. L'émotion contre laquelle il avait tant lutté ces derniers jours lâchait prise peu à peu, remplacée par une profonde tristesse. Il laissait derrière lui tout ce qui avait jamais compté pour lui : Kate, l'Ancien, la forêt, Crompton, Morris, James Stewart, Maska... Tout. Vingt-sept années. Devant lui, il ne voyait qu'un long tunnel noir dans lequel il s'engageait seul. Sa vie avait pris d'étranges tournants. Pourquoi un homme détenait-il le pouvoir de changer la destinée d'un autre ? Guérit-on jamais de la haine ?

Mais déjà le cheval de tête s'impatientait.

Saul n'alla jamais jusqu'au Cap, ou du moins ce ne fut pas l'endroit qu'il choisit pour s'établir. Au cours de la troisième semaine de son voyage, il s'arrêta dans un petit village déployé au pied des flancs rudes et bleutés des montagnes. Même s'il éprouvait encore la sensation que la moitié de son être avait cessé de vivre, l'autre moitié s'y plut et il résolut de s'y installer quelque temps.

Pour la première fois de sa vie, à Swellendam, il put pénétrer dans une église ; il n'avait pas tardé à s'apercevoir que la majorité des gens du village parlaient sa langue natale. Ainsi des gens nantis pouvaient parler autre chose que l'anglais ! La longue rue poussiéreuse du village était bordée de maisons aux toits de chaume et blanchies à la chaux, mais elles étaient différentes de celles de Knysna. Plus accueillantes ! Il prit une chambre dans l'auberge située au bord de la rivière qui traversait le bourg de part en part. Puis au bout de quelques semaines, il se décida à louer une chambre dans une des maisons du haut de la Grand-Rue.

Les villageois étaient gentils. Des gens simples et bons. Ils le saluaient aimablement et se retournaient parfois sur son passage... C'est lui qui se montrait distant. Les deux vieilles sœurs Muller, chez qui il louait sa chambre, lui apportaient les dernières nouvelles des naissances et des morts en même temps que ses repas, s'efforçant ainsi de l'inclure dans la vie communautaire. Mais sa froideur, sa brusquerie persistaient ; Kate continuait à le hanter.

Le mois de mars était déjà bien entamé lorsqu'un jour, en fin d'après-midi, il vit passer un vieil homme portant sur son épaule un tronçon de bois jaune et une scie de travers. Saul demanda qui il était.

« C'est le vieil Abraham Steyn.

— Que fait-il ?

— Il fabrique des meubles. Il est terriblement lent mais très consciencieux. Il continue à aller chercher lui-même une partie de son bois dans la montagne.

— Où vit-il ? » Pour la première fois depuis longtemps, il sentait quelque chose s'agiter en lui alors qu'il commençait déjà à envisager de seller ses chevaux et de repartir...

« Une fois que vous aurez dépassé la dernière échoppe, prenez le premier petit chemin à droite. Vous repérerez facilement sa maison. Il y a une porcherie à côté de la barrière. »

Il ne fut guère aisé de persuader Abraham Steyn, déjà septuagénaire, d'accepter de le prendre comme apprenti menuisier.

« Non, mister. Je suis trop vieux pour me donner la peine de former un jeune homme. Et puis vous n'avez pas l'habitude de ce genre de travail. Je le vois bien. Je suis un homme simple.

— Je m'adapterai à vous, l'oncle, vous verrez. Je viens d'une famille de bûcherons.

— L'abattage et la menuiserie, ça n'a rien à voir, mon ami !

— Je sais, l'oncle. Je ne vous demande pas de me payer. Je veux apprendre, c'est tout. »

Finalement, au bout de deux jours, Abraham Steyn se laissa convaincre. Non sans poser ses conditions. Si par hasard, il — Saul — réussissait à fabriquer quelque chose susceptible d'être vendu, l'argent serait partagé entre eux deux. Cinquante-cinquante. Il devait se procurer ses propres outils : des scies, une herminette, un rabot ; il fallait aussi qu'il achète de la colle qu'il devait faire bouillir lui-même. Il aurait besoin de burins et d'alènes... A ce point de l'énumération, Saul commença à se demander si le vieil homme n'était pas en train d'essayer de le décourager. Pas un picot de bois ne devait être gaspillé ! A midi, il pourrait partager le repas avec sa femme et lui. Il n'arriverait sûrement pas à faire du bon travail en étant habillé ainsi ! Chacun préparait et coupait ses propres lanières de cuir. Pas question qu'il touche au bois entassé sous l'auvent, c'était du bois de santal !

Le premier matin, il l'envoya nettoyer la porcherie. Il aurait juré que, pendant la nuit, Steyn avait réfléchi et décidé de trouver à tout prix un moyen de le dégoûter pour de bon !

Une semaine plus tard, pourtant, le vieil homme avait apparemment changé d'avis : « On dirait que tes mains connaissent le bois, Saul. Ton geste est sûr.

— Vous ne regrettez donc plus de m'avoir accepté ?

— Pas pour le moment, tout du moins. Mais ne t'imagine pas que tu vas arriver à faire de beaux pieds de biche, parce que tu as réussi à fuseler un bout de bois. Pour ça, il faut un œil sûr et de la jugeote ! »

Abraham Steyn lui apprit ainsi à fabriquer une chaise

puis une petite table, un tabouret, un châlit, une armoire... Et lentement, un certain contentement s'installait en lui. Peu à peu, il sortait de sa torpeur et perdait sa rudesse. Le soir venu, il était fatigué comme un homme doit l'être, et chaque matin, il se levait en sachant que la journée qui l'attendait serait bien remplie...

Cependant, une partie de lui-même demeurait inerte...

Quand le vent venait du sud, il s'imaginait respirer l'odeur de la mer; alors ses pensées s'envolaient vers la trouée entre les deux collines où les vagues blanchissaient d'écume, au-delà du récif, vers la forêt, vers Kate.

« Ton esprit est loin d'ici ?

— Oui, l'oncle.

— Les tiens vivent-ils toujours dans la forêt ?

— Oui, l'oncle.

— Tu as eu des ennuis ?

— Oui, l'oncle.

— Tu peux m'en toucher un mot si tu veux. Je n'en dirai rien à personne... Commence par prendre le mètre et mesure la longueur et la largeur qu'il te faut... Quelquefois ça soulage de parler de ce qui pèse sur le cœur. Pas de jacasser, comme les femmes, par habitude.

— Il y a des choses si profondes qu'on a parfois du mal à s'épancher... La tante Anna nous a instamment demandé de sarcler les haricots avant la tombée de la nuit, ajouta-t-il, rappelant au vieil Abraham les ordres de sa femme.

— Qu'elle vienne finir ce banc à ma place, alors ! répliqua-t-il.

— Elle nous l'avait déjà demandé hier.

— Et elle nous le redira demain. Il va falloir aiguiser cette scie à cadre. »

A mesure que le temps passait, ses idées se clarifiaient : il était vain de ruminer d'anciens rêves jusqu'à la fin de sa vie ; un jour viendrait sans doute où il découvrirait avec regret qu'il n'avait pas pris le temps de s'en fabriquer de nouveaux ni même de vivre. Il se résolut finalement à tirer le meilleur parti possible de l'enseignement d'Abraham Steyn puis de continuer son chemin. Jusqu'au Cap.

Il arrivait toutefois que le souvenir de MacDonald s'imposât à lui, emplissant son cœur d'amertume. Parfois il parvenait à se résigner à la défaite ; l'instant d'après, il luttait à nouveau avec lui-même.

Kate !

Si seulement la douleur de son absence s'apaisait un peu !

« Il faut sortir, Saul, lui conseillaient régulièrement les deux sœurs Muller. Surtout en fin de semaine. La fanfare doit jouer demain soir sur la place. Allez-y et emmenez donc Martjie avec vous ! »

Martjie était la nièce des deux vieilles demoiselles. C'était une gentille gamine rondelette, au teint haut en couleur. Comment aurait-il pu leur dire : « Attendez encore un peu. Donnez-moi un peu plus de temps ? » Plus tard, il irait écouter la fanfare. Plus tard, il retournerait danser et chercherait une Martjie pour l'aider à soigner ses blessures. Plus tard !

Il était sûr d'une chose au moins : il avait le bois dans le sang. La moindre petite table, le moindre tabouret, chaque objet auquel il donnait la dernière main lui procurait une joie nouvelle. Au fil des mois, le vieil Abraham avait même commencé à lui confier du bois de santal, et le jour où il acheva son premier fauteuil en bois de santal, avec un dossier en lanières de cuir tressées, le menuisier appela sa femme pour qu'elle vienne jeter un coup d'œil.

« Tiens ! Regarde, Anna ! Et c'est toi qui disais que ses mains n'étaient pas assez robustes et ses vêtements trop beaux pour ce genre de travail ! Regarde donc ! Et c'est moi qui lui ai appris, Anna ! N'est-ce pas, Saul ?

— Oui, reconnut-il, heureux que le vieil homme pût être fier de lui. Et je vous en suis très reconnaissant.

— Tu as encore beaucoup à apprendre ! Ne t'imagine pas détenir tous les secrets de mon art ! Le jour où tu feras de la marqueterie, nous pourrons faire bouillir notre colle dans le même pot. »

Comme les ventes ne cessaient d'augmenter, puisque le travail avançait de plus en plus vite, la tante Anna insista pour qu'on rajoute une pièce à la maison.

« Tu as vu ça, Saul ? Elles passent leur journée à la maison à nous attendre. Avant même qu'on ait l'argent dans sa poche, elles prévoient déjà la manière dont elles vont le dépenser. Elle n'a jamais trouvé à redire contre la maison toutes ces années, et subitement, elle ne peut pas vivre un jour de plus, si on ne construit pas immédiatement une pièce supplémentaire. Tu as tout intérêt à rester ton propre maître, mon garçon !

— Ce ne serait pas difficile de bâtir une autre chambre, l'oncle. Je vous aiderai si vous voulez.

— Il faut d'abord finir le banc et les chaises pour les Drosdy. Ce n'est vraiment pas le moment d'aller patauger dans l'argile !

— Cédez-lui, l'oncle ! Elle nous prépare chaque jour de si bons repas et puis vous savez ce qui arrive quand on n'a pas nettoyé la porcherie ou sarclé les haricots à temps !

— Qu'elle ne s'avise pas de recommencer à me servir une tasse d'eau à la place du dîner ! »

Les rapports entre le vieil Abraham et sa femme amusaient beaucoup Saul. Il n'arrivait pas à les imaginer l'un sans l'autre ; ils étaient comme deux pâtes qu'on aurait mises à lever dans le même plat.

« Ne te laisse jamais embobiner par une femme, Saul ! Sois ferme et choisis une épouse qui sache rester à sa place. Celles qu'il faut sans arrêt rembarrer finissent par t'occuper jour et nuit !

— Je croyais que vous m'aviez dit qu'il valait mieux ne pas prendre de femme du tout ?

— Le problème, dans ce cas-là, c'est que l'on passe à côté de certains plaisirs... »

Ainsi, la tante Anna obtint gain de cause.

Presque à la fin de novembre, ils reçurent une commande importante d'un certain Paarl : douze chaises en bois de santal avec des dossiers cannés, une table et un buffet dans le même matériau. Le client voulait un bas-relief sur les deux faces de chaque dossier, et souhaitait que le motif se répète sur le fronton à pignons du buffet.

« Ce n'est pas que j'ai peur d'accepter la commande, Saul, mais il se trouve que cet homme-là est habitué à de la très bonne qualité. Il paraît que tous ses meubles viennent d'Angleterre et je... ma vue baisse, tu comprends. Je crains de ne plus voir assez bien pour sculpter.

— J'ai vu des lunettes dans une des échoppes du village. Allez vous en acheter une paire et nous acceptons le travail. » Il savait qu'Abraham Steyn n'aurait pas pu entreprendre seul une telle tâche.

« C'est bien beau tout ça, mais si je m'achète une paire de lunettes, ma femme en voudra une aussi, et il n'est pas question de dépenser dix shillings pour deux paires. Et puis si je me charge de ce travail, il faudra que tu partes au Cap avec le chariot acheter du bois.

— Je n'y suis jamais allé.

— Raison de plus ! Il est temps que tu ailles y faire un tour ! »

Saul eut envie de lui proposer d'acquérir le bois à Knysna puis il changea d'avis... Quand une plaie commence à guérir, ce n'est pas le moment de la gratter. Quoi qu'il en soit, le vieil homme avait un fournisseur habituel au Cap.

Une semaine plus tard, le menuisier et son épouse parvenaient à un accord à propos des lunettes : il s'en servirait pendant la semaine et elle les aurait à sa disposition le week-end.

Saul fut agréablement surpris par le Cap. C'était beaucoup plus grand qu'il se l'était imaginé, bien plus animé. Des chariots lourdement chargés se croisaient dans toutes les directions. Partout, on parlait affaires. Les négociants étaient impatients d'acheter. Hollandais et Anglais se chamaillaient un peu, puis riaient et allaient boire un verre ou deux ensemble pour célébrer leur compromis.

Le bois de santal venait de la forêt de Knysna.

« Vous achetez chez Smith ou chez MacDonald ? » Il n'avait pas pu s'empêcher de poser la question.

« Chez Smith. » Mr. Gray, le négociant, parut étonné. « Vous le connaissez ?

— Je viens de là-bas », répondit-il. Et quand il sentit le bois sous ses doigts, il se demanda dans quel ravin l'arbre avait été abattu, qui avait transporté le bois jusqu'au village — et une profonde tristesse l'envahit dont il n'allait pas pouvoir se défaire pendant des jours.

« Les menuisiers sont-ils nombreux ici, au Cap, Mr. Gray ? s'enquit-il, le jour où ils commencèrent à charger le bois.

— Auriez-vous envie de venir vous installer chez nous ?

— Oui.

— Dans ce cas, je vous trouverai plus de besogne qu'il ne vous en faut. » Déjà, Gray commençait à spéculer. « Vous pourriez me louer une chambre ! Dès que vous serez décidé, faites-le-moi savoir.

— Merci ! Je n'y manquerai pas.

— Non. Ecoutez ! Nous devons parler de tout cela avant votre départ. Venez dîner chez moi demain soir et nous discuterons tranquillement devant un verre de vin.

— Je ne peux pas laisser le vieux Steyn en plan. Mais dès que je pourrai le quitter sans lui faire de tort, je vous en informerai, c'est promis.

— Je suis sûr que nous nous entendrons très bien, Mr. Barnard. Appelez-moi donc Charles. Et venez dîner demain soir avec nous, quoi qu'il en soit. »

Ce qui le frappa le plus ce soir-là, c'est que la famille Gray parlait le « hollandais de cuisine » à la maison, comme si c'était la chose la plus naturelle du monde...

Le vieil Abraham lui laissa le soin de sculpter le dos de la cinquième chaise et un vieux rêve resurgit en lui, subrepticement d'abord, puis avec de plus en plus d'insistance : Knysna avait besoin d'un menuisier !

Il ne s'était jamais demandé combien de temps il resterait avec le vieil Abraham. Le passage du temps n'était marqué que par l'achèvement d'un nouveau meuble, ses progrès et la guérison de ses blessures. Exhumer ses vieux rêves, c'était jouer avec le feu !

« Ton esprit s'agite beaucoup depuis quelques jours, Saul ? » Le vieil homme avait senti que quelque chose le troublait.

« Oui, l'oncle. Je pense à l'avenir.

— Moi aussi, mon garçon. Nous allons devoir travailler jour et nuit pour finir à temps. Pourquoi cet homme-là ne se marie-t-il pas un peu plus tard dans l'année ? Pourquoi faut-il que tout soit prêt dès février ?

— Si vous ne passiez pas votre temps assis sur cette caisse à fumer votre pipe, ça irait plus vite, lui fit-il remarquer, taquin.

— Tu ne me laisseras pas tomber, n'est-ce pas ? » C'était la première fois que le vieil Abraham lui dévoilait ouvertement son inquiétude.

« Ne vous inquiétez pas, l'oncle. Je vous aiderai à finir tout ça !

— Et après ?

— Je ne sais pas encore. Peut-être que je monterai ma propre affaire quelque part.

— Je serais désolé si tu t'en allais !

— Et je ne serais pas très fier non plus. Je vous dois tellement. Comment pourrais-je vous dédommager de tout ce que vous avez fait pour moi ? Supposons... » L'idée venait de surgir de nulle part. « Supposons que je m'installe à mon compte. Seriez-vous prêt à former mes apprentis ?

— S'ils sont comme toi, tant que tu veux. »

Comme le moment de la livraison approchait, Saul se retrouva affronté à deux possibilités : retourner à Knysna ou aller s'installer au Cap. Si son esprit lui suggérait la deuxième solution, son cœur voulait à tout prix rebrousser chemin. Quel pouvoir MacDonald avait-il encore contre lui ? Si le négociant refusait une nouvelle fois d'acheter le bois des Barnard, il ne lui resterait plus qu'à convaincre Jozef de le lui vendre, à lui. Le temps est une étrange chose ; il apaise tant de rancunes...

MacDonald. Il devait être tellement occupé par sa compagnie d'exploitation aurifère que le retour de Saul Barnard ne lui ferait sans doute ni chaud ni froid... Et Kate ?

« Ton esprit est ailleurs ! » remarqua le vieil Abraham.

— Je sais, l'oncle. On a bien travaillé, n'est-ce pas ?

— On a bien travaillé. »

Le lundi suivant, les deux chariots de Paarl vinrent prendre livraison des meubles. A peine étaient-ils partis que la tante Anna venait réclamer une paire de lunettes pour elle toute seule.

Dès lors, le vide s'installa en lui, aussi tenace que la soif.

Le mercredi matin, pourtant, il se réveilla en *sachant* le chemin qu'il allait prendre. Il se leva et s'activa, comme à l'accoutumée, pour voir si le doute surgirait en lui. Mais non ! Sa décision était prise, sa conviction inébranlable : il retournait à Knysna.

Une force nouvelle l'animait, chassant implacablement tous les revenants qui tentaient de lui faire changer d'avis. Oui, il retournait à Knysna. Rien ne l'en empêcherait. Rien ni personne ! Pas même MacDonald !

« J'ai résolu d'aller m'installer à mon compte à Knysna, annonça-t-il un peu plus tard au vieil Abraham.

— Quand as-tu pris cette décision ?

— Je crois que j'ai toujours eu cette idée derrière la tête. Simplement, je n'en étais pas conscient, voilà tout !

— Je savais qu'un jour viendrait où tu plierais bagage, observa le vieil homme, tout ému. Dans mon cœur, j'espérais simplement que tu retarderais ton départ le plus possible. Quand comptes-tu t'en aller ?

— Dès que nous aurons fini les deux armoires du docteur. »

La marée était haute et la lagune à son plus haut niveau quand il franchit la dernière colline. Il tira sur les rênes. C'était exactement le souvenir qu'il en avait conservé. Etait-il possible que deux années se fussent écoulées depuis son départ ?

Une douce quiétude l'envahissait, comme il se laissait imprégner par les vastes espaces s'étendant devant lui. Depuis qu'il avait pris la décision de rentrer à Knysna, il avait déterminé bien d'autres choses encore. A propos de Kate notamment. Il avait résolu de démarrer son affaire aussi discrètement que possible, de sorte que lorsqu'*ils* prendraient finalement conscience de ce qui se passait tout serait déjà en bonne voie.

Au début, il s'installerait à l'hôtel en attendant d'acquérir une maison où il pût à la fois vivre et travailler.

Il n'avait pas quitté Swellendam sans peine, ni sans un certain sentiment de culpabilité à l'égard du vieil Abraham et de son Anna.

« Tu es venu ici en étranger et, malgré tout ce qui nous a réunis, tu repars en étranger, lui avait fait remarquer le vieil homme en prenant sa main dans la sienne au moment des adieux. Tu es comme une armoire dont on aurait perdu la clé, mais ton départ me chagrine beaucoup.

— Nous nous reverrons, l'oncle, je vous le promets.

— Le Seigneur décidera, Saul. Si telle est Sa volonté, oui, nous nous reverrons. Et quand tu seras un peu organisé là-bas, fais-le-nous savoir. Je ne suis pas enraciné ici.

— Vous y songeriez vraiment, l'oncle ?

— Oui. »

S'il pouvait faire venir le vieil Abraham à Knysna... La tante Anne s'était même souvenu qu'elle avait une cousine là-bas.

Quand il pénétra dans le petit village endormi, une joie

immense s'empara de lui. Il se jura de surveiller, jour après jour, ses sentiments à l'égard de Kate, jusqu'à ce que ce ne soit plus nécessaire.

Une semaine plus tard, il commença à se demander si tout le monde ne faisait pas son possible pour déjouer ses plans si soigneusement élaborés.

Beth fut la première à venir troubler sa quiétude.

« Saul ! J'ai tenu à venir vérifier de mes propres yeux que ce que l'on disait était vrai ! C'est tellement merveilleux de te revoir. »

Juste avant de partir, elle lui annonça que Kate fréquentait James Stewart. Cette nouvelle lui fit l'effet d'une torche jetée en pleine figure, et il dut lutter désespérément pour maîtriser sa colère.

La visite de Crompton ne fit qu'ajouter à son émoi. Il s'assit en face de lui sur le lit, sans faire le moindre effort pour dissimuler son anxiété.

« Tout va mal, Saul ! Les gens plient bagage. Ils s'en vont tous travailler dans les mines d'or de Barberton. »

Les événements de la forêt ne le concernaient plus. Tout ce qui touchait à l'or encore moins ! Le mur qu'il avait édifié entre lui et son passé ne devait être ébranlé sous aucun prétexte.

« Que se passe-t-il ? s'enquit-il néanmoins, s'armant de courage.

— Il y a trop de prétendus gisements qui ne produisent rien !

— Et alors ?

— On a commencé trop de choses trop rapidement.

— Ne me fais pas rire !

— Tous les tunnels s'épuisent à une certaine profondeur. Certains affirment qu'on n'a pas creusé assez. On ne sait plus qui a raison à la fin.

— Combien de galeries a-t-on pratiquées ?

— Trente-quatre pour le moment. Mais on en ferme presque une par jour. »

Saul ne put retenir un sifflement. « Et combien de gisements ?

— Une cinquantaine environ. Pour le moment, ils n'ont produit que des broutilles.

— Je ne comprends toujours pas pourquoi tu as l'air si préoccupé. Tu ne t'es pas remis à prospecter tout de même ?

— Non. »

Il n'avait jamais vu Crompton aussi mal à l'aise et il commença à se douter qu'en réalité, il tournait autour du pot.

« Et l'or des rivières ?

— Un certain nombre d'hommes ont repris leur batée.

— Est-ce qu'ils trouvent quelque chose ?

— Pas grand-chose, mais tout de même ! La seule « compagnie » qui se remplit les poches pour le moment, c'est le gouvernement. »

Petit à petit, grâce aux informations que Crompton lui livrait au compte-gouttes, il apprit la vérité : avant la proclamation de la « *zone aurifère* », les chercheurs ne versaient encore qu'un shilling par mois et par concession. Mais par la suite, le gouvernement s'était empressé d'augmenter cette cotisation qui s'élevait dès lors à dix shillings pour les concessions de gisements et cinq shillings pour les concessions alluvionnaires. Par ailleurs, la route qui menait à Millwood était plus périlleuse que jamais. Les autorités avaient bien promis de s'en occuper mais rien n'avait été fait.

Pourtant, Saul continuait à croire que la tension de Crompton était le reflet de préoccupations plus profondes...

« Comment tout cela vous affecte-t-il, Morris et toi ? »

Crompton baissa la tête quelques instants avant de répondre : « Nous avons trop fait crédit. On était obligés ! Tout le monde promettait sans arrêt que ça irait mieux demain ou après-demain ou la semaine prochaine.

— Pourquoi ne ramassez-vous pas ce qui vous reste pour aller ailleurs ?

— C'est qu'il ne nous reste pas grand-chose, et puis, rien ne prouve que ce soit vraiment la fin. On parle de faire venir de meilleurs prospecteurs, et il paraît que des investisseurs étrangers seraient intéressés. On ne sait plus quoi faire.

— Ne t'attends pas à ce que je m'apitoie sur votre sort.

— Je m'en doute. Es-tu là pour quelque temps seulement ou as-tu décidé de rester ?

— Je reste. »

Le lendemain, ce fut au tour de Maska de lui rendre visite.

« On m'a dit que tu étais de retour. Dans la forêt, tout le monde ne parle que de ça. On raconte que c'est encore plus prometteur que lorsque Osborne est revenu. Il paraît que si maître Saul reprend les choses en main, tout va s'arranger.

— Ce sont des paroles de froussards, Maska. Je n'ai absolument pas l'intention d'aller là-haut... Comment vont Jozef et Izak ?

— Bien. Izak s'est pris une femme, lui aussi. La Katryn de Jeremiah Eye. La femme de Jozef en est à son sixième. Ils vivent tous à Deep Walls. Maître Wiljiam et les siens aussi.

— Et l'Ancien ?

— Toujours aussi hardi ! La semaine dernière encore, il a tenu deux ou trois chercheurs d'or dans un arbre pendant toute une journée — remarque, des arbres, il en reste pas beaucoup là-haut. » Il avait dit cela d'une telle manière que Saul se douta que c'était ce dont le vieil homme voulait lui parler depuis le début.

« Les choses vont-elles si mal ?

— Ça me fait peur, maître Saul, s'exclama Maska, confirmant ses craintes. Ces gens-là massacrent tout. Tu te plaignais toujours que les bûcherons détruisaient la forêt. Tu ferais bien d'aller voir à quoi ça ressemble quand c'est pour de vrai. Certains d'entre eux ont même complètement abandonné la prospection et passent leur temps à faire la chasse aux Grands Pieds. Et apparemment, les forestiers n'ont même pas leur mot à dire. La forêt appartient au gouvernement et c'est lui qui est derrière toute cette histoire d'or.

— Tu dis qu'ils tuent les Grands Pieds maintenant ? demanda-t-il d'une voix sans timbre.

— Oui. Hans Oukas fait partie d'une des équipes. Il dit que les défenses sont livrées directement aux capitaines des navires.

— Et les bûcherons ? Est-ce qu'ils tuent les Grands Pieds eux aussi ?

— S'ils ont des balles et l'occasion.

— Et l'abattage ? Comment ça se passe ? » s'enquit-il encore tout en sachant parfaitement que le mur qu'il avait eu tant de peine à édifier se lézardait de plus en plus.

— Toujours pareil, maître Saul. MacDonald passe plus de temps dans les mines qu'à l'entrepôt. C'est Pearston qui se charge des achats de bois maintenant. Jozef dit que cet homme-là, il est bon pour l'enfer. »

L'après-midi même, MacDonald frappait à sa porte.

« Je vais commencer à croire que tout le monde s'est langui de moi en mon absence ! » remarqua Saul, en s'effaçant pour le laisser entrer. Au premier abord, l'attitude du négociant lui échappait.

« J'ai appris par Brian Thompson que vous cherchiez une maison à acheter. » Il n'y allait pas par quatre chemins.

« C'est exact.

— Nous avions pourtant conclu un accord, Barnard !

— J'ai tenu mes promesses. Si je me souviens bien, nous n'avions pas déterminé la date de l'échéance ?

— Pourquoi êtes-vous revenu ? » Le fait que la formulation ne soit pas franchement hostile l'incita immédiatement à se mettre sur ses gardes.

« Laissez-moi vous répondre à ma manière. Je ne crois

pas que mon retour menace Kate d'une manière quelconque. Cela devrait suffire à vous tranquilliser.

— Ecoutez-moi, Barnard. Je doute que vous puissiez vivre éternellement sur le pécule que vous avez accumulé grâce à l'or. Je vous repose la question : pourquoi êtes-vous revenu ? Pourquoi cherchez-vous à acheter ?

— J'ai mes raisons. »

MacDonald s'était levé d'un bond. « Vous n'êtes toujours pas disposé à m'écouter ! Chaque fois, je suis obligé de vous y contraindre ! On dirait vraiment que la force est le seul langage que vous compreniez, vous autres des classes inférieures ! »

Plus de deux semaines s'écoulèrent avant que la signification réelle des paroles de MacDonald lui apparaisse clairement ; il découvrit par la même occasion le pouvoir que le négociant détenait dans le village.

Chaque maison qu'il avait envisagé d'acheter ou de louer, mystérieusement n'était soudain plus disponible. Même Brian Thompson, que la perspective de vendre avait tout d'abord réjoui, avait tout à coup changé d'avis, en dépit de plusieurs surenchères.

« MacDonald a-t-il vraiment un tel pouvoir sur vous tous ? avait-il fini par demander sans détour, découragé.

— Ce n'est pas une question de pouvoir, Saul, mais les choses fonctionnent ainsi, lui avait répondu Thompson. Pourquoi prendrions-nous le risque de nous trancher la gorge ? Comment être sûr que ce n'est pas ce qui nous attend si vous montez votre affaire ?

— Mais vous étiez tellement décidé à vendre il y a quinze jours !

— Je n'avais pas envisagé les choses dans leur perspective. » Thompson n'avait pas l'air très convaincu de ce qu'il avançait.

« C'est un mensonge, Thompson, et vous le savez aussi bien que moi. Vous vous plaignez continuellement que trop peu de gens viennent investir dans le village.

— Nous... hum... Il y a des choses que vous ne pouvez pas comprendre.

— Le fait qu'aucun Hollandais dans ce village n'ait jamais pu se mettre à son compte, par exemple ?

— Vous avez votre place et nous avons la nôtre. Les choses sont ainsi et vous n'y pouvez rien. »

Ce fut Barkley qui lui dévoila finalement toute la vérité. « Inutile de chercher à acheter ici, Barnard. Tout a été chamboulé à cause de l'or. Si nous nous laissons entailler la gorge une fraction de pouce de plus, nous finirons saignés à blanc !

— Mais qu'est-ce que vous avez tous, subitement, avec vos gorges ?

— Peut-on nous en blâmer ? » Barkley était au moins honnête jusqu'à un certain point. « En imaginant que la supposition de MacDonald soit exacte et que vous ayez effectivement l'intention de monter une affaire de bois, on peut imaginer qu'en tant qu'ancien bûcheron, vous réussirez à tout accaparer. N'ai-je pas raison ?

— Pas autant que vous le pensez ! »

Le dimanche suivant, Beth vint à nouveau lui rendre visite.

« Kate veut absolument te voir. Elle est là pour la fin de semaine et elle passera chez moi vers trois heures.

— Beth, je ne peux pas me permettre de la voir, pas plus qu'elle ne le peut elle-même, d'ailleurs. » Au fond de son cœur, il avait envie de crier : « *Va la chercher tout de suite !* » Mais il savait bien que ce serait placer encore un atout dans la main de MacDonald — et gratter une plaie qui essayait de guérir.

« Tu ne peux pas lui faire ça, Saul.

— Nous ne pouvons envisager cette rencontre, ni elle ni moi. Je t'assure.

— Je t'en prie, Saul. Elle dit qu'il faut *absolument* qu'elle te voie.

— S'il te plaît, Beth. Je n'ai pas envie de me fâcher

aujourd'hui. Si tu as envie de plaider pour Kate, rends donc visite à son père ! Tu verras que tu n'iras pas très loin.

— Saul...

— J'ai commis une erreur en revenant ici, admit-il ouvertement pour la première fois. Mais mon séjour n'aura pas été tout à fait inutile. Si je n'étais pas rentré, j'aurais peut-être passé le reste de mes jours à le regretter. Je considère cette tentative comme une désillusion indispensable. A présent, je me rends compte que le Cap est encore trop près d'ici. Il ne me reste plus qu'à attendre l'arrivée du *Pictor* et cette fois-ci, je m'en irai le plus loin possible.

— Il faut absolument qu'elle te voie, répéta Beth.

— Ma réponse est non. Je pense que le *Pictor* devrait être là d'ici une semaine environ.

— Oui... Frank et moi nous fiancerons l'année prochaine.

— Je suis content de l'entendre. Vous êtes faits l'un pour l'autre, dit-il sur un ton involontairement cassant.

— Saul, Kate et toi aussi vous êtes faits l'un pour l'autre.

— Tu parles d'un rêve, Beth. La réalité ne s'embarrasse pas de chimères impossibles.

— Je ne suis pas d'accord avec toi. Je crois que souvent la réalité nous met à l'épreuve pour s'assurer que nous avons le courage nécessaire à l'accomplissement de nos rêves. Mais tu t'es tellement endurci, Saul.

— Je ne le suis pas encore suffisamment. »

Le lundi suivant, Kate envoya Hans Oukas lui porter la toile qu'elle avait faite de l'Ancien.

L'anxiété régnait dans tout le village. Les chercheurs d'or se rassemblaient à tous les coins de rue, échangeant leurs jérémiades en attendant le premier bateau susceptible de les emmener loin de là. Saul passait à côté d'eux, avec indifférence. Il allait s'occuper de ses chevaux. Il avait dû se résoudre à leur chercher un acquéreur et il en était désolé. Certains des hommes qu'il croisait le reconnurent ; ils le saluèrent, désireux d'engager la conversation, mais il ne fit rien pour les y encourager.

La veille de l'arrivée du *Pictor,* MacDonald lui fit parvenir un message par l'intermédiaire d'un des *boys* de l'entrepôt :

« *Venez me voir de toute urgence. Dans votre intérêt. Alexander MacDonald.* »

Par la suite, Saul reconnut qu'il avait espéré que c'était à propos de Kate. Comment avait-il pu être si stupide !

Le négociant l'attendait dans son bureau.

« Bonjour. » C'était un tout autre homme. Affable. Souriant. « Asseyez-vous, je vous en prie ! Asseyez-vous !

— J'ose espérer que ce que vous allez me dire est vraiment dans mon intérêt, Mr. MacDonald », lança-t-il, sans essayer de dissimuler sa méfiance.

MacDonald joignit ses mains sur la table jonchée de papiers. « Nous n'avons pas le temps de parler pour ne rien dire, Barnard. Si je ne me trompe pas, vous êtes sur le départ ?

— Effectivement.

— Nous avons eu des différends, Barnard, reprit-il en s'agitant sur sa chaise, nous avons eu nos problèmes, mais vient un jour où il faut savoir pardonner, oublier et faire la paix.

— Kate est-elle concernée elle aussi ?

— Ma fille n'a rien à voir là-dedans, répondit MacDonald, une fraction de seconde trop vite. Je vous ai fait venir simplement parce que j'estime qu'il serait injuste que vous soyez à nouveau obligé de vous en aller.

— Je reste à la condition de trouver un lopin de terre à acheter avec ou sans construction.

— Aujourd'hui, je vais vous tendre la main, Barnard. Je ne rajeunis pas et mes intérêts commerciaux prennent des proportions qui me dépassent. Je sais que vous avez le sentiment d'avoir été lésé parce que vous n'avez pas eu la possibilité de monter votre propre affaire. Mais, si vous y réfléchissez, vous vous apercevrez que ce sont des gens comme Barkley, Thompson, Smith et moi-même, qui avons fait de ce village ce qu'il est aujourd'hui. Et nous nous refusons à ce que des étrangers viennent prendre les choses en main... »

Saul se renfrogna. « Les Hollandais sont-ils donc considérés comme des étrangers ?

— Certainement pas autant que les Portugais ou les Indiens, par exemple ! Je faisais plutôt allusion à votre ignorance du monde des affaires, des choses comme ça, vous comprenez.

— Pourquoi m'avez-vous fait venir, Mr. MacDonald ?

— Je veux que nous fassions la paix.

— Et qu'est-ce que ça cache ?

— Une chance pour vous de démarrer vraiment. Dans la forêt.

— Ça ne m'intéresse pas.

— Attendez ! Ecoutez au moins ce que j'ai à vous dire. Depuis quelques mois, j'ai honte de l'admettre devant vous aujourd'hui, j'en suis venu à la conclusion que la forêt était un monde auquel nous n'appartenons pas. Vous autres, vous y êtes nés, vous y avez grandi. C'est votre univers à vous ! »

Il était comme un serpent véneneux en train d'essayer de prouver son innocence. De surcroît, songea Saul, ce serpent-là s'imagine avoir affaire à un singe...

« Je ne sais toujours pas pourquoi je suis ici. »

MacDonald accrocha ses pouces aux emmanchures de son gilet en se renversant dans son fauteuil.

« Saul Barnard, annonça-t-il d'un ton solennel, je vous offre sept lots dans le village de Millwood.

— Est-ce possible ? » Il parvint à feindre la surprise, tout en réfléchissant à toute vitesse, sachant déjà que pour une fois, il allait pouvoir jouer avec MacDonald comme un chat avec une souris. « Ça fait un bon bout de terrain, dites-moi ?

— Et pas n'importe quoi ! » Manifestement, MacDonald faisait des efforts pour contenir son excitation. Il tendit la main vers une grande feuille de papier qu'il poussa dans la direction de Saul. « Jetez un coup d'œil à cela, Barnard ! Un plan détaillé du village établi par le géomètre du gouvernement, Mr. Newdigate. Magnifique, n'est-ce pas ? »

Lentement, Saul tourna le plan vers lui et se mit à l'examiner avec horreur. Ils avaient même été jusqu'à indiquer les noms des rues : Grand-Rue, rue St. Patrick, chemin du Parc, rue Victoria, rue Bendigo... place du Marché... cimetière.

« Tous les endroits marqués d'une croix sont à vous, si vous le voulez, précisa MacDonald en se penchant à son tour.

— Quel est votre prix ? » demanda Saul. Il avait une voix normale, mais sa bouche était sèche.

« Sept cents livres pour le tout, répondit MacDonald, à nouveau un peu trop hâtivement. C'est une affaire, Barnard. Comme vous le savez déjà probablement, plusieurs demandes ont été déposées auprès du gouvernement afin qu'il nous envoie les meilleurs prospecteurs. Ce que vous avez devant les yeux n'est pas un schéma imaginaire. C'est le commencement d'une ville, le cœur d'une cité à naître. On a déjà défriché les alentours pour dégager plus d'espace.

— Si je ne m'abuse, Kate n'enseigne plus là-haut ?

— Hum... son contrat est sur le point d'expirer. Deux autres institutrices vont la remplacer... Ce sont les hivers que les gens n'arrivent pas à supporter... Je vous le répète, vous êtes né dans la forêt...

— Je voulais juste savoir. Pour Kate.

— Bien sûr. Comme vous pouvez vous en rendre compte, la disposition prévue pour le village est excellente.

On a même commencé à planter des arbres le long des rues. »

Saul dut ravaler sa colère avant de poser la question : « Quel genre d'arbre ?

— Des chênes. Vous n'avez peut-être pas remarqué qu'ici aussi...

— Si, je l'avais constaté.

— Nous avons eu l'idée l'année dernière au moment du Jubilé de la reine Victoria. Ces arbres ont une histoire très intéressante, vous savez. Les glands ont été commandés en Inde, par George Rex. Et ces glands venaient eux-mêmes d'arbres que les Anglais avaient plantés là-bas il y a bien des années.

— Je ne vois aucun inconvénient à ce que vous décidez de faire ici, mais je trouve l'idée de planter des arbres dans la forêt de Millwood inconcevable.

— Mais vous voulez pourtant bien que l'on embellisse le village : incidemment, deux des lots sont exploitables. Je vous conseille de conserver les autres à des fins spéculatives... Je présume que vous avez l'intention d'ouvrir votre propre entrepôt de bois ? »

Subitement, il en eut assez de MacDonald.

« Oui, dit-il en repoussant le plan. Mais pas dans une ville fantôme.

— Une ville fantôme ? De toute évidence, il y a bien longtemps que vous n'êtes pas allé là-haut, Barnard ! Millwood est loin d'être peuplé de fantômes, je vous l'assure !

— Ils s'en vont tous. J'en ai croisé plus d'une quarantaine en venant ici. Le seul prospecteur qui savait ce qu'il faisait, Mr. MacDonald, c'était Patterson. N'est-ce pas ironique de penser que c'est vous qui l'avez fait venir et que c'est précisément parce que vous ne l'avez pas cru que tout est arrivé !

— Attendez un peu, Barnard ! » l'interrompit MacDonald. Il était brusquement redevenu le propriétaire, le patron. « J'espère que vous ne vous imaginez pas que je vends ces lots parce que j'ai des difficultés financières.

— Vous en avez, Mr. MacDonald. En outre, vous continuez à croire que tous les gens de la forêt sont des idiots et que vous pouvez les insulter et les exploiter comme bon vous semble. Et si vous pensez que je vais payer sept cents livres pour sept lots en pleine brousse, vous vous égarez. Vous *surestimez* ma bêtise. A mon avis, cela a dû vous coûter en tout et pour tout une centaine de livres. Ils ont été vendus dix livres l'unité si je me souviens bien. Quelques-uns ont été évalués à quarante livres, mais vous connaissant, vous ne les avez sûrement pas payés ce prix-là ! »

MacDonald était fou de rage. « Vous vous trompez, Barnard ! Je *sous-estime* votre bêtise ! Il faut être bien bête en effet pour décliner une proposition pareille !

— Il paraît qu'Osborne a tout juste de quoi se nourrir.

— C'est une histoire sans fondement ! Osborne a quelques difficultés parce que certains imbéciles sont allés planter leurs piquets trop haut et que d'autres n'ont pas creusé assez profondément. L'or est au niveau du lit des rivières.

— C'est ce que disait Patterson. Entre-temps, les rivières ont été nettoyées.

— Ça, c'est vous qui le dites. Moi je vous assure que les choses s'arrangent. Les prochains prospecteurs vont avoir un argent fou !

— Si je ne me trompe pas, la Compagnie que vous avez créée avec Barkley a souffert de lourdes pertes ?

— Vous écoutez trop les racontars, Barnard ! L'or, le vrai, n'a pas encore été découvert.

— Mr. MacDonald, reprit-il, élevant la voix pour couvrir les bruits du dehors, vos lots vous resteront sur les bras jusqu'à la fin des temps. Dans un an ou deux, vous n'arriverez même plus à les trouver quand les fougères auront tout recouvert. Quant aux miettes d'or qui restent encore dans le lit des rivières, cela ne vaut même pas la peine de porter une batée jusque-là. Vous pensiez pouvoir faire une bonne affaire et me ruiner, mais cette fois-ci, vous ne m'aurez pas !

— Je peux encore gagner, Barnard ! hurla le négociant furieux en se levant d'un bond. Je ne prendrai pas un instant de repos avant de vous avoir vu ramper hors de ce village avec votre balluchon sur le dos !

— Vous savez bien que je suis sur le point de partir ! A moins que ce qui vous ennuie, c'est que je ne sois pas encore à quatre pattes ?

— Vous croyiez qu'on allait vous laisser monter votre affaire sous notre nez, n'est-ce pas ? vociférait MacDonald en frappant du poing le plan du village. Vous pensiez que nous dormions et que vous pourriez nous planter un couteau dans le dos en toute quiétude ! Eh bien non ! »

Saul sentit soudain une profonde fatigue l'écraser. Tant de frictions, tant de luttes, contre cette éternelle injustice. « Comment croyez-vous que tout cela va se terminer, Mr. MacDonald ? demanda-t-il en se levant lentement. Combien de temps pensez-vous pouvoir maintenir sur place les gens de la forêt ? Les vieux meurent, de vieillesse ou de découragement, les enfants naissent déjà fatigués... Savez-vous ce que c'est pour un homme de traîner du bois quand les bœufs n'ont pas la place de passer ? Avez-vous déjà réparti un restant de nourriture afin qu'il y en ait encore un peu le lendemain, juste de quoi ne pas mourir en transportant le bois au village ? Pendant combien de temps encore croyez-vous que les enfants supporteront tout ça ? Combien de temps encore pouvez-vous les affamer jusqu'à ce que leur haine explose ? A moins que vous ayez déjà prévu de les anéantir eux aussi, afin qu'ils s'effondrent avec la forêt ? Est-ce que... » Il n'acheva pas sa phrase. Brusquement, l'attention de MacDonald avait été attirée ailleurs, quelque part derrière lui. Quand il se retourna, Kate se tenait dans l'embrasure de la porte. Il avait imaginé des milliers de fois la façon dont il réagirait s'il la revoyait un jour. Il voulait tendre les bras vers elle pour apaiser la douleur de cette longue absence, mais en même temps il ne pensait qu'à une seule chose : passer à côté d'elle rapidement et s'en aller sans se retourner.

« Bonjour, Saul ! »

Dans son empressement à s'interposer entre eux, MacDonald poussa la table de travers. « Rentre à la maison, Kate ! » lui ordonna-t-il sur un ton sans réplique.

C'était de vieilles paroles poussiéreuses qui surgissaient du passé. *Rentre à la maison, Kate !* Combien de fois, jadis, avait-il entendu le négociant les prononcer ? Mais la Kate qui se tenait devant lui à présent était différente. Elle était pâle, très mince...

« Bonjour Kate !

— Sortez d'ici, Barnard. J'en ai fini avec vous. Je vous interdis d'importuner ma fille !

— Comment vas-tu, Kate ? demanda-t-il, ignorant les propos qui lui étaient adressés.

— Très bien. Et toi ?

— Très bien. »

Ils mentaient tous les deux et ils le savaient.

« Rentre à la maison, Kate !

— Papa, je voudrais parler avec Saul. Seule à seul s'il te plaît. » Son regard suppliant soutenait celui de son père.

« Non ! »

Saul comprit que ce que le père et la fille échangeaient en cet instant allait bien au-delà de ces mots. Il lut dans leurs yeux toute la violence des discussions passées. Kate hésita encore un instant, puis elle fit volte-face et s'éloigna.

Le *Pictor* arriva le lendemain et, en fin d'après-midi, il monta à bord.

18.

Le coup de feu retentit alors que Saul se débat encore contre les broussailles, tout en haut de Stripe Bush, et il a l'impression que la balle le frappe en plein cœur. Presque immédiatement, le plus effroyable barrissement de douleur résonne à travers toute la forêt. Plus fort, toujours plus fort, de plus en plus fort ! Son sang se glace. Puis un second coup de feu vient interrompre l'agonie, et c'est le silence, un instant de silence miséricordieux, juste avant que la terre se mette à trembler sous l'effet de la chute de l'énorme masse.

Oh ! mon Dieu !

Lentement, tout commence à tourner autour de lui. Il vomit d'amers morceaux de pain.

« Oh ! mon Dieu ! Ils ont tué l'Ancien ! »

Pas un seul chant d'oiseau, pas un craquement de branches, pas un souffle de vent. Rien. Comme si la forêt, sous le choc, pleurait en silence la mort de son Roi, dans ses mystérieuses profondeurs.

Au bout d'un long moment, un touraco esseulé entame son *kok-kok-kok,* semblable aux gémissements d'un homme en larmes.

Saul rampe dans ses propres vomissures et s'étend, le visage enfoui dans la terre, comme un enfant cherchant le sein nourricier, jusqu'à ce qu'il perde conscience, la poitrine déchirée par de longs sanglots secs.

« Maître Saul ! » La voix de Maska surgit dans le tunnel. « Maître Saul ! » Loin, loin tout au bout du tunnel. « Maître Saul ! » Plus près, de plus en plus près.

Alors qu'il tente de se relever, il sent des mains s'agripper à ses vêtements et Maska lui apparaît comme une multitude de corps en enfilade, se fondant les uns dans les autres.

« Maître Saul, je t'en prie, essaie de tenir debout ! Il faut que nous partions d'ici avant que les éléphantes arrivent ! »

La réalité lui revient par bribes. Maska n'a plus qu'un seul corps, mais les sons lui parviennent, répercutés comme en écho, et la rage est la seule sensation qui domine l'obscurité de son esprit.

« Espèce de salaud ! lâche-t-il entre ses lèvres sèches, en saisissant Maska par le revers de sa veste. Tu m'avais promis de les maintenir à distance !

— C'est ce que j'ai fait, je te le promets ! Je le jure sur la Bible : ce n'est pas eux qui l'ont tué. Ce sont les chercheurs d'or !

— Menteur !

— Je te jure que c'est vrai ! Nous étions de l'autre côté du bois. On a cru que c'était toi qui avais tiré, mais quand on a entendu le deuxième coup de feu et des gens qui criaient, j'ai compris que tu étais encore sur la piste et je me suis mis à courir. Je t'ai trouvé facilement mais j'ai cru que toi aussi tu étais mort.

— Qui l'a tué ?

— Je les ai juste entr'aperçus en traversant le ravin. L'un des hommes venait de la mine de Bendigo, c'est tout ce que je sais. Ils ont dû m'entendre approcher et me prendre pour un forestier, parce qu'ils se sont enfuis en courant... Il ne faut pas rester là, les éléphantes vont venir l'enterrer.

— Comment cela a-t-il pu arriver, Maska ? explose Saul. Pour l'amour du Ciel, comment est-ce possible ?

— Il cherchait un refuge, maître Saul. Il marchait en rond et puis il est allé se cacher au fond du ravin, là où la forêt n'a pas encore été défrichée... Essuie la terre que tu as sur la figure, maître Saul. Je savais qu'il était là et je m'étais dit que je m'arrangerais pour lui faire sentir qu'on resterait jusqu'à la nuit tombée. On l'a dépassé à l'est, Fred, Jozef et moi. Les autres devaient venir de l'ouest. Je ne pouvais pas surveiller de tous les côtés à la fois. Je t'en prie, maître Saul, ne me regarde pas comme ça !

— Où sont Fred et Jozef ?

— Ils ont pris la fuite, vers Millwood. »

Comme Saul retire le fusil de son épaule, l'arme et remet l'amorce en place, Maska écarquille les yeux de terreur. « Qu'est-ce que tu vas faire, maître Saul ?

— Laisse-moi tranquille !

— Maître Saul !

— Laisse-moi tranquille, je te dis !

— Tu vas au-devant de la mort si tu descends là en bas maintenant, maître Saul ! Les femelles ont dû l'entendre — je t'en prie, écoute-moi ! C'est fini. On ne peut plus rien faire. Il est mort. Toutes ces années, j'ai veillé sur lui comme j'ai pu, mais aujourd'hui, j'ai échoué. Les chercheurs qui l'ont tué le guettaient depuis longtemps. Ils ont déjà prétendu des centaines de fois qu'ils l'avaient eu ; maintenant, c'est fait. C'est fini. Je te supplie à genoux, maître Saul. Ne descends pas là-dedans !

— Depuis cinq jours, je marche dans la forêt, Maska, en compagnie des ombres et des fantômes de mon passé. Tout cela pour découvrir en fin de compte, que je n'aurais pas le courage, que je ne voulais pas avoir le courage d'appuyer sur la gâchette. J'aurais risqué ma vie pour m'interposer entre lui et l'arme de vengeance de mon frère et maintenant il est mort de la main d'un autre. A quoi ça a servi tout ça ? Crois-tu que la vie m'ait jamais apporté quoi que ce soit, Maska ? » Le choc commence à avoir raison de lui et il sent ses dernières forces l'abandonner. Pourtant son esprit est comme une source lumineuse s'alimentant à la rage qui se consume en lui.

Il pivote sur ses talons et commence à dévaler la pente. Un Maska terrifié lui court après et le rattrape de justesse par la veste. « Ne fais pas ça, maître Saul !

— Lâche-moi », crie-t-il en se dégageant d'un geste brusque. Continue ton chemin et laisse-moi seul !

— Maître Saul, je t'en supplie...

— Maska, je t'ordonne de me lâcher !

— Il voulait t'entraîner jusqu'ici afin que tu voies de tes propres yeux ce qu'il est advenu de tout cela ! crie le vieil homme derrière lui. Il voulait t'emmener jusqu'à Millwood, il y était presque arrivé et maintenant, tu cours au-devant de la mort.

— Maska, reprend-il d'un ton menaçant, je suis fatigué. Je n'ai plus ni la force ni la patience d'écouter tes sornettes ! J'ai l'intention de descendre là-bas pour des raisons qui me sont propres. Aucun homme ne posera ses mains sur lui, aujourd'hui, tu m'entends ! » Des larmes ruissellent le long des joues ridées du vieil Outeniqua. Saul détourne les yeux et plonge son regard dans la pâleur du ciel.

« Il voulait te montrer ce qu'ils ont fait de la forêt ! C'était toi le plus fort parmi nous, mais tu t'en allais sans arrêt, en nous laissant seuls ! »

Saul se remet en marche brusquement, comme s'il espérait effacer ainsi les paroles qu'il vient d'entendre. « Je t'en prie, maître Saul, non ! » Maska court toujours derrière lui. « Ce n'est pas le moment d'y aller. Je t'en supplie, au nom de ta mère et de ton père, au nom de l'Ancien ! » Les broussailles commencent à s'épaissir, le sentier dégringole le versant, contournant une masse de rochers. Pendue à une fissure, une protée rouge des montagnes se détache sur le gris de la pierre, comme une tache de sang. « Non, maître Saul... Je n'ai même pas encore eu le temps de te dire que miss Kate t'attend là-haut à Millwood depuis des jours ! »

C'est comme une chaîne qui l'empêche brusquement d'aller plus loin. « Que dis-tu ? » Il s'est retourné.

« Je le tiens d'Hans Oukas. Maître Barkley et un autre homme te cherchaient aussi, mais ils ont abandonné la partie et ils s'en sont retournés. Les gens te croient mort. On raconte que les éléphants t'ont tué. Mais miss Kate est restée. Le capitaine Jefferson devait informer le juge de ta disparition ce matin... Je t'en prie. Ne fais pas ça. »

Il regarde Maska comme s'il ne le voyait pas, comme s'il ne l'entendait pas non plus, pivote sur ses talons et s'enfonce dans les fourrés vers le fond du ravin. Instinctivement, il est attentif au moindre craquement de branche, à la direction du vent, et remarque le silence des touracos... Il tient le fusil à deux mains. Il a froid. Il tremble de tout son être en se frayant un passage parmi les broussailles... Il disparaît dans l'ombre des profondeurs du ravin.

Au moment où il atteint le ruisseau, il découvre que Maska n'est plus derrière lui, que le flot continu de reproches et de supplications a cessé... Une branche craque à sa gauche. Une autre encore. Un homme maladroit erre donc encore dans les parages.

Il tourne à droite et s'arme de courage pour ce qui l'attend. Cent pas plus loin, il entend des voix et suit la direction qu'elles lui indiquent. Quelques instants plus tard, il repousse la dernière barrière de broussailles. Et s'arrête, interdit.

La masse sombre de l'éléphant lui tourne le dos, un peu en contrebas, au cœur d'une petite clairière. Comme un colossal rocher, il est couché parmi les fourrés écrasés par sa chute. Pas un chant d'oiseau, pas un bruit... Il n'entend que les battements de son cœur.

Il sent qu'une partie de l'âme géante de l'animal rôde encore dans le silence des ombres vertes. De tous les éléphants, il était sans nul doute celui qui méritait le plus de mourir dignement ! Pas ainsi, dans l'humiliation, mais quelque part dans les profondeurs de la forêt, quand l'heure serait venue.

De l'autre côté du corps, il entend des voix et ses doigts agrippent le canon de son fusil. Déjà, ses jambes se sont remises en mouvement et il marche en direction de la tête de l'animal.

Ils sont trois, prudemment repliés sous un arbre à beurre, le fusil en bandoulière. Il reconnaît l'un d'entre eux : Stopforth. Dès qu'ils l'aperçoivent, ils reculent lentement, en le dévisageant comme s'il était une apparition.

« Pourritures ! hurle-t-il, fou de rage, en levant son arme jusqu'à ce que le canon, dirigé droit sur Stopforth, soit à la hauteur de ses yeux. Pourritures !

— Ne tirez pas ! Ne tirez pas !

— Espèces de salauds ! »

Celui qui est derrière plonge le premier dans les broussailles ; Stopforth se retourne d'un bond, et dans sa hâte, manque de renverser le troisième larron. Saul attend d'être sûr qu'ils escaladent la pente, à quatre pattes, avant d'abaisser son arme.

Une odeur de plantes broyées monte des sous-bois. Le vent soupire faiblement dans la frondaison des arbres et c'est de nouveau le silence. Accablé de chagrin, il se retourne vers l'éléphant.

L'ancien. Le roi de la Forêt. L'intouchable que lui, Saul Barnard, est en train de toucher. Il sent la peau, épaisse et rugueuse, tendue sur ce crâne en saillie — sa main survole l'œil au regard froid et sans vie, les cils épineux lui picotent la paume. Mon Dieu ! N'est-ce pas la plus belle créature qui ait jamais été anéantie par la méchanceté de l'homme ? Un flot de larmes lui monte aux yeux et sa vue se trouble. Une des défenses a laissé un long sillon dans la terre ; l'autre forme un arc majestueux, d'un blanc laiteux, d'une incroyable épaisseur, qu'il caresse doucement — en remontant jusqu'à la racine, puis il promène ses doigts d'un geste hésitant le long de la trompe inanimée, jusqu'à l'extrémité charnue et tendre.

Pourquoi, mon Dieu ? Pourquoi ?

Parmi les plis épais entre les deux pattes avant, un trou béant dans les chairs : la première blessure. Du sang noirâtre lui colle à la main.

S'il pouvait lui creuser une tombe de ses mains nues — si la puissance de Samson lui était accordée pour quelques heures seulement, afin de le traîner dans le plus profond des ravins et le soustraire ainsi à la cruauté des chercheurs et de leurs haches !

Sa peine est si grande, si dévorante, qu'elle efface toute notion de temps et de réalité. Ses mains sont en quête d'un peu de chaleur qui subsisterait encore entre les plis de la peau, entre les membres, sous les pattes, près du dos, où, plus haut qu'il ne peut atteindre, la deuxième balle est venue se loger, brisant la gigantesque épine dorsale.

Il perçoit un mouvement dans les broussailles, vers le sud. Les femelles déjà ? Aura-t-il la force de s'enfuir ? Quelle importance ? Le courage d'un homme n'est peut-être pas inépuisable. Un jour vient sans doute où il n'a plus envie de lutter.

A quelle distance sont-elles ? se demande-t-il instinctivement.

Peut-être attendront-elles la nuit ?... Un jour, son père était parti à la recherche de deux bœufs en fuite et il était tombé par hasard sur la carcasse d'un vieil éléphant dans le ravin de Ratel Bush. L'animal avait été si bien recouvert de feuilles et de branchages que seule l'extrémité d'une de ses défenses révélait le secret de son enterrement.

« Ils font toujours ça, lui avait expliqué le vieil Anro. Ils enterrent leurs morts, exactement comme nous. Je les ai vus enfouir ainsi une femelle après que les chasseurs étaient venus lui dérober ses défenses. Et quand un petit meurt, ils passent des jours à son chevet dans l'espoir qu'il se relèvera. Comme nous. »

Quelque part, loin de là, le *Pictor* est sur le point de lever l'ancre, et lui monte la garde auprès d'un rêve qui n'est plus, dans l'espoir d'empêcher des étrangers de souiller l'éléphant de leurs mains sales. Et demain ?

Demain, ils viendront s'agglutiner autour de sa carcasse, comme les mouches qui bourdonnent déjà aux abords des plaies. Ils reviendront, contents d'eux, pour lui arracher ses défenses.

Si seulement il pouvait lui creuser une tombe... Derrière lui, les broussailles ont frémi. Il se retourne d'un bond et épaule son arme, quand deux hommes surgissent prudemment des fourrés en regardant l'éléphant mort, à la fois craintifs et respectueux. Dès qu'ils l'aperçoivent, derrière l'énorme tête, ils s'immobilisent, terrifiés.

« Ne tirez pas ! » crie l'un d'eux avant de disparaître à reculons dans les broussailles et de prendre ses jambes à son cou, suivi de près par son compagnon.

A nouveau plus rien ne bouge. Seul le cri bref et strident d'un serin rompt le silence ; puis un groupe d'oiseaux-souris à longue queue s'abattent dans les buissons environnants, avec de furieux battements d'ailes.

Brusquement, Stopforth surgit de derrière une touffe d'arbrisseaux. Une agitation fébrile témoigne de la présence de ses compagnons cachés non loin de là.

« Barnard ! hurle-t-il avec une assurance feinte, je vous préviens : cet éléphant m'appartient ! »

Ces mots déchaînent en Saul un cataclysme. Il est à bout. « Allez vous faire foutre ! braille-t-il comme un fou en ajustant son arme à la hauteur de Stopforth. Espèce d'ordure !

— Les défenses sont à moi ! ajoute l'Anglais en esquissant un pas en avant. Le monde entier ne vous appartient pas, vous savez ! »

Lentement, Saul baisse le canon de fusil pour viser les pieds de Stopforth.

« Ne croyez pas que vous m'intimidez ! » crie encore ce dernier.

Il tire sur la gâchette avec toute la fureur et la haine qui sont en lui, et le recul de l'arme lui fait presque perdre l'équilibre au moment où le quart de livre de plomb explose aux pieds de Stopforth d'où s'élève un épais nuage d'écorce putréfiée, de feuilles, de brindilles et de terre.

Des nuées d'oiseaux s'envolent des fourrés et des arbres, dans la confusion la plus totale tandis que Stopforth s'enfuit sans demander son reste.

« Maître Saul ! » C'est la voix de Maska, métamorphosée par l'effroi, qui s'élève quelque part derrière lui.

« Maître Saul ! Il faut partir d'ici. Les éléphantes arrivent de la Vieille Route. Moos les a vues. Miss Kate attend en haut de la crête. Viens, maître Saul. Je suis allé la chercher ! »

Le barrissement assourdissant d'un éléphant en colère finit par le ramener à la raison et Maska l'entraîne sans ménagement en direction de la crête.

A mi-chemin, ils entendent la horde des femelles passer en contrebas dans un vacarme infernal et Saul sait que désormais plus aucun chercheur d'or n'osera s'aventurer sur les lieux du crime.

Ils émergent des fourrés, dans la clarté du soleil, juste en dessous du cimetière. En pleine clairière.

En· trois ans, les collines à la végétation naguère si luxuriante se retrouvent nues, comme des crânes rasés et desséchés par le soleil. Devant lui, s'étendent une multitude de maisons au toit de tôle ondulée et de tentes éparpillées.

L'espace d'un instant, son esprit las repousse avec horreur ce nouveau choc : il veut fermer les yeux et s'en aller, mais Kate est là.

Elle s'approche lentement et s'arrête à quelques pas de lui, les yeux hagards, la chevelure en désordre...

« Saul...

— Kate... » Il n'a plus la force de parler.

Et c'est Maska qui vient rompre le charme.

« Regarde-moi ça, maître Saul, c'est ça qu'il voulait que tu voies. »

Saul ne répond pas. Même en imaginant le pire, il n'aurait pas pu concevoir une pareille destruction.

Sans se hâter, il prend dans sa main le fusil, le sac de poudre et les tend à Maska.

« Tiens ! reprends ce qui t'appartient.

— Pourquoi ? demande Maska, sans faire un geste.

— Prends le fusil et laisse-moi seul un moment avec Miss Kate. Va m'attendre un peu plus loin.

— Pourquoi ? répète le vieil homme, l'air méfiant.

— Parce que c'est ici que je fais demi-tour. Je ne vais pas plus loin. C'est ici que nous devons nous dire adieu, Maska. Accepte-le et cesse de me regarder ainsi, afin que je m'éloigne sans me sentir coupable. Je suis trop fatigué pour dire les choses comme il faudrait, Maska... S'il te plaît, laisse-moi seul un moment avec Miss Kate.

— Saul, intervient Kate d'une voix douce, j'ai acheté une des concessions de Thompson. »

Il l'a entendue ; il a saisi les mots qu'elle a prononcés mais ils se bousculent dans sa tête sans vouloir s'ordonner.

« Qu'est-ce que tu as dit ?

— Je tenais à te faire part de mes plans, mais tu as dit à Beth que tu ne voulais pas me voir. Quoi qu'il en soit, je me suis décidée, dans l'espoir que tu changerais d'avis à propos de ton départ. Et puis j'ai appris que tu étais revenu dans la forêt pour tuer l'Ancien et tout s'est embrouillé dans ma tête. C'est seulement quand Hans Oukas m'a expliqué ce qui s'était passé que...

— La concession de Thompson ? » demande-t-il. La fatigue l'empêche encore de déduire toutes les implications de ce qu'elle vient d'expliquer.

« Pour soixante livres seulement. C'est un bon bout de terrain, Saul. Thompson avait absolument besoin d'argent. Il a subi de lourdes pertes à cause de l'or... Saul, je dois lui donner l'argent lundi et je n'ai pas un sou. » Il devine la panique que, fièrement, elle tente de dissimuler.

Et brusquement il comprend qu'il n'a pas encore pris la décision de partir. Ni la veille, ni la semaine précédente, ni même quelques instants plus tôt. C'est maintenant, à ce moment précis, qu'il doit la prendre — et une perche vient de lui être tendue... Tandis que son entêtement de toujours resurgit au fond de lui, comme l'étincelle d'une vie nouvelle en quête d'un terrain favorable pour s'embraser.

« Pourquoi as-tu fait cela, Kate ?

— Si tu t'en vas, trop de choses ici demeureront sans espoir — y compris moi.

— Peux-tu imaginer la réaction de ton père si je te donne cet argent ?

— Oui.

— Es-tu prête à y faire face ?

— Si tu es à mes côtés, oui.

— Je ne suis pas sûr de bien comprendre ce que tu dis, Kate. Tout ce que je sais, c'est que sans toi, je ne vis qu'à moitié.

— Il en est de même pour moi, Saul. Je t'en prie, aide-moi à acheter cette concession et ne t'en va pas. »

Derrière eux, les enfants du village jouent parmi les tombes ; une femme s'agenouille près d'un petit monticule et plante quelques branchettes dans la terre rouge.

« Avant de décider quoi que ce soit, il faut encore que je règle quelque chose. Où est Maska ?

— Il est assis là-bas. »

A mesure qu'ils gravissent le versant dépouillé, le village ressemble de moins en moins au plan de MacDonald. C'est une vaste clairière qu'envahissent déjà les broussailles ; et, comme dissimulés honteusement parmi toutes les habitations, s'élèvent quelques hôtels aux façades de planches grisâtres et desséchées. Adossés contre les murs des petites échoppes de tôle ondulée, des hommes parlent à voix basse. Il est évident que la mort du plus redoutable des éléphants est déjà sur toutes les lèvres.

« Où as-tu vu Jozef pour la dernière fois ? demande-t-il à Maska.

— De l'autre côté de la tente qui leur sert d'église. Si seulement tu voulais bien me dire ce que tu as dans la tête !

— Je saurai quand j'aurai parlé avec lui.

— Maître Fred cherchait l'homme qui a tué l'Ancien. Il voulait lui faire une proposition pour le transport des défenses jusqu'à Knysna. »

Trois femmes assises à l'ombre d'une maison les regardent passer avec indifférence. Certaines habitations sont entourées d'un jardinet clôturé, desséché et abandonné aux fougères... Quelque part dans le village, il doit y avoir une cage en verre remplie d'oiseaux empaillés, des quantités de meubles, des parures élégantes...

L'hôtel *Lanigans* n'est plus qu'un petit monceau de cendres. *L'Eléphant* et *Le Central* sont fermés et les pigeons des bois ont déjà fait leur nid sous l'avant-toit. Près de la boucherie de Morris, quelques moutons bêlent, en attendant la mort.

« Mister Barnard ! » Les visages s'illuminent sur son passage. Certains s'avancent vers lui, mais ils s'arrêtent dès que Saul détourne la tête, sans ralentir le pas.

Entre une tente et une maison, il aperçoit un chariot chargé de bagages ; un peu plus loin, on démantèle une masure pour récupérer les planches.

Toutes ces images glissent devant ses yeux. Ses pieds foulent la poussière noirâtre et tout cela lui paraît irréel. Quelque part, de l'autre côté de la colline, les battements sourds d'un bocard retentissent comme un pouls fatigué.

Des années auparavant, Harison avait promis que l'on replanterait des arbres pour couvrir les terres défrichées. Ce ne sera plus jamais la même chose, mais une croûte est préférable à une plaie ouverte...

« Un autre Grand Pied pourrait-il prendre la place de l'Ancien, Maska ? s'enquiert-il, le cœur gros.

— Oui. Il en a formé un. Mais il lui faudra un certain temps avant de prendre la tête.

— Ça ne sera plus jamais la même chose, répète-t-il à voix haute.

— Non. Sans l'Ancien, non... ! Si seulement maître Saul voulait bien me dire ce qu'il a l'intention de faire, je pourrais peut-être me consoler...

— Je ne sais pas encore moi-même. »

Comme ils parviennent aux dernières tentes du village, Maska s'immobilise brusquement. Derrière un chariot, Fred, Jozef et Stopforth sont en pleine discussion. A en juger d'après leurs gesticulations, il est évident qu'ils ont des difficultés à se comprendre.

« Maître Saul, s'écrie Maska d'un ton suppliant, pas de bagarre, je t'en conjure ! »

Sans répondre, Saul se tourne vers Kate : « Va m'attendre chez Peter », lui dit-il, feignant d'ignorer l'appréhension qu'il lit dans ses yeux.

C'est Fred qui les voit le premier, mais il ne reconnaît pas Saul.

« Où étais-tu donc passé ? s'exclama-t-il à l'adresse de Maska. Les femelles sont-elles déjà là ?

— Oui. »

Le chagrin de Jozef est encore tangible. Il a l'air épuisé comme toujours, et il a beaucoup vieilli. A l'instant où ses yeux se posent sur Saul, un voile de haine tombe sur son visage, effaçant la douleur.

Quand Stopforth à son tour l'aperçoit, il hésite un instant, avant de pivoter sur ses talons et de disparaître derrière la tente la plus proche.

« Qu'est-ce que tu fais là ? demande Jozef avec une hostilité manifeste, et sans attendre de réponse, il ajoute : Crois-tu que tu n'as pas encore fait assez de mal ? Fallait-il vraiment que tu viennes tirer sur les étrangers en plus ?

— Il y a bien des années qu'on aurait dû s'y mettre !

— Songez à votre mère et à votre père ! intervient le vieil Outeniqua d'un ton brusque. Je vous préviens, il n'est pas question que vous vous battiez ! »

C'est Fred, toutefois, qui s'avance vers lui, comme s'il cherchait la bagarre. « C'est donc à ça que ressemble un Saul Barnard quand il est riche, dit-il en crachant dans la poussière. Pour un riche, tu as l'air sacrément pauvre. Il paraît que tu avais l'intention de t'interposer entre mon fusil et l'Ancien ?

— Oui. Et permets-moi de te dire que pour quelqu'un qui, en son temps, descendait douze éléphants par jour, tu n'as pas l'air d'avoir récupéré ton pesant d'ivoire !

— Dommage que je n'aie pas pu l'avoir, cette vermine !

— Tu as toujours bluffé, Fred, et tu le sais très bien. Sans un fusil, tu n'es rien. Je me souviens de l'époque où tu menaçais de tuer tous les forestiers. Dès que l'un d'entre eux était sur tes traces, tu courais plus vite que le vent.

— Je répète : dommage que je n'aie pas pu l'avoir, cette vermine, réplique Fred, visiblement contrarié. Ça t'aurait fait un sacré choc, hein ?

— Je n'ai pas le temps d'écouter tes sornettes, Fred, c'est Jozef que je suis venu voir.

— On a rien à se dire ! lance Jozef avec emportement.

— Attention, les enfants ! N'oubliez pas votre mère et votre père ! » intervient encore le vieux Maska.

Derrière eux, un petit groupe de chercheurs d'or remontent au village, leurs pelles et leurs pioches sur l'épaule, un fagot de bois mort sous le bras. Saul attend qu'ils soient passés avant de se tourner à nouveau vers Fred.

« Je voudrais parler à Jozef en tête à tête, s'il te plaît.

— Qu'est-ce que tu veux ? demande brusquement Jozef et cette fois-ci, il attend la réponse.

— Te parler » répond Saul.

— Pour quoi faire ?

— Pour savoir s'il est encore possible d'enterrer la hache de guerre entre toi et moi.

— C'est pas la peine. »

Du coin de l'œil, Saul aperçoit Maska qui tente d'entraîner Fred à l'écart...

« En d'autres termes, tu n'es pas prêt à discuter ouvertement avec moi.

— Non, et je te préviens que j'ai tout un chargement de bois prêt à emporter au village. Si MacDonald me renvoie comme un chien parce que tu as encore semé la pagaille, tu me le paieras.

— Combien dois-tu encore à MacDonald ?

— *Ça ne te regarde pas !*

— Il fut un temps où ça me regardait sacrément ! Quand chaque centime du salaire de misère que je gagnais à l'entrepôt était déduit de la dette de Pa !

— Tu n'es qu'un sale menteur !

— Crois-tu que je serais venu jusqu'ici pour te mentir ? Sachez que si je suis parti, c'est pour que tu puisses continuer à vendre ton bois. C'est pour toi que j'ai cédé à MacDonald !

— J'ignore de quoi tu parles.

— Tu as fermé les yeux sur bien des choses. La solution la plus simple consistait toujours à me rendre responsable de tout, pour que tu n'aies pas à prendre la peine de fendre en deux la tête du petit gnou bleu ! Tu as avalé plus de mensonges que tu ne te l'imagineras jamais, Jozef Barnard !

— Tu n'es pas là pour me juger !

— Ce n'est pas moi qui te juge. C'est toi-même et les enfants qu'il te reste qui s'en chargeront. Car c'est d'eux que tu es responsable.

— Tu n'as rien à voir avec mes enfants !

— Peut-être que non ! Mais il n'empêche que je vais quand même te dire ce qui va leur arriver. Ils seront pauvres, démunis et en haillons comme toi, Jozef. Ils abattront arbre sur arbre pour une portion de café et de sucre jusqu'à la fin de leurs jours, sans savoir écrire, ne serait-ce que leur nom !

— Ferme ta sale gueule ! » hurle Jozef, hors de lui. Mais il montre certains signes d'incertitude et Saul s'empresse de frapper le coup suivant.

« Cette fois-ci, tu as pris ta revanche sur l'Ancien. Qui choisiras-tu ensuite ? Moi ?

— Chaque fois que tu mets les pieds dans la forêt, c'est pour semer la pagaille !

— Ça aussi c'est un mensonge, et pourtant, tu le crois ! »

Il est décidé à tout lui dire, sans pitié. « Et nous sommes là à nous déchirer tandis que le monde autour de nous s'effondre ! Regarde autour de toi ! C'est la brousse, Jozef ! Imagine à quoi tout cela ressemblera dans cinquante ou soixante ans quand chacun se sera approprié ce qu'il considère comme sa part. Tu te rends compte de ce qui restera pour tes enfants et leur progéniture — peux-tu vraiment dire que tu n'es pas responsable ? » Saul sent qu'une certaine lassitude s'est emparée de Jozef. « A partir de la semaine prochaine, j'achète du bois. Je vais avoir *terriblement* besoin de bois, si cela peut t'aider à surmonter ta fierté. Je paie en argent, pas en café ni en sucre, et à un prix équitable. De surcroît, je sais distinguer des madriers de première ou de deuxième catégorie — mais je n'accepte que du bois portant la marque du forestier ! C'est impératif ! Je cherche aussi quelqu'un pour m'aider à construire un entrepôt et un atelier. Tu as toujours été plus habile que moi dans ce domaine. Il me faut aussi un homme qui accepterait de devenir apprenti menuisier. J'espérais qu'Izak serait intéressé.

— On raconte que tu as l'intention de t'en aller ! » C'est un regain de défiance, mais sa colère s'est apaisée.

« Je voudrais bien rester. Mais je ne peux le faire que si Izak et toi êtes à mes côtés pour m'aider à monter l'affaire. Si nous ne nous serrons pas les coudes pour sauver ce qui reste de la forêt, c'est fini, Jozef.

— Et eux ? interroge Jozef en désignant les maisons et les tentes d'un haussement d'épaule. Vont-ils continuer longtemps à anéantir tout ce qui les entoure ?

— Je ne le crois pas... Ils plient bagage... Un jour, quand ils seront partis, nous apprendrons à tes enfants à se servir d'une batée. Il reste sans doute encore un peu d'or dans le lit des rivières. » Vers l'ouest, le bocard vient de se taire, et le *kok-kok-kok-kok* d'un touraco des brousses a pris la relève des battements sourds de la machine. « Jozef, reprend Saul, d'une voix vibrante de sincérité, oublions nos différends du passé et montrons au monde ce que cette forêt peut encore donner. »

Jozef baisse la tête et frappe le sol poussiéreux du bout de sa chaussure éculée. « Ce n'est pas la raison pour laquelle tu es revenu.

— Non. Je suis revenu parce que je savais que l'Ancien n'était pas coupable. S'il avait été coupable, jamais ton enfant n'aurait survécu jusqu'au village. Si les défenses de l'Ancien l'avaient transpercé, il ne serait pas resté grand-chose de lui... Je suis désolé, Jozef. Je ne sais comment te dire à quel point.

— Tu as toujours adoré cet éléphant. J'ai sans doute pensé qu'en l'atteignant, je pourrais t'atteindre toi aussi. Je crois que je t'en ai toujours voulu d'avoir eu le courage de fendre en deux le crâne du petit gnou bleu... Je ne sais pas... Tout ce que je sais, c'est que ça ne peut pas continuer comme ça, ajoute-t-il avec une angoisse évidente.

— Cela veut-il dire que nous reprenons le chemin ensemble ?

— Non. Tu reprends ta route et je reprends la mienne. Si c'est du bois que tu veux, je t'en vendrai mais moi, tu ne peux pas m'acheter. » Sa fierté resurgit, puissante, inébranlable. « Le jour où je me libérerait de MacDonald, plus personne ne possédera Jozef Barnard. Plus jamais.

— Je comprends. »

Tandis que Jozef s'éloigne, Saul reste adossé au chariot. Soudain tout est devenu clair, comme le matin où il s'est réveillé dans sa chambre à Swellendam en sachant exactement quelle direction il allait prendre... Il fera une proposition imbattable à Stopforth pour les défenses et ira lui-même les enterrer là où personne ne les trouvera jamais. Rien de ce qui appartenait à l'Ancien ne quittera cette forêt. Il en fait le serment.

Il aperçoit Maska qui s'approche parmi les tentes, un petit chien jappant autour de lui.

« Maître Saul. » Le vieil homme s'arrête de l'autre côté du chariot, luttant manifestement pour contenir la joie qui explose sur son visage. « Maître Saul...

— Va me chercher miss Kate.

— Jozef dit qu'on va peut-être aller s'installer au village ?

— Va me chercher miss Kate, Maska ! »

Achevé d'imprimer en avril 1984
sur presse CAMERON
dans les ateliers de la S.E.P.C.
à Saint-Amand-Montrond (Cher)

ISBN 2.7158.0472.5
F 26061

Dépôt légal : avril 1984
N° d'impression : 916-660